2022年度湖南省社科基金重点委托项目"新主流电影与湖湘文化的影视化呈现研究"（项目编号：22WTB02）研究成果

湖南师范大学中国语言文学一级学科资助

戏剧影视文学一流本科专业建设点阶段性成果

岳凯华◎著

新时代湖南文艺管窥

中国国际广播出版社

序言：加强和推进新时代湖南高校教师文艺评论工作的路径和策略

　　新时代湖南文艺评论工作的加强和推进，特别需要湖南高校教师尤其是文科、艺术类专业教师学习贯彻习近平总书记关于文艺工作的重要论述，自觉用党的文艺思想指导自己的文艺评论实践，从而推动湖南文艺评论工作的高质量发展。但我们通过调查研究、会议反馈和相关交流了解到的实际情况却并不乐观，那就是居于象牙塔内的这一部分有理论水平、学术眼光和写作能力的教师群体，参与文艺评论的热情不高、力量较小、成果较少、影响不大。在纳入中国文学艺术界联合会编撰的《中国艺术发展报告》的13个艺术门类中，如曲艺、杂技、舞蹈等艺术门类甚至没有评论文章的回应和点评。在习近平总书记指出"文艺是时代前进的号角，最能代表一个时代的风貌，最能引领一个时代的风气"的现实背景下，湖南高校教师和高校相关部门都应主动作为，激活和提振湖南高校教师从事文艺评论工作的积极性和爆发力。

一、湖南高校教师要提高文艺评论工作性质的认识高度

　　"打铁还需自身硬"，这是不言自明的。从事文艺评论工作，新时代湖南高校教师可从如下路径入手。

　　首先，要改变观念。从事文艺评论工作，荣莫大焉，责莫大焉！习近平总书记说过，"文艺批评是文艺创作的一面镜子、一剂良药，是引导创作、

多出精品、提高审美、引领风尚的重要力量"。湖南高校教师在课堂教学之余、学术研究之中，应该理所当然、责无旁贷地关注发生在自己周边那一系列生气勃勃的文艺创作活动，不要一味对接高校目前普遍实施的评价体系和执行的评价指标，把学术研究当作第一，将理论研究视为至尊，而视文艺评论为小儿科、没水平。

其次，要保持自信。从事文艺评论工作的观念改变了、认识提高了，湖南高校教师就会对文艺评论充满爱意、洋溢激情，从而干一行、爱一行。既然执着于文艺评论、爱好文艺评论，自然就会自觉保持对自身文化理想、文化价值、文化生命力和创造力的高度自信，"任尔东西南北风，我自岿然不动"，从而坚守艺术理想，注重人格修养，追求德艺双馨，砥砺时代精神，身入、心入、情入，就会将各类文艺创作成果纳入自己科研工作的场域和视野，而不只是主要聚焦文学、戏剧、影视创作，较少观照舞剧、歌剧、曲艺、杂技、书法、民间艺术、网络文艺等具体、动态而鲜活的艺术类型。事实上，现实生活中所有存在的文艺创作形态和样式，湖南高校教师都应时刻在场、坚持到场，并及时发声、尽快发声，因为鲜活的文艺创作实际上正是高校教师开展教学、科研工作的绝好食粮，写出具有专业水准评论文章的练习手段。

最后，要提高水平。"时代是思想之母，实践是理论之源"，伟大时代呼唤伟大理论，伟大时代孕育伟大理论。新时代湖南高校教师面对新时代姹紫嫣红、百花争艳、五彩纷呈的文艺创作，应该可以也能够把一篇篇常人视作"读后感""观后感"的文艺评论，当作理论研究来做，当作学术论文来写。借助文艺评论这块阵地构筑具有中国特色、中国风格、中国气派的文艺理论话语体系，这就需要在评点、论说文艺创作对象之际，运用理论话语，夯实理论基础，挖掘理论深度，提升理论高度，彰显理论水平，丰富材料，缜密论证，创新观点。莫把文艺评论当作茶余饭后的谈资、街谈巷议的佐料，因为文艺评论文章的篇幅短并不等于没深度，受众的大众性并不等于不专业，写作的快速化并不等于没质量。历史上那些大名鼎鼎的文艺评论家，他们的文章并不长，曹丕的《典论·论文》才700多字，谢赫的《古画品录》也不过1300多字，但这些文艺评论有深度、有影响力。古人已经树立了评论的标杆和写作的示范，立足于新时代的湖南高校教师自然也可以锻造出一篇篇短小精悍、力透纸背的精品力作，褒优贬劣，激浊扬清，以精品奉献人民，用明德引领风尚。

二、管理部门要提高高校教师评论文章的认同力度

"好花还须绿叶扶"，这是不言而喻的。目前，湖南高校教师中确实有一支眼光独到、见解深刻、速战速决的文艺评论精兵强将，但几乎没有专人专门从事文艺评论文章的撰写。相关文艺评论成果也多集中于当下文学、影视、戏剧类作品的评论，不少文艺门类的评论成果很少、分量颇轻，这与高校教师的科研评价体系和量化指标较为看轻文艺评论成果的功效和作用有关。也就是说，高校教师发表的文艺评论文章再多、再好，但因为短、平、快的文艺评论特性，注定了评论文章不如学术论文那样有理论深度和学术影响力，且难以纳入公认较为权威、重要的CSSCI（中文社会科学引文索引）刊物等评价体系，这就决定了教师所写文艺评论文章一般难以被大多数高校视为科研成果，教师以这些文章为代表作就评不了职称、拿不到奖励、当不了硕导或博导。因此，从事文艺评论工作的湖南高校教师急切需要从主管高校教学、科研工作的政府部门、教育部门、宣传部门那里得到高度重视、着力认同和大力支持。

其一，出台相关文件，制定相关标准，切实提高文艺评论文章的作用、价值和地位。比如，与文学、影视、美术、音乐等文艺相关专业的高校教师晋职晋级、评优评奖、提升提拔，可以规定需要一定数量的文艺评论文章；在高校认可的"湖南省社会科学奖"等已有政府奖励的评审中，鼓励有影响力的文艺评论文章获得高层次的科研奖励；要求省内高校认同中国文学艺术界联合会（简称"中国文联"）、湖南省文学艺术界联合会（简称"湖南省文联"）、中国作家协会（简称"中国作协"）、湖南省作家协会

（简称"湖南省作协"）等社会组织先后设立的"'啄木鸟杯'中国文艺评论年度优秀作品""湖南文艺评论推优作品"等文艺评论奖励的应有地位；在湖南省哲学社会科学基金项目、湖南省社会科学成果评审委员会课题、湖南省教育厅科学研究项目等相关政府科研课题立项时，专门列出文艺评论类的课题指南等。也就是说，具体而有针对性的文艺评论奖励、课题立项等政策的出台和落实，当能明方向、正导向，转作风、树新风，引导湖南高校教师着意湖南文艺创作门类的跟踪关注和即时评论。事实上，国务院已经印发了《深化新时代教育评价改革总体方案》，要求坚决克服的"五唯"（唯分数、唯升学、唯文凭、唯论文、唯帽子）之中就有"唯论文"这一顽瘴痼疾；而教育部学位与研究生教育发展中心公布的全国第五轮学科评估中，也开始纳入社会组织相关成果的考核。凡此种种，都为湖南各级管理部门为提高被人忽视的文艺评论工作而制定相关的科研奖励、课题立项等政策提供了法理依据。

其二，夯实平台建设，提供经费支持，着力营造文艺评论工作的氛围、环境和桥梁。新时代湖南文艺评论工作，要精准找出高校教师当前文艺评论工作疲弱的短板，充分发挥高校文艺评论的人才优势，尽力实现与各类支持平台阵地、研究经费的对接。比如，加大对《文艺论坛》《中国文学研究》《南方文学评论》《艺海》《音乐教育与创作》《湖南书画》等文艺评论刊物或辑刊的支持力度；要求湖南各高校学报尤其是跻身CSSCI的学报每期开辟文艺评论专栏或刊发1篇以上文艺评论文章（其实北京的一些重要刊物如月刊《当代电影》、双月刊《电影艺术》现在每期都及时、即时刊发当时上映的影视作品评论文章）；及时召开文艺评论研讨会，对湖南各地生气勃勃的文艺现象予以及时关注；加大对湖南省"三百工程"文艺家中文艺评论人才的培养力度；切实支持设置了硕士点、博士点学科的专业教师以身示范、积极引导在校学生学会将专业学习高度对接现实生活中的文艺现象；加大评点、论说、追踪、关注湖南文艺创作评论成果（文章或著作）的经费支持；设立专门的文艺评论基金以弥补各项经费不足；等等。

总而言之，新时代湖南文艺评论工作离不开高校教师的积极参与、热心投入，也需要高校教师自身和相关管理部门协同作战。教师自己改变思想，有信仰、有情怀、有担当，对湖南文艺创作及时发声、及早发声，快出作品、多出作品、出好作品；管理部门落实相关政策，对高校教师给予相应支持、适当鼓励，培养高水平的高校文艺评论人才队伍，构建湖南高校教师从事文艺评论工作的良性长效机制，从而推动湖南文艺评论工作在新时代得以高质量地发展、深化和推进。

（岳凯华执笔）

目　录

第一章 理论阅评

第一节 配合主题教育的得力之作

文章合为时而著，评论合为事而作。由湖南省委宣传部精心"烹饪"的评论大餐——9篇署名"宁心"①的系列文章，在全省开展第二阶段"不忘初心、牢记使命"主题教育期间，由《湖南日报》《新湘评论》隆重推出。一时间，全省上下反响强烈，干部群众纷纷点赞，一致认为这是配合省内开展主题教育的得力之作，是紧扣大局、针砭时弊、引领舆论的鲜明导向。

一、主题鲜明

系列文章紧扣第二阶段主题教育不同时间节点的工作部署，及时传播党的主张，适时发表真知灼见，为主题教育加油鼓劲、摇旗呐喊。从《在增进感情中强化学习自觉——论解决创新理论"学得进"的问题》《在把握方法中做到入脑入心——论解决创新理论"记得牢"的问题》，到《在领悟真理中增进思想认同——论解决创新理论"信得过"的问题》《在知

---

① 作者"宁心"为湖南省委宣传部理论学习小组。

行合一中用好科学指南——论解决创新理论"用得上"的问题》；从《将爱国情化为报国行》《把人民放在最高位置》，到《用实干兑现庄严承诺》《切莫丢了艰苦奋斗这个"传家宝"》《同志仍须齐努力》，从这9个凝练醒目的标题，就可看出作者所持的立场、观点、态度，张扬什么、守护什么、扬弃什么，清清楚楚。如果说前4篇的主题是谈论解决"如何学"的问题，那后5篇的主题则是谈解决"如何做"的问题，这体现了主题教育"学思用贯通、知信行统一"的方针，彰显了改造客观世界和主观世界相统一的党性教育原则，为党员领导干部深入学习贯彻习近平新时代中国特色社会主义思想，把握守初心、担使命、找差距、抓落实的总要求找到了一把好钥匙。

二、材料典型

系列文章通过观察、调查和阅读等途径，立足当下，反观历史，聚焦中国，放眼世界，从纷纭复杂的大千世界选择群众耳熟能详的古今中外题材，尽显集材、聚材、用材之能。文中既有中外民间俗语、格言和警句的运用，也有无产阶级革命领袖经典话语的分析；既有苏联亡党亡国的借鉴，也有中国历代封建王朝兴衰历史的观照，更有改革开放40多年中国富起来的鲜活事实；既有中国古代帝王将相的历史故事，也有焦裕禄、孔繁森、郑培民、张富清等当代模范的先进事迹。这些材料引述和题材分析，挥洒自如，得心应手，一次次强化和激励党员领导干部吸取教训、不忘初心、砥砺前行。

三、论说深入

系列文章就事论理，议之有据、论之有道、解之有方，如抽丝剥笋，层层深入、环环相扣。或引经据典说理，如引用王国维"治学三境界"这段名言阐发学习要有"望尽天涯路"的高远追求和要下真功夫、苦功夫、细功夫的恒心；引用战国"纸上谈兵"、两晋学士"虚谈废务"的典故晓喻党员干部要有担当责任和使命的自觉。或正反对比论证，如《把人民放在最高位置》一文将历史上越王勾践卧薪尝胆与秦始皇、唐明皇、陈叔宝等予以对比，将苏联共产党失去民心、失去政权的悲剧境遇与中国共产党一心为民、服务人民的光明前景相比较，彰显了能否"把人民放在最高位置"的利害得失。或系列排比阐释，如"情感源于政治认同""情感源于思想认同""情感源于价值认同"等三个排比段落，解决的是创新理论如何"学得进"的问题；"准确是前提""系统是基础""学懂是关键""弄通是要求"等四个排比段落，告诉党员干部的是"记得牢"的具体技巧；等等。这些论证气势磅礴、高屋建瓴，抒情说理酣畅淋漓，读后令人拍案叫绝。

四、繁简适意

系列文章文辞处理深谙要言不烦、删繁就简之道，句句是精华，处处见真章。一些地方用语简洁，表述短快，如《用实干兑现庄严承诺》中"道虽迩，不行不至；事虽小，不为不成""执政之要，贵在力行，重在履责"等短句，掷地有声，"文约而事丰"；一些地方口若悬河，一泻千里，如《同志仍须齐努力》一文的结尾："湖南是一片红色沃土，是中国革命的摇篮，是'精准扶贫'战略思想的首倡地。这里是标注初心的地方，是无数革命先烈和仁人志士、英雄模范担当使命的热土。2020年是全面建成小康社会和'十三五'规划收官之年。'首倡之地'当有'首倡之为'。让我们赓续'心忧天下、敢为人先'的传统，传承'吃得苦、霸得蛮、扎硬寨、打硬仗'的文化基因，不忘初心，牢记使命，积极投身三大攻坚战主战场、创新开放最前沿、产业项目建设第一线……"这些话语令人豪情万丈、热血沸腾。通观"宁心"系列评论文章，其文辞之繁简，全因观点表达的需要，是发于自然的表达，是量体裁衣的书写，值得思想评论界学习和仿效。

（岳凯华执笔）

第二节　抗疫情信心提振，迎大考舆论引导凸显湖南力量

2020年初，新冠肺炎疫情在神州大地暴发和蔓延，这是新中国成立以来发生的传播速度最快、感染范围最广、防控难度最大的一次重大突发公共卫生事件，也是一场时间紧、难度大、处境险、情况杂、任务艰的罕见大考。举国因此震惊，全球为之瞩目！一场疫情防控的人民战争、总体战、阻击战迅疾展开，一场挑战和考查全国治理体系和治理能力的大考正式开始，一种特殊的文学创作现象——"抗疫文学"也呼之欲出，而"抗疫文学"在疫情肆虐之际也具有理所当然的功效和作用。从事抗疫文学创作，作家需要寻找好切入疫情的角度，拓宽择取材料的广度，开掘确认题材的深度，体现人间大爱的温度，提升思想立意的高度。不管采用何种文学体裁，如常见的日记、诗歌、散文、报告文学、戏剧、小说、短视频，乃至党报、党刊即时发声的评论文章，都具有一定效能和妙用，或解读政策，或提升士气，或指明方向。在此特别谈一谈2020年初《湖南日报》刊发的11篇署名"宁心"的系列评论文章在抗疫中的作用。

事实上，湖南理论评论界在抗击新冠肺炎疫情的进程中，也用自己的独特方式参战和赶考，其中署名"宁心"的评论团队在扎实推进第二阶段主题教育期间9次发声之后，立刻转移阵地，挺身而出，赶赴没有硝烟弥漫的抗"疫"战场，信心满怀地跨入写满偏题、怪题、难题的战时考场，于2020年1月30日至2月15日在《湖南日报》《新湖南》等媒介上相继发表了《信心在胸战必胜》《同舟共济克时艰》《科学防治显身手》《精准运筹施良策》《大考定有"必答题"》《正风肃纪迎大考》《勇做合格答卷人》《在战争中学习战争》《在一线上创造一流》《在落细中保证落实》《在决战中

实现决胜》等11篇系列文章，为疫情防控相应阶段的大战如何战、大考怎么考、防控怎样干明确了思想，指明了方向，鼓舞了士气，体现出了理论评论队伍应有的舆论引导义务、政策宣传担当和提振信心责任，为各行各业打响疫情防控战、交出大考满意卷提供了有力的理论基础和舆论支持。

一、领导决策的正确解读

疫情发生以来，党中央成立了应对疫情工作领导小组，但各种缺少根据、扰乱民心的迷信言论、谣言和假消息依然在各网络平台不胫而走，极易让人信以为真，导致"战机"贻误，这就需要及时规避这类不实之词的漫天飞舞和视听误导。"宁心"系列文章深知迷信思想和谣言是"另一种病毒"，危害极大，应该加强防范，及时解读党中央、省委适时发布的各类重大政策决策，因为在抗击疫情的每一个阶段，以习近平同志为核心的党中央都给出了"最强攻略"。2020年1月27日，习近平总书记提出了"坚定信心、同舟共济、科学防治、精准施策"的总要求。"宁心"立刻用《信心在胸战必胜》《同舟共济克时艰》《科学防治显身手》《精准运筹施良策》等4篇文章，严格强调这十六字方针务必在这次抗疫战斗中得到全面贯彻。2月3日，习近平总书记在中共中央政治局常务委员会上强调，这次疫情是对我国治理体系和能力的一次大考。"宁心"马上以《大考定有"必答题"》《正风肃纪迎大考》《勇做合格答卷人》等3篇文章，敏捷回应如何备考、应考、读题、审题和答题。而《在战争中学习战争》《在一线上创造一流》《在落细中保证落实》《在决战中实现决胜》等4篇文章，则是"宁心"对湖南省委向全省干部群众所发战斗号令的准确阐释，以推动三湘大地"坚持两战一起打"，既防控疫情，力争早日战胜疫情、驱除病魔，又统筹决胜全面建成小康社会、决战脱贫攻坚、复工复产等经济社会发展的各项工作。由此可见，上述系列文章在这场抗疫大战、大考中坚持了党性原则，掌握了舆论的领导权，能够使人做出理性判断，相信党的领导，不盲从，不跟风，不散谣，不传谣。打赢疫情防控总体战，必须依靠中国共产党的坚强领导，"党政军民学，东西南北中，党是领导一切的"。事实上，广大党员干部在这次防控疫情的大战、大考中，都是按照党中央的部署和要求身先士卒、率先垂范。总而言之，坚持党的领导，为湖南全省乃至全国人民抗疫情、迎大考提振了信心，奠定了思想基础。

二、人民立场的持续坚守

人民立场是中国共产党的根本政治立场。"宁心"在近15000字的11篇系列文章中有42处提到了"人民"，如"全国人民临危不惧、尽锐出征，一场场抗击病毒、捍卫生命和健康的战斗接连打响""信心来自英勇无畏、敢于胜利的中国人民"，这是对人民无畏精神的讴歌；"面对疫情，广大人民识大体、顾大局，关爱自己、帮助他人的姿态证明了这一点""广大人民团结一心、众志成城，推动疫情防控工作有力有序有效开展"，这是对人民高贵品质的赞颂；"人民群众生命安全和身体健康仍然受到严重威胁""保障人民生产安全和身体健康"，这是对人民当下境遇的关心。这不是枯燥无聊的数字统计和文字摘引，而是历历彰显了"宁心"这支评论队伍对人民高度负责的人文理念和写作态度。这种以人民为中心的写作立场，合乎这次疫情防控大战、大考中党中央提出的第一位的要求。自疫情发生以来，以习近平同志为核心的党中央高度重视人民群众生命安全和身体健康。1月25日的会议上，习近平总书记强调，生命重于泰山；2月5日，习近平总书记强调，要在党中央集中统一领导下，始终把人民群众生命安全和身体健康放在第一位；2月10日，习近平总书记在北京调研指导新冠肺炎疫情防控工作时进一步指出，要始终把人民群众生命安全和身体健康放在首位。"宁心"系列文章深刻领会了此次疫情防控把人民群众生命安全和身体健康放在首要位置的根本要求，在一一提出和先后倡扬的各项防控措施中，清晰可见人民的心声、表现、反应、需要和呼求。事实上，湖南省各级党委、政府和基层党组织科学指挥、铁腕出击，力量下沉、联防联控，坚守一线、严防死守，支援湖北、支援武汉，把疫情防控人民战争中的相关工作抓实抓细抓落地，一个多月来"全省的疫情防控取得了阶段性成果"，始终坚持的就是"以人民为中心"的理念。综上所述，向人民交出满意答卷，为湖南全省乃至全国人民抗疫情、迎大考提振信心明确了具体要求。

三、行动举措的切实可行

在新冠肺炎疫情防控期间，各项工作举措的部署和行动的安排都不是可以切割和分离的单独部件，而是一个"牵一发而动全身"的系统工程，因此无论如何都不可草率行事、鲁莽行动，而是要科学研判、精准施策，这也是"宁心"在文章中都要结合疫情形势分析、抗疫情况介绍后再提出切实行动、倡扬具体举措的原因。如《信心在胸战必胜》一文中先述抗疫战斗接连打响、习近平总书记作出重要指示，再析战"疫"猝不及防、来势汹汹、充满风险和挑战的特点，后说信心来自党中央的坚强领导、科学的力量和英勇无畏、敢于胜利的中国人民等三个方面，但也要求人们"不掉以轻心"，于正反对比、情理交融之中指明了正确的行动方向。又如《勇做合格答卷人》一文先说考卷上"一道道偏题怪题难题亟待我们破解"，再讲每个关键少数、党员干部、普通公民和命运攸关方如何"交上一份让人民满意的合格答卷"，后称这张答卷优秀、合格与否"最终要靠人民来评判"，步步为营、水到渠成地激发着每一个个体"勇做合格答卷人"。再如《在决战中实现决胜》一文论说湖南省如何在疫情防控进入关键阶段坚持全省脱贫攻坚、防控新冠肺炎疫情"两战一起打"的问题，论者结合湖南省上述两个领域的实际情况，以宏观视野、辩证思维、正反对比等方法，条分缕析、令人信服地提出了"将疫情防控和脱贫攻坚有机结合起来"的策略和措施。总之，"宁心"系列文章撰拟的意图和重点，都是落在全省人民抗疫情、迎大考的行动引领和方法指导上。从某种意义上说，系列文章所拟定的11个文题契合、言简意赅、用词恰当、朗朗上口、掷地有声的标题，事实上彰显的就是一种种切实可行的抗疫情必须采取的行动和迎大考完全适用的方法。由此可见，行动举措切实可行，为全省乃至全国人民抗疫情、迎大考提振信心提供了科学方法。

综上所述，署名"宁心"的系列评论文章就是新冠肺炎疫情肆虐期间及时出现的一种富有力度的"抗疫文学"，其字字珠玑、句句点睛，振奋人心，观点有高度、立意有深度、内容有厚度、情感有温度，彰显了理论的深度、历史的厚度、文化的气度、实践的温度、行动的力度，堪为党报评论之典范、抗疫文学之力作。

（岳凯华执笔）

第三节　新冠肺炎疫情防控精神的精准解读，经济社会发展决策的得力宣传

习近平总书记指出，人在哪儿，宣传思想工作的重点就在哪儿。自2020年初新冠肺炎疫情暴发以来，生活在疫情背景下的人们触及最多的媒介当是网络媒体、电视媒体和广播媒体。在这种全媒体视域中，以弘扬主旋律、传递正能量为职责的湖南红网，遵循网络传播规律、谙熟网络传播力量、了解网络受众特质，自然得多方考量对党和政府方针、政策、理论精准发声的技巧和得当宣传的手段。事实上，红网"观潮快评""抗疫关键词""抗'疫'专栏""榜样中国""红辣椒漫评"等一系列理论评论、专栏和专题，充分发挥了全媒体优势。一篇篇文章观点鲜明，一句句网语旧义新释，一个个关键词凝心聚气，一张张照片画龙点睛，一幅幅图画释惑解疑，擂起了新冠肺炎疫情防控的战鼓，吹响了经济社会统筹发展的号角。原本抽象深奥的方针政策得以通俗易懂地传达，切实增强了理论观点的网络传播效果，让鲜红的党旗在网络舆论阵地上高高飘扬。

一、全媒体的巧妙运用

置身在新冠肺炎疫情肆虐的环境中，居家隔离的人们无比依赖快捷的互联网来全方位获取新冠肺炎疫情防控知识和经济社会统筹发展信息，而全媒体已经成为人民接受各类理论教育的必然"助力器"和诸多政策宣传的重要"黏合剂"。通读2020年2月以来红网上的系列抗疫理论评论宣传文章，它们善于运用全媒体艺术技巧，几乎各篇都在转化抽象理论的话语表达方式，巧妙运用网络文字、声像视频、现场照片、插图漫画等表现形式，鲜活、入时、风趣。如《他们脸上勒痕还在，咱们的口罩不能飞》《最吃劲时用力撑，一篙松劲退千寻》等文章运用"冒泡""弹窗""防火墙"等网络用语，直通网络世界，人们自然明白抗疫大势越是向好之际越要珍惜来之不易的战果；《黄冈解局，重温〈为了61个阶级弟兄〉》《大国医道，我们的回归与再出发》中插入两三分钟的电影片段和MV（音乐短片）视频，聚焦榜样力量，让人看到了党的治国理政水平和中国震惊世界的医护奇迹；《白衣倾尽光与暖，风雨英雄归》《去无惧，归无恙，一展湖湘英雄气》等文中插入医疗队返湘照片，形象感人至深，讴歌了这支打赢湖北保卫战的白衣天使所拥有的硬核力量；《众志抗疫，我们有"画"说》《暂缓群体性祭扫》等作品中将酒、药、母爱、钟馗、祭扫等传统中国形象植入当下抗疫场景之中的10余幅漫画，图文一目了然，简明扼要地介绍了当前人们需要知晓的抗疫常识。总而言之，这一系列文章形象化、立体化的理论阐释和宣传方式，便于借助微博、微信等新媒体传播，从而内化于心、外化于行，有着深远的影响力和无限的感染力。

二、关键词的精准概括

"关键词"一词源于英文"key words"，本是图书馆学中的词语，也是网络搜索索引的主要方法，更是理论话语得以广泛宣传、深入贯彻、指向明确、意味深长的重要手段，是最能对社会各个方面发生作用和施加影响的术语。自 2020 年 2 月 14 日开始到 3 月 14 日截止，红网"抗疫关键词"专栏在短短一个月时间内，结合新冠肺炎疫情防控的形势，着眼经济社会统筹发展的走向，精准设计、着力推出了"最吃劲""大生产""精准施策""毫不放松""务求全胜""战疫战贫""全部摘帽""植树造林""清零"等望字即能生义、睹词就能动心的 9 个关键词，或关涉疫情防控，或着眼社会发展，或二者统筹兼顾，容易让人全神贯注，能够令人心知肚明。如《帽子"清零"，全面小康还须踢好"临门一脚"》一文紧扣的关键词是"全部摘帽"，结合抗击疫情期间人们最盼什么的心声，从脚下有力量、祛除"软骨病"、苦练"造血功"等方面，在"临门一脚"的关键时刻，更为科学地完成习近平总书记提出的精准扶贫的伟大任务，准备迎接湖南全省贫困县帽子全部"清零"的历史性时刻；又如《一条扁担挑稳两个箩，大生产呀么嗬嗨！》一文聚焦的关键词是"大生产"，令人回想抗战时期南泥湾轰轰烈烈的垦荒运动，目睹当下湖南省"工厂里机器轰鸣，田野上犁耙水响"的复工复产的忙碌情景。总之，红网"抗疫关键词"系列文章标题清晰明了、内容生动形象，让人过目难忘。系列文章精准解读了党中央和湖南省委、省政府"一手抓疫情防控，一手抓复工复产"的工作部署和战略意图，旗帜鲜明地贯彻了习近平总书记抗疫期间一系列重要讲话精神。

三、研讨会的及时建言

"会"就是"聚会、会合"，"议"就是商议、议事，会议就是为了达到某种目的把有关人员召集、会合在一起协商和做出某种决定，党的方针、政策和理论就是通过大大小小、不知其数的会议得以宣传和贯彻的。新冠肺炎疫情肆虐期间，为了避免聚集性感染，越来越多的会议只能通过网络视频召开。2020 年初，红网论道湖南频道联合湖南省省情与对策研究中心、湖南省省情研究会等单位联合举办了"学习贯彻习近平总书记关于新型冠状病毒肺炎疫情防治重要讲话精神的实践体会与对策建议"网络学术研讨会。与传统媒体不同，红网能够迅即于2月2日开始，陆续刊发10余篇专题文章，及时、深度地解读习近平总书记关于新冠肺炎疫情防治重要讲话的精神，理性发出党网有高度、有厚度、有温度的担当之声。如《保持战略定力　坚决打赢疫情防控阻击战》《在抗"疫"中彰显党的战略动员力》《牢牢抓住农村疫情防控六大重点》《在抗疫大考的实战中淬炼"基层之治"》等文，从思想、舆论方面为打赢疫情防控阻击战树立了坚定的信心；《压实责任，构建高效严密的疫情防治网》《社区抗疫要坚持"三结合"思想》《抗"疫"舆情应对，应走出三大误区》《善用大数据智能化治理手段　防控战疫期间社会风险》等文，对如何有效开展基层、农村疫情防控工作进行了解答；《防止因疫情导致养殖脱贫户再返贫》《文旅产业"疫"后复苏将进入"5.0时代"》《疫情给生态治理带来的挑战和思考》《如何尽可能降低疫情对湖南经济的影响？》等文，就抗疫期间精准扶贫、产业复苏、生态治理、经济走势等方面进行了阐释。这些理论文章见事早、站位高、反应快、言入心，客观公正地摆事实，入木三分地讲道理，理直气壮地提建议，层层深入、步步推进，内容看似高深，举措切实可行，透彻、直接地传递党和政府的理论精髓，深刻彰显了红网理论评论板块的鲜明政治立场，为新冠肺炎疫情防控的思想动员和经济社会统筹发展的工作实施提供了思想引导和方法指导，给三湘四水带来了打赢疫情阻击战的信心和开展复工复产的动力，从理论与实践上落实和引领了习近平总书记关于新冠肺炎疫情防控和经济社会统筹发展的一系列重要讲话精神。

（岳凯华执笔）

第二章　荧屏报告

第一节　贵在初心，美在真实，新在表达

2020年底，湖南广播电视台强力推出了一部大型电视专题片《从十八洞出发》，这是湖南广电"扶贫三部曲"的首发之作，共分为《首倡之声》《精准之方》《时代之魂》《旷世之业》《未来之路》等5集，分别通过"精准扶贫"重要思想的由来、精准扶贫精准脱贫方略、脱贫攻坚孕育的伟大精神、中国减贫对于世界的意义以及精准脱贫之后未来怎么走这五个方面的思考，以十八洞村具体鲜活的扶贫脱贫实践为核心向外发散，联动全国，展现出精准脱贫的中国方案在脱贫攻坚工作中发生的重大作用。

我们知道，2020年在中国是具有里程碑意义的一年，是脱贫攻坚的收官之年。脱贫攻坚，这是中国共产党对中国人民的庄严承诺，也是无数扶贫人不忘初心、艰苦奋斗的结果。《从十八洞出发》秉持这种理念，以"微纪录+嘉宾访谈+走读"的创新形式，凸显中国智慧，呈现中国方案，通过十八洞村一个个真实的故事和日新月异的变化，展现了新时代中国共产党人的为民初心，张扬了新时代中国人的昂扬精神。

具体而言，《从十八洞出发》以小见大，以小切口写大史诗，无论是记录十八洞村的脱贫变化给予全国乃至全世界贫困地区以借鉴的现实意

义，还是通过审美表达、艺术呈现的中国智慧和中国方案所带来的美学价值，都不失为一部难得的精品佳作。

一、行动践行初心

"十三五"期间，我国累计减贫超5000万人口，960多万贫困民众迁新居，农村贫困发生率降至0.6%。这一个个数据展现出中国脱贫攻坚的伟大成就，而在这成就背后支撑它的是无数中国共产党人的为民初心，是无数扶贫人的辛勤付出。

在《从十八洞出发》中，我们能看到一幅幅脱贫后的中国乡村风景秀美的画卷，湖南省湘西土家族苗族自治州花垣县十八洞村、福建省福鼎市赤溪村、云南省独龙江乡、宁夏回族自治区永宁县闽宁镇等一个个小山村，通过脱贫致富焕发了新的生机与光彩。这得力于一个个不忘初心的中国共产党人和广大中国人民，如带动村民的钱袋子鼓起来的十八洞村党支部书记施金通，将生命最后一刻留在扶贫工作上的湖南省石门县薛家村"名誉村长"王新法，贵州省罗甸县沫阳镇麻怀村一钎一斧从大山肚子里抠出一条路来的"当代女愚公"邓迎香，四川省凉山彝族自治州美姑县瓦以村的"95后"姑娘杨卓玛……这一个个将青春与生命献给扶贫事业的扶贫人，成了支撑中国贫困农村绽放出新的生机与光彩的不可或缺的脊梁和力量。

事实上，贫困问题既是一个历史性的遗留问题，也是一个世界性的普泛难题，反贫困是人类共同面临的一项艰巨任务。中国共产党人迎难而上，提出了一项切身可行、行之有效的"中国方案"。从福建省福鼎市赤溪村实施的"因地制宜、弱鸟先飞"策略，到十八洞村执行的"实事求是、因地制宜、分类指导、精准扶贫"方案，都是这一"中国方案"的具体实践。习近平总书记关于脱贫攻坚的一系列决策，彰显着中国共产党人的为民初心："人民对美好生活的向往，就是我们的奋斗目标。"正是这一可贵的初心，一直激励着无数中国人前赴后继、勇往直前，使困扰中华民族几千年的绝对贫困问题终于得到了历史性解决。这都在《从十八洞出发》中得到了形象的反映。

二、真实感染人心

打开《从十八洞出发》，一幅幅精美的画卷在观众眼前展开。浩瀚的山海，涓涓的细流，青葱的茶园，尤其是那一张张幸福的笑脸，让人恨不得身临其境，成为那画卷中的一分子，或欢喜，或开心，或伤心，或泪流。这部电视专题片以十八洞村为核心，通过一个个真实的人物、一个个真实的故事，展现脱贫后中国乡村的秀美风景，触动观众的心弦，引发人们的深思。

在《从十八洞出发》中，我们能看到一张张朴实的脸庞上泛起的笑颜。以前"就是要钱，然后就是要个老婆"的"酒鬼"龙先兰，在扶贫干部的帮助下，靠着自己的奋斗脱贫了，钱有了，老婆也有了，有了"甜蜜蜜"的生活；"蝴蝶妈妈"石顺莲，带领村民绣苗绣，令苗绣走上了世界舞台，她藏在心里的愿望终于得以实现；美姑县瓦以村的杨卓玛，把自己的青春留在她热爱的土地上，这段扶贫生活也成了她最美的回忆。

在《从十八洞出发》中，不少感人肺腑的场景和画面会让你无数次落泪。十八洞村第三任扶贫队长麻辉煌，夜以继日地进行扶贫工作，使得他和家人最短的8秒钟通话时长只够一句问候，再多便来不及了；喜欢给村民起外号的"名誉村长"王新法，最终和村民成了一家人，却因过度劳累在村民的泪水中撒手人寰，继承父亲遗志的女儿王婷依然用着父亲一直定格在"5:47"的闹钟，是因为这样做就仿佛父亲还陪在她身边，同她一起战斗在脱贫攻坚的战场上；从大山肚子里抠出一条路来的"当代女愚公"邓迎香，提起她夭折的三个月大的孩子连世界都没见过时，眼中泛出的泪光让人感伤。

只有5集的《从十八洞出发》，之所以让你高兴、让你泪流，是因为出现在你眼前的那一幕幕场景、那一段段故事、那一句句言语、那一个个细节，真实而自然，平凡而伟大。正是这些生活在与你我同一个时代的真实的人，创造了一个个惊天动地的、充满传奇色彩的脱贫故事。

三、创新审美表达

作为湖南广播电视台致敬脱贫攻坚伟大事业的一份厚礼，《从十八洞出发》在创作手法上进行了大胆创新。秉持"把大片做到村里去"的理念，该片以"微纪录+嘉宾访谈+走读"的形式，从故事出发，从情感出发，将宏大的时代主题灌注在热气腾腾的农村日常生活场景之中。

首先是形式的独特创新。2020年是全面打赢脱贫攻坚战的收官之年，涌现了大批脱贫攻坚主题影视作品。11月热播的电视剧《石头开花》不同于以往的脱贫题材剧集，采用了"单元剧+集体创作"的模式，以时代报告剧形式呈现。而《从十八洞村出发》在全片结构上更是大胆创新，采用了"微纪录+嘉宾访谈+走读"的形式，既聚焦十八洞村又跳出十八洞村来看十八洞村，用理论与新闻、文艺、电影等相融合的方式呈现。该片每集开篇讲一个人物的故事，用人物带出故事，用故事切入主题，聚焦精准扶贫这一当下正在发生的现实题材，把访谈现场设在农家屋场，插入大量十八洞村的生活场景，呈现十八洞村中一幅幅民俗风景画，始终保持热气腾腾的生活气息。这是大众喜闻乐见的呈现方式，充分展示出湖南广电推进党的创新理论的独特风格。同时，该片设置5个悬念，每集节目中嘉宾的走读都是当期节目悬念，是需要回答的理论问题。节目中的"乡村走读"环节，邀请了不同行业、不同身份的嘉宾从十八洞村出发，分别去到福建省福鼎市赤溪村、云南省独龙江乡、湖南省石门县薛家村、浙江省宁波市滕头村等地。通过他们的独特视角，观众看到了赤溪村的脱胎换骨、独龙江乡的一步千年，体会到了薛家村王新法父女义务扶贫的感动、滕头村乡村振兴的魅力。而青年留学生米粒去了四川省凉山彝族自治州美姑县瓦以村走读，被"95后"藏族扶贫干部杨卓玛的担当和奉献深深感动。中国援助老挝扶贫专家组成员罗凤宽在老挝万象市版索村的走读，更通过当地的巨变直观展示了精准扶贫的实践伟力，彰显了中国方案对世界减贫的巨大贡献。这种"微纪录+嘉宾访谈+走读"的呈现方式，带着受众探究了精准扶贫精准脱贫方略的形成过程，感受到了精准扶贫精准脱贫方略的思想伟力，提炼了脱贫攻坚孕育出的伟大精神，也印证了中国减贫对世界的意义，展望了农业农村现代化的美好未来。事实上，以"理论+"的视角聚焦和审视精准扶贫首倡地，目的是从这里更好地回望昨天、眺望明天，向着第二个百年奋斗目标出发。

其次是意象的巧妙设置。意象是作品中浸染了创作者感情的东西，是用来寄托特定思想感情的人、物、景、事等。该片通过这一系列特殊的意象设置，描画了一幅幅脱贫攻坚的感人画卷，张扬了一份份真挚的脱贫精神。在《首倡之声》"酒鬼"龙先兰变身的微电影中，龙先兰接过伯伯代为保管的那个银项圈，往脖子上比画了一下，巧妙映现了龙先兰五味杂陈的心情，既有对逝去妈妈的思念，也有对过去无赖行为的悔恨，更有对今天幸福生活的感慨，但解说词中一句多余的话也没说，留给观众去咂摸、去想象。在《精准之方》嘉宾访谈的片段中，村会计手里拿着的那一沓沓账本，既显示出村会计脱贫致富后的满脸自豪，因为2017年的这一沓账本写得满满的，又反映了村会计在精准扶贫起步时的无奈感叹，因为2013年这一年的账本仅仅写了两三页。这一沓沓看似普通的账本实际上见证了7年来乡亲们收入高了、日子甜了的幸福生活。而《时代之魂》讲述扶贫干部麻辉煌故事的时候，巧妙突出这位干部手机中一天最多有160个来电记录，但留给家里人的通话时长却只是"你在哪儿？有事"这短短的8秒钟，这个意象透露着当地扶贫干部"牺牲小家为大家"的精神。在《旷世之业》中，石顺莲的一块背包布自然引起了观众的注意。石顺莲出嫁时，母亲绣好了一块背包布。她在当年最困难的时候保存下这块背包布，用这块蓝灰色的背包布背起了自己的儿子，如今儿子已长大成人，十八洞村也热闹起来，石顺莲发起的苗绣合作社带着村里的妇女们脱贫，更把斑斓的苗绣送上了高铁，带向了世界。

最后是引人注目的意象设置。如施林娇在演唱时拿出父亲留给她的

"话筒"，这是幸福生活的延续象征；老挝国家主席送给十八洞村的"银芦笙"，象征着对世界脱贫减贫贡献中国经验、中国方案的信任。而在访谈片段中，主持人手里所拿的几张新旧照片，以往杂乱不堪的旧猪圈如今是精致的新房子，岌岌可危的旧厨房现在是古色古香的农家乐，驻村扶贫的"95后"爱美的女青年杨卓玛往日甜美的生活照和扶贫路上忙碌疲倦的照片，都形成了鲜明对比。这样的意象，胜过万语千言，更能震撼人们的心灵。

综上所述，《从十八洞村出发》中的十八洞村，不再是那个泥泞的小山村，它的意义不再隶属于湘西，而是一个新的起点，是中国智慧和中国方案给全世界的美好范例和地标，正如习近平总书记所说的，"脱贫摘帽不是终点，而是新生活、新奋斗的起点"，这都得靠自己的双手去不断地创造！从精准扶贫精准脱贫到乡村振兴和农业农村现代化，还要征服和战胜很多艰难险阻。我们坚信，有以习近平同志为核心的党中央掌舵领航，山再陡，往上攀，总能登顶；路再长，走下去，定能到达！电视专题片《从十八洞出发》就这样紧扣住时代的脉搏和泥土的气息，拨动了观众的心弦，为主旋律题材的制作提供了一个很好的创作示范。

（岳凯华、张秀娟、牛哲妮执笔）

第二节　2017年度湖南电视剧：创新与摸索同行

根据湖南广播电视台年鉴中心办公室陈征宇、曾致给《2018中国广播电视年鉴》提供的《2018湖南广播电影电视概况》资料显示，2017年湖南全省境内电视台有15座，公共电视节目137套（其中省级11套、市级31套、县级95套）。全省有线用户11818667户，比2016年减少了854269户，同比下降6.74%；其中数字电视用户10381538户，比2016年减少了521441户，同比下降6.74%。全省广播电视从业人员51768人，比2016年增加了6549人，其中管理人员10053人、专业人员24376人、其他人员17339人。全省广播电视行业（包括电影）资产总额701.67亿元，总收入291.13亿元，增加值84.32亿元，同比上升1.69%和1.02%；实际创收收入236.00亿元，包括广告收入113.53亿元、网络收入27.08亿元、新媒体收入8.62亿元、广播电视节目销售收入25.84亿元、电影发行放映收入16.86亿元等。湖南广播电视台2017年度实现创收183.10亿元，同比增长4.00%；媒体广告创收89.84亿元，同比下降18.50%。湖南卫视全年创收80.02亿元，圆满完成年度目标任务。全台产业创收112.00亿元，同比增长28.40%。其中，芒果传媒创收75.00亿元，较上年增幅46.50%，连续4年保持经营创收和利润的高比例增长；芒果TV全年营收35.00亿元，同比增长约84.00%，成为行业先锋中唯一实现盈利的平台。长沙市广播电视台2017年全年总收入为13.05亿元，同比减少1.34亿元，降幅为9.32%。这些都得益于肩负着实现中华民族伟大复兴中国梦神圣使命的湖南电视艺术工作者，在党的十九大胜利召开的2017年，围绕宣传、学习、贯彻习近平新时代中国特色社会主义思想和党的十九大精神这条主线，在中国特色社会主义文化发展的道路上，以高度的文化自觉和文化自信，坚持以人民为中心的创作导向，创作生产优秀电视作品，抒发人民情感，赞颂时代精神，加速媒体转型，努力推动湖南电视文艺取得突破性进展，精品纷呈，佳作迭出，呈现出良好的发展态势。

为贯彻落实《中共中央关于繁荣发展社会主义文艺的意见》，国家新闻出版广电总局、国家发展和改革委员会、财政部、商务部、人力资源和社会保障部等五部委于2017年9月联合下发的《关于支持电视剧繁荣发展若干政策的通知》和全国电视剧工作座谈会在京召开等扶持政策、保障措施的提出与实施，促进了湖南省电视剧创作的发展、播出结构的完善、行业秩序的规范、从业人员的建设。2017年，全国首播的电视剧"产量虽有减少"[1]，但上星首播的湖南出品、湖南人编导的代表性电视剧较2016年的

[1] 中国文学艺术界联合会.2017中国艺术发展报告［R］.北京：中国文联出版社，2018：384.

16部在数量上有所增加，达20余部①，创作类型持续稳定，制作质量有所提升，尤其是以《人民的名义》为代表的多部优秀电视剧，有着良好的收视口碑和成绩。

一、反腐剧：缺席多年的强势霸屏

随着改革开放的深入发展，政府和公众最为关注的腐败问题越来越成为21世纪中国电视剧的书写内容，反腐题材电视剧强势占据着中国亿万百姓的荧屏空间，担负着"表达主流意识形态的重任"②。但自2004年以来，该类型题材电视剧因数量泛滥和过度挖掘，一度被监管部门严令整顿，从此退出电视黄金档达十余年之久。

然而，反腐剧在2017年的春天悄然复苏，由李路导演，周梅森、孙馨岳编剧，最高人民检察院影视中心、中央军委后勤保障部金盾影视中心、中共江苏省委宣传部、湖南广播电视台、天津嘉会文化传媒有限公司等联合出品的52集电视剧《人民的名义》[（广剧）剧审字（2017）第003号]备受瞩目，成为2017年度湖南电视生产的核心部分和中坚力量。这部改编自周梅森同名长篇小说的反腐题材电视剧，自2017年3月28日在湖南卫视首播以来，其收视率位居2017年度全国各电视台榜首，高达3.661%。这种强势霸屏的姿态，引发了各界观众的收视期待，满足了全国人民的审美心理。

作为一部"在暌违多年后的强势回归有其深刻社会意义和文化价值"③的反腐剧，该剧以最高人民检察院反贪总局侦查处处长侯亮平（陆毅饰）的反贪活动为主线，讲述了一系列的反腐故事。

---

① 陈伟华，朱汶娟.立足都市，追逐梦想：2017年湖南电视文学综述[R]//卓今，何纯，吴正锋.2018湖南文学蓝皮书.长沙：湖南文艺出版社，2018：117.

② 刘复生，朱慧丽.商业时代的"主旋律"："主旋律"创作领域影视剧与小说的互动关系[J].海南师范大学学报（社会科学版），2007（2）：45-48.

③ 杨洪涛.观剧：新世纪中国电视剧类型研究[M].北京：中国广播影视出版社，2018：231.

　　该剧熟谙影视剧的叙事规律，用环环相扣的悬念铺设、抽丝剥茧的影像方式展示了一系列反贪反腐案例，但没有停留于对具体腐败事件的揭露，而是把正反两面人物形象写活，把人性写透，既塑造了侯亮平、陈海、陆亦可等反腐斗士的丰满群像，赞扬了沙瑞金、李达康等清官的高风亮节，也将触角直指官阶高至省公安厅厅长、省委副书记、省政法委书记等腐败官员，深入贪官的亲戚圈、师生圈、同学圈等各种具有潜在利益关联的人群，刻画了一系列丰满立体、形象生动的贪官污吏形象，如赵德汉受贿千万元，但平时却以平民形象示人，经常吃炸酱面，骑自行车上班；高育良作为政法委书记知法犯法，但表面看来平易近人、淡泊宁静、清明廉洁。同时还批判了隐藏在国家干部队伍中的赵德汉、丁义珍、祁同伟等腐败官员及其罪恶行为。当然，正面形象的塑造更深入人心，如侯亮平思维活跃、行事果敢，看似恣肆骄纵，实则心思缜密，敢于挑战迂腐的官场规则，是一名名副其实的朝气蓬勃、干练阳光的检察官形象。而李达康一改荧屏长期充斥的刻板"书记"形象，他勤勉严谨，重视政绩，办事雷厉风行但也略显急功近利。他"夜里十二点之前很少回家"，少了世俗生活的人情味，一把手的权变、魄力和自信得到了酣畅淋漓的表现。根据这个形象衍生的在网络上广泛流传的"达康书记表情包"，说明该剧人物形象"在拉近角色与观众之间的情感距离的同时，也在群众中掀起了轰动式的传播效应"①。其前所未有的反腐力度具有非常好的现实教益，被观众称为"史上最大尺度"的反腐题材剧。

　　2017年6月17日，电视剧《人民的名义》中的演员张志坚和吴刚获得第23届上海电视节白玉兰奖最佳男配角奖。②

---

① 司若.中国影视产业发展报告（2018）[R].北京：社会科学文献出版社，2018：199.

② 杨文杰.第23届白玉兰奖"冷门"迭出[N].北京青年报，2017-06-17（A13）.

二、爱情剧：故事类型的不断实践

爱情，是古今中外文学艺术世界中经久不衰的热点题材。在众多电视剧类型当中，爱情剧历来是最受电视观众喜爱的大众文化消费产品之一，电视湘军在2017年度有不少这种类型的精品佳作问世。

2017年1月2日，由赵晨阳导演，卢至柔、杨青编剧，芒果影视文化有限公司等公司联合出品，改编自韩剧《她很漂亮》的46集电视剧《漂亮的李慧珍》[（湘）剧审字（2016）第008号]在湖南卫视开播。首播期间，该剧强势蝉联同时段收视22连冠，全国网最高收视率破2%，市场份额达12.03%，创下当时所有卫视周播剧15个月以来最高收视纪录，坐稳当年周播市场"青春剧王"的名号。

该剧有别于以往青春偶像剧惯用的灰色调和疼痛视角，而是围绕现代版灰姑娘李慧珍（迪丽热巴饰）这个主角，在编辑部中展开故事。留学国外的白皓宇（盛一伦饰）回到滨江市，一心寻找少年时代的漂亮好友慧珍。为了不使皓宇失望，长大后变得非常平凡的慧珍让好友夏乔（李溪芮饰）替自己与他见面，白皓宇并没有认出。慧珍到杂志社上班后，发现上司竟然是对工作要求颇为严厉的白皓宇，因此在工作中受到了不少责难。记者林一木（张彬彬饰）表面上捉弄慧珍，实则暗地帮助着她。在和夏乔的相处中，白皓宇发现夏乔与自己记忆中的慧珍相差甚远，而慧珍更接近于自己记忆中的慧珍。了解到事情的真相后，白皓宇回到了慧珍身边，但林一木此时也在追求慧珍，二人于是展开竞争。此时，杂志社销售量严重下滑，林一木以大局为重，主动让白皓宇采访自己，原来他是一位为体验生活而来这里上班的有名作家。慧珍也将自己的工作经历画成漫画发到网上，引发了点击率激增。最终，慧珍和皓宇结为眷属。[①]

该剧围绕刊物的编撰进行，在较好展现杂志编辑部日常工作的同时，

① 漂亮的李慧珍［EB/OL］. https://www.tvsou.com/show/4a92e9f2.

以温暖而坦诚的目光观察普通青年李慧珍、夏乔、白皓宇、林一木等人的成长空间、职场生态及情感世界，在闺密间的情感冲突、同事和好友间的三角恋情、同事间的业务竞争、知名作家体验生活等生活流中，讲述从完美公主变成"龙套女"的李慧珍再遇初恋白皓宇而引发的一段曲折浪漫的爱情故事，悄然发出"何为青春，何为漂亮"的叩问，引发观众强烈共鸣，形成"青春共振"。

该剧构建人物关系和故事情节时，善于利用传统的"戏剧性误会"手法。女主角李慧珍与男主角白皓宇是儿时好友，慧珍成年后容貌变化较大，与白皓宇再次见面时已不能被对方认出。闺密夏乔假装李慧珍与白皓宇相见，却对他产生爱恋而成为慧珍的情敌。[1]虽然不太合乎现实生活规律，但该剧在2018年10月15日第29届中国电视金鹰奖揭晓之际在百余部作品中突围，摘得优秀电视剧奖，女一号迪丽热巴荣膺本届"金鹰女神"，并荣获观众喜爱的女演员奖和最具人气女演员奖。该剧独揽金鹰奖四项殊荣，成为获奖作品中唯一一部青春题材周播剧，展现了职场励志爱情剧的"青春力量"。李慧珍从一个缺乏自信、外表邋遢的女生，蜕变为一个有主见、落落大方的知性女性，对当代女性具有较好的励志效果。

由马可、关晓彤、张晓龙、赵韩樱子、朱晓鹏等演员联袂主演的59集电视剧《极光之恋》[（京）剧审字（2017）第033号，许可证号乙第02006号]，于2017年11月27日在湖南卫视开播，于2018年1月17日完美收官。自开播以来，该剧热度居高不下，网播量已破63亿，其他相关数据也获得傲人成绩。该剧改编自王千赫同名小说，由刘礴导演，王千赫总编剧，刘国安、张妍、仇星、刘晓琳编剧，芒果影视文化有限公司、北京中视礴广文化传媒有限公司出品。

在新媒体驱动的年轻化市场当中，该剧以较为少见的跨国（美国、中国）叙事方式，将剧情定位于都市、爱情、励志、职场，主要在超级集团

---

① 陈伟华，朱汶娟.立足都市，追逐梦想：2017年湖南电视文学综述［R］//卓今，何纯，吴正锋.2018湖南文学蓝皮书.长沙：湖南文艺出版社，2018：124.

实习生训练营中展开剧情，以留美歌舞剧演员韩星子（关晓彤饰）和富二代李俊泰（马可饰）的情感经历为主线，韩星子的工作经历和李俊泰的创业经历伴随着两人的情感经历展开，凸显了当代中国"90后"普通青年奋斗追梦的故事。接受过中美两国教育的韩星子与李俊泰，他们身上不仅都有浓厚的中国文化烙印，而且也有鲜明的美国式思想。韩星子虽然是家道中落的"灰姑娘"，但不再是"傻白甜"，只会等着王子或骑士来救她，而是有着高超的表演天赋，梦想用自己的表演向全世界的观众传递爱与希望。因此，她在留美期间辗转于大大小小的舞台，用心诠释每一个角色。自由叛逆的李俊泰是一个有着千亿家产等着继承的富二代，却为了追求自己的理想逃离了古板、霸道、专制的家族和爷爷李政权的强权束缚，孤注一掷地来到美国，希望用最先进的视效技术打造最完美的光影艺术作品，用智慧和实力对爷爷进行了强有力的反抗，表现出新一代年轻人对专制家长的不屈和对自己掌控命运的信心。

该剧虽然在情节设置上脱离不了"霸道总裁与灰姑娘"这种老套的设定窠臼，但其实在剧情上已经不再走早前传统偶像剧的套路了。富豪们希望通过联姻来增强实力、实现共赢的意愿和行动，两对年轻人的婚姻对此进行了嘲弄。李明哲与何静文的婚姻悲剧，从正面宣告了以婚姻换取利益的做法的失败。而李俊泰闯入韩星子的追梦之旅，二人自由恋爱的成功更从反面对此进行了反驳，从而牢牢抓住了与角色同龄的一批"90后"观众的心，是一种成功的、接地气的人物刻画。留美海归的故事、追逐艺术之梦和爱情之梦的内容，与受众需求是高度吻合的，可以说是"90后"积极乐观、个性张扬、敢想敢干的真实缩影。

42集都市爱情喜剧《人间至味是清欢》，由陈铭章、吴强导演，郭爽、冯媛、倪骏编剧，东阳元一传媒股份有限公司、上海上象星作娱乐（集团）股份有限公司、上海半糖影视传媒有限公司、北京佟悦名新文化传媒有限公司联合出品，于2017年8月15日在湖南卫视首播。该剧讲述了大时代下不同生活际遇的丁人间、安清欢、翟至味等人自我实现与追求爱情的故事。身为"70后"的丁人间，带领同事向老板要求涨薪却被开除，之后他给"90后"翟至味打工，而老婆林月在唐小刚的怂恿下与丁人间离婚，嫁给了唐小刚，丁人间因此陷入了人生的低谷。然而，翟至味的公司也被唐小刚用手段搞垮，加上父亲过世，翟至味也一蹶不振。不过，再度失业的丁人间与"80后"高级白领安清欢逐渐心心相印，一同帮助翟至味走出困境，成为有担当的男人，两人最终相亲相爱地生活在了一起。

改编自阿耐同名小说，由简川訸、张开宙导演的55集电视剧《欢乐颂2》[（浙）剧审字（2017）第009号]，讲述生活在欢乐颂22楼的5个女孩子身上所发生的一连串关于爱情、友情、职场和理想的故事。该剧虽然是东阳正午阳光影视有限公司、山东影视制作股份有限公司、东阳乐儒影视有限公司联合出品，东方卫视、浙江卫视于2017年5月11日同时首播并收获了不错的收视率，但其编剧却是出生于湖南邵阳、曾受邀创作过电视剧《恰同学少年》《国歌》的袁子弹。

该剧承接第一部，着重于女性的友谊和成长，继续讲述安迪、樊胜美、曲筱绡、邱莹莹、关雎尔等5位女性的爱情、生活及工作故事，但恋爱仍是本剧的主调。剧中既可以看到传统的"门当户对"婚恋观念对都市青年男女的严重制约，也可以发现金钱对当代人婚恋、家庭和亲情关系的重要影响，这尤其体现在通过安迪所插入的巨额遗产继承的故事中。剧中还展现了一种分手后依旧是朋友的豁达情爱观，如剧中多处涉及的安迪与前恋人魏渭再次相遇的情节。从剧情发展来看，具有明显现实主义风格的《欢乐颂2》剧情较为拖沓松散，节奏缓慢，表演浮夸，广告植入过多，虽然剧中生活在大都市琐碎生活气息中的青年男女面对困难和挫折不畏惧、不放弃、敢于迎难而上的精神风貌依旧具有良好的正面感染力，但该剧的口碑明显不如预期。

同样不是在湖南卫视而是在深圳卫视于2017年5月29日首播的40集电视剧《小情人》纳入本节研究视野，也是因为该剧编剧为湖南长沙人王伊。该剧由刘新导演，北京太泽文化有限公司、北京爱奇艺科技有限公司、北京九乾影视文化传媒有限公司、北京金影环球文化传播有限公司联合出品。

"亲情＋爱情"是本剧的叙事核心，主要围绕保安公司老板单子飞一家和祖南头一家展开，讲述单亲父女在生活、工作等方面发生的一系列故事。原本为退伍军人、后在保安行业工作直到自己做了老板的单子飞（胡军饰），由于妻子早亡，不得不独自将女儿单单单（金晨饰）抚养长大。这种身份的错位，使他在与女儿的相处中经常爆发矛盾冲突，也由此生出许多笑料。同样早年丧妻的祖南头（洪剑涛饰）是单子飞的老友，其女儿祖贝莱（宋轶饰）是单单单的闺密。相似的家境，使两家有着许多共同话语，两家之事经常相互关联。剧作主要围绕单、祖两家展开故事，既保证了内容的丰富性，又在制作方面节约了不少成本。该剧剧情在都市和农村间交织进行，主要关注了失母家庭父女相处、子女教育、丧妻父亲再娶等问题，引人深思，发人深省，充满了喜剧色彩。

三、校园剧：艺体世界的青春绽放

2017年，以校园题材为主的湖南电视剧主要有《浪花一朵朵》《我们的少年时代》《进击吧，闪电！》《路从今夜白之遇见青春》等。这些作品多在暑期推出，其预设观众为青少年学生，其题材主要集中在体育与艺术领域，充满着励志精神。

37集电视剧《浪花一朵朵》［（湘）剧审字（2017）第003号］将镜头聚焦于大学校园，通过颇受青年人喜爱的体育活动——游泳，来述说莘莘学子浪漫而隐秘的爱情故事。该剧改编自酒小七同名小说，由常晓阳、王郑军导演，许璐艳、李红艳编剧，芒果影视文化有限公司、上海观达影视文化有限公司联合出品，于2017年7月30日在湖南卫视首播，其收视率连续位居全国三网收视榜首，网络播放量逼近3亿。

该剧以游泳运动员为主角，集中讲述了"泳坛男神"唐一白与菜鸟记者云朵之间热血爆笑的爱情故事，较全面地反映了体校游泳专业学生的爱情、生活和竞赛，刻画了体育运动员复杂的爱情心理。该剧借云朵与唐一白的爱情故事，展现了爱情、友情、亲情对竞技状态的影响，如同样爱唐一白的林桑居然在唐一白的饮料中下违禁药，使得唐一白无意中喝下了有违禁药的饮料从而遭到禁赛惩罚。这从一个侧面说明了运动员服违禁药事件的复杂性，说明并非所有的服违禁药事件都是运动员为了获取较好的名次而有意为之的，深入刻画了游泳运动员的竞技心理。

30集电视剧《路从今夜白之遇见青春》[（湘）剧审字（2017）第006号]改编自墨舞碧歌小说《路从今夜白》，由顾贇贇导演，李琼、刘潇潇、周融编剧，芒果影视文化有限公司、湖南快乐阳光互动娱乐传媒有限公司、年轮映画（北京）文化传媒有限公司、浙江晟喜华视文化传媒有限公司、思美传媒股份有限公司、浙产投资产管理有限公司、浙江互星文化传媒有限公司、北京无限自在文化传媒股份有限公司联合出品，于2017年11月1日在湖南卫视首播。自播出以来，该剧凭借精彩的剧情和演员走心的表演吸粉无数，收视持续走高，连续10余天蝉联卫视52城市组同时段卫视第一。

该剧就像一部校园青春纪录片，主要讲述了极具绘画天赋的美术系学生顾夜白（陈若轩饰）与暖萌少女路悠言（安悦溪饰）、林子晏（匡牧野饰）与苏珊（王玲玉饰）、魏子健（魏哲鸣饰）与周怀安（罗予彤饰）等人之间的爱情故事，展现了美术类艺术学生对理想爱情的向往和对美好事业的追求，着力于校园青春、爱情、友情的真实勾勒。

每个角色在剧中都有独特的经历，有一见钟情的纯爱"白露"夫妇，有欢喜冤家的"紫苏"夫妇，有寻寻觅觅到最后才发现对的人的"安慰"夫妇，爱情、友情、亲情尽数包罗其中，各种情感的交织构成了普通人的人生，折射了家长对子女婚恋的干预，指出了婚恋自由的实现艰难，有着较强的问题意识和时代特色。而这种独特正是现实的写照和还原，全剧在青春励志、现实磨砺、人间真情的交织情境中，形象演绎出了当代都市年轻一代真实的情感世界和多彩的人生画卷。顾夜白与路悠言的故事，能够给人们带来激励的力量和有益的借鉴。

由成志超导演，柴靖杰、芦思朦、颜桢编剧，湖南芒果娱乐有限公司、北京时代峰峻文化艺术发展有限公司、上海上象星作娱乐（集团）股份有限公司联合出品的39集电视剧《我们的少年时代》[（湘）剧审字（2017）第001号]，于2017年7月9日在湖南卫视首播。该剧以月亮岛中学棒球队的解散、组队重建为叙事主线，讲述了高中校园棒球队的故事。

值得一提的是，剧中出现的月亮岛中学、中加中学均为湖南长沙岳麓区的本土学校。综观全剧，邬童、班小松、尹柯等校园棒球队队员形象和陶西、安谧、白丹等高中老师形象在观众心目中留下了深刻印象。邬童外表冷酷但内心炙热，不仅对棒球充满热情，而且是棒球队里的天才少年；班小松热情主动，富有正义感，但又大大咧咧；尹柯处事温和，成绩优异，性格却比较内敛，他们分别由少年偶像组合TFBOYS成员王俊凯、王源、易烊千玺饰演，可见校园剧对于偶像演员的倚重。该剧的叙事线索分为两条，一是月亮岛中学棒球队成长和发展的艰难历程，但不以动作竞技为主，没有太多棒球比赛场面，而是着眼于组队的过程和训练中的困难，集中于人物群像的刻画，其中班小松、邬童、陶西等追逐梦想的故事极具励志性和感染力。二是陶西老师与安谧老师的爱情贯穿始终，并涉及紧张的父子关系和母子关系。二人的情感故事占据着较大篇幅，安谧处处为难陶西，其原因是受命于陶西的父亲陶宇。陶西个性张扬，看似颓唐、不求上进、工作懒散，实质是为了对抗父亲逼迫他放弃打棒球的不合理要求，但他也在与学生共同成长的同时收获了爱情和事业。老师与学生、师生与家长之间的碰撞与融合，呈现了三代人之间三观的差异与交流。而三首歌曲的插入，也增加了全剧的真实感，让人回味葱茏校园那段满怀梦想与热血的青春时代。据《北京晨报》报道，《我们的少年时代》获得了2017年美国亚洲影视联盟金橡树奖中的优秀电视剧奖。[①]

四、行业剧：业界经验的创作积累

正如人云："新时代中国社会的快速发展和人民丰富的生产生活，为

---

① 冯遐.国剧赴美领取"金橡树奖"[N].北京晨报，2017-10-31（B06）.

电视剧创作提供了鲜活丰富的素材。2017年，以专业背景为特征的行业剧也得到了进一步突破。"① 行业剧要以一个行业的人群为主要表现对象，以这个行业中发生的事件为主要表现场景，所有的情节都与这个行业的种种细节有着千丝万缕的关系。② 2017年的湖南电视人集中于猎头、刺绣、建筑行业，创作、生产了这样3部获得了观众认可、为业界积累了创作经验的行业剧。

2017年11月6日，以猎头公司（"高级管理人员代理招募机构"的俗称）为题材的58集行业剧《猎场》[（鄂）剧审字（2015）第003号] 在湖南卫视开播。该剧由姜伟、付玮导演，姜伟、李丽娜编剧，东阳青雨传媒股份有限公司、浙江影视（集团）有限公司、蓝色星空有限公司、湖南广播电视台、湖北省新闻出版广电局、湖北省文学艺术界联合会、湖南广播电视台卫视频道联合出品，全网播放量破140亿（截至2017年12月6日）。

该剧以职业经纪人郑秋冬（胡歌饰）的事业和爱情遭遇为主线展开故事情节，剖析了猎头行业从业人员的职业特点、职业心理，展现了猎头公司的一些行业特点及内幕，塑造了较为典型的猎头形象。该剧讲述了郑秋冬在追逐事业和理想时，一次又一次被打击，一次又一次重生，经历了十年职场打拼后，终于成为一名专业猎头的故事。郑秋冬的事业活动是剧集表现的重点内容，他创业虽历经波折，但因个人发奋和朋友帮助，始终没有被打倒，并且表现了较高的职业操守，如他最终并没有执行袁涛（董勇饰）的非法请求，也放弃了偷窥银行数据，可见猎头行业虽以猎人为主，但他并非完全见利忘义，依然遵循基本的社会规则和道德准则。同时，该剧还用较多篇幅表现了郑秋冬的恋爱经历。虽然他阅人无数，先后与罗伊人、熊青春、贾衣玫等人恋爱，但对理想的爱情仍然极其向往，最终与罗

---

① 国家广播电视总局发展研究中心.中国广播电影电视发展报告（2018）[R].北京：中国广播影视出版社，2018：150.

② 费勇，熊宇飞.都市化生存视域中的"行业剧"："虚拟模具"与"临时心理感知结构"[J].现代传播（中国传媒大学学报），2009（5）：150-151.

伊人结婚，可以说该剧借行业活动对人的内心情感世界进行了深入挖掘。全剧把时代背景与个人命运完美地结合在故事情节中，逐步展现小人物的心酸成长过程。历经职场颠簸、商海沉浮、十年蝶变，郑秋冬才成长为一名专业的猎头，其意义不可低估。正如该剧编剧和导演姜伟所说："物质生活的改善和提高已经不再是现代人生的根本诠释，精神家园的重建和健康人格的确立，才是这个时代的形象代言。《猎场》这部戏，集中弹响的就是这个主音。"[①]

2017年9月6日，由王飞导演，中央电视台、幸福蓝海影视文化集团股份有限公司、上海半糖影视传媒有限公司、轶嘉（北京）国际文化传播有限公司联合出品的32集行业剧《春天里》[（苏）剧审字（2017）第003号]在中央电视台综合频道开播，该剧由湖南人梁振华任总编剧。

该剧围绕铁振国（谷智鑫饰）、高中（李雨轩饰）、胡胜利（郝平饰）、卡拉（游涌饰）等人讲述建筑行业中的故事，描写建筑工人们的生活状况、质朴品质和理想梦想。该剧对建筑行业和建筑工人进行了多方位的描写，关注了建筑工人群体的精神世界。工人们既有合作又有竞争，普遍具有行业精神，各工种中都有大家敬佩的工匠，如钢筋工中公认孙大力排第一，砌墙工中公认贾长安排第一。铁振国、铁头、高中、贾长安、黄师傅、孙大力、卡拉等人既是城市物质文化的建设者，同时也是城市精神文化的构建者。剧中塑造了他们各自鲜明的人物形象，比如，工地老板胡胜利虽然给疆宁老乡提供了就业机会，但他拖欠工资，为争取项目多方行贿；高中虽然是名牌大学毕业，但年轻气盛，心胸狭小且任性，缺乏起码的伦理道德，在爱情上脚踏两只船，在价值观上金钱至上，甘当黑心老板胡胜利的助手，但最后能够悔改；卡拉虽是建筑工人，但他有对音乐和舞蹈艺术的追求；铁振国充满正义感，敢做敢当，最后办起了兄弟建筑集团，任高中为北京分公司的经理，本人则带着大哥回到疆宁建设新农村。同时，该剧

---

① 湖北日报.热播剧《猎场》完美收官 鄂企是联合摄制方［EB/OL］.（2017-12-12）. http://www.cnhubei.com/xw/wh/201712/t4042823.shtml.

将铁振国、表弟高中、李春妮、冯美慧、冯友琳几人之间的爱情纠葛贯穿始终，揭示了建筑工人丰富多元的爱情世界。此外，该剧还呈现了另一类都市漂泊者，如酒吧、歌吧从业人员李春妮、玛丽、唐郁梦等的工作生活及情感经历，视野非常开阔，内容非常丰富。①

总体而言，该剧从建筑业的角度展现了乡村文化与城市文化融合的过程，作为"喜迎十九大推荐播出剧目"，在题材选择、格局立意、创作手法等方面一定程度上体现了价值引领和责任担当。②

五、军旅剧：湖南元素的着力彰显

2017年适逢秋收起义、南昌起义以及中国人民解放军建军90周年，湖南军旅题材电视剧着眼重大革命历史题材的挖掘，相继拍摄了《擒狼》《秋收起义》《热血军旗》等军旅剧，着力弘扬革命英雄主义和爱国主义精神，精心打造主旋律影视品牌。

22集军旅剧《秋收起义》［（广剧）剧审字（2017）第016号］于中国人民解放军建军90周年纪念日——2017年8月1日在湖南卫视首播，是为纪念秋收起义和中国人民解放军建军90周年而摄制的2017年度献礼片中的优秀作品。该剧导演为嘉娜·沙哈提，总编剧为湖南人黄晖，编剧为柳桦、杨宏、刘雪萍、叶垒，由中共湖南省委宣传部、湖南广播电视台、中国电视剧制作中心有限责任公司、中共长沙市委宣传部、中共浏阳市委、浏阳市人民政府、广东南方领航影视传播有限公司、北京领航星际影视传播有限公司联合出品。

这是一部主题鲜明的重大革命历史题材作品，真实再现了毛泽东（侯京健饰）、卢德铭（白恩饰）、周恩来（夏德俊饰）、朱德（黄勐饰）、罗

---

① 陈伟华，朱汶娟.立足都市，追逐梦想：2017年湖南电视文学综述［R］//卓今，何纯，吴正锋.2018湖南文学蓝皮书.长沙：湖南文艺出版社，2018：130-131.

② 高木.电视剧《春天里》研讨会举行［N］.中国青年报，2017-09-28（8）.

荣桓（李政阳饰）等早期中国共产党人和革命先驱发起秋收起义的革命历程。全剧基本遵循历史事件的发展进程，以影像方式还原了1927—1928年的中国社会状况，以生动的故事反映了秋收起义的前因后果，以人物的变化表现了革命队伍的分化成长，展现了中国革命战争的艰苦性和复杂性。该剧从一个侧面展现了毛泽东的"武装夺取政权"和"农村包围城市"战略思想的形成过程，展现了早期中央革命根据地的建立和中国工农红军的创建过程，反映了老一辈中国共产党人的伟大思想和丰功伟绩，具有较独特的史料价值，体现了较高超的艺术水准。

年轻的"文人墨客"毛泽东，走上了战场，挥斥方遒，指点江山；正值青年的卢德铭，率领革命军浴血奋战、奋勇杀敌、勇往直前，没有武器，战士们便亲手铸造。革命先驱有过失意和迷茫，革命军流过热泪和热血，冉冉飘扬的镰刀锤子旗帜暗示了他们坚定的革命意志，一幕幕惊心动魄的战斗和嘶哑的喊杀声令人热血沸腾。该剧用年轻化的演员阵容还原了秋收起义期间革命伟人意气风发的精神气概，正如片方所表示的："青年革命领袖和年轻的战士以枪杆做笔，热血为色，扫除黑暗，建立了一支永远忠诚于党、忠诚于人民的英雄军队，这是不朽的青春和高尚的荣光。他们是国家的英雄，也是永恒的偶像。这是《秋收起义》想要传递的朝气蓬勃、热血向上的正能量。"[1]

该剧荣获第31届中国电视剧飞天奖优秀电视剧奖、国家新闻出版广电总局2017年重大革命和重大历史题材电视剧精品发展扶持专项资金奖励，并在2017年美国亚洲影视节金橡树奖颁奖典礼上荣获优秀电视剧奖。[2]

33集电视剧《擒狼》[（京）剧审字（2016）第063号]，于2017年6月12日在中央电视台电视剧频道开播，并稳居同时段收视率第一，单集收视率近3%、网络总播放量近9亿，成为2017年荧屏上的一匹黑马。该剧导

① 新浪娱乐.《秋收起义》传递朝气蓬勃 成就红色献礼经典［EB/OL］.（2017-07-28）. http://ent.sina.com.cn/v/m/2017-07-28-doc-ifyinvwu2992421.shtml.

② 易禹琳，王中睿.《秋收起义》荣获"飞天奖"优秀电视剧奖［N］.湖南日报，2018-04-04（8）.

演为马骁，编剧为李辉和著有《夜芙蓉》《末代金莲》《战长沙》的湖南湘潭人却却（本名王凌英）。该剧由中央电视台、北京广电影视传媒有限公司、捷成世纪文化产业集团、浙江天光地影影视制作有限公司、北京盛唐时代文化传播有限公司联合出品。该剧主要讲述新中国成立初期一支解放军小分队用鲜血与生命一步步剿灭甘肃几大匪帮、消除甘肃匪患的故事。

该剧不仅有解放军战士与敌人浴血奋战、激烈对抗的故事，亦有对乱世之中弱女子可悲可叹命运的勾画，更有黄一飞与胭脂马两人催人泪下的虐恋故事，同时还较好地展现了甘肃较为复杂的匪情，立体再现了历史上的土匪形象，为民众了解土匪提供了较为生动的材料。该剧生动塑造了正、反两方的人物形象，其中周正阳、黄一飞、马达山、薛红狼、满天星等男性形象丰满而突出，胭脂马、马伏萌、金腾兰等女性形象也具有鲜明特点。该剧没有采用二元对立的理念来塑造土匪形象，不仅突出了土匪的罪恶暴行，也体察到土匪心中尚未泯灭的良知和所做的善行。如胭脂马不爱红装爱武装，只收女人为匪，不干坏事，在与共产党一次次的接触中、在与黄一飞相爱相杀的过程中，逐渐被触动，从心存芥蒂到逐渐释怀最后到与黄一飞成为战地恋人，投入共产主义阵营，揭示了女匪善良的一面。她从一名女匪首蜕变为解放军战士的经历堪称一部女性传奇。马伏萌虽为土匪之女，却立志创办学校，揭示教育的缺乏是土匪成为恶人的重要原因。可见土匪身上也有积极向善、追求上进的一面。总之，该剧通过剿匪故事的讲述，以独特的剿匪经过为切口，为观众呈现了一段敌对势力残留与土匪勾结一起作乱的故事，展现了中国共产党保家卫国的丰功伟绩。

2017年8月3日，30集电视剧《热血军旗》〔（广剧）剧审字（2017）第017号〕在中央电视台综合频道开播。该剧为中央电视台、北京中视精彩影视文化有限公司、广东南方领航影视传播有限公司、重庆萌梓影视传媒股份有限公司、星纪元影视文化传媒有限公司联合出品，导演是张多福，编剧有湖南花垣人彭景泉、蒋卫岗以及陈玉福、陈学军、刘晓波。

该剧主要讲述了老一辈革命家、早期中国共产党的领导人毛泽东（黄海冰饰）、周恩来（郭广平饰）、朱德（周惠林饰）等人在1927年至1928年前后领导人民创建人民军队、进行土地革命和武装起义的系列故事与光辉历史。全剧有姓名的角色超过500人，服装、枪械、道具更是多如牛毛，场景有1300多个。从革命中心广州到风云变幻的武汉，从十里洋场的上海到秋收起义的乡村，从炮火洗礼的南昌城到浴血鏖战的广东三河坝，快速转换的场景始终流动着大气、厚重的氛围。[①]由此可见，该剧主线清晰，层次鲜明，紧扣党对人民军队的缔造和领导这一灵魂主题，形象而逼真地展现了北伐战争、南昌起义、秋收起义、广州起义、三河坝阻击战以及井冈山会师、古田会议等历史节点的标志性事件和一系列革命故事，第一次较系统地梳理了中国共产党建军思想形成的历史过程和创建人民军队的伟大实践，生动准确地回答了"为什么建军""如何建军""建立一支什么性质的军队"这三个关键问题。

该剧起用青年演员饰演革命伟人，是一种大胆的尝试，黄海冰、郭广平、周惠林分别扮演毛泽东、周恩来、朱德，各擅胜场；曹磊扮演蒋介石，黄俊鹏扮演陈毅，毕彦君扮演陈独秀，也为该剧增色不少；而徐向前、刘伯承、彭德怀、陈赓等指挥官和蒋先云、卢德铭、王尔琢等烈士，也由一众青年演员塑造，为观众展现了为理想洒热血的英雄气质和大革命时代的精神风貌。

作为带有纪念和反思意味的历史剧，该剧对国共两党的合作和斗争进行了较深刻的描写，从中可见中国近现代革命斗争的残酷性和曲折性。国民党的失败，共产党的成功，证明了得道者多助、失道者寡助的真理，历史经验和教训值得永远铭记。该剧是一部思想性、艺术性、观赏性俱佳的作品，也是一部十分形象的党史、军史教材，是近年来拍得较好的一部重大革命历史题材剧。该剧入选了国家新闻出版广电总局"2017中国电视剧

---

① 腾讯娱乐.《热血军旗》今晚央一开播 人民军队创建革命史诗［EB/OL］.
（2017-08-03）. http://www.junhechuanbo.com.cn/nd.jsp?id=207.

选集"，并获得第31届中国电视剧飞天奖优秀电视剧奖[1]，而且于2018年10月14日获得第29届中国电视金鹰奖优秀电视剧奖。

六、古装剧：浪漫色泽的尽情喷发

在现实题材剧回暖的同时，2017年度的湖南古装剧声势已不如往年《还珠格格》《宫》那样火爆，但《小戏骨：红楼梦之刘姥姥进大观园》《思美人》等带有较为浓郁浪漫主义色彩的作品依然有着重要的地位。

2017年10月1日，由潘礼平（湖南籍）总导演，刘玉洁执行导演，刘玉洁、罗妤佳改编，湖南芒果小戏骨文化传媒有限公司潘礼平团队出品的9集古装剧《小戏骨：红楼梦之刘姥姥进大观园》在湖南卫视开播。

该剧选取曹雪芹原著小说《红楼梦》的部分故事，其中第1集"林黛玉挥泪进京都，宝黛钗初会荣国府"取材于原著第3回"金陵城起复贾雨村，荣国府收养林黛玉"，第2集"刘姥姥初进荣国府，探宝钗黛玉半含酸"取材于原著第6回"贾宝玉初试云雨情，刘姥姥一进荣国府"，第3集"大观园试才题对额，荣国府归省庆元宵"取材于原著第17回"大观园试才题对额，荣国府归省庆元宵"，第4集"读西厢宝黛认知己，结戏子宝玉遭笞挞"取材于原著第23回"西厢记妙词通戏语，牡丹亭艳曲警芳心"，第5集"螃蟹宴再比菊花诗，刘姥姥二进荣国府"取材于原著第37回"秋爽斋偶结海棠社，蘅芜苑夜拟菊花题"和第38回"林潇湘魁夺菊花诗，薛蘅芜讽和螃蟹咏"等，第6集"金鸳鸯三宣牙牌令，刘姥姥醉游大观园"取材于原著第40回"史太君两宴大观园，金鸳鸯三宣牙牌令"和第41回"栊翠庵茶品梅花雪，怡红院劫遇母蝗虫"，第7集"贾探春当家除宿弊，金兰契互剖金兰语"取材于原著第45回"金兰契互剖金兰语，风雨夕闷制风雨词"，第8集"忧宝玉忠心表劝诫，惑奸馋抄检大观园"取材于原著第74回"惑奸谗抄检大观园，矢孤介杜绝宁国府"，第9集"红楼梦曲终诸芳尽，刘姥姥千里报恩情"则取材于原著第98回"苦绛珠魂归离恨天，病神瑛泪洒相

---

① 毕嘉琪.《热血军旗》获优秀电视剧大奖［N］.南方日报，2018-04-05（A08）.

思地"和1987年版电视剧《红楼梦》部分原创剧情。

在改编过程中，该剧剔除了《红楼梦》里的情爱部分，主要以刘姥姥（罗熙怡饰）与大观园的几次关联为叙事主线，围绕贾宝玉（释小松饰）、林黛玉（周漾玥饰）、薛宝钗（钟熠璠饰）、王熙凤（郭飞歌饰）等人展开故事，由此展现贾府兴衰荣辱的过程与其中的人情世故。该剧开头虽有"根据《红楼梦》小说改编，向87版电视剧《红楼梦》致敬"的字幕，但与中央电视台等机构摄制的1987年版电视剧《红楼梦》相比，该剧最大特色是所有人物全部由未成年演员出演，小演员们的表演神韵与角色极为吻合，相当出彩。如黛玉的娇柔和弱不禁风，开场出现的王熙凤、贾母这两个人物的气场，贾元春的让人动容，还有刘姥姥救巧姐（李卓骞、艾梦欣分饰）的那段剧情，都被小戏骨们演绎得入木三分，淋漓尽致，感人至深，引人注目。[①]

《小戏骨》本是湖南广电的王牌栏目，以"演经典，学经典"为宗旨，这些小演员通过《红楼梦》的改编演出也有了不少收获。当然，该剧的人物造型、音乐等多方面还是参照了1987年版电视剧《红楼梦》，不过爱情叙事相对少了很多。

62集古装剧《孤芳不自赏》，由鞠觉亮导演，张永琛总编剧，霍尔果斯克顿文化传媒有限公司、派乐影视传媒（天津）有限公司、乐视网信息技术（北京）股份有限公司联合出品，作为开年大戏于2017年1月2日在湖南卫视首播。该剧改编自网络作家风弄的同名小说。该剧在列国纷争的场景中，设置了白娉婷与楚北捷的爱情线索，引发了扑朔迷离的悬念。这部开年大戏，虽因其为了弥补影视剧艺术美感、想象空间而做出的后期特效技术较为拙劣而遭受诟病，但其纠葛起伏的剧情、细致打磨的剧本、精美别致的服饰造型、颇具质感的画面特效、四国辉煌的情节重现，以及演员的颜值，还是有可圈可点之处的。

---

① 尹玮.长沙小戏骨个个了不得《小戏骨：红楼梦之刘姥姥进大观园》获赞[N].长沙晚报，2017-10-05.

2017年4月28日，78集重大历史题材电视剧《思美人》在湖南卫视开播。该剧由丁仰国、张孝正导演，湖南人梁振华任总编剧，张辉、胡雅婷、秦文等人参与编剧，湖南小伙伴影视文化发展有限公司、北京青春你好文化传媒有限公司、北京联合映像传媒有限公司、北京完美影视传媒有限责任公司、北京爱奇艺科技有限公司联合出品。该剧以湘楚名人屈原（马可饰）为主线展开剧情，讲述屈原的人生经历、家庭生活和政治生涯，再现了秦国、楚国等国的恩怨纠葛，展现了丰富的历史文化意蕴。

剧中人物塑造独具匠心，以"展现中国伟大爱国主义诗人风采，呼应民族精神与时代精神构建"为创作宗旨，从凡人的视角、用偶像的定位去展现、审视屈原，让屈原从神坛上走下来，有血有肉，有情有爱，具有凡人的特性，塑造了一个血肉丰满、重情重义、忠君爱国的屈原形象，塑造了一个十分传神的"美人、美政、美文"的屈原。该剧遵循了《史记》中关于屈原的全部记载，但在梳理战国诸国关系后用更戏剧化的想象弥补了历史记载的空白，无疑超越了过去影视作品中对屈原的定位和诠释，这是一种有意义、有价值的尝试。同时，剧中楚怀王的形象也不再昏聩，战国时期张仪等谋臣策士的风采也都以丰富的情节和感人的细节予以描绘，从而再现了战国时期群雄并起的时代风云。该剧还描写了许多生动的女性角色，如入楚国的秦国公主嬴盈，嫁入秦国的楚公主芈八子，双面间谍田姬，生性浪荡甚至被亲生儿子厌恶的郑袖，借几个女性角色描绘了战国时代女性的社会地位。[①]

此外，该剧在历史叙事中融入现实关怀，湘楚文化成为本剧重要的内容资源和精神特色。它的每一集开头均以《楚辞》中的诗句为引言，将《楚辞》中的许多诗句特别是屈原的诗歌融入了剧情之中，山鬼之梦、白狼事件等楚地巫风多有呈现，而楚巫莫愁女更有以梦预测后事的能力。剧中还好以梦境作喻，表现出浓厚的浪漫主义特质，较贴切地吻合主人公屈原的

---

① 人民网.《思美人》研讨会举行 专家学者畅谈屈原还原［EB/OL］.（2017-05-11）. https://www.sohu.com/a/139776059_114731.

个人气质与文学气质。

当然，剧中也有几处情节与历史事件有偏差，但瑕不掩瑜，该剧既有对文化名人的诠释，也有对君王与谋臣形象及关系的解读和展现，还有对中国优秀传统文学与文化的现代影像诠释。正如编剧梁振华所说，屈原和《楚辞》成了一个族群赖以寄托的文化符号，吸引着人们千百年来反复揣摩，楚歌也应成为今天为人们所反复吟咏的歌。作为第一部全面展现屈原生命历程和相关历史脉络的电视剧，《思美人》的用意即在于此。[①]

七、科幻剧：正邪两面的人生演绎

30集电视剧《不一样的美男子Ⅱ》于2017年3月13日在湖南卫视开播。该剧由丁仰国总导演，李宝能、管健壮导演，王雪静、刘笑逸、赵楠编剧，芒果影视文化有限公司、北京春秋风云影视策划有限公司联合出品。

该剧主要有爱情和复仇两条线索，以爱情为切入点，讲述了具有特异功能的关昊（张云龙饰）与初夏（阚清子饰）有关情感纠葛的一系列故事，呈现正义与邪恶的斗争。事实上，爱情线索并不限于关昊与初夏之间，也包括了关昊与初夏的同胞姐姐萧谨之间的情感纠葛。该剧的复仇线索，主要在异能人林溪源（陈奕饰）与萧谨之间展开。林溪源既是冷酷无情的复仇者，为了给兄弟报仇，作为兽医接近初夏；也是暖心温柔的兽医，面对小动物，一改往日杀气十足的眼神，嘴角带上了微微浅笑，利用自己的特殊能力"兽语"，治愈了很多小动物。这一亦正亦邪的角色行事风格成谜，令人难以捉摸，他身上的感情纠葛也让人咂摸不已。

作为玄幻剧，该剧出现了多种特殊能力，如初夏感到危险时，就会不由自主地使用特殊能力，不仅能够聚水成冰，救了广场上差点被滑板车撞到的小男孩，而且能够利用冰冻能力，将一直追杀自己的林溪源打伤后脱险。此外，还有磁力锁、瞬移、特殊能力夺取、特殊能力分配等特殊能力的展现，既增加了视觉观赏性，也增加了故事情节发展上的变

---

① 怡梦.马可、易烊千玺将诠释屈原之美风采［N］.中国艺术报，2017-04-28（2）.

数。与《极光之恋》一样，该剧也有女主角失忆的元素。女主角初夏的失忆既让故事充满悬念，也制造了许多矛盾冲突，给故事情节的发展提供了动力。

此外，该剧情节发展的另一重要推动力是"双生花"式的人物设置。初夏与萧谨相貌相同，但性格迥异，一正一邪。初夏因被误认为是萧谨而不断被林溪源追杀，而萧谨因被误认为是初夏而与关昊谈情说爱。当然，这得力于演员阚清子的精彩表演，她一人分饰这两个正反分明的角色，一个是本性善良纯真、坚强乐观、舍己为人的初夏，另一个是心狠手辣、满腹心机的"掠夺者"萧谨。最后，借助于先进的高科技，初夏与萧谨互换了灵魂。初夏的高尚品质进入了萧谨的健康肉体之中，初夏的肉体则化成亮光消失不见。此种安排一举三得：首先，美好灵魂和肉体合二为一，较好地满足了观众的观剧期待；其次，初夏由于基因的缺陷，原本阳寿将近，她的消失不但不会增添悲惨的气氛，反而有助于进一步突出她的高大形象；最后，由于初夏的肉体消失，萧谨灵魂的去向成谜，留下悬念。

整体而言，该剧观赏性强，看似玄幻，实则表现正邪人性，既具浪漫主义色彩，又有现实主义意味，伦理教益相当明显。①

结　语

综上所述，2017年度湖南电视剧类型多元，成绩突出。从题材选择来看，2017年度湖南电视剧当下意识鲜明，多从现实生活取材，或着眼于体育运动，如《我们的少年时代》《浪花一朵朵》《进击吧，闪电！》等；或关注都市与乡村，如《春天里》《小情人》，表现出浓厚的现实主义风格，但历史题材稍微薄弱，即使畅游历史长河，撷取的也只是奔涌在湖湘历史文化长河中的朵朵浪花，如以屈原为主角的古装剧《思美人》和表现以毛

---

① 陈伟华，朱汶娟.立足都市，追逐梦想：2017年湖南电视文学综述［R］//卓今，何纯，吴正锋.2018湖南文学蓝皮书.长沙：湖南文艺出版社，2018：127-128.

泽东为代表的湖南人创建人民军队过程的军旅剧《秋收起义》《热血军旗》。从形象塑造来看，2017年度湖南电视剧多注重对人物群像的刻画，如《人民的名义》《春天里》《擒狼》《我们的少年时代》等，较好地传达了时代精神和民族气质。从剧作类型来看，2017年度湖南电视剧品种较为丰富，国内流行的电视剧类型几乎都有作品问世，只是不够平衡，其中现代剧较多，而素来擅长的古装剧和富于创新的科幻剧数量都偏少，只有《思美人》和《不一样的美男子Ⅱ》各一部。从播出影响来看，2017年度湖南电视剧的收视率都还不错，《秋收起义》《热血军旗》《我们的少年时代》等多部电视剧获得了国内外大奖，为民众提供了健康的精神食粮，赢得了国内外观众的认可。

但是，2017年度湖南电视剧过多依赖文学作品的改编，如反腐剧《人民的名义》改编自周梅森同名小说，爱情剧《漂亮的李慧珍》改编自韩剧《她很漂亮》，《极光之恋》改编自王千赫同名小说，《欢乐颂2》改编自阿耐同名小说，校园剧《浪花一朵朵》改编自酒小七同名小说，《路从今夜白之遇见青春》改编自墨舞碧歌小说《路从今夜白》，古装剧《小戏骨：红楼梦之刘姥姥进大观园》改编自曹雪芹原著小说《红楼梦》和1987年版电视剧《红楼梦》，《思美人》改编自司马迁《史记》，《孤芳不自赏》改编自风弄同名网络小说，可见湖南电视人的原创性不够、创新力不强。同时，湖南本土有影响力和生产力的剧作机构偏少，目前生产电视剧的单位仅有芒果影视文化有限公司、湖南广播电视台、湖南小伙伴影视文化发展有限公司、湖南和光传媒有限责任公司等少数几家，除芒果影视文化有限公司之外，其他公司生产电视剧的数量都较少，而且多在北京扎根发展，使得湖南本地人才队伍和力量不够强大，产量难以提升。

为了2018年湖南电视剧的进一步繁荣，相关部门需要采取积极措施和惠民政策，重视电视剧创作队伍的整合和扩大，为相关制作单位和创作人员营造良好的生产环境，在提升单位产量的同时注意电视剧质量的提高，开阔视野，挖掘资源，注重原创，展现湖南精神，提升电视湘军影响。

（岳凯华、贺金叶子、郑健东、岳文婕、周敏执笔）

第三节　2017年度湖南电视综艺节目：传统与时尚纷呈

　　综艺节目一直以来都是湖南卫视平台赖以存续和发展的重要资本。随着中共中央办公厅、国务院办公厅印发《关于实施中华优秀传统文化传承发展工程的意见》和国家新闻出版广电总局发布《关于大力推动广播电视节目自主创新工作的通知》《关于把电视上星综合频道办成讲导向、有文化的传播平台的通知》，湖南电视对综艺节目的管理调控力度加大，在公益、文化、科技、经济类节目上持续发力。据了解，2017年度湖南电视综艺节目实行"2+21"的综艺节目编排方式，即《快乐大本营》《天天向上》两大王牌和21档综艺节目。湖南卫视继续增大综艺节目制作量，总计有21档大型季播活动、14档全新项目，并携手制作公司开发6个全新IP以及2个重点常规节目，总体算下来湖南卫视2017年全年共计制作43档综艺节目，几乎比2016年体量多了一倍。[①]总体来看，2017年湖南电视综艺节目既推出了《中餐厅》等一大批优秀原创文化类综艺节目，又对《快乐大本营》《天天向上》等传统综艺节目进行推陈出新，也使《歌手》等一些停播节目实现再回归，并延播《元气美少年》等真人秀节目，着力进行综艺节目的风格转型和格调提升。虽然收视率有所降低，但在全国收视排行榜上依然占据着龙头老大的位置。

---

　　① 2017年湖南卫视综艺节目表［EB/OL］.（2016-10-25）. http://nizhidaoma.manmankan.com/article/2016/10755.shtml.

一、重点综艺节目越办越好

2017年，湖南电视综艺节目在重点节目上继续做大做强，为讲好中国故事、提升湖南国际形象、扩大中华文化影响力做出贡献。

一是《快乐大本营》。这是一档从1997年7月11日开始陪伴中外电视观众20余年、收视率颇高的湖南电视综艺性娱乐节目，自2016年1月9日起播出时间改为每周六20∶20在湖南卫视播出。该节目以游戏为主，辅以歌舞及各种形式的节目，每期节目为艺人设计个人专属主题，由何炅、谢娜等五人组成的"快乐家族"主持，是湖南卫视上星以来一直保持的优秀品牌节目，2017年度平均收视率为1.406%，并创造了收看人数最多的综艺节目单集。

《快乐大本营》不像很多综艺节目那样话题辛辣、走八卦路线，而是致力于给广大观众带来快乐。2017年《快乐大本营》的重大创新是推出了"不好意思让一让"这个新环节。该环节集歌唱、舞蹈、小品、情景演绎等各种表演形式于一身，明星嘉宾分为"让让团""不让团"两大阵营进行三轮对决，每轮表演结束后，由现场观众投票，实时决定双方谁为主导。

在制作方面，《快乐大本营》运用了娱乐时尚化、娱乐知识化、娱乐社会化的思想，游戏版块和表演版块相结合，注入新鲜的真人秀内涵，打破"明星"和"草根"之间的壁垒，真正将"全民娱乐"落到实处。在舞美设计上，着力营造时尚感与动感：灯光以蓝紫色作为主色调，半圆形的舞台设计以橙色与黄色为主，呈现出活泼的感觉；让一群年轻人（多数是大学生）手中拿着表示支持自己喜爱明星的标语或海报直接坐在舞台下，规整中体现出自由，大方中传达出时尚。总而言之，《快乐大本营》以新鲜的题材、多样的形式、清新的风格、新奇的内容，注重知识性、趣味性和参与性，广受好评，引领着观众走向了一个崭新的视听空间。

二是《天天向上》。这是湖南卫视自2008年8月4日起首播、周一到周四播出的一档非常国际化的高品位、高水准的大型娱乐脱口秀节目，自

2008年9月12日起改为每周五19：30播出。2018年这一节目播出的时间开始延后，于每周日22：00播出，但收视依然不俗，2017年度平均收视率为0.755%。2017年度该节目主持阵容虽然时有变换，但主要由汪涵、大张伟、王一博等天天兄弟组成，节目主题予以了全新改版，每期内容各有侧重，如绿色生活、长沙市花、老毛手抓茶等，而每期的开场主持群和嘉宾的歌舞演绎了不同时代的审美记忆。在节目过程中，除了访谈之外，仍以游戏、即兴短剧为主，穿插进行歌唱、舞蹈、情境表演、与场内观众互动等，着力彰显"秀"的特点。

该节目传承中华文化，同时把标准的世界礼仪通过幽默的形式轻松传递给每一位观众。因为特有的平民化、生活化与世界性、文化感的平衡、融合，欢快、轻松、幽默的节目赢得了越来越多的关注和好评。当然，2017年的《天天开心》也力求在众多同质化的综艺节目中，既保持自己的独一性，又思考如何与不同时代的观众共成长。

三是"汉语桥"世界大学生中文比赛。由孔子学院和中国国家汉语国际推广领导小组办公室（简称"国家汉办"）自2002年发起的"汉语桥"世界大学生中文比赛开办至今（2018年）已有16年，自第7届落户湖南以来，到2017年已整整举办了10届。在湖南以外举办的前6届"汉语桥"的主题和主办地点分别是"心灵之桥"（山东）、"新世纪的中国"（北京）、"文化灿烂的中国"（北京）、"山川秀丽的中国"（北京）、"多民族的中国"（北京）、"迎奥运的中国"（吉林）；在湖南举办的9届"汉语桥"主题分别是"激情奥运 快乐汉语""快乐汉语 成就希望""魅力汉语 精彩世博""友谊桥梁 心灵交响""我的中国梦""我的中国梦""我的中国梦""我的中国梦""梦想点亮未来"。由此可见，经过10多年发展的"汉语桥"已经成为国际人文交流领域的重要品牌，被誉为"汉语的奥林匹克"，连接世界的"文化之桥、友谊之桥、心灵之桥"。

2017年8月27日，由孔子学院总部、国家汉办、湖南省人民政府主办，湖南省教育厅、湖南广播电视台承办，湖南卫视、湖南大众传媒职业技术学院、湖南教育电视台协办，刘建立工作室领衔操刀，孔晓一团队制作，以"梦想点亮未来"为主题的第16届"汉语桥"世界大学生中文比赛"过桥"比赛非洲组在湖南卫视正式首播，芒果TV、湖南教育电视台、网络孔子学院同步播出。来自112个国家的145名汉语学习者从初赛、洲际赛到总决赛逐次递进，开启了一轮汉语文化的深度体验，上演了一场汉语群雄的竞技博弈。其中新增的洲际赛模式首次让不同洲际的选手同台竞技，主要通过中外大学生互动对答、30个字读懂中国、行令挑战等比赛方法，从五大洲分别选出1位洲冠军参加总决赛。通过全面升级的赛制、紧张刺激的对决、妙趣横生的考试，五大洲30强选手一路过关斩将、荣耀集结，来自德国慕尼黑赛区的欧洲洲冠军何本德、来自马来西亚赛区的亚洲洲冠军沙米尔、来自美国纽约赛区的美洲洲冠军穆宸鹏、来自澳大利亚墨尔本赛区的大洋洲洲冠军刘思远、来自苏丹赛区的非洲洲冠军赵之行等5位登顶者脱颖而出，于10月5日决赛场上，通过"我的汉语朋友圈"互动讲演赛（90秒）、"创意魔书"竞赛题、巅峰对决（180秒）争夺最终冠军。在主持人汪涵、杨乐乐，评委嘉宾张一清、钱文忠、海霞、贺志明和由来自106个国家的125名汉语爱好者组成的世界大学生观摩营的共同见证下，成功决出总冠军沙米尔。

在国家大力提倡"一带一路"、把"汉语热"推向了新热点的语境下，2017年度的"汉语桥"以讲好中国故事为重点，以为中华文化走出去做贡献为重要目标，在多个维度上进行了创新，其中年轻化与时代感是两个重要的创新方向。它在承袭比赛内核的前提下，既在成熟的模式上寻求新意，展现团队不断挑战自我的精神，也从收视效果、模式探索等方面为同类节目的"保鲜"与发展提供了有益思考，为中外电视观众呈现了一场别具匠心的视听盛宴。

二、节庆晚会节目历久弥新

随着党中央、国务院、各级政府和中国民间对于传统节日的大力推广，湖南卫视每逢中华民族情感迸发的重要传统节日的节点，都会通过荧屏呈现丰富多彩、内容充实、收视率高的节庆晚会，使得许多曾经淡出人们生活的传统节日更加深入地融入百姓生活中。

一是跨年演唱会。2017—2018年的跨年演唱会，是湖南卫视连续举办的第13场跨年演唱会，主题是"快乐中国 青春嗨18"，由火山小视频独家冠名播出，于2017年12月31日19：30在湖南卫视、芒果TV、爱奇艺等网络平台首播，新加坡都会电视台、美国天下卫视直播，总导演安德胜，湖南卫视金牌团队许可团队操刀制作，主持人阵营主要有何炅、汪涵、杨乐乐、吴昕、杜海涛、大张伟、王一博、梁田等。演唱会选择明星嘉宾的标准是"贴合收视群体需求和有观众缘的、与湖南卫视有过良好合作、契合度更高的明星群体"[1]。

突破和创新始终是湖南卫视跨年演唱会的自我要求，2017—2018年跨年演唱会的筹备与制作展现了诸多新气象，如首次开启跨媒介、跨地域全网直播的方式；与国际视效团队合作；让新锐年轻导演挑大梁制作；全新升级的创意，赛博朋克风格的主视觉Logo给人强烈而直观的视觉冲击力，营造出真实的未来感氛围，而城市场景、金属、荧光灯虚拟投影的背景元素更让Logo看起来科幻感十足，舞美、灯光和现场的投影既有来自东方文化的内容，又充满耳目一新的现代感。

二是小年夜春节联欢晚会。湖南卫视小年夜春节联欢晚会立足湘韵湘情，服务全国观众，经久不衰，2017年湖南卫视小年夜春节联欢晚会适逢湖南卫视上星20周年，于2017年1月20日（农历腊月二十三）19:30播出。本届小年夜春晚主题为"合家欢，更青春"，由汪涵、何炅、谢娜、沈梦辰、梁田等主持。

本届小年夜春晚嘉宾阵营豪华，优秀节目精彩不断，新春神曲、超现实魔术表演、爆笑语言类节目等诸多精彩创意一一呈现，如唐嫣和罗晋甜

---

① 搜狐娱乐.十二年包揽收视冠军 湖南卫视2018跨年强势出击［EB/OL］.（2017-12-08）.https://yule.sohu.com/20171208/n524702694.shtml.

蜜合体演唱经典情侣对唱歌曲《你最珍贵》，粉红气息充盈整个舞台；莫文蔚、谢娜、陈乔恩、奚梦瑶、江一燕等《我们来了》节目的"女神"重聚甚欢；李玟＋郎朗、莫文蔚＋俞玖林、吴碧霞＋廖佳琳等多组跨界合作，搭档新鲜有趣；杨丽萍弟子杨舞带来了筹备两年、全球首演、视觉感受华丽的独舞《凤凰》；大张伟、宋小宝、凤凰传奇、好妹妹乐队、王丽达、雷佳等带来风格各异的歌曲、小品、相声、魔术等，精彩纷呈的表演给予人们新鲜的艺术体验。而4个情景式、游戏化互动的特别设计，宋小宝担当送红包、送鸡汤的互动嘉宾，分两队玩笑点十足的新春游戏，都致力于把新春的祝福送给观众。

总之，晚会舞美唯美时尚，场地炫酷大气，嘉宾豪华耀眼，动感劲爆十足，"有味、有料、有热点"几个主题贯穿晚会始终，带给观众欢歌笑语的同时令其感受到对生命的感动和对社会的感恩，彰显了湖南卫视小年夜春晚的不同凡响。

三是元宵喜乐会。作为湖南卫视传统晚会之一，元宵喜乐会以其热闹、喜庆、团圆、时尚的品质收获了无数观众的喜爱。2017年湖南卫视元宵喜乐会于2月11日（农历正月十五）19：30全平台、多机位现场直播。晚会由邢丽琴总导演，何炅、谢娜、杜海涛、沈梦辰等主持，不仅嘉宾阵营实力强大，主要嘉宾有贾乃亮、迪玛希、胡宇威、吴卓羲、小沈阳、贾玲等明星大腕和喜剧大咖，而且内容形式、舞美设计方面匠心独具、大胆创新，首次在元宵晚会上融入了剧场擂台的概念，以全新的"剧场团战闹元宵""剧场打擂斗乐"的形式，分设"包袱"和"套路"两个剧场，设计了一个剧场视感的"子母"双舞台，由小沈阳、贾玲担当两大剧场掌门，主舞台是燃烧的大擂台，副舞台是两大风格迥异的剧场以及主持、互动、送奖区。在晚会进程中，何炅、贾玲率领的"包袱剧场"与谢娜、小沈阳率领的"套路剧场"两大阵营对决，同时有人气明星宋茜、迪玛希、林志炫、贾乃亮加盟助阵，分组到两个剧场中进行才艺PK。还有"high不停"的猜灯谜、发弹幕、独家追星专属通道给晚会锦上添花，用欢乐的方式打造全新的元宵视觉盛宴。正如导演邢丽琴所言："因为有剧场的设计，所以我们的嘉宾也不会局限为喜剧大咖，很多在湖南卫视热播的电视剧中的演员和一些人气歌手综艺咖，都会在这两个剧场中展现出不一样的才艺。"

四是中秋之夜。这是湖南卫视历年倾心打造的中秋晚会，2017年湖南卫视中秋之夜于10月4日（农历八月十五）19:30播出。晚会云集了各路明星、素人嘉宾和著名艺术家，李宇春、刘涛、狮子合唱团、陈学冬、郭碧婷、邢昭林、吴翊歌（Mike）、上海评弹团、芒果小戏骨、小杜鹃艺术团等纷纷加盟。晚会在形式上大胆创新，以"让月亮告诉你，每一刻都珍贵"为主题，因此主会场整个视觉呈现都以月亮为中心，将直径近13米的镂空月亮凸显到极致，以30度大斜屏为主视觉的舞美设计颇为震撼，给观众以最纯粹的视觉观感。

同时，主会场还分别连线浙江德清、四川泸沽湖两个室外的分会场。德清分会场中，由100组普通工人家庭组成的桃花庄人塔队，在全国观众面前完成了一项惊险刺激的世界级挑战运动——叠人塔，由此展现他们之间的团结互助和拼搏精神；泸沽湖分会场则首次在电视上正式曝光湖南卫视即将播出的综艺《亲爱的·客栈》的拍摄地，刘涛、王珂夫妇等在其中送上中秋祝福。

在内容上，本届晚会更是亮点颇多。开场秀由吴尊、于朦胧、于小彤分别带着NeiNei、Max、张艺瀚、周嘉诚几位可爱的小朋友和小杜鹃艺术团欢唱童谣《月儿圆》《看月亮爬上来》。他们或乘坐白云从天而降，或从月亮里缓缓出现，童真童趣，美不胜收。为纪念1987年版《红楼梦》播出30周年，节目采取"戏中戏"的形式，以《红楼梦》剧中角色赏戏为背景，邀请《小戏骨：红楼梦之刘姥姥进大观园》里的罗熙怡、郭飞歌、陶蓝冰等7位为戏痴迷的小演员与岳子豪、张楚怡、释小松、褚天舒等4位戏曲少年搭档上演精彩好戏，同时穿插《穆桂英挂帅》《铡美案》等京剧、越剧、豫剧经典戏曲唱段，展现了中国经典戏曲的艺术魅力。

自古以来，中秋就被赋予了浪漫主义色彩，湖南卫视热播剧《美味奇缘》主演吴翊歌、毛晓彤和网剧《双世宠妃》主演邢昭林、梁洁两对荧屏情侣的加盟，以及广受关注和热议的明星情侣付辛博、颖儿在晚会主题曲演唱时的同台亮相，跨国情侣唐琼洋、塔雅（俄罗斯）空中杂技双人舞的默契配合，都彰显了这场中秋晚会的浪漫特质。

此外，本场晚会跨界突破次元壁垒，创意混搭，或是"摇滚乐＋民歌＋二次元"的奇妙对撞，如摇滚乐团狮子合唱团除了演唱自己的金曲 *Lion* 外，还打破次元壁，首次与"新成员"洛天依、乐正绫、乐正龙牙三位虚拟歌姬合作演绎民歌《彩云追月》；或将目光伸向中国传统艺术和非物质文化遗产（简称"非遗"），《2017快乐男声》季军尹毓恪与国家一级演员沈仁华带领观众领略以"慢"之美著称的非遗——评弹艺术，携手上海评弹团改编演唱经典曲目《但愿人长久》，令"吴侬软语"融合了"天籁新声"，还有时尚女星郭碧婷于一片灯海中唯美开唱的古风歌曲《千灯愿》，融合非物质文化遗产——秦淮灯会中的花灯元素，秦淮灯会的代表性传承人顾业亮则在晚会现场制作秦淮花灯，展示花灯手工技艺。此外，实力派歌手李宇春带来了经典歌舞串烧 *Magical Show*、《下个，路口，见》；老戏骨张铁林搭档说唱歌手VAVA、艾福杰尼、黄旭"穿越古今"为"五仁月饼"正名；魔术师简铭宣联手主持人靳梦佳，上演移形换影的神奇魔幻秀；主持人何炅给观众讲述《平如美棠》中温情感人的爱情故事，《平如美棠》一书的作者、年近百岁的饶平如老人来到现场，用钢琴弹唱自述他与美棠的故事；置身于梦幻森林、与"精灵"浪漫互动的嘉宾陈学冬以歌手身份深情献唱电视剧《夏至未至》中的动人插曲《追光者》；首次合作的音乐才子胡夏、汪苏泷与他们的妈妈同台，联合多位素人嘉宾演唱催泪曲目《时间都去哪儿了》；著名美声男高音青年歌唱家张英席携手陈冰共唱《美丽的中国梦》，为新中国成立68周年送上真诚祝福。

总而言之，本届晚会既有星素结合、明星跨界，也有传统与现代的完美融合，不断创新突破，既为观众献上了一场精彩视听盛宴，又向世界弘扬了中国传统文化和非遗艺术。[①]

三、慢综艺风潮创新引领

所谓慢综艺，是相对于快综艺而言的一种综艺节目形态，它不设置复杂的游戏环节，没有过多的剧本干预，也不设定人物的角色性格，而是将嘉宾放置在相对宽松的环境下，注重旅居体验。慢综艺与以民宿为代表的文旅地产发生了"暧昧"关系并呈现出最自然的状态，使综艺与地产两个领域产生了"亲密接触"。它打开了综艺节目的新形式，不论是对制作团队还是对观众审美来说都是一个新的挑战。

2017年，湖南卫视以4档节目占据慢综艺品类的领跑地位，在行业内引领和形成了一股新的全国慢综艺热潮，使得综艺节目开始在内容上由竞技游戏类、旅行类向美食类大步迈进，在表现形式上也开始由快节奏向慢综艺进行转变。由此可以看出湖南卫视回归生活本真面貌的节目创新思路，使得湖南卫视的品牌创新实力再度得到业界认可。

一是《向往的生活》。这是由湖南卫视、浙江合心传媒在2017年度联手推出的一档大型生活服务纪实节目，于1月15日起每周日20:30播出，第一季为"农夫篇"，自2月5日起移档至每周日22:00播出，同年4月16日收官。节目由何炅、黄磊、刘宪华主持，主要记录3位主持人一起"守拙归园田"，在北京近郊密云北台村一个如同世外桃源般的叫蘑菇屋的独立院落中过日子。蘑菇屋位于半山腰，且只有一条不宽的山路，周围土地上种满了玉米、向日葵、豆角等农作物，不远处是连绵的山峰和潺潺的溪流，他们得自己搭炉灶，去田地里采摘农作物。农居里的通用货币仅有玉米和瓜子，但可以用玉米换肉、用瓜子换啤酒，其中1000颗玉米抵3个月房租，烧鸡需600颗玉米，一斤肉需200颗玉米……他们就这样在节目中

---

① 国际在线.湖南卫视《中秋之夜》创意混搭 跨界合作看点满满［EB/OL］.（2017-10-04）. https://www.sohu.com/a/196215587_115239.

过着自给自足的生活。

此外，每期节目都会有客人光顾，主要客人有宋丹丹、巴图、王中磊、陈赫、惠若琪、丁霞、袁心玥、海清等，蘑菇屋主人要想办法招待他们，满足他们吃饭方面的要求。当然，嘉宾也要与主人一起干农活、吃饭、聊天，一起体验乡村生活，呈现一幅"自力更生、自给自足、温情待客、完美生态"的生活画面。

节目制作理念接近于纪录片，只提供情境和框架，不设具体的任务和环节，采用无脚本、不干预的拍摄方式，通过嘉宾生活本身的回归尽可能地还原生活，讲述珍惜一顿饭的价值、中国人的待客之道等简单而朴实的道理。

二是《花儿与少年》第三季。《花儿与少年》第三季作为湖南卫视推出的大型明星姐弟自助远行真人秀节目，于2017年4月23日起每周日22:00首播，同年7月9日收官。该节目又名《花儿与少年·冒险季》，共12期，总导演为吴梦知，执行总导演为李超，固定成员为江疏影、古力娜扎、赖雨濛、宋祖儿、杨祐宁、陈柏霖、张若昀、井柏然等，整体年轻化的年龄结构更接近普通年轻人旅行的原貌。

与前两季相比，本季节目在人物设置、故事模式、场景展现等方面进行了较大幅度的调整。节目采用全境外取景拍摄录制形式，以大团圆与心愿实现为主题，以"青春伙伴集结"的形式，"花少姐弟团"以4+4的全新阵容登场。在澳大利亚旅游局、巴西驻华大使馆、纳米比亚共和国驻华大使馆、南非旅游局驻中国北京办事处、中华人民共和国驻布里斯班总领事馆、中华人民共和国驻里约热内卢总领事馆、中华人民共和国驻圣保罗总领事馆、中华人民共和国驻悉尼总领事馆等的支持下，这一季营造的旅行纯粹而简单。他们远赴赤道以南，游经巴西、南非、澳大利亚、纳米比亚四国，开启了一场奇幻崭新、别开生面的南半球穿越之旅。

在这段异域旅程中，该节目为了区别于以往浪漫的穷游之旅，秉持"远行本身就是对于人生最大的隐喻"而开辟新意，引出的双线旅程打破了普通真人秀单一时空叙事的局限，让嘉宾立足"冒险"，远离平日的安全区，穿越在草原、荒漠、沙丘、丛林、海洋中，不断挑战自我，展现真正冒险的极致体验。异域元素勾勒让人动心，成员们的圆梦行动诠释行走价值，凸显人文主题，探寻生命存在的意义，挖掘人类未知的潜力，如同在看诗和远方，从而吸引了观众的视线。此外，该节目还将时下最热元素——直播与真人秀融合，让人们在电视荧屏上感受到互联网世界中的互动感，使得真人秀节目的生动性与创新性大大增强。同时，本季节目着力响应国家"走出去"的号召，通过对南半球国家的探访，在经济、文化领域推动中国与南美洲、非洲、大洋洲国家的交流合作，凸显人文价值与品牌内涵，从而成为电视综艺精品牵手"一带一路"的典范。

三是《中餐厅》。《中餐厅》是湖南卫视推出的青春合伙人经营体验节目，2017年播出第一季，于2017年7月22日起每周六22:00在湖南卫视首播，芒果TV、腾讯视频联合独播，并以CSM全国网收视率1.36%、市场份额8.7%和城域收视率1.52%、市场份额9.04%的佳绩创下同时段双料第一。截至2017年9月30日第一季收官，该节目累计播放量达25亿，成为国内美食+户外+嘉宾经营体验类慢综艺首次冲击头部爆款的综艺节目。

该节目精准把握住用户需求年轻化的特点，将嘉宾定位为"青春合伙人"，由黄晓明、周冬雨、张亮、靳梦佳等担任固定主持。同时，选择美食与嘉宾海外创业、经营体验相结合的全新题材，由几位"青春合伙人"通过20天时间经营一家位于泰国象岛的中餐厅，每期邀请嘉宾作为帮工出现，在中餐厅内做出"中国味道"。该节目既将中国特色美食作为"一带一路"上的一个纽带带出国门，又在国内刮起了"美食旋风"，带动了江中猴姑米稀等节目合作品牌的知名度，更通过几位合伙人20天的经营体验生活，为广大创业者做出了重要表率。

该节目与其他节目的最大不同点在于它的纯记录属性，正如《中餐厅》总导演王恬所言："我们不会告诉他们要什么，没有晋级，没有PK，没有规则，而且很重要的原则是，不准'撕逼'。这个节目里，几位艺人在海外开餐厅，你要宣传的是中国文化，更应该是配合、理解、相互支持，而不是钩心斗角。这不是丛林冒险、晋级比赛。这种情况一定是正能量的，这个节目应该是这样的内容，非常治愈的内容，这也是观众要看的内容。"①因而观众才会看到一团和气的"青春合伙人"，才有机会看到周冬雨、靳梦佳的蜕变成长，让观众眼前一亮。

此外，该节目微博话题引导度相对较高，每期节目播出后，几位主持人各自吸引着不同年龄的观众群体，成为微博热搜词，形成讨论高潮，引发广泛讨论。总之，该节目依靠美食、经营和慢综艺三种元素叠加的新颖模式，给观众带来了不一样的用户体验，获得了中国泛娱乐指数盛典2016—2017年度最具价值电视综艺奖。

四是《亲爱的·客栈》。不可否认，在现代化的都市生活中，人们能够接触大自然的机会少之又少。由陈歆宇总导演、肖蕾子执行导演的大型经营体验类观察真人秀节目《亲爱的·客栈》于2017年10月7日起每周六22:00接档《中餐厅》在湖南卫视首播，芒果TV、腾讯视频联合独播。这档慢综艺节目，为人们能够放慢节奏、与大自然亲密接触提供了一场逼真的视觉盛宴，第一季于2017年12月23日收官。

该节目打破了现有的综艺框架，固定嘉宾5人，有夫妻组合刘涛、王珂，情侣组合阚清子、纪凌尘，以及陈翔，5位艺人要一同前往具有浓郁人文特色的泸沽湖。泸沽湖是个美丽的地方，碧水蓝天，烟波浩渺，湖光山色，美不胜收，独特的山水风光加上淳朴的地域风情特色，俨然变成了人间天堂，合乎都市人理想的生活标准。他们要在这里用心生活20天，真实经营一间民宿，所有房间和配套服务由老板定价。5位艺人先自主分工，准备民宿与定价，随后等待飞行嘉宾的到来，在解锁民宿有趣的生活内容之后，举行民宿大联欢。来帮忙的见习员工大都是刘涛的旧友，如参演"欢乐颂"系列电视剧的杨紫，《花儿与少年》第一季的李菲儿、郑佩佩，还有郑佩佩的女儿等。

---

① 同相.《中餐厅》解锁美食+户外综艺新玩法，暑期领跑者冲击头部爆款［EB/OL］.（2017-10-08）. https://www.jiemian.com/article/1667903_qq.html.

经营客栈的主要内容是接待客人、满足客人的需要，嘉宾们接待了来自天南海北的客人，引入了两性情感经营的精神内核。在此，有求婚的年轻情侣，有前来采风的老艺术家夫妇，有来庆祝结婚纪念日的夫妻，等等。嘉宾们对客人的要求来者不拒，小到吃米线，大到求婚，尽最大努力完成客人们的心愿。他们与客人像一家人一样同桌吃饭，举杯共饮，其乐融融，温馨无限。因此，该节目在拍摄方式上，以监控机位为主，配合隐藏机位的跟拍和补拍，让嘉宾们在意识不到镜头存在的情况下，尽可能做出最真实的反应，所有的状况都由嘉宾自己处理，最大限度地降低对他们的干扰。由此可见，客栈经营是体验生活，人与人之间的情感故事则是叙事主线，而将基于人与人之间"剪不断、理还乱"的错综交织的感情线条分缕析、叙述清楚，并诠释出"慢下来，去生活"这一理念真谛，则是节目的重要任务。它如同一首以爱为名的叙事性散文诗，完整记录着嘉宾们在慢节奏中原初而本真的不同于拍戏的生活。即使为了节目效果偶尔制造了一些笑点，但绝大部分都是明星真性情的流露，没有刻意制造明星之间、明星与素人之间的冲突和矛盾，夹叙夹议之中有着浓郁的抒情式表达，如诗般地将客栈的经营以及爱情、友情等串联成线，表达了慢生活理念的美学价值和魅力。

《亲爱的·客栈》播出后，成绩斐然，7期蝉联同时段收视率第一，微博话题阅读量高达25.5亿，在讲"好故事"和讲好"故事"之间做到了完美融合[①]，成为2017年第四季度慢综艺中的佼佼者，湖南卫视布局慢综艺矩阵中又一档收视与口碑双丰收的节目。

四、科技类综艺节目顶尖原创

科学技术发展日新月异，人类社会开始步入人工智能时代。自2016年

---

① 锋芒智库.《亲爱的·客栈》形散神聚，如同一首以爱为名的叙事性散文诗［EB/OL］.（2017-11-22）. https://baike.baidu.com/tashuo/browse/content?id=1275b5b5f246f153007f16bb.

中央电视台综合频道播出《加油！向未来》以来，终于在2017年释放出更多的热能，着眼于科技进步和未来发展、负载着文化传播责任和使命的科技类综艺节目不再"曲高和寡"，而是逐渐挤占了电视荧屏，开始走向观众，其中湖南卫视的创新探索值得关注。

一是《我是未来》。它具有示范性，打开了这类节目走上荧屏的良好局面。该节目是湖南卫视首次推出的大型科技类综艺节目，主旨是"我是未来，为你而来"，由韩金媛导演，张绍刚（未来号船长）、小冰（未来号副船长，人工智能伴侣虚拟机器人）主持，湖南卫视和唯众传媒联合制作，中国科学院科学传播局特别支持。《我是未来》第一季于2017年7月30日起每周日20:30在湖南卫视首播，同年10月15日收官，《我是未来》第二季于2018年7月26日起每周四22:00接档《嘿！好样的》在湖南卫视首播。

该节目融汇全球顶尖科学家，采用当今世界最流行、最先进的科技，主打科学和未来两大关键词，率先发布顶级科技成果，呈现令人瞠目结舌的科学奇观，在舞台上探索创新人和机器的关系，探求人类未来的发展方向，以科学为钥匙，打开新世界大门，描绘世界未来蓝图。该节目每期邀请两位全球顶级科学家来到节目现场，由主持人带领4位未来体验官（如李锐、寇乃馨、何猷君、沈梦辰、梁田、汪涵、王孟秋、张天爱、黄子韬、白敬亭等）和现场500位观众，通过三轮卡牌对决，体验两位科学家的酷炫科技成果，最后由两位科学家分别进行与科技有关的主题演讲，探讨人类美好的未来。

这是湖南卫视"敢为天下先"气魄与能力的体现，因为中国综艺娱乐节目往往较少关注在世界上扮演着重要角色的中国科学家。湖南卫视在节目中率先推出"中国科技天团"，但不只是展示人们从未见过的高端科技产品和神奇变幻的科技技能，而是立意高远、大胆创新，采用电视综艺的趣味化手法，让尖端科学以综艺化、大众化的形式传播，使高深莫测的科技变得新鲜、有趣、时尚、好玩，让科学知识、科技科普融入现代传媒，打造出众多感人至深的精彩瞬间，呈现科学家普及科学、潜心科研的态度，突破了传统综艺节目的选题瓶颈，充盈着浓厚的人文情怀，从而以寓教于乐的方式传播科学知识、弘扬科学精神，对于青少年群体极具认识上的价值意义和前瞻性的引领作用。正如唯众传媒创始人杨晖所言："这是一档具有原创性的节目，是一档具有权威性的节目，是一档具有真实性的节目，更是一档非常有趣的节目。《我是未来》真正地让科学家成为主角，让科技成为荧屏最强音，让科学可以亲近，变得有温度而且性感。"

在今天这个时代，"技多不压身"的人工智能已经悄悄来到我们身边，改变着我们的生活，并给我们带来了很大的想象空间。"科技＋轻综艺"的模式设置，让《我是未来》充满了看点。如德国老牌企业费斯托中华区总经理陶澎在9月3日的节目中展示了一款仿真机械手臂，这款机械手臂不仅灵活地抓起粉底刷给体验官靳梦佳的脸轻柔上妆，而且在妆毕后竟然还拿起一朵玫瑰花送给了体验官。如此敏捷又准确的操作，如此善解人意的"性格"，令人叫绝。在舞美呈现和节目设置上，《我是未来》邀请知名舞美和视觉特效团队加盟，采用"冰屏"代替传统的LED屏幕，邀请人工智能机器人担任主持助理，加强场外视频短片制作，其独特之处不只是展示科技产品的高端和科技技能的神奇，还在于传递出科学家的热情、智慧、爱心和诉求。如"无人机教父"拉菲罗·安德烈，为实现飞行的梦想，做了很多疯狂的实验，其在紧张科学研究之余还创立了一家价值50亿元人民币的公司卖给了亚马逊；又如蔚来创始人李斌，不仅拥有速度可媲美高铁的超级无人电动跑车，而且还拥有一个特别幸福的家庭。通过众多科学家、科创家在这个节目中的轮番登场和表现，足以让观众了解到许多科学家"背面"的故事。根据收视数据显示，《我是未来》的CSM全国网收视率破1%，位列省级卫视同时段首位，在竞争激烈的周日档杀出重围，成为2017年暑期档当之无愧的黑马。①

二是《新闻大求真》。这是一档由湖南卫视制作播出的科普求证类节

---

① 陆地.让科学家成为主角［N］.人民日报（海外版），2017-08-28（7）.

目，于2012年7月4日首播，至2017年已经制作播出了1000多期，陪伴观众走过了5年多的时光，已然成为湖南卫视又一档长青节目。

《新闻大求真》借鉴了美国王牌科普求证类电视节目《流言终结者》的媒介风格，并进行本土化改造。节目以"验证流言、传播科学"为主旨，用情景剧的形式还原新闻事实，用严谨细致、通俗易懂的科学实验验证流言，将鲜活的新闻事实、完整的实验过程、真实的实验结果直接呈现给观众，从而达到破除迷信思想、粉碎网络谣言，倡导民众自觉抵制谣言、学习科学方法，传播科学知识、科学思想、科学精神的启蒙效果。同时也打破了科学以往给人的"严谨""晦涩""乏味"的固有印象，将科学性与娱乐化元素相结合，寓教于乐，减少了之前同类节目容易出现的晦涩难懂和具有说教意味的情况，增添了生活性、趣味性以及可视性，形成了娱乐化与生活化相结合的科普传播节目形态。凭借着新颖的节目形式与节目内容，《新闻大求真》成功地实现了科普求证类节目的本土化改造，收获了一大批忠实观众，并于2017年11月2日荣获第27届中国新闻奖一等奖。

2017年的《新闻大求真》节目紧抓贴近大众日常生活的主题，在求证内容的选择上以生活服务类为主，社会事件类与科普常识类为辅，重点关注具有时效性、热门性等特点的话题，满足观众的切实需要。比如针对一年一度的春运期间"抢票难"问题，在2017年1月4日《抢票软件真的靠谱吗？》这一期节目中，节目组请来了10名志愿者，将12306官网购票以及各类抢票软件进行横向对比，通过直观的实验结果给予观众更为科学的建议，同时也提醒和展示了在购票、抢票过程中可能出现的特殊状况与诈骗风险，在一定程度上提供了有效的经验、规避了潜在的风险，帮助了有需求的观众能够尽快买到回家的车票。再如2017年入汛以来，中国南方地区持续暴雨，多个城市发生了特大洪涝灾害，湖南省也是洪水的重灾区之一。面对突如其来的天灾，《新闻大求真》节目从2017年6月27日至7月4日连续5期科普洪灾来临时的科学应对方法:《山体滑坡泥石流时如何逃生》《洪水来临时如何自救》《如何安全驾车通过积水路段》《洪水突袭该如何进行自救》《被洪水围困如何发出求救信号》。从这里我们不难看出，《新闻大求真》节目不仅兼具科学性与娱乐性，更是有着难得的人文关怀，这也正是中国特色社会主义精神文明建设的内在要求和所有湖南广电人的精神传达。

五、文化类综艺节目广受好评

近年来，诸多节目将眼光投向传统文化领域，从早年的《汉字英雄》《成语英雄》《中国汉字听写大会》到近年的《中国诗词大会》《朗读者》《见字如面》，中国电视荧屏上的文化类综艺节目在持续发力，不再是单一的综艺娱乐类、新闻类节目霸占电视市场。2017年，湖南卫视也在用年轻人喜欢的方式打造"高而不冷"的文化类综艺节目，一批高口碑文化类综艺节目深受电视观众的喜爱，逐渐成长为荧屏的一抹亮色。

一是《中华文明之美》。该节目最早脱胎于综艺节目《天天向上》中的"中华礼仪之美"这一环节。为打造每日"730"黄金时段节目带，湖南卫视便把"中华礼仪之美"这一环节从《天天向上》中剥离出来，于2016年使其成为一档独立的节目，采用迷你剧的形式向广大观众呈现中华民族的传统礼仪及诗书礼乐之美。将传统文化搬上电视荧屏不是易事，要在每期只有短短8分钟的节目中涵盖丰富多彩的内容，需要策略和胆识。

2017年，每周一至周四19:30播出的这一节目，不仅像记日记一样继续着力呈现中华文化知识、趣味百科、姓氏溯源、传统零食、汉字成语、古风歌曲、古人故事、匠人技艺、取暖神器、春节起源、年货由来、米粉小吃、环保植树、古代神医、皮影剪纸、青铜文化等，通过"老夫子"和"小阿毛"之间充满童趣的教学互动，用情景再现的方式形象讲述中华传统礼仪文化和传统习俗，而且从前期主题策划、匠人寻找、故事挖掘，到棚里根据主题搭景拍摄，再到后期的小动画剪辑等各个环节，都像撰写优秀作文、烹制精致佳肴一样着意创新，努力寻找一个更加有叙事力量的形式，力求制作精良，确保角度新颖。如加入"古风秀""工艺匠人"等环节，充实和丰富节目内容与内涵；寻求明星加盟，植入娱乐元素，达到吸引观众关注节目的效果；用娱乐形式包装文化类节目，从而实现寓教于乐。通过这些多姿多彩的内容和表现形式，让观众关注中华文化的普及和传承。①

二是《百心百匠》。在代代相传的绝技和工艺面临碎为瓦砾的危机时，由优酷联合湖南卫视、心匠艺百文化传媒有限公司共同出品的《百心百匠》，旨在探索中国传统文化传承之路：手艺人如何生存？传统技艺如何传承？这些鲜活而值得留恋的民族文化该如何解读才能被年轻人接受和重视？该节目于2017年11月20日起每周一至周四19:30在湖南卫视播出，11月21日起在优酷、芒果TV上线，每周二、周四双播。

这档大型公益文化节目在很大程度上对中国泛文化电视节目内容进行了一次大胆创新。在这个节目中，明星代表的是普通观众，是体验者，是点缀，毫无例外地零片酬参与，而主角则是素人工匠和他们的技艺，如千年不腐的蔡侯纸、栩栩如生的北京绢人，还有古琴、唐卡、夏布、宫毯、皮影戏……在选择拍摄传统工艺作为主角时，该节目要求技艺本身精湛，有大师风范，拍摄起来有美感，要找那些"有场景、有环节、有比较复杂的加工流程的手艺"，要找那些需要保护和抢救的工艺，要找那些明星和工艺的匹配度高、匠人镜头表现力强、工艺背后的故事多的技艺。②一旦确定之后，每一期节目就会出现一位明星，主要由孙冕携手李亚鹏、柯蓝、许亚军、李艾、李泉、喻恩泰、吴晓波、老狼、马艳丽等多位名人精英，探访多位民间非遗匠人并拜师，像学生一样一对一地向匠人们学习蔡侯纸、昌黎皮影、宫毯、唐卡等传统技艺，从学习的角度进入匠人们的世界，讲述名人深度观察、参与和体验的故事，将这些日渐老去的匠人用几十年乃至一生的时间守护传统技艺的故事告诉观众，引领观众进入匠人的精神家园。正是在名人嘉宾和传统匠人之间的碰撞中，匠人的独立品格得

---

① 杨雯.《中华文明之美》：小体量展现大文明［N］.中国新闻出版广电报，2017-03-29（6）.

② 杨雯.大型公益文化节目《百心百匠》：以匠心动人心［N］.中国新闻出版广电报，2017-12-13（6）.

以记录，传承匠心的意义与价值得以揭示；正是在现代文明和历史传承的对话里，传统文化发展的现状得到展现，传统技艺的非凡魅力得到感受，濒临消亡的中国手工艺及其传承者重获关注。

正如《人民日报》时评所说："我们的先人顽强如石，坚韧如丝，绚烂如画，优雅如瓷，中华文化的薪火相传，就从我们眼前渐次'活'起来——石、一丝、一画、一瓷开始吧——铺陈的是传奇，激荡的是国魂。"① "工匠精神"早在2016年就写入了《政府工作报告》，《百心百匠》正如《我在故宫修文物》《非凡匠心》《了不起的匠人》《讲究》等一样，是向工匠精神致敬的优秀作品之一。

三是《儿行千里》。作为湖南卫视推出、何炅主持的一档共10期的全新家风类节目，《儿行千里》以"儿行千里，家风随行"为理念，于2017年8月27日22：00首播，之后每周日22：00播出，同年10月29日收官。这档节目每期邀请能够分享自家家风故事的两组素人作为嘉宾，讲述不同家庭背景下相隔千里的父母与儿女彼此牵挂的故事，倾听一个个普通人回溯成长道路上所接受的家教故事，道出家人心中最真实的思念和情感，弘扬中华民族的优秀传统，展现中华民族的良好家风。

第一期的"游子"是一位出身农村的麻省理工博士后，以及一位继承父亲遗志的治沙（治理沙漠）人。博士后名叫何江，他的父母中学未毕业，然而他们培养出了两个学业有成的儿子。治沙人名叫张立强，他的父母用毕生的精力治理一片荒芜的沙漠，甚至为此倾尽家产和生命的余热。在三代人的努力下，这个家庭治理沙漠达70多平方公里，说具体一点，就是从陕西省种树一直种到内蒙古自治区。在其后的几期节目中，类似平凡人的不平凡事还有很多，比如在父亲支持下前往伊拉克等国家和地区工作的战地记者；在大海中央工作的技术人员；在父亲身上寻找到灵感、创作影视作品的"80后"女导演；小时候和母亲一起在车祸中失去一条腿的乐天女孩；数十年来一直坚持照顾烈士父母的老兵；等等。此外，还有一位看似

---

① 李泓冰. "一眼千年"，与文化长谈［N］.人民日报，2017-12-07（5）.

"不平凡"家庭出身的"游子"——钱学森的长子钱永刚教授。

《儿行千里》的舞台整体呈半圆形，两侧采用了无数柔和温暖的环绕式暖黄色小灯，犹如母亲张开的双臂，将孩子紧紧地护在自己的胸膛，寓意不管孩子走得多远，总有一盏灯在守候他的归来。除此之外，舞台顶部和地板的舞美也充满了设计感。

有人说，《儿行千里》治愈了心灵、净化了灵魂。在每张朴实的面孔上、每句平凡的话语中，我们都看到了家风的力量。坚强与勇敢、执着与担当，构筑成一个个让观众肃然起敬的瞬间。父母把思念揉进眼泪里，却仍然鼓励孩子在外贡献社会；孩子把期望写进信件里，却依旧身体力行为下一代树立榜样。这是传承最直接的表达，铿锵有力。

六、音乐类综艺节目依然火爆

好听的音乐、吸引人的模式、引起共鸣的故事，在某种程度上成了中国电视娱乐市场上音乐类综艺节目多年来层出不穷、生生不息的原因，而2017年湖南卫视这类节目的复归与创新，也获得了令人称许的收视率、播放量和口碑。

一是《歌手2017》。2017年，由湖南卫视节目中心制作、都艳总导演、洪啸和孙莉执行导演的音乐竞技节目《歌手2017》，于1月21日起每周六22：30在湖南卫视首播，次日零点在芒果TV、爱奇艺联合全网独播。该节目共14期，最终林忆莲获得总决赛冠军，迪玛希获得亚军，狮子合唱团获得季军。

该节目虽然由湖南卫视王牌音乐节目《我是歌手》更名而来，依旧为专业实力歌手间的同台比拼，但也是一档有别于《我是歌手》的全新音乐节目，在节目形式上突出新意，对歌曲的创新改编会让观众更感兴趣。如本季竞演每两场为一轮，每期既有新的专业歌手进行歌唱竞赛，也有往年《我是歌手》实力唱将回归，但整体面貌有所革新，不仅在赛制上每逢双期有歌手累积排名最末者面临淘汰赛的紧张局势，而且到了单期又有"挑战歌手"与"逆战歌手"同时加入混战，这种"双补入"方式让在线歌手压力直升，其中"挑战歌手"进入前四名即算成功，原第八名则被淘汰。同时，被邀嘉宾的标准也从此前的"立足华语乐坛，放眼全亚洲"拓宽到了世界范围。该节目通过挖掘艺术内核，巧妙利用视听符号还原人生百态，精心营造视听盛宴，用高质量的音乐作品与观众沟通，用向善、向上的精神取向输出价值观、传播正能量，扛起助推华语音乐的时代使命，让中国的好音乐"走出去"，让世界的优秀声音"走进来"。该节目荣获2017中国综艺峰会匠心盛典年度匠心剪辑奖和盛典作品奖。

二是《我想和你唱》第二季。由湖南卫视推出、王琴总导演、涂承书执行导演、汪涵和韩红这对"老炮儿组合"主持、侧重于星素互动的大型互动音乐类综艺节目《我想和你唱》第二季，于2017年4月29日起每周六22：00接档《歌手2017》在湖南卫视首播，芒果TV、优酷联合独播，同年7月15日收官。该节目共12期，每期邀请3位歌手与素人合唱，素人可通过"芒果TV"APP、"唱吧"APP参加合唱，获赞数最高的素人有机会到现场参与录制、和明星合唱。

该季承续第一季节目主题，依然是欢乐与温暖的"涵韩的音乐派对"，但新一季的节目模式、舞美设计、欢唱环节开始升级，舞台灯光以亮色为主色调，呈现出一种轻松自在的KTV气氛，带来了全新的真人秀格局。节目不仅邀请了华语乐坛的谭咏麟、蔡国庆、孙燕姿、叶倩文、胡彦斌、迪玛希、蔡健雅等36位实力大咖倾情加盟，嘉宾阵容更加豪华，而且将欢唱环节的星素互动规模扩大，素人嘉宾从第一季的6个增加到100个，真正实现了百人即兴互动。虽然观众如怀旧般找到了K歌的欢乐，但从话题度上远不及创新改编。不过，该节目还是敏锐地抓住当前观众对音乐节目类型细分需求的变化，成功颠覆市场已有音乐节目的经验积累，打造了一档以互动娱乐为基础、以轻松减压为宗旨的音乐类综艺节目。[①]

---

① 我想和你唱第二季［EB/OL］. https://baike.so.com/doc/24538689-25400664.html.

七、婚恋交友类综艺节目开始升级

从1988年山西电视台的《电视红娘》算起，婚恋交友类综艺节目在我国电视发展史中到现在（2018年）已有30年左右历史。而1998年于湖南卫视播出、热度持续5年之久的《玫瑰之约》，则开启了中国婚恋交友类综艺节目收视热潮的先河。不过，婚恋交友类综艺节目是在2010年真正达到白热化状态的。虽然国家广电总局在该年6月下发了《广电总局关于进一步规范婚恋交友类电视节目的管理通知》《广电总局办公厅关于加强情感故事类电视节目管理的通知》等正式文件，婚恋交友类电视综艺节目泛滥、造假、低俗等不良倾向得到了严厉遏制和持续整饬，但江苏卫视播出的形式独特的《非诚勿扰》还是一炮而红，之后湖南卫视、山东卫视、浙江卫视、广东卫视等10多家省级卫视频道都在这类节目的制作上乐此不疲，相继有《我们约会吧》《百里挑一》《缘来是你》《非常完美》《称心如意》等节目坐镇，在全国电视荧屏上掀起了一阵相亲热潮。由此可见，湖南卫视在这类节目上有着丰富的经验和优良的传统，虽然曾经火爆的《玫瑰之约》《我们约会吧》先后停播，但其在电视相亲这类节目上依然苦心经营。2017年，湖南卫视特开辟周四"交友节目带"，让婚恋交友类综艺节目贯穿全年，既博取了较高的收视率，也引导了良好的婚恋观，其中之一就是《为你而来》。

《为你而来》是湖南卫视2017年新开辟的周四"交友节目带"的首发全新原创大型互动交友谈话节目，由打造过《变形计》的潘瑞芳团队精心制作，张绍刚、沈梦辰主持。节目秉承着"重三观、轻颜值"的理念，倡导真诚、走心地交友，弘扬正确价值观，宗旨是"爱情岂能盲目，我为你而来"，因此对于报名者提出了相应要求，如单身嘉宾中男士22岁以上，女士20岁以上，有一定的学识和经济基础，三观正、外形好、气质优；嘉宾语言表达能力强，舞台表现欲及变现力佳，个人出身、学历、才艺等有突出的方面；嘉宾的父母具有良好的语言表达能力，敢于说出自己的想法，对子女的婚恋有强烈的紧迫感；父母和子女必须同行，并在节目中出镜。该节目自2月9日开播以来就广受好评，成功引爆了2017年交友热潮，同年4月13日迎来温馨浪漫的收官之夜，收视率获得省级卫视第一。

该节目聚焦于单身男女交友的视角，外到布景舞美，内到节目诉求，都进行了大胆创新的升级和突破。节目全程采用棚拍的形式，独创交友"盲选"新模式，在男女嘉宾间设定了单向玻璃房、第二现场等"屏障"，单身男女嘉宾同台不见面，在完全看不见彼此真容的情况下，通过单身嘉宾的VCR（短片）展示、父母的介绍、闺密的全力"推销"、主持人的采访，对嘉宾进行全面了解，尤其是由同龄人戏说同龄人，给交友节目带来了不一样的碰撞。这有力避免了以貌取人的第一刻板印象，利于提升相亲者心动选择的理性和客观性，更利于强调"重三观、轻颜值"，让交友回归心灵，"弃颜"而走心，富有青春向上的交友氛围，弘扬正确的交友观。相亲对象依旧为素人，男女嘉宾颜值并不要求很高，但才华、技能等要有突出的方面。

在相亲新模式上，该节目加入了陪同元素，不仅带着父母把关，而且融入闺密助攻新元素。父母、闺密齐上阵，亲临现场，把关助攻，有利于男女另一半与各自父母间壁垒的破除和隔阂的打通，化解了父母与子女的分歧，传递温暖人心的亲情故事，倡导优良的家风家教，饱含代际沟通的真情实感。

在交友内容上，该节目不刻意煽情，不炒作话题以博热度，更不做"一锤子买卖"以私订终身，将生活全貌360度无死角展示出来，不仅真实展现了青年男女在交友过程中的各种恋爱问题、人生观和价值观问题，更记录每个普通家庭中父母希望子女收获幸福的爱子女之心，同时也凸显了闺密在年轻人的日常生活中扮演着非常重要的角色。

视角的多样性，层面的广阔性，让节目整体呈现温暖幽默的格调，有爆料，有温情，有窘态，有真诚，在力求节目真实的情况下，为男女嘉宾提供了一个交友平台，让电视交友更有深度、更靠谱。该节目弘扬正确交友价值观，既营造了一个舒适、轻松、温情、真诚、相互亲近、互相信任的交友环境，也体现了爱情并非单打独斗的价值观，还成为家庭幸福美满的"润滑剂"，具有深刻的社会意义。[1]

由于各种因素，2017年湖南卫视原本计划全新开辟、贯穿全年的其他周四"交友节目带"的婚恋交友类节目如《终结单身》《拜见父母大人》《相亲大作战》《单身公主》等悄然遁世，仅仅出现在计划中。

八、国防教育类综艺节目重磅压阵

2017年是中国人民解放军建军90周年，人们对于家国、军队、战士等的情感空前高涨，将节目聚焦于军旅题材无疑是一个很好的选择。同时，真人秀节目近几年在电视荧屏上异军突起，而国防教育类节目更是不可或缺的一种类型，湖南卫视在这方面率先垂范，尤其是2015年5月播出的《真正男子汉》获得了超高收视率与好评。时隔一年之后，该节目第二季继续播出，并开发了新的产品《奇兵神犬》，用恢宏的场面与客观的镜头展现了真实的军人生活，通过寓教于乐的方式将国防教育传递给受众群体，树立军人崇高形象，传播主流价值观，给观众留下了深刻印象。

一是《真正男子汉》第二季。该节目聚焦于人的成长蜕变，是引进韩国MBC电视台综艺节目《真正的男人》的版权，由中国人民解放军、八一电影制片厂和湖南卫视联合推出。第一季于2015年5月首播，而2016年10月21日20：20首播的《真正男子汉》第二季一直延续到2017年1月19日晚完美收官，历经跨年、假期、节庆晚会等多重市场环境的影响。

这档真人秀节目以国防教育为核心，主打空军主题，开篇是隐蔽的地面军用机场，天空白云层叠，一时警报声起，空军战士紧急起飞，穿越云层，尽显直冲云霄的豪情壮志。广告之后，李锐、佟丽娅、张蓝心、杨幂等8位有年龄跨度和性格差异的男女明星嘉宾登场。他们改变身

---

[1]　湖南卫视.《为你而来》传递社会正能量　弘扬正确交友价值观［EB/OL］.（2017-02-24）. https://www.sohu.com/a/127139023_117775.

份，深入一线部队，首站来到雷神突击队，终站抵达4号高地排堡，在空军各个兵种中经历5次3天2晚的真实军营体验，与年轻的战士同吃同住，更一同进行军事化训练，在镜头面前展示真正的自己，体验真实的军营生活和战场环境，让大家了解真正的男子汉气概，以及谁才是真正的男子汉。

节目运用多种视觉符号元素，记录着褪去歌手、演员、运动员等光环的明星，以普通军人的身份认真坚守阵地，克服种种困难，完成由群众到一名真正合格的"空军战士"的历练与蜕变，在休闲娱乐的同时传递国家意识、国防意识，为人们展示了新中国现代军队的过硬实力和战友情感，让观众对中国军人更加崇拜和敬重，彰显出湖南卫视主流媒体的社会使命感与社会责任感。①

二是《奇兵神犬》。明星警犬国防教育真人秀节目《奇兵神犬》，着眼于人与犬的情感互动，由湖南卫视单丹霞团队制作，作为2017年第四季度综艺节目的扛鼎之作，于11月3日周五20：20接档《我们来了》第二季首播，在周五综艺黄金档拔得了头筹。

在嘉宾的选择上，该节目呈现出"5+4"星素结合的模式，有组成明星训犬队的杨烁、沙溢、张大大、姜潮、张馨予等5位各具特色的明星，其中沙溢有过军旅生涯但怕狗，杨烁饰演过训犬员，"军中木兰"张馨予爱犬如命，姜潮是新兵刺头，张大大则是搞笑担当；有组成达人训犬队的冯瀚圃、杨朵兰、赵一诺、曹芯蕊等4位素人，但他们并不都是"真素人"，而是具有一定名气、参与过电视节目的素人。两组人共同走进军营，与警犬亲密接触，同吃、同住、同训练。因此，9位嘉宾既要接受严苛的体能训练，还要学习训练警犬。

我们知道，犬是人类最忠诚的朋友，而警犬是军人最忠诚和重要的战友，它在维护安定、保卫安宁的过程中发挥了重要作用。该节目邀请嘉宾

---

① 腾讯娱乐.《真正男子汉》第二季收官 新兵不舍离别泪洒军营［EB/OL］.（2017-01-19）. http://www.mnw.cn/zongyi/guonei/1556312.html.

担任训犬员，走进武警警犬训练基地，将焦点聚焦在人与犬的互动上，通过两队竞技PK，在嘉宾与警犬的磨合过程中，向观众全景展现精彩的人与犬之间的温暖情感、互动成长的战友情，将军旅题材、竞技元素、人与动物的彼此成长进行了有效融合，"战友""伙伴""成长"是节目中出现次数较多的词语，可谓匠心独运、别具一格。纵观过往的电视综艺节目发展历程，这种军旅题材＋人犬情感的独特选择，都有一定的成功因素存在，因为军旅题材的情节故事和人物塑造能够让观众印象深刻。而在军旅题材的基础上，该节目更关注人与动物的情感沟通，但这个动物不是一般节目中的宠物，而是人们平时难以接触到的警犬，并且是希望突出人与犬的感情，这样从好奇心和情感上都略胜一筹。因此，从首期节目的开头所呈现的一名即将退伍的武警战士与警犬依依惜别的场景，就告诉了观众它将从综艺的视角讲述一个个温情的故事，用平和的纪录性镜头描绘心灵深处喷涌的情感。

相较于《真正男子汉》而言，该节目节奏显得有些过慢，过于平铺直叙，难以在短时间内出现抓住观众眼球的内容。同时，嘉宾的设定缺少惊喜感，且嘉宾与嘉宾之间未能形成冲突和火花；此外，在突出人与犬的同时，忽略了人与人的故事设定。虽然素人有些名气，但很难吸引观众关注。如果后期节目能够对嘉宾产生的故事加以引导，在节奏上做适当调整，这档画面漂亮、色彩鲜艳、场面阔大、军营优美的综艺节目还是很有感染力的。①

九、亲子萌娃类综艺节目持续走高

随着亲子类电视综艺节目的火热，荧屏里萌娃们的言行举止、才艺性格以及从中所映射出的教育问题，特别容易受到大众的关注。2017年，湖

---

① 湖南广播电视台办公室.湖南卫视《奇兵神犬》创新角度聚焦武警群体 情感共振凸显青春正能量 | 芒果日志［EB/OL］.（2017-12-05）. https://mp.weixin.qq.com/s/yGSO_-bvl_Bqu1A7zET8SQ.

南卫视为这类综艺节目做出了精美的视觉盛宴。

如《神奇的孩子》。这档儿童脱口秀节目由谢娜主持，邀请沈凌、杨迪、徐浩组成"神奇三宝"一起坐镇，刘蕾团队操刀制作，为湖南卫视2017年开年最新原创力作，于2月3日周五黄金档20:30正式开播，同年4月21日完美收官。该节目首播之际就取得了不俗的收视成绩，在同时段全国省级卫视排名第一，CSM全国网收视率斩获1.42%，收视份额达4.51%。

该节目定位于萌娃综艺，一改综艺节目以明星为主打的标配传统，以纯素人为阵容，这也是刘蕾团队坚持挖掘素人魅力的传统使然，因为纯素人阵容也有着别致的新鲜感和神秘未知的魔力。因此，在这样一个充满童真的舞台上，节目组把对象瞄准了生活中的个体，以最真实的展现方式展示平凡人的平凡世界。[①]这里有热爱厨艺的厨娘小彤宝，有谙熟甜品制作的优优，有在登场时"不受控"的摇臂女孩陈安可，有身怀武学绝技的少林十小龙，有一身正气的京剧小小生，有天才的钢琴小王子，有史上最小乐队——Newbaby乐队（萌宝乐队），有能把泡泡玩出美妙世界的秦木子暄，有因执着"军人梦"而严于律己的房楚轩，等等。他们腼腆又好奇，憨厚又可爱，向观众打招呼、唱歌、玩非洲鼓、摇沙槌、抱着尤克里里弹唱小曲，红彤彤的小脸蛋搭配萌趣音乐，十分可爱。孩子有自己的表达方式、思维方式和语言方式，节目中没有赛制和比拼，只是让他们尽情畅游，互相玩闹，随意任性，不必模仿大人，不用取悦大人，却始终怀有坚持。

不过，最令人难忘的还是孩子们与谢娜的对话环节，有的害羞内敛，有的调皮捣蛋，有的柔和乖巧，有的爱翻白眼，有的自言自语，有的精打细算。节目中既有互相照顾的温馨画面，也有挑战自我的竞争场景，把日常家庭中无人设的真实状态呈现到极致，力求精彩展现每个孩子那份自然、天真的天性，整个演播厅快乐轻松、热闹非凡。这些"神奇的孩子"

---

① 中国网娱乐.《神奇的孩子》完美收官 制作班底大揭秘［EB/OL］.（2017-04-24）. http://www.mnw.cn/zongyi/guonei/1681178.html.

并没有多强大的神奇技艺，却因为一颗炽热的心、一份单纯的热爱、一份追梦的执着而逐步变成最好的自己，他们在舞台上接受挑战的这份人生体验一定能使他们在长大以后勇敢秉持当年的那份"快乐当道、轻松生活、挑战自我"的理念。而观众也能在观看孩子们努力追梦的过程中回想起童年的自己，更多发现孩子天性的魅力，从这份快乐中体会到这个节目的良苦用心，让每一个孩子在快乐中自由成长，在成长中迎接挑战，这样就足够神奇了。总而言之，该节目去成人化、去娱乐化，开启了一档娱乐性与知识性兼具、老少咸宜、具有教育意义的综艺节目。[①]

结　语

总体来看，湖南的电视综艺节目佳作迭出，创新颇多，影响甚大，黑马不少，玩出了许多新花样，取得了高收视。但也有一些作品同质性过高、类型少变、内容贫瘠、叙事手法单一，更不愿做整体创新的冒险，只敢在同类型中一些环节上进行"点状创新"，从根源上禁锢了湖南综艺市场节目类型的突破。同时，文化类、公益类节目一拥而上的现象也时有出现。而因为资金短缺、明星报酬高涨、制播分离改革、人才流失、市场结构、平台制约、网综崛起、跨国合作难、人事变动加剧、收视低迷等原因，在原创力不足、同质化严重的综艺市场中，悄然遁世或无声消失甚至不幸流产的综艺节目亦不少，推进并不顺利。一部分仅仅停留在设想层面，停留在招商会的PPT上，未能成功将方案落实。

我们相信，进入节目创新瓶颈期的湖南电视综艺在2018年仍然需要向创新方向持续发力，这样才能保持曾经稳坐中国电视综艺头把交椅的辉煌位置。

（岳凯华、贺金叶子、郑健东、岳文婕、周敏执笔）

---

① 湖南卫视.《神奇的孩子》85后父母育儿法则：快乐　轻松　挑战［EB/OL］.（2017-03-21）. https://www.sohu.com/a/129546123_117775.

第四节　2017年度湖南电视报道与纪录片：思想与格调共生

纪录片是以真实生活为创作素材，以真人真事为表现对象，并对其进行艺术加工与展现，以展现真实为本质，并用真实引发人们思考的电影或电视艺术形式。2017年12月12日，国家新闻出版广电总局副局长田进在中国（广州）国际纪录片节开幕式上做主旨演讲，认为中国纪录片发展已经进入历史最好时期。①事实上，置身新时代的湖南电视人在电视纪录片上也有新作为。他们综合运用实拍、口述、虚拟性、故事化等多种纪录手法，把握时代之魂，关注时代之需，聚焦时代之变，引领时代之风，从而精品佳作不断涌现，传播平台不断拓展，受众群体不断扩大，产业规模、综合效益和影响力得以提升。2017年，湖南电视纪录片所择取的题材丰富，涉及政论、时事、历史、现实、人文、自然等多个领域；所采用的类型多样，或注重情绪情调的诗意传达，或倚重解说力量的刻意宣传，或长于现实世界的真实表达，或强调导演与拍摄对象的双重互动，或聚焦社会历史过程的呈现反思，思想属性鲜明，审美功能多元，作品格调提升，有新的探索，有新的收获。

一、解说大政方略：喜迎党的十九大，唱响主旋律

2017年，湖南省各级广电媒体各类纪录片集中体现价值底色，自觉加强价值引领，主动以宣传贯彻党的十九大为首要政治任务和头等大事，充分发挥阵地优势，创新宣传模式，集中开展全方位、多角度、立体化的主

---

① 佚名.田进：纪录片发展进入历史最好时期　总局将启动"记录新时代"工程[J].广电时评，2017（24）：8-12.

题宣传报道，着力形成声势、形成热潮，做大做强正面舆论宣传。在党的十九大召开前，各级媒体在重要时段、重点新闻节目、重要新媒体平台统一开设《砥砺奋进的五年》专栏，以记录的形式，讲国事国情，论策略谋划，聚焦湖南各行各业在改革创新中取得的新成就，报道视角新、效果好，受到国家新闻出版广电总局表扬。湖南卫视、湖南广播电视台广播传媒中心等省内主要媒体开设《喜迎十九大》专栏。

《牢记习总书记嘱托》特别报道依托传统，展示新闻报道新模式。2017年10月10日至16日，湖南卫视新闻联播推出《牢记习总书记嘱托》特别报道，着力于中央对湖南"一带一部"的新定位，全面阐释习近平总书记讲话精神，专门报道自习近平总书记2011年来湖南调研后湖南省在各个领域的新变化、新发展。这是对于湖南省委、省政府认真贯彻习近平总书记系列重要讲话精神和治国理政新理念新思想新战略，牢记习近平总书记嘱托，团结带领三湘儿女凝心聚力，砥砺奋进，奋力谱写湖南改革发展新篇章的全方位展示。该新闻报道突出了特别报道的时间关联性和针对性，有针对性地对"习总书记的嘱托"做出前呼后应的解释，多方面展示湖南变化新格局。

新闻特别报道，是指针对重大历史事件、重要活动、有影响的新闻人物进行的具有独特新闻价值的纪实性报道。告诉观众某一新闻事件（或人物行为）是怎样发生的，为什么会发生，发生时的详细过程、重要细节、人物表现，相关事件间的内在联系及其意义、影响等，充分地满足公众了解新闻事实真相的欲望。相比于常见的新闻报道，该类报道更具有针对性和时间关联性。该新闻特别报道从湖南各个领域的变化来对2011年习近平总书记到湖南调研时的殷殷嘱托做出解释，共7期，每期都有自己明确的主题和言简意赅的介绍词，从经济、民生、党政建设等多个方面入手，采用时间顺序展开报道，以当前的发展状态结合2011年习近平总书记到湖南调研时做出的改革要求，展示湖南近年来在多个领域的发展情况；由记者直接主持和画外音解说来推进。该报道每期时长4分半钟左右，记者以参与者的身份出现，融自己的报道于新闻画面当中，在展示民风、民情的画面时配以相应的音乐。

该报道紧扣"习总书记的嘱托"这一关键内容，每一期都以一个事件为主线串联起其他相关联的内容。如第一期《"一带一部"新坐标》以岳阳城陵矶港国际集装箱的年吞吐量变化、对外开放状况前后对比为主线，串联起其他对外开放的发展变化，以此来对应习近平总书记2011年到湖南调研时所提出的期望，用变化来验证对于嘱托的实践。每期都是参照这样的模式，以小见大，抛砖引玉，用小变化带动大变化，全方面地从经济、民生、党政建设等多个方面给湖南人民展示湖南这几年在党和国家的领导下做出的改变与取得的进步。

《牢记习总书记嘱托》特别报道全面展示湖南进步与发展的新面貌，依托传统的新闻节目，在其中加入这种具有针对性的特别报道，既具有新闻的时效性又带有明显的针对性，特色突出，直观、明确地表达报道初衷。由记者直接主持和话外音同步解说加配乐的模式，更容易将观众带入新闻当中，明确的主题和言简意赅的解说词完整介绍新闻事件，前后照应的模式更具有完整性。

《我们看见的变化》是湖南卫视为喜迎党的十九大而精心策划制作的特别报道，全景巡航讲述5年来湖南14个市州真真切切看得见的变化，从2017年9月18日至10月6日每天按顺序播出一个市州（顺序：湘西、永州、岳阳、邵阳、郴州、娄底、怀化、衡阳、常德、张家界、株洲、益阳、湘潭、长沙）。

它聚焦新地标、新形象，看见富饶美丽新湖南。《我们看见的变化》每期开篇是展示市州的新地标，你会看到湘西除了美得令沈从文心痛的凤凰县外，凌空的矮寨大桥、欢腾的湘西经济开发区、泸溪夜景、古丈红石林、保靖县夯沙苗寨、永顺县老司城遗址等当仁不让地成了新地标。而岳阳在岳阳楼、君山岛外，城陵矶港、汨罗龙舟、洞庭湖大桥、龙源水库、南湖新区等也成为新地标。市州有了新形象，湘西不再与贫穷结伴，正在美丽突围，冲刺小康。原来被重重深山阻隔的遥远的湘西，已建成7条高速公路。除了习近平总书记精准扶贫的首倡之地十八洞村外，一个个美丽村寨也都靠旅游脱贫致富，贫困人口由73.43万人减少到39.49万人，275个贫困村退出。

它着眼新实践、新尝试，看见创新引领新湖南。在《我们看见的变化》系列报道里，敢为人先的湖南人勇于实践和尝试，让你看见一个创新引领、开放崛起的新湖南。你会看到，在湘西篇里，首家银行进了十八洞村；湘西经济开发区创立"股份社区"，让拆迁这"天下第一难事"变成易事；100多名花垣的矿老板种花栽树，变身扶贫生力军；永州市零陵区的一间猪栏竟变成了咖啡屋，成为时尚青年拍婚纱照的首选地；江华的山沟沟里有了少年足球队；在张家界，政府为了让游客"放心购"，把土家织锦及53种其他产品统一审核监管，变成规范的"张家界礼物"购物点，产品可溯源，价格统一。

它重视新视角、新巡航，看见幸福新湖南。得益于百姓视角，《我们看见的变化》系列报道广受欢迎。每期出现在镜头前的是村民、市民、工人、普通公务员、游客等，谈的是切身感受，语言生动，真实可信。幸福是老百姓的真实感受，幸福也来自各个市州书记为全市州百姓描绘的未来。如湘西土家族苗族自治州州委书记叶红专告诉我们，湘西将全面决胜脱贫攻坚，建设生态文化公园；永州市委书记李晖描绘的是创新开放新高地，品质活力新永州。而且书记们都为保证目标的实现，制定了稳妥的战术和步骤。为了将5年来7300万湖南人的追梦历程完美再现于观众面前，湖南卫视制作团队付出了辛勤的汗水。他们首次运用全景巡航，让我们从高空俯瞰到新湖南气势磅礴的变化；让我们重新认识我们脚下的这片热土；让我们深切感受到家乡之美、发展之快、生活之幸福。

怎样在民生新闻栏目里做好一次时政专题报道？湖南都市频道《都市1时间》栏目交出了一份令人满意的答卷。2017年10月，在党的十九大召开期间，《都市1时间》就开启了特别的专题观看视角《中国强音》。18

期节目，大致分为连线北京、直击大会现场、聚焦湖南三个部分，由点及面，从大的方向切入关系民众日常的细节，收视率的稳中有升就是给这次特别专题的嘉奖。

其实在此之前，湖南都市频道已经做过两次大会专题。这次湖南都市频道依然是一名记者、一名摄像师的"标配"奔赴北京，不同的是，此次报道党的十九大，频道提出了更高的要求，并寄予厚望。栏目组深感荣幸，也倍感压力，要在一档民生新闻栏目里做出成功、优秀的时政报道并不容易。民生新闻栏目并非不能做时政新闻，相反更应该做好、做强，主动承担起将国家大事、党的十九大精神传递给大家的重任。因此，早在接到党的十九大报道任务时，栏目记者就提前搜罗了海量的时政、民生资料，将老百姓最关心的国家政策提前罗列出来，备好10余个选题。到了北京后，刚出高铁站，栏目记者就和摄像师直奔天安门广场，拍摄栏目需要的宣传片。回到酒店后，又立即联系湖南代表团，提前沟通，做好采访准备。磨刀不误砍柴工，大量的前期工作，让这次党的十九大的专题采访报道进行得相对顺利。

时政大事，民生解读，这是栏目的报道方向。首期节目中的"湖南制造"看起来是离市民很遥远的话题，缺少贴近性，栏目组便从趣味性、相关性入手，前往正在北京展览馆举行的"砥砺奋进的五年"大型成就展，从现场超人气的中国制造"蛟龙号"，到株洲"心"、株洲"脑"的湖南制造"复兴号"，这些新鲜有趣的高科技能马上引起观众的兴趣，之后再展开论述湖南制造的发展情况，进而党代表们建言献策，将党的十九大报告中的相关内容一一传递给观众。当期节目收视率直升一个多点，取得了显著的传播效果。此外，"健康中国"以全民健身角度切入，"人才大战"从市民找工作、选城市入手，"脱贫攻坚"最先从十八洞村说起……在7组系列报道中，栏目组共采访了湖南党代表10余人次，每天时长8—10分钟，节目收视稳中有升，份额高达14—18个百分点。用最民生的内容吸睛，用最鲜活的方式解读，让民生新闻栏目中的时政报道同样能"叫好又叫座"，达到传播和收视双赢的效果。

当然，这次专题也并非全部都令人叫好，比如在画面采集、后期制作等方面还有待改进。不过栏目组人力、物力有限，可以理解，在民生新闻栏目中也不显违和。《都市1时间》栏目组的党的十九大报道，从民生视角带来了最鲜活直观的报道，肩负起"新时代、新思想、新目标、新征程"下传递中国强音的重任！

此外，湖南广播电视台精心策划的党的十九大特别报道《前进，我的国》，是湖南卫视的一档新闻节目。该节目在北京搭建了融合虚拟技术、机器人设备等新技术的演播间，投入100余人的报道队伍。该节目内容以重要时政、重大新闻、主题性报道为主，同时注重新闻资讯、服务和舆论监督，从多角度报道湖南，从全方位宣传湖南。

二、聆听日常旋律：抓重大主题，重问题导向

2017年，湖南电视纪录片贴近神州大地、三湘四水的现实生活，关注现实社会的变化，捕捉人民生活的细节，反映普通中国人民的奋斗故事和人文情怀，聚焦中国的历史性变革和深刻变化，创作了许多脍炙人口的优秀作品。

《绝对忠诚》是湖南卫视一档聚焦常年在艰苦环境中默默奉献的科学家和军人的"新闻大片"，作为开启现象级电视新闻新模式的典型个案，曾荣获中国新闻奖一等奖，引起了业界和学界的强烈关注。它分为四季，其中第一季为"向人民科学家致敬"，第二季为"致敬民族魂"，第三季为"向人民科学家致敬"，第四季为"致敬中国特色军事变革的尖兵"，成为继"最美县委大院"后又一弘扬主旋律、传播正能量的精品力作。

为了做好《绝对忠诚》，湖南广播电视台编辑记者组成30多个采访组，分赴大江南北，克服远距离机动、风沙、高反、晕船、水土不服等重重困难，一季节目做下来行程累计30多万公里，可以绕地球7圈多。《绝对忠诚》从第一季走到第四季，每一季里的每一集，每一个镜头下的每一个画面，每一个故事中的每一个人物，都贯穿着一条始终不变的主线，都聚焦

着一个中心和焦点，那就是对党和国家的绝对忠诚。在"绝对忠诚"的光照下，一个个生动的故事，一个个特写的镜头，也再次丰富了我们小时候印象中的军人形象。至刚则至柔，刚柔相济才能强大无比。这些绝对忠诚的军人，其实他们心中都有着一种至亲至柔的感情。人心都是肉长的，谁没有儿女情长？谁没有七情六欲？只是他们把对亲人的挂念化为奋进的力量，化为保家卫国的雄心壮志。

在媒介市场的激烈竞争中寻求差异化和个性化，进而创建媒介品牌和核心竞争力，是省级地方卫视经营中面临的巨大难题；传统媒体式微，新媒体汹涌而至，自媒体"草根化""去中心化"势不可当，媒介生态的变革挑战了电视媒体的固有生存，电视媒体的新闻选择和信息格局以及由此而来的传播观念发生改变；经由"走基层、转作风、改文风"等政府政策对于新闻业务改革的规定式要求，具有开拓意识和革新精神的湖南卫视大胆尝试，《绝对忠诚》应运而生。《绝对忠诚》在戏剧化的叙事表达技巧上表现出明显的特色，运用了戏剧冲突的戏剧技巧，在新闻中主要表现出人物与自然和社会环境的矛盾、人物与亲人之间的意志冲突和"忠孝两难全"的人物内心世界的冲突；在新闻中利用新闻标题设置悬念，主持人导语的"预叙"将悬念前置，借助延宕的叙事方式构筑悬念来吸引观众收看；运用戏剧情境理论在特定的环境、事件和人物关系中塑造人物性格；在视听语言方面，音乐和音响的使用凸显了《绝对忠诚》的戏剧张力，而视觉语言也丰富了其戏剧节奏。

《绝对忠诚》的独特魅力，提供了丰富的电视新闻戏剧化叙事的成功经验：在制作上，创新了"新闻大片"戏剧化的表达技巧，不仅提高了新闻大片的冲击力，也增强了它的感染力；同时，戏剧化的叙事手段也是对电视新闻人物戏剧性人生的观照和体验。但是，新闻的戏剧化叙事手段仍然是备受争议的，所以，对于其未来被学界及业界普遍接受的可能性需要进行新闻的戏剧化与真实性关系的思辨，以及思考在未来进行电视新闻制作时，如何把握电视新闻戏剧化的尺度。

　　《我的纪录片》是湖南卫视与金鹰纪实频道共同打造的一档电视纪录片栏目。从2014年开播至2017年，《我的纪录片》已经制作播出了400多期，CSM全国网的收视率位居前列，网络平台中仅芒果TV一家的播放次数便超过了百万。以往我国大多数电视纪录片在制作拍摄过程中通常会将视角聚焦在给观众呈现某种目标或是宏伟蓝图上，久而久之造成了我国电视纪录片题材单一、重复率过高的局面，最终导致观众对国产电视纪录片审美疲劳、缺乏新鲜感，从而使得电视纪录片在电视栏目中陷入了尴尬的困境，难以站稳脚跟，限制了电视纪录片的产业化发展。面对这一难题，《我的纪录片》在选题上另辟蹊径，一改观众对电视纪录片只有"高大上"的传统印象，在题材的选取上包罗万象，涉及了日常生活中的方方面面，像美食、美景、旅游、极限运动、时下热点新闻甚至热门节目的独家幕后故事等都是栏目选择的对象。

　　2016年末，一段小男孩跳拉丁舞的视频在网络上走红。视频中一名9岁小男孩以胖乎乎的身材、夸张并且带有喜感的表情与扭动，卖力地练习拉丁舞，网友们亲切地将小男孩称为"拉丁小胖"，并将他跳拉丁舞的视频做成了"表情包"广泛传播。"拉丁小胖"因此成了网红，甚至火到了国外，陆续被邀请参加《欢乐喜剧人》《快乐大本营》《小小达人秀》等国内外热门综艺节目。针对这一事件，《我的纪录片》2017年2月14日《拉丁小舞胖》这一期节目专门采访拍摄了"拉丁小胖"何雄飞，记录了"拉丁小胖"与家人的真实生活：他们一家四口蜗居在河南洛阳一间不到40平方米的出租屋内，父母都在海鲜市场卖海产，每天凌晨4点就得起床去提货、上货，做好早市开市的准备。长年累月的劳作以及冬天捞鱼时刺骨的冰水让父母落下了不少的病根，再加上水产生意的不景气，让"拉丁小胖"更能体会到父母的艰辛与不容易。《我的纪录片》让观众看到了"拉丁小胖"在各类综艺节目中光鲜亮丽下的另一面，虽然也会偷懒、不自信、因为自己不喜欢的事情而哭闹，但是他在困难与嘲笑中展现出的乐观开朗、积极进取的生活态度，才是栏目真正想要传递给观众的精神。

2017年，《我的纪录片》总共制作播出了72期节目，节目题材类型呈现出多元化的发展趋势，不仅打破了国产电视纪录片历史题材"一家独大"的传统局面，也使得电视纪录片的受众群不断扩大，越来越多的年轻观众开始关注《我的纪录片》栏目，改变了他们对国产电视纪录片的印象，为国产电视纪录片的发展提供了新思路、新方向。

电视纪录片《为了人民》呈现的是脱贫攻坚一线的驻村队员。吕焕斌说，正是镜头"向下"成为常态，新闻大片才充满温度，更加鲜活。"人民对美好生活的向往，就是我们的奋斗目标。"这是习近平总书记2012年11月15日在十八届中共中央政治局常委同中外记者见面时代表党中央向全国人民作出的庄严承诺。这一声承诺把对人民的爱洒向了我们的每一寸土地，这一种信念激起了无数共产党人用奉献来抒写忠诚。自习近平总书记在湖南湘西考察时首次作出了"实事求是、因地制宜、分类指导、精准扶贫"的重要指示以来，"精准扶贫"成了与广大人民群众联系最为密切的民生工程。为了实现全面建成小康社会的百年奋斗目标，一大批忘我付出的"扶贫战士"涌现出来，而2017年7月湖南新闻联播制作播出的《为了人民》正是记录"扶贫战士"忧乐情怀、绝对忠诚的献礼党的十九大的特别报道。

《为了人民》共8期，分别为《胡丕宇：不落下一户》《吴正平：红军的传人》《陶品儒：下乡"新青年"》《李世栋：老将来"绣花"》《王婷："花木兰"扶贫》《陈勇：引得活水来》《彭小平：上校当"新兵"》《龙书伍：向幸福前进》，讲述了处于湖南各地的8名"扶贫战士"用奉献抒写忠诚的感人故事。他们的故事集中发生在武陵山脉片区和罗霄山脉片区这两大湖南的"精准扶贫主战场"。尽管贫穷偏僻的山村使他们远离城市、远离家人，艰苦困难的生活条件时刻磨砺着他们的意志，8名"扶贫战士"的身份、经历也各不相同，涵盖了青年人、中年人、扶贫队长、海归、志愿者、村支书等不同群体，但是他们却有着同一个伟大目标，那就是尽心竭力地帮助当地贫困地区的人民群众全面脱离贫困，按时按量完成全面建成小康社会的百年奋斗目标，早日实现中华民族伟大复兴的中国梦。怀着这一坚定的理想信念，凤凰县腊尔山雷公潭峡谷夯卡村扶贫队长胡丕宇为了帮助村里最后一户特困户异地搬迁，一个月内六下峡谷，抬着担架将家里有两个瘫痪病人的吴玉发家一步步抬进了崭新的"同福苗寨"；红军的传人吴正平在面对回原单位提拔升职还是留在村里继续扶贫的选择时，毅然选择了后者；海外留学生陶品儒放弃了毕业后在澳洲传媒公司工作的机会，来到村里当下乡"新青年"；扶贫楷模王新法的女儿王婷，接过父亲肩上的担子替父扶贫，在父亲的坟前哭着说，要扛起他的大旗，带领常德市石门县薛家村的村民全面脱贫……《为了人民》中的扶贫故事，既是扶贫成功经验的深刻总结，又是继续开展脱贫攻坚的强大动力，同样也是"扶贫战士"生命中最鲜艳的颜色。

　　杨壮、范林、谢伦丁、牟鹏民、游优、李欢等主创的电视专题片《铁血蓝盔捍国威》，刊播于湖南卫视《新闻当事人》节目，时长29分钟。2016年7月10日，中国赴南苏丹维和部队遭遇袭击，造成2名维和战士英勇牺牲，5人受伤。事件发生后，记者立刻兵分三路，分别前往维和部队在国内的驻地军营、2名牺牲战士的家乡山东莱芜和四川蒲江，行程上万公里，对2名烈士的战友、家人进行深入采访，并且从部队获得遇袭前方第一手视频资料，最终于当周周末成功推出该期深度专题片。该专题片是国内众多媒体之中率先完成的深度电视专题节目，采访深入、内容翔实。节目播出后，引发了社会各界的热烈反响，得到了部队领导和官兵的高度好评，同时也通过湖南卫视、湖南卫视《新闻当事人》、芒果TV等官方微博，在互联网上引起了广泛转发和讨论。该专题片时效性强，采访深入、艰苦，内容感人，制作精良。该专题片的选题具有较大的社会意义，且能在播出后通过多媒体的立体呈现方式，扩大传播效果，展示我国维和部队的正面形象。

　　庞学捷导演的优秀纪录短片《雷山锤音》，由湖南快乐金鹰纪实传媒有限公司制作。它关注的是贵州苗族唯一的银匠村落控拜苗寨原本世代传承的手工银艺，村里的银匠最多时有275人，因村里人陆续外出打工，现在村里只有一个留守的银匠——1975年出生的龙太阳，传统的记忆与他们渐行渐远，正如导演庞学捷所说："我们记录的主人公是龙太阳，他逆流而上，回到故乡……传统技艺以新的姿态回归，我们坚信所有的离开都是为了更好地回来，我希望更多的纪录片人能更好地关注乡土、关注乡土文化。"该片着重表现龙太阳这个留守村寨的苗族银匠，如何坚守在村里打银饰、种田地、照顾妻儿老小，最后闯出了一条致富路。

从该纪录片可以看出，许多地处偏远、贫困落后、经济动力不足区域的非物质文化遗产，由于缺乏保护和传承，正在慢慢退出历史舞台，从而造成中国传统文化的缺失。事实上，像打银饰之类的非遗传统技艺作为文化的重要组成部分，与人民群众生产生活密切相关，能够带动贫困地区群众增收，是助力精准扶贫的重要抓手。因此，这部纪录片能够让更多的人了解非遗、热爱非遗、传承非遗，让非遗真正走进中国人民的生活之中，激发全社会传承并发展中华优秀传统文化的文化自信和文化自觉。

随着北京申办2022年冬奥会和冬残奥会的成功，国内冰雪运动氛围持续升温。湖南快乐金鹰纪实传媒有限公司制作的《飞跃冬季的少年》，以吉林市12岁少年、曾在《智取威虎山》中扮演小栓子的苏翊鸣参加第十四届南山单板滑雪公开赛的过程为主要时间线，记录这个酷爱滑雪且已有8年滑雪经验的普通少年，如何憧憬着在自己18岁时能参与2022年北京冬奥会，如何一步步成长为出色的滑雪高手，去感受这个阳光少年对单板滑雪的真挚感情，也带领更多观众认识单板滑雪这项从骨子里透着朝气的运动。

三、探寻历史轨迹：显思想积淀，张文化自信

湖南电视纪录片以中国历史上的重大革命事件和普通人物故事为资源，将纪录片美学与中外人文历史积淀相融合，以真实的视觉力量来挖掘和彰显社会主义历史变迁和人民生活变化。

我们常在好奇地琢磨："乌托邦是座什么岛？""南湖的红船为什么能破浪前行？""中国特色社会主义'特'在哪儿？"2017年，湖南卫视的一档电视理论节目《社会主义"有点潮"》引起全国广大观众和网民的热议。该节目自10月9日在湖南卫视开播，中国教育电视台、湖南教育电视台相继播出，收视率处于同时段同类型节目之首。在人民网"两微一端"推出后的短短几天时间内，节目浏览量和阅读量屡创新高，网友好评如潮。

作为一档"三新"进校园电视理论节目，该节目由中共湖南省委宣传部策划，联合人民网、湖南教育电视台精心打造。节目运用最前沿的全息电视呈现技术，运用穿越在线等手法以及嘉宾现场互动等形式，让深奥严谨的马克思主义理论可视可读，让社会主义有点"潮"这场对话，与青年朋友们有了共同语言。节目共分为6期，每期40分钟，全面讲述社会主义波澜壮阔的发展历程。通过一座岛（乌托邦岛），一本书（《共产党宣言》），一门炮（十月革命的一声炮响），一艘船（南湖红船），一个特（中国特色社会主义），一个梦（中国梦），将社会主义500多年发展的历史脉络和坐标方位清晰勾勒出来。中国文化软实力研究中心主任、湖南大学马克思主义学院院长张国祚说："从节目的策划看，《社会主义'有点潮'》这档节目抓住了时代的主题，而且这个时代可以向上延伸500年，甚至延伸更远……'有点潮'具有非常生动的时代气息，作为一种网络语言，这档节目将时代的大主题和生动的网络语言很巧妙地结合起来，作为一档理论片应该说这次尝试还是第一次……这档节目宗旨之一就是推动以习近平同志为核心的党中央治国理政新理念新思想新战略进校园，要让广大青年学生理解并接受，节目录制过程中尝试了让台上的嘉宾和台下的学生们进行互动交流，增强了节目针对性。可以说，这是节目成功的一个很重要的特点。我们要有理论自信，这档节目实际上树起了一面旗帜，理论宣传照样可以受欢迎，照样可以吸引无数的粉丝。"①

---

① 万鹏.社会主义"有点潮"电视理论节目引发热烈反响［EB/OL］.（2017-10-15）. http://theory.people.com.cn/n1/2017/1015/c40531-29588086.html.

创新访谈形式，讲好有趣故事，用好电视艺术。访谈能促进有针对性的交流，故事最容易调动受众思想情感，艺术可以增强理论的感染力。《社会主义"有点潮"》的访谈嘉宾，既有能稳住阵脚、发挥中流砥柱作用的资深专家，又有后起之秀、承上启下的年轻学者，也有初出茅庐、善用网络新潮语言的青年博士；既有主持人与嘉宾的访谈对话，也有大学生和嘉宾老师的现场问答；既有慷慨激昂的议论，也有娓娓道来的故事；既有严肃的论道，又有诙谐的幽默，更有资深专家针对青年学者访谈内容的深化和对有趣故事的理论升华。

从制作技术手段看，该片采用了多种电视元素，既有现场访谈，也有现场视频；既有影视片段，也有文献资料；既有动漫演示，也有画外旁白；既有宏观场面烘托，也有微观特写镜头。特别新颖的是，还利用了全息技术，出现主持人与托马斯·莫尔的对话、与马克思和恩格斯的对话、与列宁的对话等，观众仿佛穿越时空隧道，与思想巨擘现场交流，极富历史性、启迪性、趣味性。该片采取多层次、多视角、多侧面的思想碰撞和多种艺术手段交叉表现，调动了现场方方面面的积极性，使理论节目生动活泼、活力四射，形成了感染人、教育人的强力磁场。这部理论电视片从片名题材到内容甄选、表达方式，均充满正能量、具有亲和力，彰显了社会主义特别是中国特色社会主义的内在品质、远大前途和强大生命力，展现出理论宣传的新气象。

一群湖南电视工作者奔波8万里，取景中法两地十几座城市，拍摄580小时，4个月的辛劳只为33分钟的完美影像。而这段影像，讲述的是一座法国小城与一群中国青年的世纪情缘。这就是在中国旅法勤工俭学蒙达尔纪纪念馆与法国朋友见面的历史纪录片《寻梦蒙达尔纪》。它讲述了20世纪初全国18个省、1600多名中国留学生赴法勤工俭学的激昂青春。随着中国旅法勤工俭学蒙达尔纪纪念馆于法国当地时间2016年8月27日的开馆，湖南广播电视台分赴中法两地拍摄，最终完成了肖永根总导演的纪录片《寻梦蒙达尔纪》，呈现以邓小平、蔡和森、蔡畅、李富春等为代表的旅法青年那段永驻历史的青春时光和梦想岁月。这部纪录片不仅旁征博引，采用了大量可信的权威史料，而且得到了各界人士的大力支持，既分别采访了邓小平的女儿邓榕、蔡和森的女儿蔡转、蔡畅和李富春的女儿李特特、何长工的儿子何光晔等，也得到了法国中央大区主席博诺、法国卢瓦亥省行政署长拉维勒、法国蒙达尔纪市市长多尔和其他受访者的支持。同时，摄制组的这群年轻人也非常重视历史知识的积累和储备，不仅购买了经中共中央文献研究室认定的毛泽东、周恩来、邓小平、陈毅、聂荣臻、李富春等人的传记和年谱等60多本图书以了解过往历史，而且认真求教权威专家以帮助自己进入历史现场、了解法国观众需求、解决比较复杂的问题。据悉，该纪录片除在中国旅法勤工俭学蒙达尔纪纪念馆长期播出外，也会在湖南卫视及网络平台播出。由于多方努力，这部历史纪录片并非简单的历史呈现，而是以讲故事的方式呈现历史，向观众展现了百年前这群留法年轻人的青春与理想，体现开放胸襟，使创作既有国际风范，又有中国气派，引导人们树立正确的历史观、民族观、国家观、文化观。2017年5月5日，由陈启文撰稿、湖南广播电视台摄制的电视纪录片《寻梦蒙达尔纪》荣获中国电视艺术协会评选的全国纪录片一等奖。[①]

为纪念中国人民解放军建军90周年，由湖南卫视新闻中心承制的系列微纪录片《八一永恒》登陆湖南卫视和主流媒体客户端。该纪录片每集90秒，共10集，每集讲述我军军史中的一个重大历史节点事件。虽然每篇篇幅短小，时长只有90秒，但摄制组行程2万多公里，拍摄地点覆盖北京、陕西、青海、福建、广东、湖南等多个省市，力图全景式再现这文人民武装从建军、治军到强军的心路历程，取得了非常好的传播和宣传效果，获得了湖南省2017年度广播电视创新奖，还在中央组织部开展的第十四届全国党员教育电视片观摩交流活动中荣获微视频一等奖，这得力于该片的叙事手法和影像表达的独到之处。

---

① 奔波四万公里拍摄纪录片《寻梦蒙达尔纪》[N].潇湘晨报，2016-08-26（A05）.

该片善于取材，以小见大，虽然主题为时间跨度整整90年的中国人民解放军的建军史，但却用"十个第一"来展示，如《第一枪声》（南昌起义）、《第一道路》（农村包围城市）、《第一忠诚》（党指挥枪）、《第一军规》（三大纪律八项注意）、《第一远征》（长征）、《第一军歌》（中国人民解放军军歌）、《第一笑脸》（人民子弟兵爱人民）、《第一重器》（两弹一星）、《第一远航》（索马里护航）、《第一正步》（将军受阅）。这里的"第一"，既不是第一次，也不是第一位，而是代表独一无二，代表无比重要的影响力，代表至高无上的地位。因此，通过对中国人民解放军发展长河中的十个重要事件节点和重大事件的撷取，完整展现我军建军、治军、强军的成长印记。

在具体表现上，该片又独辟蹊径，见微知著，选取时间长河里的几朵浪花来展示宏大的历史情景和场面，如《第一远征》选择半条棉被的故事，《第一笑脸》通过军人雷锋的笑脸展开延伸，《第一道路》中浏阳里仁学校里的激烈辩论中毛泽东一锤定音，《第一忠诚》中前敌委会议旧址"泰和祥"杂货铺里毛泽东关于"支部建在连上"的建议，《第一军规》开篇讲述一块门板的小故事，《第一军歌》中延安窑洞里"敲着盆、拍着腿"谱曲的细节再现。可以说，这些小故事、小细节正是这部微纪录片中不可或缺的表现方式。

影视作品不能用过去时表现过去，只能用现在过去时呈现过去或预示未来，这部微纪录片也是如此，如《第一远征》开篇的情景再现中，女主人打开门请红军女战士进屋避雨，叠画主持人打开现实旧居的大门，这时候解说词实时进入故事讲述与升华，画面语言自然流畅，无缝对接不违和。总之，《八一永恒》从文字、画面、影视表现技巧、音乐合理运用和时空构建、故事化演进、叙事结构、表达方式、节奏把控来看都具有显著特色，是近年出现的一部优秀的主旋律微纪录片，对时政专题类微纪录片的创作和发展很有启示。①

---

① 杨浩安.宏大叙事也可精微表达：以湖南卫视《八一永恒》系列微纪录片为例 [J].传媒论坛，2018（12）：76，78.

　　2017年11月24日上午，湖南省人民政府新闻办公室主办的第二届新湖南微视频（微电影）展播大赛颁奖典礼在湖南大众传媒职业技术学院举行，湖南艺术职业学院影视系摄制的人物专题纪录片《湖南的"刘海哥"何冬保》荣获二等奖。这是为纪念何冬保先生100周年诞辰而制作的一部历史人物传记类纪录片，通过何冬保之子何治国重游父亲故地、追思父亲花鼓人生以及何老故交、学生共同追忆大师生平故事和艺术成就等内容，饱含感情地展示了何老先生卓越超群的风采以及在花鼓戏艺术上所做出的杰出贡献。

　　该片在视听表达上追求形式创新，以何冬保为花鼓戏艺术做出的杰出贡献为侧重点，用板块结构将何冬保的人生轨迹与花鼓戏艺术的发展相融合，将何冬保的唱腔及课堂录音有机融入全片，采用三维动画处理照片的创新方式重现了何冬保生前的真实影像，这种情景再现的方式给了观众耳目一新的视觉体验，形象呈现了何冬保"痴戏一生，名垂花鼓"的主题。[①]该片主题明确，在影片的片尾处"痴戏一生，名垂花鼓"的主题性字幕伴随何冬保的成名作《刘海砍樵》的曲调缓缓出现，这是该片对何冬保花鼓人生的主观概括。

　　该片资料丰富，收集渠道有何冬保故乡政府部门、何冬保亲友、何冬保生前所在单位团体、图书馆资料室、网上查阅及购入相关资料等，收集路径有关于何冬保的基本情况、生活、事业、精神特质和在学术上、实践中对于花鼓戏艺术成就等方面的资料和关于湖南花鼓戏的整体概况、发展历程等资料的收集。利用图片资料来提供信息、佐证历史也是该纪录片的常用手法，片中使用的每张图片都呈现动态化特征，静止图片以上下或者左右运动的方式出现，中间采用连续切换与叠化等手法，充分彰显了它的审美魅力和效果。[②]

①　张睿.专题片《湖南的"刘海哥"何冬保》获新湖南微视频奖［EB/OL］.（2017-11-28）.http://www.arthn.com/info/1010/6219.htm.

②　马千里.历史人物传记类纪录片的情感表达研究：以《湖南的"刘海哥"何冬保》为例［J］.新闻研究导刊，2017（20）：173，185.

结　语

综上所述，2017年湖南电视纪录片取得了良好成绩，但并没有进入最好的阶段，虽有《社会主义"有点潮"》等重大题材主旋律纪录片出现，但在全国有影响的力作并不多见；虽有不少紧贴时代、关注当下的纪录作品问世，但展现三湘四水诗情画意的纪录片缺失；虽有《八一永恒》这样的系列微纪录片作品，但真正富有创意的作品还是太少；虽有专门的金鹰纪实频道，但对于纪录片人才队伍的重视力度不够。其实，湖南纪录片的发展空间非常大，既有着丰富的历史、文化、自然资源可供开掘，也有众多的播放平台。因此，2018年的湖南纪录片创作需要依靠政策优势，强化市场动力，引进竞争机制，重视人才力量，打造更多有文化品质、市场势能、竞争优势、影响潜能的湖南纪录片。

（岳凯华、贺金叶子、郑健东、岳文婕、周敏执笔）

第五节　2017年度湖南动画片：低迷与亮点并存

历史上的湖南，向来文有"惟楚有材，于斯为盛"的声誉，武有"无湘不成军"的美名。即使在大众传媒飞速发展的当今世界，湖南也毫不落后，先有"电视湘军"，后有"动漫湘军"。在我国动画产业发展史上，"动漫湘军"立足"三猫一鹰"（由以蓝猫、虹猫、山猫为代表的创意制作企业和以金鹰卡通为代表的出版播放企业组成），基本形成集研发、制作、发行、教育、培训、播出、衍生品开发为一体的完整产业链，曾一枝独秀，傲视群雄，以绝对优势稳居全国第一，成为中国动画产业的领头羊。卡通形象"蓝猫"曾是全国动漫领域唯一驰名商标，金鹰卡通卫视是全国首批上星的三家卡通卫星频道之一。然而，占尽先发优势的湖南动漫产业在"领跑"全国动漫产业的繁荣景象背后却隐藏着发展的深层危机。2017年，湖南全年共完成电视动画13574分钟，虽然同比增长7%[①]，但名作不多，依旧处于低迷状态。

一、《翻开这一页》：用动漫彰显爱国情怀

值得一提的动画作品是由湖南广播电视台金鹰卡通卫视制作并于2017年9月30日播出的《翻开这一页》第三季。该片作为献礼党的十九大重点动画片，采用"真人+动画"的互动方式和贴近时代的时尚元素，从中国共产党党员的革命故事中展现爱国情怀和民族气节。[②]该片在湖南金鹰卡通卫视正式播出，首播期间便深受观众喜爱，收获赞誉无数，创下了收视热潮。据统计，2017年9月30日晚至10月9日晚跨国庆黄金周期间，该片全国网平均收视率为0.33%，市场份额为2.87%，在同时段居所有频道收视排名第7位，省级卫视排名第1位。

其实早在2014年和2016年，同为湖南金鹰卡通卫视承制的《翻开这一页》第一季、第二季便先后作为献礼中华人民共和国成立65周年、中国共产党成立95周年动画片在中央和各地方电视台黄金时间段播出。动画片《翻开这一页》第一季、第二季的内容取材于中小学《语文》《历史》《思想品德》等课本中的经典党史和伟人故事，以"真人+动画"的表现手法最大限度地还原课本中的历史与人物。凭借着精良的制作以及优质的内容，动画片《翻开这一页》第一季、第二季先后获得了中国国际动漫节"金猴奖"最具潜力动画系列片奖、国家新闻出版广电总局优秀国产电视动画等奖项。

---

①　湖南省文化厅.2017年湖南省动漫游戏产业总体形势向好［EB/OL］.（2018-02-28）. http://www.ce.cn/culture/gd/201802/28/t20180228_28286163.shtml.

②　中国文学艺术界联合会.2017中国艺术发展报告［R］.北京：中国文联出版社，2018：392.

接力而来的《翻开这一页》第三季作为红色系列动画片,延续了前两季的红色基因,内容同样取材于经典课本中的英雄人物和党的故事,但不同之处在于将故事内容进行了精简,故事的数量从以前每季的十几个甚至二十几个降到了5个,每个故事都以上下两集来呈现。这5个故事分别是:借老年许世友的自述,再现了许世友将军迫于生计入少林,在国家危难之际下山参加革命,在家国抉择中做出大义取舍的《家与国》;以李大钊女儿的视角叙事,讲述了李大钊放弃陪伴家人的机会,胸怀共产主义理想创立中国共产党,面对残酷的奉系军阀毫不畏惧,最终为革命事业献身的《我的父亲李大钊》;记录了江姐在丈夫牺牲后,坚强继承丈夫遗志、将革命精神进行到底的《红岩赞》;纪念和平年代优秀党员干部孔繁森,不顾女儿反对支援西藏,卖血换钱收养3名藏族孤儿的《高原赞歌》;讲述我国著名科学家、近代地理学和气象学奠基者竺可桢通过对大自然长年累月的观察,理解了大自然的"语言",并为国家的发展贡献力量的《大自然的语言》。

虽然故事的数量减少了,但是每个故事的表现时长相对翻番,在细节的处理上也更加深入,于细微之处吸引人、感染人、打动人,这使得故事的表达更充分、更细腻,以便孩子们更好地观看并接受,拉近了与儿童观众的距离,引领了信仰传承。同时,精简选题,更能集中投入创新制作模式,提高制作水准,确保全面超越前两季,打造出精品动画片。

《翻开这一页》第三季将先辈先烈们的家国情怀、坚定信念和以爱国主义为核心的中华民族精神深深植根于广大少年儿童的心中,为中华民族伟大复兴的中国梦提供了源源不断的新鲜血液与新生动力。[①]

二、《龙的传人》:用动漫演绎课本知识

2017年,全国上星频道先后有《中国诗词大会》第二季、《朗读者》、

---

① 环球网综合.《翻开这一页》第三季今晚开播［EB/OL］.（2017-09-30）. https://ent.huanqiu.com/article/9CaKrnK5pHJ.

《见字如面》等10余档文字、诗词等文化传承类综艺节目播出，但多是针对成人创作的节目。湖南金鹰卡通卫视则另辟蹊径，着眼幼少人群，强力推出了《龙的传人》这一系列文化传承动画节目。

该系列动画片善于把视觉化、情境化和故事化的电视媒介表现手段放在重要位置。它充分利用频道原创的IP——麦咭、布布、哪鹅、小D这4个喜闻乐见的明星人偶，设置"布布的大脑""哪鹅的书房""小D的棋盘""麦咭的擂台"等4个情景式动漫关卡作为节目出题环节，让幼少受众跟随熟悉且喜爱的形象进入节目，使枯燥的古诗文、成语、历法节气等文史知识变得活灵活现、妙趣横生。这种动漫化的手法，不仅可以让参与节目的幼少选手进入角色，更容易让电视机前的目标受众产生接近感。

在节目内容上，它采用贴近目标受众、贴近学校课堂的传播模式，特别注重与目前小学生语文课本内容同步，率先让课文走进动画，将文化传承由课堂的灌输式转换为校外的陪伴式，让课堂化扩大为社会化，为目标受众的知识教育和价值教育开辟了更多的渠道，为少年儿童营造了一个中国优秀传统文化传承教育的社会氛围。

《龙的传人》的原发创新将文化传承类节目在传播姿态上与目标受众无缝对接，既能为广大幼少学生增添一个课外学习园地，也能为电视媒体拓展出较好的内容资源，更能帮助中华民族的优质文化代代传承，因此获得了受众的强烈反响。数据显示，《龙的传人》决赛前的9期节目收视表现基本平稳，平均收视率为0.49%，平均份额达到2.29%，在省级卫视中排名第2位。[①]

结　语

2017年湖南动画片的成绩不太令人满意，无论从数量还是从质量上看都有愧于"动漫湘军"的称号。目前，金鹰卡通平台创作力量严重萎缩，依然存在着"集而不群"的现象，动画研发、生产、制作机构各自为战，

① 盛伯骥.《龙的传人》：用动漫演绎课本［N］.光明日报，2017-09-20（12）.

不在一条流水线上，大量机构离湘北上、南下或东迁；衍生品生产企业、动漫营销企业、广告公司、技术设备企业、项目代理企业、培训机构还是寥寥无几，没有形成集聚，动漫企业和相关的、支持性的企业以及中介机构还没有形成一个生态型的网络群；原创漫画实力薄弱，信息交流闭塞，缺少与国外和中国港台地区技术、资金及市场营销等方面的深度合作。这些方面均值得湖南政府部门和动画创作者认真思索。今后，湖南动画人需要进一步向他省、他国动画界深度学习，不断革新，提升创作水平，拓展动画类型，为湖南影视产业做出应有的贡献。

（岳凯华、贺金叶子、郑健东、岳文婕、周敏执笔）

第三章　银幕评说

第一节　《十八洞村》与第34届大众电影百花奖

一、第34届大众电影百花奖简况

2018年11月5日至10日，第27届中国金鸡百花电影节在广东佛山隆重举行，其间完成了第34届大众电影百花奖的评选活动。笔者受湖南省文联、湖南省电影家协会委派，作为第34届大众电影百花奖101位观众评委之一，参加了第34届大众电影百花奖评选委员会预备会、第27届中国金鸡百花电影节开幕式、入围影片观摩、第34届大众电影百花奖提名者表彰仪式以及第34届大众电影百花奖终评投票暨第27届中国金鸡百花电影节闭幕式等系列活动，并被组委会聘为第34届大众电影百花奖提名者表彰仪式的颁奖嘉宾为提名表彰者颁奖。

百花奖、金鸡奖、华表奖一起并称中国电影的三大奖，其中百花奖是观众奖，向以"群众性"著称，是中国历史最为悠久的电影奖，创办于1962年，是由周恩来总理特地指明举办的电影大奖，而金鸡奖是专家奖，华表奖是政府奖。这三个奖是经中共中央批准的三项常设全国性文艺大奖，分别代表我国最高观众认可、最高艺术水准、最高政府鼓励的三大电影奖项。为增加透明性和真实性，近年组委会在百花奖评选机制上不断创新。2018年，中国电影家协会、中国文联对百花奖评委的选拔方式进行了改革，取消了以往从报名者中随机选取的方式，采取海选、推荐和审核相结合的方式确定人选，由各省电影家协会通过电影知识抢答、现场比赛和资格审查对参加网络投票者进行选拔后，报送百花奖组委会，经百花奖组委会审核后最终确定101位观众评委，在现场以按表决器的方式直接选出获奖者及作品。据悉，本届百花奖经过层层选拔最终选定的评委，多为高校影视及相关专业教师、影视行业从业人员、影协工作人员及影评人，不仅具有大众评委的广泛性和代表性，也具有电影品评的专业度与鉴赏力，从而确保了评奖结果的含金量。

在会期间，笔者作为第二组观众评委会第一位发言人，认为参加此次评选工作责任重大、使命光荣，既紧张劳累，又神圣自豪。每一位评委要让自己投出的每一票，不仅能够代表自己作为一名普通观众的喜好，更要代表广大评委各自所在省份（如笔者所在的湖南）观众尤其是中国观众的欣赏趣味和审美标准，这样就得处理好主旋律与娱乐化、小成本与大制作、高票房与好口碑、均衡性与重要性的关系，投票前要对入围电影反复观看、认真品评，投票时更要深思熟虑、慎重选择，从而客观公正地投出自己神圣的一票。

二、《十八洞村》从5项候选到1项提名并获奖的历程

本届评奖影片评选范围为2016年3月至2018年2月全国城市影院发行放映且票房不低于1000万元人民币的国产影片。

在2018年8月9日于北京举办的第27届中国金鸡百花电影节暨第34届大众电影百花奖新闻发布会上，公布了第34届大众电影百花奖候选影片名单和单项奖候选名单。《十八洞村》分别获得了候选影片、最佳编剧、最佳导演、最佳男主角和最佳女主角等5项候选提名，成绩不俗，可见其影响力不错。

自候选名单发布之日起，至2018年9月25日期间，上述候选名单进入全国广大电影观众投票阶段。除了传统投票方式外，观众还可以在中国影协官网、人民网、新华网、光明网等平台的手机和电脑端进行投票，组委会将依据结果评选出本届大众电影百花奖提名奖5部、单项提名奖各5名。11月8日，在广东佛山举行的第27届中国金鸡百花电影节暨第34届大众电影百花奖新闻发布会现场公布的第34届大众电影百花奖各奖项提名名单中，原本有5项候选提名的《十八洞村》一下子只剩下了1项提名，那就是陈瑾的最佳女主角提名。可见它在本届百花奖的机缘已是命悬一线，令人提心吊胆、忐忑不安，以致在闭幕式的前一天，我们潇湘电影集团的主要领导都对《十八洞村》的获奖概率并不看好，同时因相关事情需要办理而提前返湘。直到闭幕式现场当天，只有敖丹、张翔两位普通工作人员在场，甚至没有做好上镜和代获奖演员陈瑾发言的准备。

然而，该片与第34届大众电影百花奖的命运最终将由101名观众评委组成的第34届大众电影百花奖终评委员会来决定。因为在佛山举行的第27届中国金鸡百花电影节期间，这101位评委将对10部候选影片再次进行观摩和充分讨论，最后再在现场直播的百花奖颁奖典礼上以按表决器的方式当场投票评选出第34届大众电影百花奖各个奖项的获奖者。其实，就在第一天影片观摩之际，《十八洞村》不仅作为首映的第一部观摩影片，而且让第一次或者多次观看这部影片的不少观众评委在影院里热泪盈眶。当时，笔者还有笔者身边的贵州、河北、甘肃、广东的评委都有一种该片必将获奖的预感。

从11月10日当晚闭幕式产生的各项奖项来看，本届百花奖体现了大众对动作电影的喜爱以及对演技派演员的肯定。《红海行动》包揽了最佳故事片、最佳导演（林超贤）、最佳男配角（杜江）、最佳女配角（蒋璐霞）、最佳新人（王雨甜）五项大奖，《建军大业》被评为优秀故事片，《七月与安生》的林咏琛、李媛、许伊萌、吴楠获最佳编剧奖，吴京凭借《战狼Ⅱ》获得最佳男主角奖，《十八洞村》主演陈瑾摘得了最佳女主角奖，祝希娟、郑国恩、张勇手被授予了终身成就奖。

三、《十八洞村》主演陈瑾摘得最佳女主角奖的缘由

　　《十八洞村》是由贵州籍导演苗月执导，王学圻、陈瑾领衔主演的关于精准扶贫的主旋律电影。这是一部投资只有2900万元的小成本电影，同时也是一部累计达1.07亿元高票房的电影，虽然用于宣发的成本只有1000万元，无法与国内一些大制作电影相比，但其在第34届大众电影百花奖之前就已经获得了不少声誉，譬如根据爱奇艺网络平台评分可知，该片在猫眼评分为8.4分、豆瓣评分为7.1分，还获得了第25届北京大学生电影节组委会大奖、第6届十大华语电影奖、中美电影节中华文化国际传播力奖，并入围了北京电影节最佳影片、第17届中国电影华表奖优秀影片。在第34届大众电影百花奖上，尽管《十八洞村》只有陈瑾入围最佳女演员，而且面临强劲的对手，如《七月与安生》中饰演七月的马思纯、饰演安生的周冬雨，《建军大业》中饰演杨开慧的李沁，《红海行动》中饰演夏楠的海清，但陈瑾依然以较高人气获得了观众评委的青睐，摘得了最佳女主角奖。陈瑾的获奖，看似有些爆冷，但细察却是情理之中的事。

　　首先是主演陈瑾自身的表演功力。《十八洞村》是由王学圻、陈瑾领衔主演的一部以十八洞村真实故事为原型的影片，讲述退伍军人杨英俊在扶贫工作队的帮扶下，带领杨家兄弟立志、立身、立行，打赢一场脱贫攻坚战的故事。作为女主角，陈瑾在电影中饰演杨英俊的妻子麻妹。片中对农村妇女的刻画同样具有本色化特点，麻妹是一个温和善良、非常传统的苗族家庭妇女。虽然家境贫寒，地位并不高，但这个苗寨妻子身上却洋溢着厚重的幸福感。她勤劳善良，信任也依赖自己的丈夫。面对生活的压力，也无怨无悔，尤其是她对痴傻孙女小南瓜所说的"你活50岁，我们就活100岁，你活100岁，我们就活150岁"的话语，感人至深。她始终微笑着，在任何场合都充满着爱意，成为扶贫故事发展的细腻铺垫。这种朴实的情感最能与观众的心灵产生共鸣，佛山金马剧院观众评委观影时的静默

和抽泣至今依然历历在目，那种身临其境的内在的情感冲击全场，令观众完全可以体验到，这得益于陈瑾出色的本色化而又戏剧性的表演。

2018年恰好是陈瑾从影的第30个年头，这个奖正是对她30年表演成就的嘉奖和鼓励，具有非凡的意义。作为1987年毕业于山东艺术学院戏剧系表演专业后进入空政话剧团的演员，她先后出演了话剧《雪峰恋》《远的云，近的云》《与单身女人共度除夕》《豪情盖天》《孙子兵法》《大漠魂》等，同时从电视剧《蒲松龄》中的女主角蒲氏起步，在《被吞噬的女子》《我们当过兵》《潮起潮落》《布尔什维克兄弟》等影视作品中，塑造了10多个形象鲜明，经历、性格各异的各阶层妇女形象。1990年以来，陈瑾仍有佳作不断问世，在10多部电视剧中扮演主角，如在《山不转水转》中饰演变儿，在《跨越冬天》中饰演雷子寒，在《医院里的故事》中饰演田莉莉，在《荣辱商界》中饰演鲁萌，在《校园先锋》中饰演南方等。因在电视剧《校园先锋》中出色饰演中学教师南方而获得金鹰奖最佳女主角奖，而且接连获得过金鸡奖最佳女配角奖、华表奖最佳女配角奖、上海电视节白玉兰奖最佳女主角奖。

事实上，陈瑾为人非常低调，不张扬，不善交际，淡泊名利，但她勤于思考，职业的习惯使她性格中多了一些理性的成分，所以在影视圈中一直没有大红大紫，用她的话说就是"一直在影视圈的边缘徘徊，没有走进'表演艺术'的核心"。但她并不在意，她要用作品说话，绝不靠炒作扬名，"我要凭着自己感觉踏踏实实地选择角色，当然也被别人选择。过去一个角色演成名，可以红火几十年甚至更长些，竞争时代，星星繁多，只能成名一时。所以，对于任何一个角色我都认真去演，让每一个形象都有一个真实的表演过程。戏演得出色，观众自然会承认你"。因此，陈瑾常常坚持不施粉黛、素面卜镜，清新脱俗，"傲而不俗，美而不艳"[①]。她凭借真实自然的表演，将上述一个个艺术形象生动呈现在荧屏之上，每一个角色的不凡表演都能深深打动观众，让观众感受到她的表演魅力。

---

① 宋燕.走进南方 认识陈瑾［J］.当代电视，1998（1）：18-20.

其次是精准扶贫题材择取的结果。从某种意义上来讲，电影《十八洞村》就是一部以形象的方式直接关涉精准扶贫题材的电影。它来自当今中国现实生活中由精准扶贫而成功脱贫的十八洞村。这是一个湘西的小村庄，也是中国为解决贫困问题而采取的国家政策——精准扶贫的第一站，具有强烈的政策符号性。但精准扶贫只是它的背景，也就是说它并没有更多的宏大叙事，也没有惊心动魄的情节，更不是国家扶贫政策的具象化，而是以浓郁的人本主义精神、日常生活审美化的方式观照普通人的精神世界，以清新的田园文艺片风格表现湘西人的喜怒哀乐。主人公杨英俊是一个普通的湘西农民，勤劳正直，做事认真，有担当，当然也是个暴脾气，一言不合就打人，生气时还会摔喝水的缸子，镜头中常常是他白天在优美的湘西梯田上种田劳作，晚上则坐在苗寨堂屋中，品着自家酿的酒，吃着自家腌制的鱼，守护着痴傻孙女小南瓜，生活辛苦却也闲适自然。镜头中这种艺术化的生活表现，并没有让人觉得贫穷的困苦，但也没有回避贫困的现实状况，祠堂上吊得满满的怕发霉不能使用的行李就是见证——年轻人都外出打拼，留下的都是老弱病残。杨英俊夫妇因给孙女看病负债累累，杨英栏在外受挫断指而颓废懒惰，杨英连有语言障碍，杨金三家里有四个孩子，靠老婆外出打工生活。[1] 即便如此，当国家精准扶贫政策落实到了杨英俊一家时，他还是不能忍受自己被打上"贫困户"的标签。作为一名退伍军人，他骨血中有强烈的自尊与自信，而他的"为什么种了几十年的地，倒种出个贫困户？"的追问更引人深思。影片有节制地用镜头语言挖掘了十八洞村贫困的根源——扶贫干部小王驱车前往十八洞村却被阻隔的山路，十八洞村村民不思改变的落后观念，以及普通民众相互之间的偏见。当然，这部影片没有采取居高临下的方式来解决村庄的贫困问题，而是通过主人公杨英俊的情感变化告知观众，贫困的真正解决得靠自己脱贫致富意识的觉醒，不要甘于被人救助，要从自我转变观念开始，在自己

---

① 蒙丽静.《十八洞村》：主旋律影片的别样表达［N］.中国电影报，2017-11-01（7）.

挚爱的土地上开疆拓土，才能奔驰在发家致富的光明大道上。

最后是当下主旋律电影拥有的魅力。主旋律电影常常讴歌英雄模范，描写重大革命历史，表现现实主流生活，《十八洞村》也是这样一部以尊重小人物的平常生活作为叙事策略来直接表现国家政策的主旋律电影。虽然不少人认为"这部影片不像主旋律影片"，这只意味着这部主旋律电影有别于多年映现在银幕上的主旋律电影风貌，有别于观影人群内心和脑海中长期形成的一些固定印象而已。这是一部表现重大现实生活题材的电影，它是在脱贫攻坚时代背景之下创作而成的。2013年11月，习近平总书记在湖南省花垣县十八洞村首次提出"精准扶贫"。2015年6月，习近平总书记在贵州召开部分省区市党委主要负责同志座谈会，深刻论述了精准扶贫精准脱贫总体思路和基本要求。2015年11月，在中央扶贫开发工作会议上，习近平总书记全面阐述精准扶贫基本方略。《十八洞村》这部电影没有用恢宏巨制的方式叙事，它主要描写农民改变贫困的心理，重点捕捉扶贫过程中人的精神变化，强调真实与艺术表达，融入悬疑、惊悚、苗族说唱等类型元素，加上两位主演的出色表演，从而将偏远的苗家山村中看似平淡的故事、古旧的生活方式、艰难的扶贫工作表现得波澜起伏，村民之间、家庭之间、干群之间的交锋充满着火药味和人间气，折射出脱贫攻坚、建设社会主义新农村的重要性。影片虽然没有描写十八洞村最后发生了怎样翻天覆地的变化，但结尾处村民们和扶贫干部达成共识，齐心协力推车挑担、填土造田，准备播种生态水稻的场景[①]，在铿锵有力、流畅优美的苗鼓打击乐交响曲的伴奏中，让观众对农村精准扶贫的未来留下很大的想象空间。

（岳凯华执笔）

---

① 路侃.主流价值艺术转化的成功创作：评近期上映的国产影片《十八洞村》[N].文汇报，2017-11-28（11）.

第二节　新时代湖南电影布局谋远、提质发展的策略思考

克里斯蒂安·麦茨指出："富于创造性的艺术家的独创性在于绕过常规，或者巧妙地利用常规，而不是违背或破坏常规。"[①]近年来，具有创作主旋律电影这一红色品牌传统的湖南电影创作者的作品依然在这一"常规"中不断开掘，《湘江北去》《毛泽东与齐白石》《少年毛泽东》《芙蓉渡》《穿越硝烟的歌声》《领袖1935》《勃沙特的长征》《十八洞村》《青春雷锋》《国歌》《国礼》《郑培民》《袁隆平》《半条棉被》《大地颂歌》等多种类型的电影并没有令观众产生审美疲劳，这源于其没有采用套路化的叙事方式来呈现红色故事，更在于从未停止探索主旋律电影主流价值表达、叙事的创新步伐。正是这些创作实践，推动了更符合社会、时代和观众需求的新主流电影《英雄若兰》的出现，但湖南电影业的不景气状况，譬如人才少、投资低、票房少还是十分明显的。那么，就可以由这部电影来思考湖南本土电影在新时代新主流电影生产语境中布局谋远、摆脱困境、涅槃重生、全面振兴的策略了。

一、挖掘本土题材，讲好红色故事

作为中国电影的一种新颖表现形式，新主流电影无论类型、形式、表达、风格怎样创新，最终的落脚点还是要在特定事件呈现、典型人物塑造的过程中凸显题材的时代意义和思想的引领价值。回望40年湖南电影的创作历史，我们可以看到，立足湖南本土的主旋律影片在多样化的中国电影创作中特别显眼，这合乎三湘地域特性和四水风土气质。"十步之内，必

---

① 崔君衍.现代电影理论信息：第二部分［J］.世界电影，1985（3）：59-81.

有芳草"，特定的地域方位、独有的历史历程造就了湖南海纳百川、兼容并蓄的多元文化形态。因为湖南就是一片具有深厚人文底蕴和光荣革命传统的红色土地，尤其是20世纪以来彪炳史册的湖南人民在新民主主义革命、社会主义革命和建设、改革开放和社会主义现代化建设、新时代中国特色社会主义等历史时期的贡献和成就，都为湖南电影人提供了取之不尽的艺术源泉。因此，面对如此丰厚的题材资源和鲜活的人物故事，湖南电影创作应当继续根植这片红色热土，以史实为依据，以故事为依托，反映和呈现从辛亥革命到中国共产党成立、从井冈山会师到红军长征、从十四年抗战到解放战争、从新中国成立到拨乱反正、从改革开放到现代化建设、从新时期到新时代波澜壮阔的生活，在历史地层中开掘重大革命历史题材的意蕴，在现实生活中捕捉伟大时代英雄人物的风采。

"红色基因"应传承，"红色印记"要放大，"红色品牌"不能丢，"红色潇影"要做强，因为红色文化一直是我国社会精神的主流，始终是推动时代前进的精神动力。当然，未来湖南新主流电影赢得更多受众的出路之一，固然在于挖掘本土题材，讲好红色故事，演绎革命精神，礼赞英雄模范，发扬革命传统，弘扬湖湘文化，培根铸魂，但湖南电影人还是要深入探讨和认真思考红色文化的创意开发，即我们念兹在兹的红色主旋律影片"如何更真实地表现革命历史、更直接地面对现实生活的矛盾、更真诚地展现人与命运的抗争、更丰富地呈现人物的情感，在表现形式上如何加入更多受大众欢迎的电影元素"[1]。湖南红色电影的创作和生产做好了、做大了、做强了，红色文化传播体系就更加完善了，红色文化的保护和传承就能获得突破性的进展，红色基因将更加深植群众血脉。

二、坚定责任意识，创新表现形式

"文以载道"是当下新主流电影创作的鲜明品格之一，新时代的湖南

---

① 欧阳骓.湖南电影创作的特点和经验总结［J］.电影画刊（上半刊），2015
（4）：50-52.

影人因此应当具有"为天地立心，为生民立命，为往圣继绝学，为万世开太平"的社会责任和历史担当，紧紧围绕时代发展、国家需要和观众趣味，深入历史，贴近生活，在波澜壮阔的革命历史和色彩斑斓的现实生活中取材，在弘扬民族精神和展现伟人英模上聚焦，再现历史风云，反映现实生活，映现凡人风貌，坚持以人民为中心的创作导向，树立社会主义核心价值观，为中华民族伟大复兴的中国梦提供正能量。

当然，在社会思潮多元的新形势下，在"内容为王、创意制胜"的新时代，湖南电影要不落人后、佳作连连，从某种意义上更需要具有强烈的创新创造意识，拍摄匠心独具、别出心裁的电影。这对于电影财力、资金、人才、设备、技术、发行、放映、底蕴和积累都相当薄弱的中部内陆省份湖南而言确实难度不小，但现在是到了需要在形象塑造（湖南近代史上以黄兴、蔡锷为代表的仁人志士系列，以毛泽东、刘少奇、彭德怀为代表的革命伟人系列，以雷锋、郑培民、袁隆平为代表的英模系列等）、精神拓展（建党精神、井冈山精神、苏区精神、长征精神、遵义会议精神、延安精神、抗战精神、西柏坡精神、南泥湾精神、老区精神、抗美援朝精神、"两弹一星"精神、雷锋精神、西迁精神、改革开放精神、抗洪精神、抗击"非典"精神、载人航天精神、劳模精神、脱贫攻坚精神、抗疫精神、科学家精神、企业家精神、新时代北斗精神、丝路精神等）、主题表现、情节设置诸层面解放思想、大胆创新的时候了。

创新无止境、破圈无边界，政府和企业可以增加电影生产资金的投入比重，使得湖南影人能够精耕细作、精益求精，调动各种资源，利用本土文化资源的优势，借鉴国内外电影的生产经验，加大新技术的运用力度，丰富电影镜头语言，从而创新表达、推陈出新、标新立异，拼创意、拼艺术，让影片叙事在有限的时间与空间内更为流畅和饱满，制作精良，画面精美，思想内涵丰富，情节曲折动人，故事感人至深，形象栩栩如生，视听效果优美，好看、经看、耐看，这样才能使湖南电影在日新月异的社会发展中走得更远、更好，不断焕发新的生命力、吸引力、感染力和影响力，从而跟上中国乃至世界电影的发展潮流。

湖南红色题材电影之所以盈利少，在很大程度上是因为艺术表现力过于弱化。艺术表现不能创新，电影市场盈利率小，片子难卖出去，资金收不回来，就恶性循环地影响到了之后更多类型电影的投资和拍摄。有了表现形式的创新，就能促发电影生产观念的改变，就能找到市场卖点、拓宽发行渠道、更新传播路径，一变百变，一通百通。因此，新时代的湖南电影需要痛定思痛，在新主流电影创作即将蔚为大观的时候主动出击，形成气候。

三、加强队伍建设，强化智力支持

在逐渐兴盛的这波新主流电影创作的浪潮中，湖南一方面没有生产太多可看的好电影，另一方面还有很多好资源没利用，其发展和突围需要在人才、智力资源上合纵连横，借智借力，优化资源配置，挖掘存量，珍惜骨干，培育新人，引进增量。这就是说，湖南影人应该不分区域的南北、资历的深浅、地位的尊卑、年龄的长幼、学历的高低、经验的多寡、能力的大小，凡有一技之长者都能得到重视和重用。这就需要与电影相关的政府部门、管理部门、生产部门、经营部门科学有效地实施精细化、差异化管理措施和人才分类评价机制，探索股权激励、项目工资、特殊贡献分红等多元分配方式，营造良好的电影创作、策划、投资、表演、拍摄、制作、宣传、推广、放映、营销、融资、投资等氛围，让编剧、导演、制片、策划、演员、美工、摄影、声音、院线等电影队伍结构中的各类人才都有发挥才能的舞台和能力变现的空间，从而才能以新主流电影生产为己任，与湖南本土电影同兴衰、共忧患，经世致用，求真务实，上下求索，敢于创造，精诚合作，团结一致，解放思想。

与其小打小唱、四面开花，不如冒次风险、重点一役，譬如合作拍片既然已成为当代电影制作的主要模式，那么是否可以集中潇湘电影集团设立的韩万峰、邓楚炜、陈静轩、廉欣、潘宝昌、孟奇等6个导演工作室的人力、物力、财力，还有国内湘籍背景的冯小刚、梁振华、胡建雄、叫兽易小星、李平、彭宇、刁子、蒋钦民、卢正雨、刘烈雄、倾海（吴军）、陈兵等一些编导力量，甚至非湘籍的国内外著名导演，结合某个重要时机，立足某个关键节点，如寒假、暑假、春节、儿童节、建党节、建军节、国庆节、中秋节等，联合发力，每个导演讲一个故事，每个导演拍一部短片，增强核心竞争力，最后握紧一个拳头成为一部影片，拍摄一部像《我和我的祖国》《我和我的家乡》《我和我的父辈》《金刚川》《长津湖》这样有影响力的"大工业、大制作、高科技、高收入、高产出、高回报"的影片来，从而在全国影坛形成不可小觑的湖南电影风潮。

事实上，《英雄若兰》这部新主流电影在上述方面起到了较好的标杆和示范作用。该片发挥了习近平总书记所说的"人们喜闻乐见、具有广泛参与性"的艺术媒介功能，以塑造双枪巾帼英雄伍若兰的英勇形象为目的，用军事、战争题材这种最正统的类型方式传播正能量，但巧妙穿插、娴熟运用了作为中国优秀传统文化重要组成部分、积淀中华民族精神追求、包含中华民族精神基因、代表中华民族精神标识的传统诗文，生动塑造了革命者真实饱满的银幕形象，充分发挥了以情感人、以情化人的艺术魅力，有力承担了主流价值传递、传统文化弘扬、中华民族复兴的责任和使命，其特有的感性与特定的内涵使崇高的主流价值、英勇的革命精神实现了更为持久、深远的艺术濡染效果。

在纷繁复杂的世界文化场域中，作为新时代中国一种极具价值的文化实践，在电影中适当穿插、巧妙引用中国传统诗文，通过家喻户晓的传统诗文对人物故事、革命行为进行更形象、细腻的影像呈现，从而诠释出处于转型期中国社会真正需要的主流思想与核心价值，为本土观众提供了一种特殊的审美经验，为当前新主流电影艺术感染力的扩散与价值传播力的生成提供了新思路、新途径。这将成为未来新主流电影创作有效途径和重要方向的一种选择，也将为湖南电影突破困境寻找一条可行的方式和路途。正如人言，我们期待"新主流电影能够继续着力探寻本民族深厚的文化底蕴和优质的文化基因，进而成为一种极富特色的文化符号，在中国电影不断走向国际化舞台的进程中，牢牢掌握电影文化价值传播的话语权，展现出更为包容的文化气度以及更加开放的文化自信"[1]。

（李沛霖、岳凯华执笔）

第三节　细节叙事：精准扶贫、决战决胜脱贫攻坚的影像策略

《大地颂歌》的原始文本是一部反映精准扶贫的大型歌舞剧，一经演出便引起热议。在歌舞剧版本中，该剧以真实的人物和事件为表现对象，以歌舞加影像的方式推动故事发展，其本身的歌曲、舞蹈、台词、表演已极具魅力。时值中国共产党成立100周年的2021年，在元旦这一天，电视剧版本的《大地颂歌》也在荧屏上登台亮相了，让不能去剧场的观众能够坐在家中饱餐到这一精美的视觉盛宴。时隔不久，电影《大地颂歌》的首映式又在3月26日隆重登场，更让观众走进又一个崭新的观赏环境去领略精准扶贫这一伟大战略的战斗力量。事实上，在院线上映的电影《大地颂歌》不只是在歌舞剧版本的基础上加以简单化的影视处理，而是在叙事上重新结构全篇，既以"幕"的形式缓缓推进剧情，又用龙书记的一本红色扶贫日记本作为串联，从而达到"用影视镜头呈现人物表演"的效果，实现了"舞台艺术和影视艺术间的一次跨界"[2]，向观众呈现出既极具真实性又充满震撼力的精准扶贫的中国画卷。

---

[1]　方乐.试论新主流电影的叙事策略与主题表达：以2020年国庆档电影《一点就到家》《夺冠》《我和我的家乡》为例 [J].艺苑，2021（1）：35-39.

[2]　冯双白.献给奋斗者的"大地颂歌"[N].人民日报，2021-04-01（20）.

罗兰·巴特（Roland Barthes）说："叙事遍存于一切时代、一切地方、一切社会。"①从原始的结绳记事到诗词歌赋、戏剧小说，叙事在历史的长河中随着人类文明的发展而不断被丰富。影视艺术的出现，无疑为叙事表达创造了更多可能性和多元性，至今人们还在不断探索影视艺术的叙事表达方式。电影《大地颂歌》既然脱胎于歌舞剧版本，在媒介的变换中其叙事策略也必然发生改变。显然，得因于其媒介的特殊性，影视艺术的叙事策略与其他传统文本的不同就是可以彰显或放大诸多细节的叙事，而影视艺术的细节叙事不仅体现在内容层面的段落、情节、台词上，更显现于形式的各种层面上，尤其体现为光影技术上的"特写镜头"。事实上，"风起十八洞"的电影《大地颂歌》，尚能在多元媒介中继续吟唱"脱贫攻坚颂"，正在于它能巧妙利用和通过一个个使人"不思量，自难忘"的细节叙事，丰富扶贫故事，饱满形象塑造，由此可见细节叙事"不是自来就有的，而是依据相应的观念而产生"②。正是基于对系列细节叙事予以了准确的特性把握及历史定位，电影《大地颂歌》将一系列细节带入具体的影像叙事之中，从而能够让人情不自禁地沉浸到"一步跨千年，时代新画卷"的特定社会情境之中，感受中国共产党带领中国人民精准扶贫、决战决胜脱贫攻坚的伟大力量。

一、一串钥匙：故土的出走与家园的回归

钥匙作为一个重要的道具，出现在影片的第一幕"风起十八洞"和第四幕"一步千年"中。只是，在这两幕中的钥匙却有着截然不同的象征意义，这既是一把展示中国农村深度贫困的钥匙，也是一把立足新时代中国国情、解决中国农村贫困问题的钥匙。

在第一幕"风起十八洞"中，老村长手中的钥匙是沉甸甸的一大串，

---

① 巴特.叙事作品结构分析导论［M］.张寅德，译//张寅德.叙述学研究.北京：中国社会科学出版社，1989：2.

② 钟志翔.中国细节叙事考原［J］.中国文学研究，2018（2）：80-86.

每一把都是被贫穷逼迫逃离故乡的村民留下的。贫穷可怕到成为一片阴霾，笼罩在十八洞村世世代代人的头顶，人们的力量无法反抗、撼动它，于是只能选择逃离它，哪怕是面对撕心裂肺的挽留和义愤填膺的责骂，一群急于外出打工的青年男女也无动于衷。

而在第四幕"一步千年"中，因为精准扶贫方略的深入实施和初见成效，十八洞村的村民终于搬下了山，有了自己的新房。这时候高高举起的这把钥匙，是龙书记欢欣鼓舞地交给村民（小雅父亲）的。小雅父亲一家来到了陌生但又似乎在梦想中出现过无数次的新房，他与小雅母亲想起的是为了过个好年，爬了8小时巴掌宽的天梯卖了猪却不慎摔下去的父亲。小雅的爷爷没有机会看到这样一间明亮宽敞的新房，但扶贫工作队却帮助十八洞村的人走出了大山，一家家、一户户都住上了往日不敢奢求的新屋。

由此可见，"风起十八洞"中出现的那一串钥匙，是打不开幸福大门的钥匙，展现的是落后贫穷，当然也有游子对家、对家乡的一丝惦念，但为了挣脱贫穷的桎梏，这群年轻人只能将对家、对家乡的惦念深深地压在心底。而"一步千年"里的钥匙是希望，是明天，也是幸福生活的开始，这把钥匙为十八洞村村民们开启了一段与往昔截然不同、发生了翻天覆地变化的幸福生活。

虽然呈现和象征着的是不同样态的生活，但钥匙本身这个特殊道具实际承载着的是人与故乡之间的血脉牵挂。中国人对土地和家乡的眷恋深深刻在骨了里，"人言落日是天涯，望极天涯不见家。已恨碧山相阻隔，碧山还被暮云遮"[1]。从出走故乡到回归家园，钥匙始终承载着村民们对家乡深沉的爱。

同时，影片通过钥匙这一重要道具"一留一取"的对比，展现出扶贫前后十八洞村翻天覆地的生活变化和村民们截然不同的精神面貌。在扶贫工作伊始，村民们被大山困住，被贫穷恐吓，仅仅留下钥匙，想尽快逃离

---

① 李靓.李靓集［M］.北京：中华书局，1981：427.

出去。而在精准扶贫得以深入推进之后，贫穷的雾霾开始从这片土地上消散，村民们一步千年，有了新房，有了希望，外出打工的青年男女纷纷回到故乡，取下钥匙，打开幸福生活的大门，因为此时的大山不再是牢笼，而是他们施展才华的平台和大显身手的天地。

二、一段顺口溜：坐要扶贫款还是撸起袖子加油干

顺口溜是一种短小精悍型的民谣，一般以两句为基本格式，也有一句、三句或四句以上的短篇格式，每一句字数大体整齐划一，也可能参差不齐，但在节奏和声韵上都朗朗上口，极易在感情上产生共鸣。这类民谣的顺口溜，在电影《大地颂歌》中就是出自十八洞村"刺头"田二毛之口的"十八洞，狗都嫌，扶贫队，不发钱，说大话，吹破天，扶贫款，看不见，看不见"。

影片中的这段顺口溜并不复杂，听起来非常容易理解，它贴近农民生活，看得见、摸得着，用直白、押韵的语言表达了一群贫困村民的心思和情绪。对于扶贫款，田二毛觉得钱要拿到手才踏实；而龙书记则是想将钱用来发展当地猕猴桃产业，让钱生钱，成为长久的经济来源。这段顺口溜虽然不长，但对于塑造田二毛的人物形象具有非常重要的作用，它表现了以田二毛为代表的一部分村民内心对扶贫队是不信任的。他们虽然畏惧贫穷，也想摆脱贫穷，但并不相信扶贫队能帮助他们脱离贫困，因此也不愿意为此付出辛勤劳动和艰苦努力。

为了彰显扶贫队助推村民脱贫的真情实意，共产党员龙书记并没有把这段顺口溜当作"顺耳溜"，而是要田二毛把它刻写在村口的大石头上，既用这段顺口溜来警醒自己，也想让这段顺口溜见证扶贫队的承诺能够一一实现，让十八洞村村民脱贫，过上幸福生活。最后，刻在石头上的这段顺口溜终于在分红大会上被田二毛亲手擦掉。

顺口溜作为电影《大地颂歌》中的一个细节，它的满村吟唱和最后被擦掉的对比，凸显了田二毛的性格特质。田二毛虽然冲动、鲁莽，还有点

"刺头"的味道，但也是一个真实的知错能改、知错愿改的普通人。正是这一生活细节的恰当择取，才使得整部影片中的人物显得真实饱满，真实反映出扶贫工作前后人民群众对于扶贫工作的态度变化。初期，确实有一些村民对扶贫工作人员不信任、对扶贫政策不理解，而这种不信任、不理解随着扶贫工作的展开和群众自身生活水平的改善与提高在不断地消失。

习近平总书记在走遍中国绝大多数贫困地区后，曾提出"扶贫先扶志"的扶贫理念，"一些贫困群众'等、靠、要'思想严重，'靠着墙根晒太阳，等着别人送小康'"[①]，这样没有内在动力、只靠着外界的帮扶是没有办法彻底脱贫的。龙书记将顺口溜刻在村口大石头上不仅是一种见证，也是和田二毛等人打的一个赌，从而激起自己和田二毛等人斗贫、战贫的志气。田二毛见龙书记不仅不畏惧顺口溜，反而将顺口溜刻在醒目之处，就在于看他"老龙是不是只带了张嘴来扶贫"。他被龙书记的"情"所打动，摆脱贫困的志气在田二毛的心中熊熊燃起，于是他也要做个有"义"的人，跟着龙书记干一场。

事实上，贫穷并不可怕，可怕的是失去了和贫穷战斗的勇气。比起坐要扶贫款，不如像习近平总书记所说的那样"撸起袖子加油干"，用自己的双手去创造幸福美好的生活。

三、一纸承诺书：共产党员的初心

《史记·季布栾布列传》中曾有"得黄金百，不如得季布一诺"[②]的记载，讲的是秦朝末年，楚地有一个叫季布的人，为人侠义好助，只要是答应过的事情无论有多大困难都设法办到，被后人称为"一诺千金"。电影《大地颂歌》中也塑造了这样一个讲信用、守信义、有诺必践、承诺践诺的楚人形象——湘西十八洞村的龙书记。

---

① 习近平.在深度贫困地区脱贫攻坚座谈会上的讲话［N］.人民日报，2017-09-01（2）.

② 司马迁.史记［M］.哈尔滨：哈尔滨出版社，2017：921.

龙书记建议村民一起用扶贫款再加上点贷款搞猕猴桃种植产业，但是猕猴桃挂果有收成需要三年的时间。一看政府下拨的扶贫款这种现钱拿不到手，而且还要三年才能有回报，十八洞村村民对此举纷纷质疑起来，怕龙书记拍拍屁股一走了之，也怕猕猴桃产业不能成功，这样不仅拿不到扶贫款，更会雪上加霜，成为欠有银行贷款的欠款户。在村民纷纷举棋不定、犹豫不决的关键时刻，龙书记掏出了一纸承诺书，承诺要"负责到底"，和村民"有福同享，有难同当"，并庄严地押上了自己的手印。

承诺书是强化问责、督促落实的有效手段，承诺书重在践诺落实。其实龙书记和村党支部成员们对十八洞村村民做出的这一承诺，不只是龙书记等人对十八洞村村民的承诺，实际上更是以龙书记为代表的中国共产党对全国人民群众的承诺："我是党员，共产党人，说到做到。"习近平总书记在党的十九大报告中指出："中国共产党人的初心和使命，就是为中国人民谋幸福，为中华民族谋复兴。这个初心和使命是激励中国共产党人不断前进的根本动力。"不忘初心，方得始终。签下了承诺书后，龙书记并没有当起"甩手掌柜"，而是将十八洞村当作自己的家，将村民们的困难当作自己的困难，做到"说了算、定了干，让确立的目标、亮出的承诺一步步兑现"①。通过一纸承诺书，电影《十八洞村》巧妙地用以龙书记为代表的党员干部形象，彰显了中国共产党用行动践行为人民谋幸福的初心，因为在共产党人的心中深深刻着的两个字就是"人民"，始终以人民为中心，把人民放在心中的最高位置，全心全意为人民服务。

事实上，贫困问题千百年来就一直是困扰着中华民族的一个重要问题，但在迎来中国共产党成立100周年的伟大时刻，在中国共产党的领导下，"现行标准下9899万农村贫困人口全部脱贫，832个贫困县全部摘帽，12.8万个贫困村全部出列，区域性整体贫困得到解决"②，中国人民完成了

---

① 勾颖，于兴生.承诺书重在践诺落实［N］.中国国防报，2021-04-14（2）.

② 习近平.在全国脱贫攻坚总结表彰大会上的讲话［N］.人民日报，2021-02-26（2）.

消除绝对贫困的艰难任务。而在这伟大荣光的背后，正是龙书记这样一位位扶贫人、一个个共产党人的无私奉献。中国共产党克服了我国贫困规模大、程度深、返贫风险高、脱贫难度大等重点难点，实施精准扶贫战略，终于帮助人民群众脱贫致富。而十八洞村就是中华大地上精准扶贫得以完美实践的一个点，由这样一些脱贫点不断地汇聚扩散，继而成为一片耀眼的照耀着中华大地的脱贫星海，中华大地从一点一滴的变迁发生了翻天覆地的变化，展现出了一幅崭新的时代画卷。

四、一座桥：精准扶贫精神的缩影

在电影《大地颂歌》的第六幕"大地赤子"中，出现了一座桥，这座桥是王婷的父亲王新法到了薛家村以后修建的被称作"名誉村长"的桥。这座桥不仅见证了王新法帮助薛家村脱贫的扶贫故事，同时也是王婷与王新法父女心灵之间得以沟通的一座桥，更象征着扶贫路上"先行者"与"后继者"得以代代延续传承的一座桥。

影片通过王婷的讲述和影像资料的反复呈现，在观众心目中树起了"名誉村长"王新法"什么事他都先带头"这样一个平凡而崇高的形象丰碑。他尽心竭力帮助薛家村摘掉贫困的帽子，帮助村民摆脱贫困的长期禁锢，这座桥便是重要的见证。它见证着王新法来到薛家村后践行初心的一点一滴；它见证着扶贫路上王新法与这片土地结下的深厚情谊；它见证着王新法突然离世后薛家村村民"吃水不忘挖井人"的感恩之情。通过这座桥，人们深切怀念着这位"名誉村长"。他们站在桥上，保护着桥，也保护着自己的"名誉村长"。

而对于王婷来说，这也是一座帮助她不断靠近父亲、理解父亲的桥。作为女儿，在城市养尊处优的王婷一开始是没有办法理解父亲的。但是，随着王婷来到薛家村看到这座桥、看到薛家村村民后，她明白了父亲的大地之爱、赤子之心，懂得了父亲为何执意踏上扶贫这条路，理解了父亲内心深处的伟大责任和重大使命。因此，这是一位父亲和女儿之间心灵得以沟通的一座桥，父亲用行动告诉了女儿他的所想所愿，最终女儿王婷也担负起父亲践行的扶贫大任，踏上了父亲曾经所走的扶贫道路。她用上了父亲王新法当年用过的闹钟，继续完成父亲在世时尚未完成的使命，这座桥由此更成为扶贫路上"先行者"和"后继者"之间得以代代延续、传承的一座桥，"先行者"用自己的精神、行动为"后继者"留下示范和指引。事实上，在脱贫攻坚的道路上，神州大地有太多王新法这样的"先行者"奋不顾身、英勇牺牲，1800多名扶贫人的生命就此定格在扶贫路上。祖国不会忘记这些为了脱贫攻坚而献身的扶贫人，他们的精神将永远激励着后来者勇往直前。

由此可见，电影《大地颂歌》中的这座桥既是物理意义上精准扶贫的成果见证，也是无数精准扶贫感人事迹的缩影，更是奋斗在脱贫攻坚征程上一位位扶贫人的精神象征。

五、一头白发：为民服务的丰碑

来到十八洞村时，龙书记还是满头黑发；离开十八洞村前往北京参加新中国成立70周年庆典时，他却已雪染双鬓。这一细节，在电影《大地颂歌》小景别的镜头下非常显眼。

这种形式层面上的细节叙事，对于塑造龙书记的人物形象具有重要作用。看到龙书记的白发，观众便会回想起影片中龙书记日日夜夜、夜以继日为十八洞村村民所做的每一件、每一桩实实在在的扶贫事迹。从帮助村民们发展集体产业、解决经济贫困，到一起奋斗实现精神上的脱贫；从义务教育不落下一名学生，到宣传基本医疗政策让村民有病敢医；从搬出大山住上新房，到脱贫也要脱单，过上幸福生活，龙书记满心牵挂的都是村民们的生活疾苦和难处，忧村民之所忧，愁村民之所愁，继而想在村民之前、做在村民之先。龙书记就是如此殚精竭虑地为十八洞村脱贫而精准谋划，为十八洞村村民过上幸福生活而殚精竭虑，那初来时的一头黑发就这样不知不觉、悄无声息地变为白发。

电影中对这一头白发的着力呈现，不正是共产党员彰显全心全意为人民服务之初心的最好证明吗？它消除了歌舞剧版本中舞台与观众之间的实际距离，让电影观众能够更清晰地注意到这种细节。作为影片叙事的特殊构成部分，这一细节能够以小见大，展现出极具魅力的叙事张力，具有独特的美学价值。

事实上，电影《大地颂歌》所展现的时间维度只有短短的7年，但龙书记和扶贫队在这短暂的时间里为十八洞村这一穷乡僻壤的脱贫付出了无限力量。在扶贫一线上，那么多的扶贫人为坚决打赢脱贫攻坚战、努力实现全面建成小康社会的目标，无私地付出了自己的心血、青春甚至生命，他们将无数个十八洞村这样的贫困村当作自己的家，费心尽力为人民做事，殚精竭虑为人民谋福，正如片中石大姐所说，"龙伢子，这些年，辛苦你了"，无数扶贫人的无私奉献、艰苦奋斗，改变了贫困地区的面貌和人民群众的生活。

我国精准扶贫、脱贫攻坚之所以能够取得全面胜利，就是因为有龙书记这样一个个坚持人民至上的共产党人的无私奉献、忘我付出。他们以民为本、以人为本，做好民生工作，增进人民福祉，全心全意为人民服务。龙书记的这一头白发，既是这一个体为人民群众"谋实事，干实事，实干事"的形象证明，更是全体中国共产党人为人民群众服务的伟大丰碑，因为他们"坚持把人民群众的小事当作自己的大事，从人民群众关心的事情做起，从让人民群众满意的事情做起"[1]。

六、一本红皮日记本：场景的串联和扶贫的见证

电影《大地颂歌》除序和尾声外，共有"风起十八洞""奋斗""夜空中最亮的星""一步千年""幸福山歌""大地赤子"等6个篇章，其篇章所涉及的内容多、时间长，具有碎片化的特点，而龙书记手中的一本红皮扶

---

[1]　习近平.决胜全面建成小康社会，夺取新时代中国特色社会主义伟大胜利[M]//习近平.习近平谈治国理政：第3卷.北京：外文出版社，2020：39.

贫日记本,就将这6个主要篇章巧妙串联在一起,使其成为一个和谐融合的艺术整体。

来到十八洞村,龙书记首先解决的是十八洞村村民"不愁吃,不愁穿"的问题,解决完"两不愁"后又操心起"三保障":如何保障村民们的义务教育、基本医疗、住房安全。待到小雅回了学校,小雅奶奶的病得到了及时治疗,村民们也易地搬迁住上新房,龙书记又怀念起那些曾经和他一同奋战在脱贫攻坚征程中而永远留在扶贫路上的战友们。随着日记的一页页打开和翻阅,龙书记的工作计划、工作难点和他内心的情感感悟便和盘托出,电影《大地颂歌》的故事情节也就继续缓缓推进和展开,使得观众能够与龙书记一起在场,体会精准扶贫伟大实践当中的苦乐酸甜,亲历如十八洞村一样的其他贫困村落的每一处改变,进而共同描绘出决战决胜脱贫攻坚的时代新画卷。

从表面上看,这本红皮日记本仅仅是一个扶贫人帮助贫困地区脱贫攻坚的工作日志,但实质上,它记载了无数"群众的小事,干部的大事",它是脱贫攻坚任务的一手资料,是每一位扶贫工作人员的工作记录,是他们不改初心、扶贫攻坚的史料见证。这本红皮日记本,见证了龙书记在"实事求是、因地制宜、分类指导、精准扶贫"的十六字方针指导下踏上扶贫的新征程;见证了龙书记发展集体产业,解决村民们吃穿住行的问题;见证了龙书记和王老师爬过一道道天梯,让小雅重回校园,解决小雅奶奶有病不敢医的问题;见证了灾难来临、为救小雅冲在最前的龙书记和其他扶贫干部的英勇行为;见证了光荣牺牲的炎陵县委书记黄诗燕、义务扶贫人王新法等扶贫人的伟大形象。这本红皮日记本不仅串起了影片中一个个史诗般的扶贫故事,更是新时代中国一步步脱贫攻坚伟大征程的见证。

综上所述,电影《大地颂歌》用一串钥匙重新开启了十八洞村村民和故乡土地的情感世界,用一段顺口溜揭开了中华大地"扶贫先扶志"的扶贫理念,用一纸承诺书展现出共产党人为中国人民谋幸福、为中华民族谋复兴的初心和使命，用一座桥架起扶贫人与人民群众、扶贫人与家人、扶贫路上"先行者"与"后继者"的情感沟通，用龙书记的一头白发树起一座全心全意为人民服务的丰碑，用一本红皮日记本见证精准扶贫、决战决胜脱贫攻坚的成功大道。正是这样一个个感人的细节呈现，塑造出龙书记、田二毛等典型人物；正是在形式和内容上统一的细节叙事，将新时代神州大地发生的精准扶贫、决战决胜脱贫攻坚的故事魅力更形象地展现出来，经由十八洞村折射湖南再折射全国。讲扶贫故事、颂扶贫精神是这部影片的灵与魂，而一个个故事就是这部影片的筋与骨，一个个细节就是这部影片的血与肉。

2016年，习近平总书记勉励广大文艺工作者要"转作风改文风，俯下身、沉下心，察实情、说实话、动真情，努力推出有思想、有温度、有品质的作品"[1]。电影《大地颂歌》就是这样一部有思想、有温度、有品质的优秀文艺作品。影片关注的是扶贫一线发生的真实故事，书写的是扶贫人和人民群众的故事，它通过一个个故事讲述扶贫路上的感人事迹，彰显扶贫人的无私奉献精神。虽然脱贫攻坚战已经取得全面胜利，但是"脱贫摘帽不是终点，而是新生活、新奋斗的起点"[2]。电影《大地颂歌》所展现的扶贫事迹和扶贫精神，科学阐释了党中央的重大决策和工作部署，形象反映了中国人民的伟大实践和精神风貌，唱响了主旋律，传播了正能量，将会激励更多人"为全面建设社会主义现代化国家、实现第二个百年奋斗目标"而披坚执锐、不断奋斗、勇立新功。

（岳凯华、牛哲妮执笔）

---

[1]　习近平.提高党的新闻舆论传播力引导力影响力公信力［M］//习近平.习近平谈治国理政：第2卷.北京：外文出版社，2017：333-334.
[2]　习近平.在全国脱贫攻坚总结表彰大会上的讲话［N］.人民日报，2021-02-26（2）.

第四节 《狃花女》：乡村振兴战略中的文化呈现

古藤老树长尾雉，沟谷流水有人家。湖南省西北部、沅陵县内西北隅的借母溪乡，那里有千年的古藤老树、神奇的沟谷流水，恰似一幅幅原始森林风光图。

在那里，有美丽的狃花，一树花开，五颜六色，最后所有的颜色淡去，花朵凋零，结出相同的果实；在那里，有传说中的"狃花女"，被人租借，替人生子，留下神秘而悲惨的故事。

2022年，在沅陵全域拍摄的电影《狃花女》启动全国首映。这部影片根据龚由青、戴小雨同名小说改编，由周琦、马德林导演，潇湘电影集团有限公司、湖南潇影第二影业有限公司出品。影片拍摄完成后在中央电视台电影频道和各网络平台先后播出，同时摘获澳大利亚AFFA电影节最佳外语片奖（年度）、最佳电影制作奖、最佳青年男演员奖三项大奖。

不仅如此，影片进行了以电影促进新时代乡村文旅活动发展的探索，为沅陵乡村尤其是借母溪乡全域旅游对于文化的开发和利用提供了一些思路，试图以文化力量助力乡村振兴。

一、解开狃花之谜，神秘而悲惨

20世纪的湘西，大山深处的人们十分贫穷，男人穷到连媳妇都娶不起。影片《狃花女》取材于20世纪30年代，地处湘西地区沅陵县大山深处的借母溪乡。

借母溪乡的男人们娶不起老婆，为了延续香火、传宗接代，于是千百年来这里的男人就从山外"借母生子"。久而久之，当地便将"借母生子"这一奇特风俗称为"狃花"，把别人家的媳妇接到自己家住上一段时间，等到期满，便可回家，被借走的女人就被称作"狃花女"，因为借母溪乡同一树的狃花，开出的虽然是不同颜色的花朵，但最后结出的果实却是一样的。实际上，这就是以契约形式协定的临时婚姻制度，也就是"典妻"制度。

"典妻"制度是人类买卖婚姻的一种。其历史源远流长，早在汉代就有记载，如《汉书·贾捐之传》中有"嫁妻卖子，法不能禁，义不能止"的记载；其发生遍及全国，辽宁称为"搭伙"，甘肃叫作"僦妻"，浙江名为"典妻"，沅陵喊作"狃花"；其仪式非常讲究，一般要经过媒证、订约、下聘、迎娶等环节，而订立的契约要写明典妻的时间、租价、典期等。被典的女人必须具备生育能力，且在出典期间不得与原来的丈夫同居，更不能回家照看自己的孩子，哪怕看一眼也不允许。

对于这种残害妇女身心、毒化社会风气的婚姻文化的文化旅游开发，不能对其抱有猎奇的心态，而必须持批判的眼光。

电影《狃花女》悲壮、凄美、传奇，重点反映了在红军领导下推翻"典妻"制度这一封建陋俗的故事，揭示了封建势力反动落后的本质，展现了劳苦大众追求美好生活的渴望，试图探讨生命、情感与梦想。

因此，需要收集相关契约、物件乃至现代中国有关典妻题材的文艺作品，如20世纪20年代中期许杰的《赌徒吉顺》（1925）、台静农的《蚯蚓们》《负伤者》（1927）、潘漠华的《冷泉岩》（1929），30年代柔石的《为奴隶的母亲》（1930）、含沙的《租妻》（1935）、罗淑的《生人妻》（1936），40年代路翎的《卸煤台下》（1941），21世纪初魏微的《大老郑的女人》（2002）、龚由青与戴小雨的《狃花女》（2014）及浙江甬剧《典妻》（2012）等。

可以采用照片、实物、模型、投影、场景复原等多种先进展示手段，全方位、立体式书写"狃花"文化的残酷性，把被典妻子就是供人玩弄、为人生儿育女、被迫与亲生骨肉分离的"生育机器"的悲剧命运展示出来，从而揭开中国千年婚姻史上这黑暗、悲惨的一页，防止其在穷乡僻壤死灰复燃、沉渣泛起，从而培育文明乡风、良好家风、淳朴民风，构建具有生动气息的新乡土，提升农民精神风貌，提高乡村文明程度，焕发乡村文明气象。

二、展示红色文化，为水土铸魂

影片中，为了延续香火、传宗接代，千百年来贫穷的借母溪乡男人从山外"借母生子"的这一陋俗，在红军到来后戛然而止。主创团队把《狃花女》的主角婉儿塑造成中国最后一个"狃花女"，这是否合乎事实姑且不论，但时代发展确实已经进入了一个重要的历史阶段。

影片中，"狃花女"所在的湘西大地，当时红军已经声势日旺。贺龙领导的红军队伍来到借母溪乡这里扩红，誓师北上抗日，普通民众纷纷参加红军，当时桑植县就有五万之众参加红军。于是，这里人们的命运当然会发生重大的改变。卢家老大参加红军，就是"狃花女"改变命运的一个契机。

被"狃花"的女人的命运与中国工农红军的故事的交集，为当今借母溪乡实施乡村振兴的伟大战略提供了红色文化的版图。这是需要着力张扬的，关键就是寻找到当年红军在此扩红的遗址、标语、文物、烈士墓、纪念碑等实物。

沅陵县是一个革命老区，有丰富的红色资源，有伟大的红色精神，有可歌可泣的红色故事。英勇的中国工农红军曾在这片土地上浴血奋斗，留下了丰富多彩、浓墨重彩且独具民族特色的红色文化资源。

怀化市已经在抗战历史文化板块的挖掘上花了很大工夫，如芷江中国人民抗日战争胜利受降纪念馆、位于溆浦县的抗日战争湘西会战阵亡将士陵园、湖南通道转兵纪念馆都可以成为借母溪乡凸显红军文化的重要示范。可以充分利用沅陵县现有的湘西剿匪烈士纪念园和红二、六军团进袭沅陵县城指挥部旧址等多个爱国主义教育基地，开发已认定的81处革命旧址遗址红色资源（其中大革命时期2处、土地革命时期60处、抗日战争时期4处、解放战争时期15处）。要让游客不仅能够在这里观林、看山、赏兽，也能够在这里沿着红军、游击队等革命先辈在借母溪乡的脚步游览。

打造一条将民俗文化与红色文化融于一体的廊道或步道，脚踏红军鞋，身穿红军服，头戴红军帽，开启敬仰先辈扩红抗日的探访之旅，感悟中国红军誓师北上抗日的伟大壮举，珍视今日和平的来之不易。

三、描摹山水之美，引游人流连

一道色彩斑斓的绝壁耸立西北，屏风般围出一个翠绿的山谷，山谷里春有山花，夏有苍林，秋有飘叶，冬有飞雪，一年四季各有韵味。古朴的吊脚楼、喷香的腊肉、陈年的米酒、清纯的山泉，借母溪乡养育着民族文化底蕴深厚的土家人。

电影《狃花女》的实景拍摄几乎全部在沅陵县借母溪乡，它以朴实的镜头摄取了沅陵县的山山水水、花草树木的画面。山水之美孕育了卢家兄弟、婉儿等乡民的人情之美，虽然减弱和冲淡了婉儿命运的悲剧性，但在观众的脑海中留下了深刻印象。

目前，借母溪乡的全域旅游已经做得比较扎实了，保护区内的"四溪""八垴""三垭""八十一岭山尖""二十三个山湾""六十二条沟""八处悬崖"的开发力度颇大，各类外宣的材料、文案也在山水文化、自然景观方面全面发力，但需要借助电影《狃花女》这类有故事的、更易广泛传播的影像文本，譬如庐山恋电影院全年都在播放电影《庐山恋》。相信《狃花女》一定也能如《庐山恋》把庐山推向世界一样，让区内的险峡深涧、迭嶂山峦、纵横沟壑、原始河谷等山水自然景观与民族风情（沅陵县是一个多民族县，有苗族、土家族、白族、侗族、蒙古族、水族、回族、高山族等多个民族，少数民族人口占全县人口的50%以上）、人文景观融为一体、交相辉映，把借母溪乡的山水观光、乡村文化探秘、农业休闲度假、农耕学习体验、康体养生、采摘、垂钓等乡村旅游产品推出沅陵、怀化，走出湖南，走向全国，走向世界。

文化是旅游的灵魂，乡村全域旅游的高质量发展需要文化要素的展示。借母溪乡有让人流连忘返的山水风光，有壮怀激烈的红色文化，也曾有神秘丑陋的"狃花"文化。各种文化要素协同发力，各种文化资源优化配置，将走出一条山地乡村旅游发展的新路径。

（李沛霖、岳凯华执笔）

第五节　数字化时代的中国电影评论更需要重视影视教育

数字化时代开启了中国电影评论的又一个黄金时期。

近日，笔者在百度搜索栏里，分别以"影评""电影评论"为关键字进行搜索，分别得到了69800000个、78700000个左右的搜索结果。在这些搜索结果中，既有专家、学者的理论性评论文章，也含媒体人、电影爱好者的评说言论。由此可见，相对于《中国电影报》《大众电影》《当代电影》《电影艺术》等传统纸媒，后窗看电影、网易博客、新浪微博、豆瓣电影、Mtime时光网、猫眼电影、格瓦拉@电影、今日影评、360电影评论、"非一流评论：左岸影视，右畔文学"、后窗、虹膜、迷影网、毒舌等网站、自媒体、公众号已成为当下中国电影评论的新平台。人人都可以随时随地对正在院线上映或过去看过的电影发表观赏、反思、探讨、评价的言论和文章，短、平、快的电影评论应运而生，打分、一句话影评十分普遍，弹幕也一时风靡，昔日鲜有机会在大众平台呈现自己声音的普通观众俨然已成为中国电影评论的主角。人员更加广泛，队伍更加壮大，文章更加海量，数字环境下的电影评论在中国文艺评论园地里形成了一道特殊而亮丽的文化景观。

然而，在这样一个张扬个性、自由表达的数字化时代，电影评论繁荣景象背后的隐忧和短板其实也值得注意。一是影评文本方面与日俱增的其实多为碎片化、感想化乃至戏谑化、浅显化的文字，或为吐槽言论，或为赞美话语，甚至是一些夹杂着一堆图片、表情包而与电影无关的文字，缺乏电影理论的有力支持和系统、理性的深入分析，质量参差不齐，品格高低不等；二是评论人员方面虽是全民影评，但频繁现身的多是一批凭着浓厚兴趣和满腔热情进行影评写作的电影发烧友，虽有一定理论基础，但多非电影科班出身；三是收受红包、恶意评分、影评失真、水军泛滥之类的恶劣现象，更在不断让电影评论界蒙受羞辱。

面对数字化时代纷繁复杂、众语喧哗的电影评论，无论是严肃的影评人，还是热心的爱好者，尤其是政府有关部门，都应对新时代影视教育保持一种重视和敬畏的态度，才能够在数字化时代共同营造健康良好的电影评论风气，建构风清气正的电影文化氛围。

一、日益普及的影视教育可以为电影评论培养人力资源

自20世纪30年代起，我国就在南京、上海、北京等大城市建立电影学校，展开影视教育。改革开放以来，尤其是2000年以来，中国影视教育在高科技时代背景之下更得到了长足发展，成为中国教育的后起之秀。随着2018年11月21日教育部、中共中央宣传部《关于加强中小学影视教育的指导意见》这一文件的联合印发，之后的中国各类学校将基本普及影视教育。因此，大凡进入学校受过教育的人员，无论是高等教育，还是职业教育，抑或是基础教育，都将在不同程度上接受形式多样、资源丰富、常态开展的中国影视教育的熏陶和洗礼，影视教育则会从不同层面为中国电影评论的可持续发展培养大量的人才资源。事实上，当下中国电影评论队伍之所以能够茁壮成长，早就受惠于中国影视教育所做出的重要贡献。互联网时代虽然人人都可以是电影评论家，但接受过影视教育的人从事电影评论毕竟会棋高一着。

就湖南而言，近20年来的影视教育迅速发展。2000年7月，湖南大众传媒职业技术学院成立，主要为广播、电影、电视、音像公司、动画公司

等传媒机构培养高素质技能型专门人才，现有设有戏剧影视表演等专业的影视艺术学院、设有影视动画等专业的视觉艺术学院和设有影视编导、广播电视技术等专业的新闻与传播学院，曾被誉为"广电湘军"的摇篮。而真正在电影评论领域产生较大影响的，则是这样几所拥有完备影视艺术教育体系的高等学校：2001年3月，湖南师范大学成立新闻与传播学院，现拥有广播电视学、广播电视编导等本科专业。2002年3月，湖南大学与湖南广播影视集团联合创办湖南大学广播影视艺术学院，设有广播电视编导、表演等本科专业；2010年1月，该院与新闻与传播学院合并组建新闻传播与影视艺术学院；2020年，该学院更名为湖南大学新闻与传播学院。2008年8月，经国务院学位委员会批准，湖南师范大学文学院率先在湖南省内获得影视戏剧文学专业硕士学位授予权。2011年9月，湖南师范大学与湖南科技大学、湖南工业大学等3所高校获准设置戏剧与影视学一级学科硕士点。2013年4月，教育部批准湖南师范大学在文学院开办湖南省第一个戏剧影视文学（艺术类）本科专业，后有衡阳师范学院、湖南科技学院相继开设了戏剧影视文学专业，怀化学院、长沙学院等设置了广播电视学、广播电视编导、影视摄影与制作等专业。同时，中南大学、长沙理工大学、湖南工商大学、湖南女子大学以及省内一些高职高专相继开设了与影视艺术相关的数字媒体艺术、视觉传达设计、动漫专业等。所有这一切，无疑为湖南电影评论队伍的发展壮大起到了极大促进作用。

二、系统常态的影视教育可以为电影评论储备知识资源

电影是一门综合性艺术，集文学、戏剧、音乐、摄影、绘画、舞蹈等表现形式于一体，对这一视听化的文化审美对象展开评论，需要丰富的知识储备和累积。当下，影视教育作为通识教育、素质教育的重要内容之一，已开始成为中小学、职业教育和高等教育的重要课程门类，甚至形成了从本科、硕士到博士这样的专业教育链。各类学校纷纷开设"影视鉴赏与评论""影视文化概论"之类的公共选修课或专业选修课，对学生进行

非专业的影视知识普及；而告别文学门类成为第13个学科门类艺术学一级学科之一的"戏剧与影视学""戏剧影视文学"这样的专业教育，自2011年以来也有了10年左右的历史。系统化、常态化、规范化的影视教育，尤其是高等学校影视教育，常会涉及影视鉴赏、影视创作、影视语言、中外电影研读与分析、影视史论、影视编剧、影视导演、影视明星、影视美学、影视理论思潮、影视文化分析、影视批评、影视传播学等内容，多以普及影视知识为前提，更以启思增智和专业培养为宗旨，不仅符合新时代社会发展对基础教育、职业教育和高等教育的要求，更为各色人等从事电影评论供给了系统而丰厚的知识资源。

三、科学规范的影视教育可以为电影评论提供方法资源

在数字化语境中，中国电影评论的方式、方法也变得更加多元化。传统纸质媒介影评与综合性门户网站专栏、论坛、博客、公众号等网络影评交相辉映，专业电影评论人员与业余影评写手齐头并进，开放性、互动性、灵活性、真实性、便捷性和实时性的影评空间激活了无数人开口、动笔评说电影的欲望。这就更加需要广大影评人员重视和掌握恰当的电影评论方法，以确保数字化时代我国电影评论的正确发展方向，而影视教育恰好在这一方面为电影评论做好了扎实的铺垫。

首先是强调思想的正当引导。习近平总书记在不同场合都强调要高度重视和切实加强文艺评论工作，因为文艺批评是文艺创作的一面镜子、一剂良药，是引导创作、多出精品、提高审美、引领风尚的重要力量。而2016年11月7日发布、2017年3月1日起施行的《中华人民共和国电影产业促进法》中也明确指出："国家坚持以人民为中心的创作导向，坚持百花齐放、百家争鸣的方针，尊重和保障电影创作自由，倡导电影创作贴近实际、贴近生活、贴近群众，鼓励创作思想性、艺术性、观赏性相统一的优秀电影。"因此，作为文艺批评重要组成部分的电影评论，在评论影片时首先需要讲政治，弘扬社会主义核心价值观，而各类学校在影视教育过

程中，无不将"立德树人"作为衡量教学效果的根本标准，无不把思想政治教育贯穿在影视评论人才培养体系之中。早在1996年，国家教委印发的《关于加强全国普通高等学校艺术教育的意见》中就指出大学影视鉴赏等艺术课程的开设"对于培养学生健康的审美观念和审美能力，陶冶道德情操，培养全面发展的人，具有其他学科所不能替代的重要作用"。而2020年5月28日教育部印发的《高等学校课程思政建设指导纲要》中尤为强调包括影视教育在内的各类专业课程需要"寓价值观引导于知识传授和能力培养之中"，"帮助学生塑造正确的世界观、人生观、价值观"，这就彰显出影视教育向来重视价值观的引导，能够保证接受过影视教育的影评人执笔评说电影之际，首要能够坚守真善美的审美立场，不受经济利益裹挟，树立客观公正、实事求是的评论态度，弘扬崇高精神、高尚情操，正确认识影片的思想价值，引导观众透过影片了解世情、国情、党情、民情，张扬中华优秀传统文化，坚定中国特色社会主义道路自信、理论自信、制度自信、文化自信，真正担当起电影评论的社会责任和文化责任。

其次是重视对象的得当择取。做电影评论，能否得当选择自己的评论对象非常重要。各类学校层面的影视教育，是相当重视对影视资源的挑选的，通常都会结合影视课程教学目标和要求，紧扣影视发展历史和现状，针对学生需要，或定期向全国中小学生推荐优秀影片，或择取适合学生的影片，如反映革命历史的影片、切合现实且具有教育意义的电影、颇受市场关注的中外类型作品、具有探索精神和文艺气质的小众之作、即将上映或甫上映或过往的影片等加以品评，反复"拉片"。由于学校影视课程日复一日、年复一年的影片观摩效果，走出校园从事影评的人们面对灿若群星的电影，自然就会潜移默化地形成自己的择片标准和要求：时效性、代表性和经典性。正如刘勰《文心雕龙·知音》中所说："凡操千曲而后晓声，观千剑而后识器。故圆照之象，务先博观。"

最后是讲究方法的恰当运用。电影作为一种大众艺术形式，具有广泛的文化感染力，电影评论则是根据一定的思想原则和审美标准，理性分析和科学评价影视作品思想内容和视听语言的研究活动。学校的影视教育都会或浅或深地引导学生掌握电影评论的一般方法，如发挥自身评论的优长，重视蒙太奇、德国表现主义、长镜头美学、场面调度说、作者论、符号学、结构语言学、女性主义等电影理论的指导，讲究电影评论的角度，重视专业术语的运用，注意场景、光线、造型、服装等视觉元素和配音、配乐等听觉元素之类的声画语言的把握，拓展影片研究的视野，讲究评论文体的规范，加强电影评论的练习与实践，提升电影评论的文化理论素养和专业水准。总而言之，影视教育让影评人提前拥有了从事电影评论的基础，或从一部电影整体入手，或从影片一个方面着眼，可关注作者创作手法，可聚焦电影作品本身，可畅谈影片功效影响，只要言之有物、言之有据、言之有理，都可以达到电影评论的目的。

当下，在湖南省委、省政府尤其是省委宣传部的高度重视下，挂靠于湖南省文学艺术界联合会的湖南省电影评论协会已于2020年成立，这必将在湖南省内营造良好的电影文化氛围，促进电影产业的发展，当然也将激发湖南各类影视教育迈上新的台阶，为《中华人民共和国电影产业促进法》中明确提出的"国家支持建立电影评价体系，鼓励开展电影评论"树立良好范例。总而言之，影视教育与电影评论是一种和谐共生、相互促进的关系，有了厚实的影视教育，就一定会有强大的电影评论，湖南就势必会从电影大省走向电影强省，中国理所当然会从电影大国迈向电影强国！

期待湖南省电影评论协会能够引领湖南电影和湖南电影评论走向辉煌！

（岳凯华执笔）

第四章 网文现场

第一节 网络影评要坚守底线

时至2018年，中国电影评论学会网络影视评论委员会已经成立有一年了。这一年间，其对网络影评贡献颇多，但也出现了一些问题。

随着网络介质的迅猛发展，自媒体的全面普及，中国电影产业化的推进，与时代同频共振的影评也因时而兴、乘势而变，迅疾从纸媒向互联网转移，频频现身于互联网网站以及微博、微信公众号等自媒体。"新"影评在互联网这条高速公路上每日以数以千计的数量发力，左右着普通民众尤其是"00后"受众的观影选择，或扫视欧美新片，或评论国产影视，或介绍影视知识，或聚焦新老影人，或为院线电影和网络电影打分，或创生影评时尚语汇，既在极大程度上激活了影视批评家的想象力，又因其信息量大、体式多样而满足了受众的多样化需求，拓展了电影的受众面和影响力。但是，当下的中国网络影评还处于自发无序状态之中，依然存在着一些因被商业资本把握和掌控而带来和引发的隐忧。

随着电影产业化模式的逐步拓展和市场化趋势的日益深入，"人人都是评论家"正逐渐成为现实。当今电影的操盘手、制作者、导演、编剧、影评人乃至观众自己都已清晰地意识到网络新媒体所能带来的巨大利益，自媒体所推出的影评力量不断崛起。于是，传统影评压力与日俱增，而作为颇受普通大众追捧和喜爱的网络影评却也日渐被商业资本以出资或融资等方式绑架。一部电影的宣发费用大量投注于网络影视平台及专业评分网站，一些影响大的微博、微信影评公众号亦被高度重视。因此，互联网上本已存在、脱离了"红包影评"的独立影评人日渐稀少，而"网络推手"和"网络水军"反而越来越多地被培育了出来。虽然自媒体中依然有不少影响力大的影评意见领袖难被收买，但当下许多网络影评在相当程度上被电影片方、广告商、院线等投放资本操控也是不争的事实。消费社会的商业化观念和市场化行为无孔不入地侵入了网络影评领域，商业资本的控制使得网络影评丧失了自身的独立性与权威性。

在商业资本的控制下，一些影评人不再专注于内容，而是急功近利地着力于开辟网络影评盈利方式，将自媒体当作一种盈利的媒体来运营，执着于用户注意力经济、流量变现利益的获取。一些网络影评人虽声称坚守"不被片方和市场左右"的独立立场，但也常常心安理得地接受诸如好莱坞片方或知名导演、院线媒体招待会的邀请和厚待；一些网络影评看似站在与用户统一的立场，但殊不知对于用户点击与流量的崇拜正是一种隐蔽的资本依附形式。因此，一些写手为了吸引网民自然也就尽情地进行网络影评的批量生产，靠点击率高的花边逸事、生活八卦之类的作品来实现商业运作和经济盈利。

另外，有的人不看电影就发表批评或侮辱性评论，这不仅伤害电影评论的声誉，更会影响电影的健康发展。在网络评论领域，"要让观众有发言的权利"，这一点多数人未曾有过质疑。但同时，我们也需要通过一些机制和规则，避免不客观的评论。比如，应该看完一部影片再发表评论，评论时不应进行人格侮辱等，这些都应成为基本共识。

事实上，随着国家对网络文艺工作的重视，低俗、庸俗、媚俗与违背社会主义核心价值观的网络影评注定将无处藏身，只有严谨求实、科学规范、思想精深、尚品位、崇格调、讲责任的网络影评才大有发展前途；只有具有责任担当的网络影评才能走得更稳重、更长远。

因此，网络影评作为精神产品应该不被金钱诱惑，不应该因商业利益而动摇。而人们在影视评论的写作中也应当自觉坚定文化自信，拓宽评论视野，追求专业质量，立好标准，把好尺度，营造一种健康、积极、向上的网络文化氛围。

（岳凯华执笔）

第二节　新时代网络文艺评论需要把握好"五度"

2021年，中共中央宣传部、中华人民共和国文化和旅游部等五部门联合印发了《关于加强新时代文艺评论工作的指导意见》(简称《指导意见》)，引发了业界对当前文艺评论现状的深刻反思。事实上，习近平总书记关于"当代中国正经历着我国历史上最为广泛而深刻的社会变革，也正在进行着人类历史上最为宏大而独特的实践创新。这种前无古人的伟大实践，必将给理论创造、学术繁荣提供强大动力和广阔空间。这是一个需要理论而且一定能够产生理论的时代，这是一个需要思想而且一定能够产生思想的时代"[①]等方面的重要讲话，已经为新时代网络文艺评论的开展指明了前行的方向和创新的期待。

目前，作为宽广形态的网络批评已经日益活跃，它通过互联网等渠道，在电脑、手机等终端，快捷、迅速、便利地向人们传播文艺评论的声音，为新时代文艺评论带来了一股新风气，正在全国各省、自治区、直辖市有序开展。但对于如何深入开展网络文艺评论，圈内人士虽有只言片语的谈论，且大多是轻描淡写的言说，而湖南文艺界投入的力量也并不大，

---

① 习近平.在哲学社会科学工作座谈会上的讲话［N］.人民日报，2016-05-19（2）.

虽然有中南大学、湖南网文小镇等研究机构、创作平台坐镇坚守。因此，全方位加强和推进新时代湖南网络文艺评论就迫在眉睫，这里仅从网络文艺评论需要有高度、有深度、有力度、有热度、有速度等方面，简略谈谈几点粗浅的见解，以期抛砖引玉，求得共鸣。

一、网络文艺评论需要有高度

"要高度重视和切实加强文艺评论工作，运用历史的、人民的、艺术的、美学的观点评判和鉴赏作品，倡导说真话、讲道理，营造开展文艺批评的良好氛围。"习近平总书记在文艺工作座谈会上对于文艺评论的这段论述，也非常适用于网络文艺评论。立足于新时代这一崭新历史起点展开的网络文艺评论，将决定具体评论的"眼界和世界""广度和深度""胸怀和情怀""境界和精神""信仰、信念和信心"[①]。具体而言，这个高度就是运用"历史的""人民的""艺术的""美学的"观点评判和鉴赏各类网络文艺。因此，具体写作网络文艺评论文章时，首先要挖掘网络文艺所具有的生活广度和历史深度，其次要检视网络文艺与人民大众的联系，再次需辨析网络文艺对艺术性和功利性关系的处理，最后则要考察网络文艺是否具有真善美的特征。如此一来，我们网络文艺评论的"利器"功能就能得到很好的发挥，从而顺利引导网络文艺发展，有力推介网络文艺精品。

二、网络文艺评论需要有深度

对于网络文艺开展评论，切忌肤浅、简单了事，因为这些网络文艺作品的发表经过的门槛不多、审查的力度不严、出现的漏洞不少。因此，我们的网络文艺评论需要挖掘深度、增补价值。做好网络文艺评论的深度挖掘，当然需要网络文艺评论者具有较强的理论修养。理论功底越厚重，论说分析才会越深透，讲出来的道理才越能服人，但关键更在于写作时不必

---

① 向云驹.时代高度与文艺责任［N］.光明日报，2014-10-21（11）.

求多求全，撒开一张大网，滔滔不绝地言说，而是应集中火力，聚焦单一的论点，就单一的话题去评论和剖析，从而得心应手、应对自如。有了一个单一明确而非多元繁复的评论论点，网络文艺评论才能站得高、看得远，即可逼视对象，抓住本质特征，集中搜罗材料，进行思辨分析，聚精会神撰写，从而写起来能够字字珠玑，一针见血，理论结合实际，或由外入内，或由表及里，或由此及彼，或由浅入深，或由因到果，或由果到因，纵横结合，交替深入，环环相扣，层层深入剖析，透彻阐述问题，读后令人耳目一新。

如果一篇网络文艺评论文章铺陈多个论点、扫视多个主题，那么你的头脑里就会浮现出与这个选题有关的方方面面的问题和材料，众多的问题和材料交织、堆砌在一起，一篇文稿的主题若天女散花，往往会令人晕头转向、云里雾里、稀里糊涂、无所适从。因此，网络文艺评论要有深度，就没有必要贪多求全，战线拉得过长。倘若如此，撰写的网络文艺评论势必浅尝辄止、主次不分、敷衍了事，任何问题都没说清楚，任何观点都没道明白。从事网络文艺评论，需要集中火力，化繁为简，有的放矢，开掘深度，论深论透。也就是说，要从一个问题入手，论说其特征、渊源、利弊、趋势走向、波及范围、关联事物等方面。论点单一，就能集中力量取舍材料、理解透彻，就能写得有声有色、有理有据，就更能体现"'评'的力度和'论'的深度"①。

三、网络文艺评论需要有力度

对各类网络文艺进行评论，在观点正确、导向正确的前提下还必须要有力度。有力度的网络文艺评论，才能引发人们的高度重视，才能拨动读者的心弦，才能激发起社会的反响。要使网络文艺评论有力度，首先要鲜明揭橥网络文艺评论的功能，提倡什么、反对什么，必须旗帜鲜明、毫不

---

① 张永.电视新闻评论的深度挖掘［J］.太原城市职业技术学院学报，2008（6）：160-161.

含糊，话说到位，能让作者从评论中激发思考、得到启示，显示出评论文章的指导力量和引领价值，绝对不能放"空枪""空炮"。其次要善于提高洞察现实的能力，苗头看得出，问题看得准，道理说得透，贴近读者，贴近实际，贴近生活，正如习近平总书记在文艺工作座谈会上的讲话中指出，"文艺批评就要褒优贬劣、激浊扬清，像鲁迅所说的那样，批评家要做'剜烂苹果'的工作，'把烂的剜掉，把好的留下来吃'。不能因为彼此是朋友，低头不见抬头见，抹不开面子，就不敢批评。作家艺术家要敢于面对批评自己作品短处的批评家，以敬重之心待之，乐于接受批评"①，经得起实践检验、群众检验的网络文艺评论，群众才会信服、才会接受，才会具有力量。再次要着力增强理论分析的水平。网络文艺评论要有力度，实质上就必须增强其理论上的说服力。网络文艺评论的过程，就是运用马克思列宁主义、毛泽东思想、邓小平理论、"三个代表"重要思想、科学发展观和习近平新时代中国特色社会主义思想来评论网络文艺作品、分析网络文艺现象的过程。分析得越透彻，评论得越到位，网络文艺评论就越有力量。因此，网络文艺评论光把现象摆出来、仅做些皮毛工作是相当肤浅的，必须要有一个由表及里、去伪存真的分析过程，总览全局，深刻评论，揭示本质，讲政治、讲原则、讲道理。最后要努力强化语言表达的意识。任何文章是否具有力度、能否让人留下深刻的印象，都在于它的语言表达水平的高低、优劣和好坏。好的网络文艺评论，其中总有一两句或一两段精彩语言和深刻论述能在人们脑海中、思想上留下烙印，这是基于网络文艺评论语言的精彩概括、准确表达、生动论述，简洁利落、符合习惯，才令读者激动不已，才使作者为之一惊，才让人们茅塞顿开。

四、网络文艺评论需要有热度

热度指的是热的程度，明里说的是高于正常的体温，蕴含的则是工作上的热情。专门从事网络文艺评论的人员，事实上目前还是比较缺少的，

---

① 习近平.在文艺工作座谈会上的讲话［N］.人民日报，2015-10-15（4）.

专门的网络文艺评论工作者更是少之又少，因此更需要已从事和正从事网络文艺评论的同志们保持热度。一方面，需要在本职工作之外对做好网络文艺评论充满热情，有了热情，就会将网络文艺评论摆正位置，不辞辛劳，履行职责，认真主动，加强学习尤其是政治学习，拓宽视野，更新知识，适应形势，搜集材料，快速撰文；另一方面，更需要对自己要评论的网络文学、网络音乐、网络综艺、网络影视、网络短视频、网络游戏、网络动漫等对象充满热情，不摆架子，只要内心充满热情，就会为之一振，超脱、从容地评说和点评网络文艺的水平和质量，即使是贬丑惩恶，在态度上也会心平气和、以理服人，尽可能分析原因，提建设性意见，而不是高高在上、盛气凌人、简单指责、一棍子打死。

五、网络文艺评论需要有速度

我们现在正处在一个充满生机活力而又复杂多变的时代，社会生活的多元、多样、多变、不确定的特征日益明显，人们的思想观念、价值取向多元、多样、多异、多变也是一种必然现象。而随着现代科技的突飞猛进和信息传播手段的日新月异，各种信息的传播瞬间即可跨越地区、省际甚至国界，同步之间视听俱收，其速度之快令人瞠目结舌。因此，网络文艺评论面对鱼龙混杂、良莠并存的网络文学、网络音乐、网络综艺、网络影视、网络短视频、网络游戏、网络动漫等网络文艺现象所蕴含的信息和思想，需要在顷刻间分辨黑白、厘清是非、褒贬美丑，用自己的评论文字传递有用、先进、正确、科学的思想，剔除愚昧、落后、错误、迷信的信息。

（岳凯华执笔）

第三节 新时代湖南网络小说的"娱"体特质

　　21世纪初，随着互联网技术的迅猛发展，中国文学的形态发生了巨变。网络文学在这场文学变革中异军突起，并迅速在文学界抢占了一席之地。根据著名网络文学研究专家欧阳友权对其下的宽泛定义，他认为："所谓网络文学，是指由网民在电脑上创作，通过互联网发表，供网络用户欣赏或参与的新的文学形态。"[①]从定义中可以看出，网络文学所依托的创作载体和创作模式，决定了它与传统文学精英化创作机制之间有着无法跨越的鸿沟。一方面，网络文学与传统文学在文学功能上发生了质的转变，文学的价值功能"从'载道经国'走向'孤独的狂欢'，在价值尺度上由社会承担向自娱娱人转换"[②]。另一方面，传统文学成功与否的标准主要由专业批评家认定，而网络文学鉴定优劣的评判体系，则是以文学网站显示的读者浏览量和点击率多少为依据。对于网络作家而言，读者对作品的肯定要远远重于专业批评家对作品的认可。故，网络作家在创作过程中，通常会将读者放在首位：读者即上帝。与此同时，受市场经济的影响，社会个体的文化消费心理也在悄然发生着变化。阅读网络文学成为社会大众快餐消费活动的一部分，阅读者不再将阅读文学作品作为获得精神熏陶的途径。对他们而言，阅读网络文学只是高压、繁忙生活后的一种娱乐与消遣方式。因此，无论是网络作家渴望在泥沙俱下的网络文学大浪里脱颖而出的成名心理，还是读者文学阅读的世俗化，都令网络作家在从事文学创作的过程中，自觉或不自觉地忽视文学自身的艺术性，转而将创作的重点放在揣测读者的阅读心理和阅读体验上。

　　可以明显感知到，受"读者中心论"的影响，在2019年度申请的长沙

[①]　欧阳友权.网络文学概论［M］.北京：北京大学出版社，2008：4.

[②]　欧阳友权.网络文学概论［M］.北京：北京大学出版社，2008：11.

市优秀网络文艺作品里存在一个普遍现象，即创作者对文本主题思想的预设与创作过程中对艺术形态的实际选择发生了背离。这些网络小说题材各异、类型多样，囊括了奇幻、武侠、历史、穿越、修仙、悬疑、军事、言情等多个方面。创作者在追求简单、粗暴、无厘头网络化艺术表达方式的同时，在小说主题和思想的设定上，也熔铸了创作主体对现实生活和个体生命的思考，这显示了网络小说潜藏的文学价值。如穿越小说《放开那个女巫》展现的是现代科技知识在推动社会文明化进程中发挥的重要作用。小说讲述了一个在现代社会受到高强度工作量压迫的普通职工（某公司的绘图员），穿越到欧洲中世纪异域国度，成为灰堡王国四王子，并卷入王位争夺旋涡的故事。在男主角当四王子期间，他运用自己的权力，拯救了一群在那个国度受到误解和歧视的女巫，还运用自己的现代文明知识，与这些拥有超能力的女巫一起将一个野蛮、原始的国家变为一个有着现代化色彩的文明国度。

同为穿越题材的小说《贞观大闲人》与《药园医妃：掌家农女种田忙》，讲述的也是现代人穿越到古代，运用现代社会知识，解决身边人在生活中遇到的难题，帮助他们渡过生命中一个又一个难关的故事，这实际上表达了创作者对纯朴和谐的社会状态的向往。其中，小说《贞观大闲人》巧妙地糅合了历史元素，作者在小说中对唐朝的一些历史文化知识进行特别注解说明，这增添了文本内在的历史文化底蕴。同时，小说还在现实与历史空间的交错叙述里，表现了个体生存中出现的现实问题。现代人李素穿越到唐朝，在这个历史空间里，他遇到了很多在他原本生活的时空也会遇到的普遍生存难题：爱情的抉择、人与人之间的钩心斗角、权力与欲望的取舍等。对中国传统文化的思考，也是这些网络作家考量小说主题思想的一隅。

小说《至尊医道》是对中国中医医术困境的思考。作者选取都市修真题材，在大家熟悉的都市空间（医院）内展开故事的叙述，情节中融入悬疑因素，很好地吸引了读者的阅读兴趣。与这篇小说有着相似主题的小说

《三尸语》，创作者抓住湘西赶尸、重庆扎纸、湖北剃头等民俗文化的神秘性，整个文本始终笼罩在恐怖的故事氛围里，让阅读者在悬疑和推理的阅读世界里感悟中国传统手艺的魅力和手艺人的匠心精神，以此唤起读者对中国一些传统民间文化日渐式微的情感共鸣。

网络小说《降龙觉醒》和《西游之决战花果山》的故事则直接取材于中国传统民间文化故事，这是对中国传统文化时代价值和意义的挖掘。这两部小说分别以中国民间文化里济公和孙悟空的故事为创作资源，小说《降龙觉醒》以前世的道济和尚为小说主要人物原型，始终围绕道济前往灵仙镇寻找金莲之人唤醒金身的主脉络展开，整个故事发展节奏紧凑。小说《西游之决战花果山》的行文结构是对我国传统文化中"西游"故事的再创造。文本以失去记忆、失去法力的孙悟空寻找"我是谁"的答案为线索，引出天庭众神再战孙悟空、毁坏花果山的故事，由此延伸到对世间之"道"的哲学思考。不过，这篇小说的语言向通俗易懂、网络化方向倾斜，使小说给人一种幼稚和不够成熟之感。同时，这两部小说在利用中国传统文化资源上有一定的优越性，但创作者并没有刻意去深层次挖掘这些经典人物不为人知的一面，小说的故事基本上都是读者在阅读文本前就已熟知的。这在很大程度上消解了读者的阅读期待视野，导致小说达到的效果多停留在娱乐层面，而不是文本潜藏价值观对读者的文学陶冶。

在言情题材方面，《我们终将刀枪不入》和《天妃白若》这两部小说塑造的均是独立、自强的大女主角色，这切合了当下新女性要求自立自强、摆脱他物依附的时代主题。不过，这两部小说在故事情节上趋于俗套，与同类型的网络小说存在雷同性。如小说《天妃白若》与《三生三世十里桃花》《三生三世枕上书》《华胥引》《香蜜沉沉烬如霜》等网络仙侠小说在故事情节和艺术风格上有着很大的相似性。这些小说基本上都是在女主角飞升上仙、下凡历劫的故事里穿插曲折、动人的爱情元素。读者在阅读小说的过程中，容易产生审美疲劳的阅读心理。

在2019年度申请的长沙市优秀网络文艺作品中，值得一提的是小说

《荣耀之路》。这部小说不同于很多网络小说注重文本的虚构性和天马行空的想象，它转而采用纪实的手法，小说素材建立在对中建、中铁、国电等中国企业在海外发展现状的实地了解之上，语言上也减少了网络小说的戏谑性，这透露出创作者努力向纯文学靠近的创作理念。但小说也存在很多不足之处，如小说语言过于简单直白，缺乏传统文学语言的韵味，在情节设计和人物形象塑造上也稍显单一，文本基本上是在线性叙述下完结整个故事，小说读起来给人平淡无奇之感。

小说《极限拯救》在故事新颖性和跌宕性上融入了一定思考。小说塑造了一群因生活所迫背井离乡、在非洲开餐馆谋生、有情有义的退役军人形象。当看到那些海外务工华人的生命受到威胁时，他们毅然选择了舍小我、为大爱的极限拯救行动，最后帮助那些海外务工华人脱离险境、成功返回祖国。不过，这部小说在人物塑造上过于分散，导致故事衔接得不够紧凑。

在2019年度长沙市优秀网络文艺作品里，创作者为文本预设了一个宏大而深刻的文学主题。但在具体创作过程中，创作者受到"读者中心论"的影响，作品的艺术构思与其原本设置的主题思想发生偏离，落入趋同性和类型化的网络文学创作窠臼，即小说故事的可读性、人物形象塑造的平面化、语言艺术的通俗与网络化。网络作家矛盾的创作心理，促使着网络小说文本在艺术建构上呈现出"娱"体化的特征。

一、文本形态的图视化

网络小说讲究运用简短的段落、通俗明了的文字，以及动作性的语式，这使读者在阅读网络小说的过程中，仿佛是隔着手机屏幕观看一场又一场的小剧场电影。网络小说之所以具有如此强烈的图视感，与创作者对小说文本形态的构造有着很大的关系。其实，阅读文学作品产生图视化的感觉，并不仅仅是阅读网络小说时才会产生。在我国传统文学中也不乏文学的图视化现象，尤其是我国古代诗歌的创作。如诗人王维就非常崇尚

"诗中有画"的诗歌美学。不过，我国这些传统诗人在诗歌中营造富有画面感的意境，是创作主体为升华作品主题思想的一种艺术策略。而网络作家注重文本的画面感，往往不是站在小说艺术需要的角度，而是为了给读者制造身临其境的小说阅读体验，达到舒缓身心疲劳的娱乐效果。

　　网络小说产生图视化的阅读效果，一是网络作家在创作过程中刻意将小说文段尽可能简短化，避免出现长篇大论式的文段。有的网络小说字数虽然高达百万、千万，但整部小说基本上都是由一句话、两句话的段落组成的。如在2019年度申请长沙市优秀网络文艺作品中，《霸道帝少惹不得》《全世界都不如你》《我们终将刀枪不入》《傲娇萌妻，只宠你！》《头条婚约》等小说，这些作品的字数高达几十万字，甚至几百万字，不过小说全篇基本上都是由一句话，或者两到三句话堆砌而成的。二是网络小说中的那些简短语句，多是表示人物动作的叙述性词语或句式，如有表示人物对话的，有体现人物肢体动作的，也有人物自说自话的，等等。在网络小说中，纯粹叙述性的语言极少，作家一般会频繁地使用动宾结构这样的短语句式，使语言非常有力量和视觉冲击感。同时，网络小说的语言也会尽量做到口语化。因此，网络小说以人物对话、有力量的口语句式结构全篇，读者在阅读小说的过程中自然就会产生清晰的画面感，脑海中随之浮现由小说文字传达出来的人物活动场面。如小说《头条婚约》共有约2278690个字，整部小说文本几乎都是以人物对话的方式展开，由此保证读者在阅读过程中，随时涌现的画面感可以冲刷掉因字数过多造成的视觉疲劳感。又如在小说《药园医妃：掌家农女种田忙》中，故事的女主角盛奈第一次见到男主角时的场面描写：

　　　　突然，肚子里面传来咕噜噜的声音，饿了。

　　　　男人看她这傻傻的模样，走了出去，没一会儿拿出一个还透着温热的白馒头递给她。

　　　　"谢、谢。"礼貌地接过馒头，然后斯文地吃了起来。

吃完大半个馒头，她其实已经吃不下了，但护士小姐说过不能浪费，所以依旧机械地吃着，直到手上的馒头被人拿掉，迷茫地看着男人，只见他将手中的馒头扔了出去，接着听到母鸡咯咯的声音。

"浪、费、不、好。"盛奈说话虽慢，但一个字一个字很清晰。

男人没有理她，轻松地扛起屋旁边的犁，赶着牛往外走。

傻待了一会儿，也许是新来到一个地方，让她眼中多了一点点光彩，不自觉地想跟着男人后面。

可以看到，这段场面描写的句子结构特色：人物间对话的粗浅化和口语化，在叙述性的短句中夹杂着一些日常生活中常见的动词，以及多用动词来叙述人物的行为和心理等。这使我们在阅读这段话的时候，脑海里就会很轻易浮现出女主角和男主角相遇时的画面。《极限拯救》《天妃白若》等小说的类型各不相同，但其叙述方式与小说《药园医妃：掌家农女种田忙》非常相似。

网络小说文本的图视化，与网络小说独特的语言结构方式分不开。具体表现为故事的线性叙述，多运用短句和动词等，这与影视剧本的创作艺术理念如出一辙。因此，网络小说容易呈现出影视创作里蒙太奇式的画面感。读者也能够在一种轻松、舒适的状态下快速阅读完这些"皇皇巨著"，从而达到从小说中寻求某种精神娱乐的文学阅读初衷。

二、人物形象的去经典化

创作主体在进行小说创作时，往往会将自己对外在客观世界的感受和感悟，主观化和艺术化为小说中的人物，尤其是小说的主要人物。小说家们通常会将"为天地立心，为生民立命，为往圣继绝学，为万世开太平"的文学创作理想，寄托在小说人物的一言一行里。因此，创作主体会特别注重对文本中主要人物形象的塑造，他们会花费大量的笔墨和精力对人物心理、外貌、生活环境等细节进行全方位的加工和打磨，以此确保典型人物形象的艺术性和社会价值。如在西方文学史上，莎士比亚笔下的吝啬鬼形象夏洛克、巴尔扎克《人间喜剧》里的高老头、托尔斯泰笔下的安娜·卡列尼娜等典型人物；又如在中国现代文学史上，鲁迅笔下的阿Q、祥林嫂，老舍小说里的祥子，沈从文《边城》里的翠翠等人物形象，这些作家用小说这门艺术为后世留下了一个又一个值得咀嚼的经典形象。

　　而我们在网络小说的阅读过程中，却难以捕捉到小说中主要人物或者次要人物身上散发出的独特性和艺术价值。网络作家在创作的过程中，一般不会在人物形象的设定上投注太多精力，关于小说是否为文学史留下经典的人物形象，这似乎不在他们的考虑范围之内。"如果说，传统文学体制之下的作家仍然是文化英雄的象征，那么，网络空间的写作者已经不承担文化英雄的责任。"[1]在网络文学的世界里，创作主体不再是"文以载道"的救世主，反之，读者成了作品中的人物，读者在虚拟的世界里去完成"开天辟地"、拯救世界的重任。网络作家创作小说的责任，主要落在思考小说故事情节如何更富趣味性或惊奇感，以满足读者阅读小说时的快感和猎奇心理。也正是由于网络作家重视小说故事的情节性，拒绝在人物形象塑造上倾注太多的笔墨，导致很多网络小说里不管是主要人物形象还是次要人物形象都趋于平面化，缺乏艺术感染力。因此，网络小说虽然有着足够大的篇幅，但给读者留下可供品味和产生情感共鸣的人物形象却屈指可数。

　　在阅读2019年度长沙市优秀网络文艺作品的评选作品时，笔者就明显感受到，这些小说无论是主人公的性格，还是小说中其他人物的角色设定，都过于单一和死板。如穿越小说《贞观大闲人》，作品讲述了现代社会里意气风发的中年男子，意外穿越到盛唐贞观年间，与朝廷权贵斗智斗勇，最终获得皇帝李世民赏识的传奇故事。然而，关于主人公李素由一个只贪图享受的浪荡子变成朝廷重臣这期间的复杂心理变化，尤其是他在对待东阳公主爱情时的现代人心理变化，作者并没有深入探究和挖掘，而只

---

　　① 欧阳友权.网络文学评论100［M］.北京：中央编译出版社，2014：22.

是四平八稳地叙述完了这个故事。又如小说《荣耀之路》，作者的创作初衷应该是想在小说中为我们塑造一位有谋略、有胆识、有情义的工业改革者形象，但小说最后完成得并不是很理想。当笔者在阅读这篇小说时，并没有被小说主人公克服艰难险阻最后获得事业成功的奋斗之路所感动和触动。笔者感受到的是，作者只是以一种流水线式的方式，用简单的语言，讲完了主人公路远如何一步一步打败竞争对手的过程。主人公路远只是创作者为流畅地讲好、讲完小说故事的辅助物，而不是文本的中心。同时，小说中本值得好好塑造的金灿灿这一女性形象，作者却没有突出她对爱情表现出的复杂性和矛盾性，对这一人物的结局设计也略显匆忙，缺乏衔接性。再如，在小说《极限拯救》中，创作者在对主人公唐国铭形象的塑造中也没有倾注太多的艺术思考。

网络小说主要人物的去典型化、去经典化现象，是很多网络小说的共同特点。网络作家不再把塑造富有艺术性的圆形人物形象，作为他们构思小说时的中心。他们会根据故事情节的需要，不断增添新的人物进入小说，不断削减小说中已经出现的人物，以此确保小说故事的完整性。因此，读者在阅读小说的过程中，不需要深入、反复地重返文本去思考小说人物的复杂性，从而更好地享受小说故事本身带给自己的新鲜感。

三、语言艺术的去留白化

中国传统文人在创作的过程中，会特别注重发挥语言内在的艺术功效。对文本使用什么句式、运用什么修辞、选择什么词性都极为讲究。如诗人杜甫对诗歌用字与用词的偏执，提出"为人性僻耽佳句，语不惊人死不休"的诗歌理念。又如作家鲁迅在文学创作的过程中，也是惜墨如金，在他的作品里几乎找不到一个多余的字，句子里的每一个字和词都有它独特的意义所指。可见，中国传统文人讲究语言的妙用和巧用，一字一词里都渗透着创作者反复推敲的汗水。然而，网络作家在语言使用上，就比较粗糙和随意。随着"网络空间的自由书写成为即时性消费，没有多少人像推敲经典那样精益求精。他们的作品如同杂草一样自由蔓延，也如同杂草一样为人遗忘"①。

网络文学作家不仅要考虑小说的消费性和可阅读性，还面临着日日更新或月月更新的创作压力。同时，网络小说作为读者和创作主体双向沟通的文学样式，通俗易懂的语言可以为小说获得更多读者，创作者与读者的双向交流也会变得更加容易。拒绝小说语言的留白效用，正好达到了网络作家对作品好读、易读、快读的预期值。因此，在创作文学作品的过程中，不同于传统作家对遣词造句的执着和"癫狂"，网络作家不再考究小说语言的诗性、句式章法的精妙、意境的饶有意味。他们往往力求以最简单、最接地气、最时新的语言讲好故事。然而，网络小说口语化、浅显化的语言表达方式，却大大削减了网络小说的艺术性和汉语背后蕴含的象征意味。

"网络创作用界面操作解构书写语言的诗性，使文学作品的'文学性'问题成为技术'祛魅'的对象，导致传统审美方式及其价值基点开始淡出文学的思维视界。"②网络小说追求通俗易懂的语言，导致语言缺少文学韵味，致使我们在阅读这些没有艺术美感的网络语言时，无法体验到传统文学里语言留白的回味。但是，简单、明了、时新的小说语言，应该是那些仅仅希望从网络小说中获取娱乐生活源泉的读者最为理想的语言艺术状态。

总而言之，在大众娱乐文化的大市场影响下，网络作家往往背离自己的创作初衷，转而迎合读者的阅读兴趣，追求一种娱乐化的艺术理念，为作品获取更多阅读群体的青睐，这亦无可厚非。但小说作为文学艺术的一大类别，它归根到底还是艺术的生产过程。而网络小说缺乏对艺术的精细考量，显示出"网络文学要从婴儿成长为巨人还有很长的一段路要走。在这个过程中它还要尽快克服自身的缺憾，迈向成熟和健康"③。网络文学在

---

① 欧阳友权.网络文学评论100［M］.北京：中央编译出版社，2014：22.
② 欧阳友权.网络文学评论100［M］.北京：中央编译出版社，2014：47.
③ 欧阳友权.网络文学评论100［M］.北京：中央编译出版社，2014：43.

今后的艺术改革路上，应当注意吸收传统文学中对艺术和文学底蕴精益求精的优质因素，并充分发挥网络文学在创作载体、传播方式、阅读方式等方面的优势，取长补短、去粗取精，从而创造出一种艺术性与可读性兼具的新兴文学。

（岳凯华、杨景交执笔）

第四节　从《一碗粉 温暖一座城》谈起

微电影《一碗粉 温暖一座城》[①]由长沙晚报社"掌上长沙"团队于2018年10月拍摄、制作。影片总时长为3分30秒，却完整讲述了长沙市德馨园社区"好人多粉店"的温情故事。如今，微电影形式虽已不再新鲜，但该片选择以真人真事为原型，以故事中的真人来重演情节，以鼓励善行为目标，使其在诸多只顾追求点击量、以低俗为卖点的同类作品中显得独树一帜。

这部微电影主要讲述经营"好人多粉店"的下岗工人刘国兴、周美其夫妇艰难的创业故事和暖心的善行举止。下岗之初，他们生活艰辛，没有稳定的工作收入，最困难时连吃饭的钱都需要借。2011年，刘国兴受到街道、社区的帮助，通过众筹的方式开了一家粉店。靠着街坊邻居们捐送的锅碗瓢盆和现金，这家小小的粉店就这样在社区扎了根。为了回报街坊邻居，刘国兴的粉店对75岁以上的孤寡老人和学龄前儿童一律免费，还设立"墙上米粉"，让顾客有机会购买爱心米粉存在店里，留给有需要的人吃。因此，刘国兴的粉店被人们亲切地称为"好人多粉店"。对于大多数长沙人来说，一天是从一碗米粉开始的；对于刘国兴夫妇来说，"好人多粉店"

---

① 一碗粉 温暖一座城［EB/OL］. https://www.iqiyi.com/w_19s9ufmrrh.html.

是在街坊邻居的爱心帮助下开始的，他们也把"好人多粉店"当作一个开始，将这份爱心继续传播下去；而影片《一碗粉 温暖一座城》又将成为另一个开始，向社会继续传递这份善与爱意。

一、网络影视的转型及走向

网络影视随着时代的发展与数字技术和网络技术的不断更新换代，成为我们获取资讯、消磨时光的一大选择。根据 2020 年 4 月 28 日，中国互联网络信息中心（CNNIC）在京发布的第 45 次《中国互联网络发展状况统计报告》，截至 2020 年 3 月，我国网民规模达 9.04 亿，网络视频用户规模达 8.50 亿，占网民整体的 94.1%，其中短视频用户规模为 7.73 亿，占网民整体的 85.6%。[①]实际上，自 2016 年我国网络视频用户规模达到 5.14 亿、占网民总数 70% 以上时，网络视频的用户数量就已经超过网络文学、网络音乐、网络游戏，跃居网络娱乐服务活动的首位。网络视频用户的持续增长，展现了网络视频所面对的巨大市场和广阔的未来发展前景。中国互联网普及率高，通过网络来获取资讯、观看影片已经成了绝大多数民众的日常生活。面对这样庞大的受众群体，网络影视无疑有着一个良好的发展条件，但与此同时，也正是因为受众众多，网络影视在制作发行中，更应该认识到自身的责任和价值，注重自身传递的价值，给社会传递积极的影响。

截至 2020 年 3 月，在中国广大的网民群体中，手机网民规模达 8.97 亿，网民使用手机上网的比例达 99.3%。根据中国移动上海视频基地营运统计，手机用户点看微电影的时长，以 5 分钟左右最为常见。因此，网络影视特别是微电影必须在时长上适应网民间歇性、碎片化的观影状态，在内容上需要在开端就立马吸引受众的注意力，《一碗粉 温暖一座城》就成功地做到了这一点。影片全长 3 分 30 秒，在时长上符合当下人们快节奏生活、碎

---

① 中国网信网.第 45 次《中国互联网络发展状况统计报告》（全文）[EB/OL].
（2020-04-28）. http://www.cac.gov.cn/2020-04/27/c_1589535470378587.htm.

片化阅读的习惯。影片开头以长沙粉店的日常镜头开始，却提出"墙上米粉"的特别概念，制造了悬念，能够吸引观众继续往下观看。

网络带来的低成本、快传播、高回报等特点，使得网络影视自诞生之初，便获得了诸多的关注和投资。为了抢占更多的市场份额，腾讯、爱奇艺、优酷等视频网站自2013年以来逐步加大自制力度。微视、秒拍、美拍等短视频分享工具的出现使得短视频用户激增。2016年，梨视频、头条视频、抖音等专业化生产短视频平台的出现推动着短视频领域呈现出井喷式的发展趋势。2017年，网络影视热潮持续火爆，出现大量高点击量、高回报率的作品，如在优酷独播的《白夜追凶》，最终获得了高达48亿的点击量，同年被美国流媒体巨头奈飞（Netflix）买下，成为首部正式在海外大范围播出的中国网剧。然而纵观网络影视的发展，其展现的问题和缺陷也是让人难以忽略的。网络影视，尤其是短视频、微电影的准入门槛较低。平价摄像设备的出现和普及，手机摄影技术的提升，Adobe Premiere的出现和发展实现了在个人电脑上剪辑视频的可能。土豆网等视频网站提出"每个人都是生活的导演"这样的宣传口号在这些技术发展的情况下成为现实。但准入门槛较低，也使得网络影视出现了影片质量良莠不齐的现象。早在2016年，根据爱奇艺的数据显示，网络大电影领域和网剧领域都呈现出亏本的趋势。其中，网络大电影赚钱的项目仅有5%，而赔钱的占比高达80%。截止到2016年11月底，在全国备案上线的4430部网剧中，赚钱的仅占20%—30%。而作为微电影的《一碗粉　温暖一座城》，其投入成本低，虽然影响到了音画质量的打磨和提升，但没有投资风险，却有口碑效应。该部微电影在"掌上长沙"刊发后非常受关注，获得了多个点赞，是一部很值得推荐的好作品。

对热门IP（知识产权）的模仿抄袭，对热门题材的不断复制，是网络影视的又一大问题。我们经常可以看到网络影视作品选取知名影视作品的相近名称，如对美国情景剧《生活大爆炸》模仿命名的《生活大爆炒》，对徐峥"囧"系列模仿命名的一系列诸如《韩囧》《澳囧》《巷囧》等，对冯小刚《我不是潘金莲》模仿而来的《潘金莲就是我》《她才是潘金莲》等作品更是抢跑在原作之前上线网络，误导观众点击观看。同时，这类模仿抄袭热门IP而来的影视作品，在内容上也大多粗制滥造，无非是对原作的东施效颦、狗尾续貂，又或者是"文题不符"，故事内容浅薄，只是为了蹭热点、蹭IP而取名的"标题党"。中国传媒大学艺术学部老师朱传欣在2016年就在文章中指出，如今的网络影视"'僵尸'当道、'妖魔'横行、'特工'扎堆、'情色'满眼。神怪题材、惊悚题材、情色题材占绝大部分，且同题材影片的同质化现象极为严重"。这些质量下乘的网络影视利用一些网络热点和"吸睛"噱头进行营销包装，而忽略其本质内容上的空虚及审美上的苍白，只为吸引受众注意力来骗取高点击量。由此可见，《一碗粉　温暖一座城》这部作品以实实在在的真人真事为题材，运用网络文学的形式说好中国故事、塑造中国人物、弘扬中国精神，是一个走在前列的良好示范。

网络影视作品的创作应该跳出以市场为导向的怪圈，在市场需求和价值导向中寻找平衡点，争取做到在符合观众审美取向的同时，又能引导观众树立正确的价值观、世界观、人生观，促进良好社会氛围的营造。一味沉溺在玄幻、穿越等热门题材中进行创作，除了针对性吸引喜好偏向人群外，谈及内容，大多也不过是老生常谈、旧饭新炒。普通受众在接受了同一类型作品的大量"轰炸"之后也极易形成审美疲劳，最终对整个类型都失去兴趣。因此，在创作之时也可以将目光投向我们的平凡日常生活，从真实的日常着手，既容易出脱于现在大量重复类型的作品之中，同时又能让作品充满"生活感"，引发观众的情感共鸣。影片《一碗粉　温暖一座城》，正是选取了长沙人民无比熟悉的粉店作为切入点，粉店中的市井生活，仿佛就是我们每天早晨的生活场景：热情友善的街坊邻居，说着一口粗嗓门长沙话却内心温暖善良的粉店老板，让人想要去探寻这个"好人多粉店"究竟在哪里，自己能不能也去那儿捐上几碗"墙上米粉"。

在网络世界深入人们日常生活的如今，网络影视作品的创作者也承担起应有的文化传播责任。网络视频的存在已经不仅仅是为了休闲娱乐，生活在快节奏社会中的大众越来越需要看到短而精的网络视频，带给他们放松的同时也包含丰厚的内容，传递积极的意义。它可以传播正能量，宣传大众真正喜闻乐见的文化，可以以自身的力量去影响市场而不是永远跟随着市场的脚步，正如《一碗粉 温暖一座城》一样，关注市井生活，说的是平凡小事却动人心魄，让人感受到这是实实在在发生在我们身边的善心之举，更加引人向善，也让网络影视更加靠近人们的生活，更加接地气。

二、主旋律题材的网络影视化运用

在20世纪90年代互联网大力普及之后，网上涌现了一大批与之前主流文学艺术形式截然不同的艺术样态和形式，其中就包括了网络文学、微电影以及Flash动画等。它们的创作形式、题材内容、表现手段也有了长足进步，其中作为网络影视重要元素、篇幅短小、题材单一的微电影特别值得重视。

微电影，可以理解为一种网络文学的创作形式，因为网络文学自身其实就涵盖了博客、网络小说、微小说和微电影等。网络小说作为一种文学快消品逐渐在年轻群体中流行起来，囊括了穿越、武侠、奇幻、言情等一系列类型和形式。与传统意义上的小说不同，网络小说文体宽松，不受创作规则限制，多局限在幻想中，主要以"爽"为特点，消费主义思想占据主流。其创作速度快，篇幅冗长，不事雕琢，文学性弱，洋洋洒洒上百万字的作品不在少数。但因为其商业化程度较高，所以仍有存在的价值。此后，随着微博的诞生，另一种崭新的网络文学形式——微小说也诞生了。因为受制于微博平台最初140字的限制，要将一个故事浓缩其中，激起了相当一部分创作者的热情。与传统网络小说不同的是，微小说的故事在相当程度上负荷着正面的价值取向，简单易读的属性也贴合现代人快节奏的生活方式。而微电影是依托互联网出现的一种新的影视样态，基于网络平台传播速度快、浏览时间短的特点，擅长用短小精悍的模式呈现和讲述一个故事的微电影，其播映时间多限制在1个小时内，其中多数都短于半个小时，因此其雏形被称作网络短片。

在21世纪初恶搞文化流行的语境中，互联网上涌现了一批以创意和搞笑为主的短片。起初，这些网络短片并不涉及拍摄，主要创作形式是运用一定的剪辑手段截取其他已有影视作品的片段，配以幽默诙谐的配音台词，达成取悦观众的效果。如2005年出现的恶搞陈凯歌电影《无极》而诞生的《一个馒头引发的血案》，这部短片在价值导向及制作方式上并不可取，但在那个年代，它的诞生无疑昭示了大众对于短视频或者说微电影的市场认可。再如讲述中国队如何在各种阴差阳错下夺得世界杯冠军的《中国队勇夺世界杯》这部作品，实际上是剪辑影视作品配音，搞笑是其本质，也在网络上引发了热议。总之，在互联网文化野蛮生长的年代，网络影视充斥着各种各样、花样百出的搞笑、戏谑和无厘头桥段，这在很大程度上受到了中国香港演员周星驰的影响，"恶搞"成了网民抒发创作热情与激情的一种手段。

不过，微电影并没有得到持续发展和普及。随着2010年中国电影集团发起"11度青春系列电影"计划，国内一批新锐导演创作的一系列新媒体短片悄然发生了变化，其中由筷子兄弟执导并出演的微电影作品《老男孩》引起了非常大的讨论。作品讲述了两个人到中年的"老男孩"回想起当年所做的梦，毅然决然踏上了曾经的追梦旅途的故事。此后，续集《老男孩之猛龙过江》于2014年在全国各大院线上映，电影的主题曲响彻神州大地，全国观众一时间都哼起了"青春如同奔流的江河，一去不回来不及道别"。此外，不得不提曾经热衷于创作恶搞性质脱口秀的叫兽易小星，他于2011年成立的"万合天宜"与影视紧密勾连，连续推出了诸如《万万没想到》《报告老板》等一批迷你剧作品，培养了以白客为首的一批网络演员，填补了现代社会逐渐碎片化的时间，探索了更多的网络影视创作的可能性，为国内微电影的发展做出了不小的贡献。从某种角度上看，这些作品的成功使微电影这一创作形式走进了大众视野，越来越多的创作者开始参与其中，更多精品慢慢涌现在网络平台上，成为人们喜欢的一种互联网文艺形式，掀起了国内微电影创作的热潮。2016年和2017年春节前夕，百事可乐邀请来六小龄童和情景剧《家有儿女》的原班人马，分别拍摄了《猴王闹新春》和《17把乐带回家》两部微电影作品，成功引爆了国内的网络热点，掀起了一大波怀旧讨论。

然而，作为网络文学的微电影，在思想性和艺术性上大多缺乏可圈可点之处，这与以戏谑恶搞、商业崇拜为主的网络文化环境脱不了干系。其实，如何将网络文学的商业属性和意识形态的正面导引结合、互联起来，从事网络文学创作的人们都在思考和探索着，并逐渐出现了一些可圈可点的微电影作品。2018年10月，由长沙晚报社"掌上长沙"牵头完成的微电影作品《一碗粉 温暖一座城》就值得点赞。

这部微电影将镜头聚焦于小人物的身上，讲述退休职工刘国兴在诸多邻里朋友的帮助下开起了一家粉店。缺少资金，大家一分一厘帮他凑；没有餐具，邻居一碗一筷给他送；不会手艺，朋友一丝不苟教他做。众人拾柴火焰高，"好人多粉店"顺利开张营业，刘国兴进而决定免费为到店里的孤寡老人和学龄前儿童等弱势群体提供米粉以回馈社会。在正能量价值观的树立和输出上，这部微电影达到了一个很高的境界。我们知道，随着网络的越发普及，网络文学近年来亦有了长足的发展与进步，而如何运用网络文学的形式说好中国故事、塑造中国人物、弘扬中国精神，《一碗粉 温暖一座城》这部作品作为示范走在了前列。

由这部作品可以看到，网络文学不一定非要集中在都市情感、奇幻穿越和流行文化才有作为，其实聚焦底层、面向现实也是很好的一个切入点。在新时代中国特色社会主义建设的进程中，网络文学可以尝试从更多的角度去关注小人物的生活方式，在对网络流量的追寻之中找到一个更为稳固的现实生活支撑点，像《一碗粉 温暖一座城》这部作品一样，着力引导公众视野关注到平时所不曾注意过的那些普普通通的基层人民身上，去发掘他们身上的闪光之处，回应新时代所倡导的主旋律。这部作品，其拍摄制作也许称不上精良，演员演技也称不上精湛，字幕输入甚至还有一些瑕疵，但它将镜头聚焦在我们身边那些微不足道的小人物身上，他们朴实的言行、真实的举动，让人暖心和感动。实际上，讲好基层人物的故事并不是一件简单的事情，要从基层人物身上找到闪光点更是难上加难，这就需要我们俯下身段、眼睛向下，深入生活、切近社会，正如法国启蒙思想家卢梭所说："生活得最有意义的人，不是年岁最大的人，而是对生活最有感受的人。"对于生活的感受，就是捧起普通的一碗粉，走近普通的一个人，从他的身上挖掘出正能量和闪光点。

（周诗怡、岳凯华执笔）

第五节　《盗墓笔记》：IP 电影热潮隐忧的省思

被业界誉为"超级 IP 矩阵排头兵"[①]的《盗墓笔记》，显然是被当作中国影视界"IP 电影"的标杆和典范来看待的。所谓"IP 电影"，指的是"从热门的'知识财产'（通常为粉丝众多的文艺作品）衍生而来的电影"[②]，即"根据热门歌曲、网络小说、话剧、游戏动漫或某个经典人物形象等著作权、版权改编成的电影"[③]。单就电影而论，近 10 年来中国电影市场的 IP 电影几乎都能热映。虽然 2000 年根据网络小说《第一次的亲密接触》改编的同名电影反响并不热烈，但 10 年后的 2010 年根据《杜拉拉升职记》改编的同名电影却斩获 1 亿元票房，而 2011 年根据鲍鲸鲸同名小说改编的《失

[①]　王彦.超级 IP 矩阵排头兵：想象力视觉系正面博弈［N］.文汇报，2016-08-09（9）.

[②]　兰若."IP 电影"热的冷思考［N］.人民日报，2015-12-01（14）.

[③]　黎欢，李简瑗.当下网络文学 IP 电影的勃兴与中国电影新生态［J］.电影评介，2016（10）：58-62.

恋33天》更成为中国IP电影热潮来临的标志。自此以后，2013年IP电影开始萌芽，2014年IP电影集中热映，2015年IP电影改编扎堆，《小时代》《同桌的你》《匆匆那年》《万物生长》《左耳》《何以笙箫默》《港囧》《滚蛋吧！肿瘤君》《夏洛特烦恼》《捉妖记》《寻龙诀》《九层妖塔》等IP电影纷至沓来，甚至形成了穿越派、后宫派、青春派、玄幻派、武侠派等类型。然而，2016年上映的一批IP电影却并未火起来。[①]即使是8月5日上映的这部超级IP电影《盗墓笔记》，也未能成为2016年度低迷暑假档电影市场的救市力作。因为《盗墓笔记》片方在北京首站路演时喊出了"盗墓笔记终成大器，十年磨砺剑指20亿"[②]的票房目标，而截至9月3日，上映30天的《盗墓笔记》票房仍只有9.93亿元。[③]它虽然成为2016年春节档后首部票房破9亿元的国产电影，但离其保底10亿元、剑指20亿元的票房目标仍有很大差距。且该片的豆瓣网评分只有4.9分，网友纷纷吐槽，斩获不少骂名。由此可见，刚刚席卷中国电影市场的IP电影，并非中国电影赢得观众、赚取票房、走向世界的"救命稻草"。因此，我们以《盗墓笔记》为个案来正视和反思这股IP电影热潮潜伏的隐忧。[④]

虽然"凡是有内容、有一定知名度和一定粉丝群的文化产品或文化产

---

① 2015年上映的IP电影，《寻龙诀》最终票房16.82亿元，豆瓣网7.6分；《港囧》票房16.13亿元，豆瓣网5.8分。但2016年由知名IP改编的电影却不尽如人意，不仅票房不高，而且口碑也不突出，如《谁的青春不迷茫》豆瓣网评分虽有6.5分，但票房只有1.80亿元；《睡在我上铺的兄弟》票房为1.28亿元，豆瓣网评分为5分。参见牟璇.IP电影哑火了［N］.每日经济新闻，2016-07-29（7）.

② 盖源源.票房保底10亿剑指20亿，暑期档有无"爆款"就看《盗墓笔记》这一搏［N］.每日经济新闻，2016-08-05（7）.

③ 数据来源：http://www.cbooo.cn/home?src=piaofang。

④ 目前，较有影响的论文有：兰若."IP电影"热的冷思考［N］.人民日报，2015-12-01（14）；万江.IP电影热潮下的冷思考［J］.当代文坛，2016（5）：146-150；李宁.IP化热潮下国产电影发展的冷思考［J］.中国电影市场，2016（8）：34-35，33；兰朵.对电影"IP"热的反思［J］.西安文理学院学报（社会科学版），2016，19（3）：5-8；袁智忠，孙玮.中国电影IP创作的文化伦理反思［J］.艺术百家，2016（3）：117-121，151.

品碎片"①都可以成为IP抢手货，但越来越多的当下中国电影是从网络小说改编开始的。而《盗墓笔记》作为当代中国网络文学的代表作之一，至今仍是最具市场价值的热门IP之一。小说原作曾于2006年至2011年在盛大文学网上连载，2007年后陆续在上海文化出版社等出版社出版了《盗墓笔记1：七星鲁王宫》《盗墓笔记2：秦岭神树》《盗墓笔记3：云顶天宫》《盗墓笔记4：蛇沼鬼城》《盗墓笔记5：谜海归巢》《盗墓笔记6：阴山古楼》《盗墓笔记7：邛笼石影》《盗墓笔记8：大结局（上）》《盗墓笔记9：大结局（下）》等9本小说正传，这些实体书的销售量使作者南派三叔（徐磊）轻而易举地以1580万元的版税收入跻身2011年第六届中国作家富豪榜第2位。2012年至2013年，南派三叔又著《藏海花》和《沙海》，作为《盗墓笔记》的人物外传，整个系列小说至今销量已过2000万册。由于拥有大量的读者群，《盗墓笔记》这部网络小说作为热门IP，早在电影改编之前就已获得了话剧、漫画、手游、舞台剧、广播剧、网络剧、电视剧、网页游戏等多种娱乐产品提供的创意支撑，而《藏海花》也已被改编成舞台剧登上了上海人民大舞台。而2016年8月上映、李仁港执导、南派三叔亲自操刀编剧、改编自这部网络小说的同名3D电影，自上映起便引得坊间和业界众语喧哗，议论纷纷。

一、改编的悖谬?

查阅豆瓣网影评，最大的质疑之声就是说这部电影是"一部除了人名之外和《盗墓笔记》没半毛钱关系的电影"。其实，小说原著作者南派三叔亲自操刀编剧的电影《盗墓笔记》，虽然未从小说系列的第1部《七星鲁王宫》改起，但还是有意选择并融合了《盗墓笔记》系列小说中的正传第4部《蛇沼鬼城》和外传第1部《藏海花》这两部作品的故事精华，将小说与电影完美结合。先是张起灵来到康巴部落找寻雪山下尘封已久的秘

---

① 王世颖.引爆IP：影游漫文超级IP打造之道［M］.北京：人民邮电出版社，2016：4.

密，直到50年后帛片秘密方才出现，于是背负族人使命出山找寻千年前长生不死的传奇秘事，之后便是"倒斗铁三角"穿越生死进入充满奇幻气息的地下世界，盗墓分队的探险使命与地宫探险的神秘之旅扑朔迷离……在真实与幻想的迷离镜像世界中，电影以倒叙的方式，交代和呈现醉心于建筑的吴邪在三叔带领下，与众人一起下墓后发生在荒漠和雪域的经历，悬念迭生、惊心动魄的故事映现了粉碎蛇母阴谋、拯救人类世界的宏大主题。

因为电影化、视听化的需求，这部3D电影尽管存在着某些方面的细节差异和改变，但《盗墓笔记》原著的基本构架和原汁原味的风格在整体上还是得到了最大限度的保留，但热映之际仍然遭到了观众诟病，原因何在？如何解决？这是今后IP电影开发不得不面对的棘手问题。对业界而言，不论是原创还是借力IP改编，IP电影的从业者都要保持健康的心态。从改编者来看，IP改编既不能完全依赖IP原本积累的观众基础，也要与原作者进行紧密沟通，"要了解哪些需要保留，哪些不适合舞台呈现要放弃"①。

毫无疑问，南派三叔绝对是IP界的先行者和实验者，其在小说完成之后就有了以《盗墓笔记》为核心构建和打造包括动漫、电影、电视、游戏等在内的多维度IP生态圈的企图。尝到了IP变现甜头的南派三叔，于2014年成立了南派投资，2016年更名为南派泛娱，开启了《盗墓笔记》小说影视化的序幕。然而，这一过程又充满着变数，多家电影公司为了这一热门小说的改编权纷纷展开了舆论宣传。《盗墓笔记》电影立项最初是在2013年6月，备案单位只有上海电影（集团）有限公司1家，编剧为杜俊、孙武、王小苔、叶长清等4位，南派三叔并不在内。到了次年，欢瑞世纪却在戛纳电影节上宣布取得了《盗墓笔记》影视剧和电影的全部改编权，并在6月与光线传媒、南派投资一同宣布了开拍计划。然而，到了2015年2月，小说原作者南派三叔却亲自公布担任这部电影的编剧，导演则为执导过

---

① 周豫.戏剧电影相互借力形成大IP 成功与否关键看改编能力［EB/OL］.（2016-05-28）.http://gd.sina.com.cn/jm/2016-05-28/city-jm-ifxsqxxs7815134.shtml.

《天将雄师》《锦衣卫》等片的李仁港，出品方虽然依旧是上影集团，但乐视影业也加入了投资团队，原因是上影集团最早立项，南派投资拥有IP资源，乐视影业在互联网影视方面有经验，影片主创、出品、投资等自此正式确定。这一变迁过程中的利益博弈姑且不论，但IP电影团队力量得到强化是有目共睹的，这自然有利于IP资源的开发。

对于《盗墓笔记》小说粉丝来说，最大福音自然是电影剧本改为原著作者南派三叔亲自操刀，这让书迷对于这部作品改编的"正统性"吃了一颗定心丸，既可以兼顾原著跟电影的关系，又可以兼顾粉丝和导演之间的关系，但达到的效果却并不理想。作为编剧，南派三叔虽是首次"触电"，但他创作态度相当认真，不仅花了两年多时间进行创作，而且对自己的剧本不惜八易其稿，直到关机前还在修改最后一稿，因为8万字的第一稿根本不可能在2小时内呈现，至少是3部电影的体量，因此在导演的要求下一度删到约3万字，才改编成合适的版本，可见其精益求精的创作态度。同时，南派三叔对小说的电影改编也有正确的认知理念。他说："电影和小说不一样，首先要保证电影的感觉，再往里面加入原著点。"因此，这部3D电影一定会对原有IP进行改造和改变，这种改编方法合乎电影工业的原理和要求。

事实上，南派三叔没有一味迎合原著粉丝，只是截取了小说中探秘西王母墓的部分内容作为电影的情节核心，并没对小说内容予以照搬照抄，这自然引发了原著粉丝的极大不满。客观而言，南派三叔编剧的这部电影，确实在很人程度上没有摸准所有读者的心态，但这部电影的改编并没有在世界观上与原著形成冲突，因此才有南派三叔希望读者把这部电影当成原著的一本书的呼吁。何况小说和电影的受众面，事实上也存在着很大的差异。南派三叔这样的说法，是合乎在90—120分钟内构建　个完整故事世界的艺术原理的。电影就是电影，如果不能脱离原著在90—120分钟内完成讲述完整故事、塑造主角性格、道明情节因果的过程，这种电影就只能是失败的。更何况原著《盗墓笔记》小说数量很多，又有超大篇幅的幻象部分，这就更加需要编剧在将这部盗墓系列小说改编成电影时思考很多问题。可以影视化的小说情节予以保留，否则就需要进行大刀阔斧的删减，这样才能拥有完整的价值观和通顺的故事逻辑。对此，南派三叔坦承从文学作品到电影作品的跨越非常大，需要突破的地方很多，"文学作品到电影作品跨度之大，要同时兼顾普通受众与原著粉丝的需求并非易事，要适应电影的节奏感和故事容量，篇幅压缩和情节改动也是不得已而为之"①，"特别是原著小说是自己写的，这里面的纠结和平衡需要很多智慧去解决。我也算是蹚过来了，特别感谢导演，我这次跟导演学习整个电影的核心的逻辑，所以最终我还是实现了在小说的世界观上没有冲突的改编"②。因此，南派三叔的改编保证了电影和原著的基本一致，不过只是还原了小说原著的三成到四成，但在相对还原原著的同时，也进行了很大程度上的原创。这是一个在原作世界中重新勾勒出来的全新故事，故事情节基本与原著无关，所以书迷也不需要去找认同感和情怀，这是合乎IP资源电影改编规律和生产逻辑的。因此，这部IP电影讲述的故事不存在尊重原著与否的问题。其实，在网络小说改编影视的热潮中，任何一部上映的IP电影，都不可能是IP资源的完整版，这也难怪电影《盗墓笔记》在豆瓣网获得差评的情况下依然能以较好口碑给2016年的暑期档电影画上完美的一笔。

不过，南派三叔虽然善于挖"坑"，但也要善于填"坑"，书迷和影迷才会满意。譬如，蛇母的长生秘诀就是利用树能活很久的特性给人体换成植物细胞，然而却没有说明为何必须睡满两千年再复活就能得到永生，还凭空地弄出一些像蛇一样的小怪兽。这些情节显得毫无依据和逻辑，影像作品最好能够自圆其说。事实上，在巨大粉丝量和极高热度的光鲜背后，电影《盗墓笔记》伴随的质疑和骂声更多的是"源于一种情怀"。

---

① 周豫.《盗墓笔记》：暑期档救市之作？［N］.南方日报，2016-08-07（A09）.
② 赵陈婷.《盗墓笔记》"变身记"：除了拍电影，IP生态链上还会有游戏、话剧、连续剧，甚至是主题公园［N］.第一财经日报，2016-01-19（A01）.

二、特效的困窘？

电影《盗墓笔记》虽以近10亿元票房夺冠于暑期档，但在网络上，这部电影的特效被吐槽、被质疑为"五毛特效"的声音依旧不绝于耳。

其实，《盗墓笔记》的拍摄、制作尚属用心。为了在银幕上呈现《盗墓笔记》的精髓，呈现最"南派"的探墓风，美术指导出身的李仁港开拍伊始就在6000平方米的超大摄影棚里搭建了一座在雪山中埋藏了3000年的终极古墓，并调动了美国、韩国等国家和中国香港地区的电影特技创作团队，破天荒地使用了约2600个特效镜头来还原故事场景。无论是精巧的机关设置，还是墓宫中物件的质感、纹理，都与《绝命双侠》以降的李仁港执导作品一脉相承，光线与空间配合产生的独特画面色彩和审美风格带着强烈的李仁港色彩。当然，由于这部3D电影前一年10月开拍、1月杀青、6月定档、8月上映，3个月的实拍，5个月的后期制作，时间匆忙，尤其是后期特效经费的缺口，再加上如此之多的特效镜头，其特效也就难免粗制滥造，所带来的负面影响自然可想而知。事实上，由于"没有任何一家国内公司或外国公司能够独立完成"片中所有的特效镜头[①]，电影的特效镜头完全超出预期。因此，不仅韩国公司专门抽调特效精英组建后期制作团队，李仁港还把一小部分镜头发往美国由好莱坞团队完成，直到首映前几日才紧赶慢赶完成。数量太多，预算不够，时间不够，人员也不够，如此拼命赶工完成的特效镜头有些差评也就在所难免了。

事实上，电影《盗墓笔记》的整体特效不错，但要它的特效做到真正能够与2015年热映的《寻龙诀》《九层妖塔》等盗墓电影有区别和分隔，确实是一大难题。不过，习惯于外景地拍摄的李仁港这次拍摄《盗墓笔记》时连出外景的时间都没有，大多都在6000平方米的摄影棚里棚拍，靠电脑特技加上外景制作特效镜头，以完成高难度特效镜头的前期拍摄工作。因

---

① 李霆钧.《盗墓笔记》导演李仁港：用影像呈现原著如《红楼梦》般的古韵和浪漫［N］.中国电影报，2016-08-03（4）.

此，这部电影的场景还原甚至道具的设定和选择上都非常精细和周到，完全不是所谓的"粗制滥造的五毛特效"，尤其是对墓穴的打造和设计极尽用心，墓穴里的机关、尸鳖、棺材、木俑的布置等也是出彩的部分。进入蛇母陵墓后，电影特效制造出了一个网页游戏般的陵墓场景，不仅约有30分钟的古墓戏份，而且墓穴机关设置可谓匠心独具，器具非常考究真实，正如评论者所说，这部奇幻探险电影以深灰、幽蓝、暗黑为主色调，向我们展示了"千年古墓中的场景"[①]，着力突出地宫墓穴的魔幻氛围，充满了异域色彩和东方宗教气息。譬如石壁洞窟造型各异、气氛危险，墓宫坚石嶙峋、峭壁幽深，青眼狐尸盔甲错落有致，蝙蝠惊恐飞行，手持弩机、表情诡异、色彩斑斓、形象狠戾的鬼面兵俑让人过目不忘，根据异域佛教与古生物元素混合制成的铁面生面具给人一种强烈的威慑力，南派墓宫最强配角"红毛粽子"则衣衫完好、线条强硬，而吴三省刚调侃完绝世美貌的"白衣女粽子"下一秒就露出了诡怖狰狞的容貌，特效逼真，场面大气，呈现出一个森然奇诡的墓宫形象。尤其是遍布木俑的迎宾殿那一片段，从吴邪点灯到不慎触发机关，所有人俑大小、表情各异，关节、头部与眼睛均可转动，人俑缓缓转过头来，开始弹奏蛊惑人心的宿命遗音，惊悚感十足，有上古文明风格和工业美感，确实给人一种身临其境的感觉，从故事的铺垫展开到节奏一张一弛的精准把握以及人与心魔对抗的立意，都颇具创意与水准。

机关设计也是一大亮点，如弩机、翻板等中国古墓中典型的机关陷阱得到了精彩展现，颇与国外同类型影片《夺宝奇兵》相似，但这些机关陷阱和墓室场景更多融合了传统的东方元素，如人俑的造型和集体列阵的灵感大概来自兵马俑，流珠引火、落沙开门和宿命遗音等桥段设计也能在传统文化中找到相应的出处。在造型上利用"西周傀戏"中风、火等宗教元素，当"鬼面阵法"启动时，魔音入阵，墓宫通亮，傀俑眼珠与头部僵硬

---

① 九华山，李森.奇幻探险《盗墓笔记》观后［N］.中国电影报，2016-08-10（6）.

转动，"倒斗小分队"瞬间陷入了死亡心魔的挣扎中。这与影片设定的春秋战国时代背景相符，营造了紧张的氛围，调动了观众的情绪。而开篇云谲波诡的康巴村落，绵延飘扬的五彩经幡，白雪覆盖的云巅，高傲耸立的山峦，金光闪烁的白塔和喇嘛庙，显得更加神秘、孤寂、诡异。

此外，火麒麟、狮子的特效设计也不错，其中的尸蟞更是《盗墓笔记》中的代表性形象设定。这一形象只靠文字很难想象出来，但李仁港用实打实的特效还原了"尸蟞食人"这样一个可观、可怖的具象，既能为官方认可，又具有明显的原著特色，无疑加强了原著和电影之间的联系，而且"让不少原著粉大呼过瘾"。最后决战的齿轮机关、建筑特效也很惊艳，悬疑惊悚风画面很刺激，激烈的对打戏得到了较好的呈现。总之，电影《盗墓笔记》的特效还是达到了国内较高的制作水平，是一部具有高工业规格的东方奇幻电影。

不过，上述特效并不是电影真正的核心，并非编剧更为关心的选项，因为亲任编剧的南派三叔对于真正的核心有自己的考量，那就是"要找到属于自己的世界观，也就是通过营造主人公吴邪的内心世界去发展整个故事的世界观"[①]。正义和邪恶的争斗在最后的战斗场面中得以充分体现，因此特效只是配合潜在的恐怖感，电影没有刻意去描画一些与演员、剧情无关的内容来增加紧张恐怖的气氛，而是通过演员的表演来追求一种内心的恐怖。《盗墓笔记》的枪战、动作、大场面等既具有好莱坞大片的元素，又集结了诸多中国传统元素的画面及视觉特效，全片画面影调细腻、质感厚重，注重特殊氛围的营造，正努力从工业标准化向本土风格化转型，以先进的技术支持开发自己的历史资源，重视观众体验，保证特效质量，在类型片框架内加入东方元素，极大丰富了叙事的表现力，为国产高规格电影做出了新的探索。[②]总而言之，中国商业电影要真正走向国际化，不能

---

① 滕朝.专访美术指导黄家能：《盗墓笔记》想与之前电影不同，关键看鹿晗怎么想……［J］.电影，2016（8）：48-51.

② 赵丽.《盗墓笔记》票房冲10亿，充分开发"IP"价值民族奇幻大片模式初显［N］.中国电影报，2016-08-17（12）.

只靠大制作和数字技术，更需要将视觉与叙事两者结合起来。

三、偶像的失效？

暑期档上映的《盗墓笔记》无疑是一部根据受众群选择具有收视号召力的年轻演员的地地道道的"粉丝电影"。它讲述的是由青年歌手鹿晗饰演的吴邪，因偶然的机会在王景春饰演的三叔吴三省的带领下，与井柏然饰演的张起灵、马思纯饰演的阿宁、张博宇饰演的王胖子等人联手穿越生死，踏上一段前所未有的"寻秘"冒险之旅。起用鹿晗、井柏然这样拥有庞大粉丝群体、网上动辄产生成千上万转发量的偶像明星来作为"吸金"的法宝和利器，不仅是令粉丝开心、影迷期待的好事，而且在很大程度上也是值得业界去尝试的，对于高人气年轻演员群体来说也是一次全新的尝试和突破。但这样一部定位明确而精准的影片，由于人物形象和角色早在原著陪伴了10年的书迷心目中成形，现在却由演技稚嫩的偶像派演员担纲主演，还是引发了"偶像派演IP是助力或阻力"[①]之类争执不下的争议和质疑，这也是有关这部IP电影饶有兴味的一个话题。

事实上，书粉和影迷在《盗墓笔记》开拍之初就对谁来饰演小说中"倒斗铁三角"的角色特别关注，而且片方也一直在卖关子，即使确定了两位主演鹿晗与井柏然，但他们之间的戏外之争也成了影片直至上映前的关注焦点。抛开所有是是非非，IP起用明星难道只能在这样的层面大做文章？

事实上，多数观众对于明星排位先后的争执都表示无法理解。因为《盗墓笔记》电影是一个"双男主"作品，影片的开头吴邪通过台词就有非常明确的表示："这是我和他（张起灵）的故事。"因此应该理性面对电影角色"双男主"的设定框架，不要在现实生活中弄成针锋相对的状态。我们更应该关注的是明星的演技和水平，以及使用明星是否会对电影的票房和传播产生正向的结果，依靠粉丝或雇用水军进行激烈的唇舌之战乃至诛心攻击对于IP电影的生产是于事无补的。

---

① 钟琳，刘长欣.偶像派演IP是助力或阻力？［N］.南方日报，2016-07-14（A17）.

中国观众看中的是演员的演技，花钱去影院为的是体验演员表演的好故事。从网站和纸质媒体反馈的信息来看，观众对鹿晗和井柏然等偶像演员演技的整体感觉较好，这从图4-1[①]的数据可以看出。

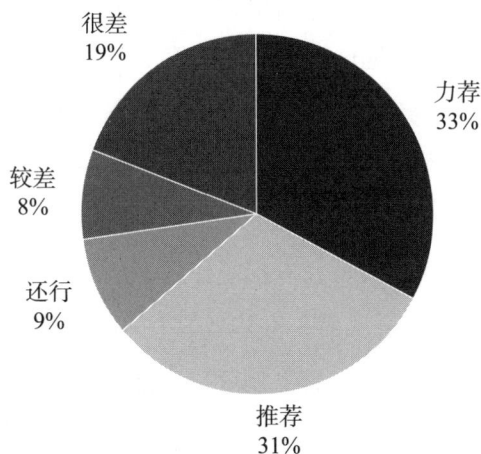

图 4-1 含"演技"评论评分比例

两位主演虽然年轻，颜值确实可以"秒杀"不少影迷，但更在于他们本身的形象和小说原著角色相契合，他们自身的演技把原著角色的性格特征表现得淋漓尽致。譬如鹿晗饰演天真无邪、一身傻气的小三爷吴邪，漂亮纯净，台词说得挺顺溜，将吴邪初触盗墓的青涩、勇敢和小聪明演得很到位，作为"嘴炮"承包和担当了这部戏穿插安排的所有笑点，天真的气息中透露着机智、聪慧、坚持、认真和一些莽撞，跟第1部《七星鲁王宫》时的吴邪极为相似，在诡秘探墓之旅中似乎渐渐成了道行颇深之人。作为"动作担当"的井柏然饰演张起灵，台词不多，这样一个实实在在、神秘、内敛而沉稳的"闷油瓶"，不仅善于通过眼神表达角色的内心情绪，而且擅长以动作实力演绎"高冷小哥"张起灵的形象，如大耍黑金古刀、威亚飞身、舞鞭耍刀、打退千年墓宫神秘生物，尤其是"吊打"六连摔更令人震撼，将自己的撒手锏发挥得淋漓尽致，成为经典形象。而吴邪和三叔叔

---

① 该图引自芝诺数据分析.【大数据分析】电影《盗墓笔记》豆瓣影评浅析［EB/OL］.（2016-09-02）. http://business.sohu.com/20160902/n467406247.shtml.

俚间的互动，既是亲人又似朋友，恰似一对老少活宝，吴邪的机智表现倒显出三叔的几分憨厚。马思纯饰演的阿宁，带着一脸杀气的妆容，表现出了作为队长的担当以及和队员之间的情谊。

总而言之，这些演员尤其是偶像明星的质感很强，演得不错，就像导演李仁港所说："我感觉这些演员挺难得，之前和很多大咖合作过，而这次都是非常不一样的年轻演员，但他们让我非常满意，他们很敬业很刻苦，我都觉得他们非常苦了，他们却是还能再拍一条的态度，我非常认同他们的个人能力，他们成名肯定是有他们的道理。"[1]从某种程度上看，这些新演员、偶像明星的演技并没有影响IP资源的品质，他们的号召力成了该片吸金近10亿元的重要武器，也是当下中国电影产业较为成功的范例。当然，我们也应该采取措施，订立制度，淡化用户体验，在给予偶像派演员更多锻炼机会的同时规避越来越多偶像派演员不断抬高身价的苗头和趋势。最近，国家广播电视总局发布规定，坚决遏制演员的天价片酬。由此可见，好作品、好演技、有艺德对于演员来说才是王道！

（岳凯华执笔）

---

① 澎湃新闻.专访|李仁港：希望外国人也看得懂我的《盗墓笔记》[EB/OL].（2016-08-05）.https://www.sohu.com/a/109223926_260616.

第五章　出版传真

第一节　主体、想象与表达：把论文写在湖南和中国的沃土上

古人说："书犹药也，善读之可以医愚。"在复杂纠结的现实世界里，笔者一直保持着对各类文章的崇敬，因为那字里行间散发着淡淡的墨香。因此，当笔者一次性拿到这6期《湖南社会科学》的那一刻，就已滋生了如获至宝的感觉；当目光一遍遍聚焦到笔者认为颇能彰显本刊宗旨、方向、思路、内容和特色的《经济·管理》栏目时，其中的34篇论文给了笔者这个门外汉以如痴如醉的感觉。这不是刻意的奉承和无聊的吹捧，而是那一篇篇文章，或深入实地调查研究，或科学推理、缜密论证，以翔实的数据、清晰的图表和科学的论说，得出了不少针对性强的观点、可行性大的举措、操作性好的措施，能够让人在中国大地上流连忘返，尤其是在湖湘热土中乐不思蜀，这合乎习近平总书记"要把论文写在祖国的大地上，把科技成果应用在实现现代化的伟大事业中"的殷切期许。由于专业跨界，笔者不知道全国经济与管理领域最具创见的文章是不是在《湖南社会科学》的《经济·管理》栏目刊载过，但2019年起，这本刊物《经济·

管理》栏目的编者、作者无疑已是这一要求的积极践行者。刊物编辑精心选载的这一篇篇科技为民的生动华章，引起了笔者的阅读兴趣和关注目光。

茫茫洞庭，巍巍衡山。令人心驰神往的三湘大地，无论是季节变换，还是岁月更替，自古就是文人墨客灵感迸发的创作高地，当下也是科研人员魂牵梦萦的服务对象。《湖南社会科学》的《经济·管理》栏目发文，旗帜鲜明地以湖南经济社会发展的需求为导向。34篇文章中有9篇、近26.5%占比的篇章直接服务于湖南区域经济与社会发展。农业适度规模经营（陈运雄等）、区域经济协同发展（课题组）、PPP推广路径优化（彭程甸等）、区域文化产业发展（曹文明等）、湘江流域生态补偿（胡东滨等）、旅游景区游客满意度（刘志成等）、林权抵押贷款问题（杨子萱等）、农村产业融合发展（陈国生）、城市旅游竞争提升（贺小荣等）等话题，娓娓道来，恰如眉清目秀的秀才和神通广大的良医，从多个视角为湖南各市、县区域的经济协调发展，献智献策、把脉问诊。恰似"万句言语吃不饱，一捧流水能解渴"，各行各业的经济发展自然因此多了一条门道，增了一剂良方。

同时，心胸宽广的湘人向来不做井底之蛙，而是立足观中国，睁眼看世界，湘刊《湖南社会科学》的《经济·管理》栏目由此多了一份情趣，大了一份格局，上了一个台阶。推动湖南经济发展，提升湖南管理能力，固然是实实在在的贡献，而服务全国乃至世界经济领域话题的审视和探讨，岂不更是新作为、新贡献？因此，该刊该栏放飞想象的翅膀，以经济发展为主题，以经济关系为背景，整合作者资源，提出新要求；发挥理论优势，瞄准新目标，湖南力量因而在寰宇传递，湖南声音于是在神州回响。推进长江经济带省市工业的绿色生产（胡立和等）、强化物流与信息业的耦合协调（詹晶等）、倡扬"一带一路"沿线省域、沿线国家对外的直接投资（王博君）、研究农村经济发展的相关性及协调性（孔令夷等）、助推平衡记分卡在中小企业绩效管理中的应用（罗锦珍）、聚焦国有上市公司的价值创造（林琳等）、强调流通产业空间结构促进消费潜力的释放（柳思维）、鼓励产业融合利益联结机制带动农民增收（李明贤等）、减少产业机构调整对能源效率的影响（刘赢时等），探讨教育公平与区域经济增长的耦合协调（金钰莹等），保障产业融合发展理念下的农业供给质量（渠鲲飞等），实施气候政策促进全球经济高质量的发展（蒋天旭），或大处着眼，或管中窥豹，有眼界，有远见，旨在促进行业转型升级，构建行业循环经济发展模式，实现国民经济可持续发展，建立资源节约型、环境友好型社会，让经济世界能够回荡美妙的旋律，在预定的科学轨迹中前行。

　　新时代的中国经济与管理，既面临着新形势，也进入了新常态，产业空间扩大，热点现象增多。《湖南社会科学》的《经济·管理》栏目的策划意识和组稿能力自然与时俱进，既不好高骛远，也未目空一切，而是守住初衷，应和着国家、地方的重大发展战略需求，围绕着经济领域和产业行业的热点问题，弹奏着荡气回肠的交响乐章。如考量新时代经济的音符，或从新型城镇化与产业结构的协调发展测度（刘淑茹等），或自收入分配原则展开理论思考（李松龄）；如聚焦金融震荡的曲线，或揭示互联网金融背景下中小企业的融资风险与路径（董春丽），或解读绿色金融的概念内涵、制约因素和路径选择（邵光学），或总结系统性金融风险监管主体制度的国际实践与可借鉴的经验教训（唐波等）；如关注交通发展的走向，或着力推进中国先进轨道交通全产业链的国际化发展（贺正楚），或分析校车营运安全与公共安全和社会稳定的关系（潘立军等），或警示自动驾驶汽车与汽车保险如何应对市场的挑战和重构（许闲）；如打响大数据的节拍，或倡议智媒体时代财经媒体应善于参与地方经济建设（李靓），或拉响互联网保险公司财务的风险预警（侯旭华），或建言人数据环境下行政事业单位要巧于应对内部审计的新挑战（潘春花等），或揭示互联网高速发展态势中高校网络舆情的关注热点和演进趋势（孙铭涛等），或要求战略性新业态数字创意产业在互联网背景下逐步实现跨界融合（何卫华等）。诸如此类或许原本无人问津的理论话题，若能潜力固化和长期引导，怎会"雁渡寒潭，雁过而潭不留影"？岂能"风来疏竹，风过而竹不留声"？或许，终将一跃而起引领理论前沿。

当然，在与其他刊物有着激烈竞争的生态丛林里，《湖南社会科学》要想成为引领一代风骚的"名刊"实在太难，而《经济·管理》栏目要想百尺竿头更进一步，也还有不少障碍，但只要该栏目主体能够坐实于为地方经济服务，继而把握好经济社会发展脉络，执意于可持续化发展的经济构想，为人类经济命运共同体的建构构思好点子、物色好人才、发表好稿子，自然也容易名声在外。真心希望和祈盼，人们日后回望的《湖南社会科学》，能够称得上湖南乃至全国哲学社会科学界的"名刊"！

（岳凯华、卢付林执笔）

第二节 "文学"与"生活"的契合

2018年是周立波诞辰110周年，湖南人民出版社2017年12月整理出版了一部《周立波文艺讲稿》。我们知道，周立波在中国现当代文学史上身兼着革命战士与文艺创作者的双重身份，这主要源于他始终把马克思主义和毛泽东文艺思想作为自己文学创作的指南针，将党和人民的生活视为他创作的唯一源泉。周立波的文艺思想和文学作品所张扬的人民群众观和革命精神，是抗战时期人民群众的精神支柱，同时还引导了一大批文艺创作者走向了正确的创作道路。但"当前，文艺界也有一些同志对周立波的文学成就、文学道路及其在文学史上的地位，并没有充分的认识并给予正确的评价，甚至有'边缘化'周立波的倾向"①。周立波的文艺思想和文学作品，在社会文化多元化大潮的冲击下遭遇了被忽视和被"边缘化"的危机，在中国现当代文学史的版图上面临着领地丢失的窘境。因此，对周立波文学道路和文艺思想内涵的深入研究，发掘其文艺思想及作品中所蕴含的深层

---

① 周立波.周立波文艺讲稿［M］.长沙：湖南人民出版社，2017：189.

次的时代精神，成为当下文艺界一项重要工作。

《周立波文艺讲稿》作为一部整理和收录了"周立波先生在新中国成立后至去世前，在各种会议、讲座上的发言、讲演、报告"①的书稿，它的出版对于文艺界重新正确审视周立波的文艺思想将起到重要的学术参考价值。正如胡光凡在该讲稿的校编手记里写道："这部书稿可算一部相对完整的周立波关于文艺问题的讲话全集（不包括论文）。它是研究周立波文学创作和文艺美学思想的一份重要资料，也开拓了一个新的窗口。"②翻看全书，我们"从这些文稿中可以真实地了解周立波先生的为文、为人、为学"③。可以说，该讲稿基本上囊括了周立波为人、做事、文艺创作等各个方面的内容，是他一生文艺思想和文学创作理论的集中体现。在周立波文艺思想的表达中，我们感受到了一位无产阶级文艺创作者对党的事业的赤子之心，对人民群众生活的关心，以及对文艺创作的真知灼见。从这些文稿中，我们发现周立波通过在文学创作中实现"文学"与"生活"两者之间的圆融，从而创作出了代表党和人民的一系列文学作品，如《暴风骤雨》《山乡巨变》《铁水奔流》等文学经典。这些作品涵容的无产阶级文艺思想观，在当代主流意识的建构中依然迸发出巨大的生命力。

一、生活是文学创作的唯一源泉

生活是文学创作的唯一源泉，这是毛泽东《在延安文艺座谈会上的讲话》里提出的一条重要文艺理论，它成为周立波一生文学创作的转折点。在学习了《在延安文艺座谈会上的讲话》之后，周立波将人民群众的生活作为自己文学创作的唯一源泉，他同时鼓励其他文学艺术创作者应该建立属于自己的文学生活基地。周立波认为人民群众的生活里蕴含着无限丰富的文学宝藏，值得文学创作者不断地熟悉和挖掘。他鼓励文学创作者没事

---

① 周立波.周立波文艺讲稿［M］.长沙：湖南人民出版社，2017：序1.
② 周立波.周立波文艺讲稿［M］.长沙：湖南人民出版社，2017：186.
③ 周立波.周立波文艺讲稿［M］.长沙：湖南人民出版社，2017：序1.

就应该多去人民群众的生活里走走，和人民群众打成一片，从而使自己的创作能够一直保持丰厚而鲜活的文学创作素材。

《周立波文艺讲稿》整理和收录的周立波关于生活所提出的相关理论，构成了周立波文艺思想极为重要的一部分。在各类会议报告、谈话录、讲演等文章中，周立波时刻都在强调和突出生活对文学艺术创作的重要性。周立波提到自己创作《暴风骤雨》用了三年，创作《山乡巨变》用了五年。他用这些时间，进行着创作前的准备工作。他创作前的准备工作"不是坐在房子里看书，看材料，而是下乡去生活"①。周立波认为文学艺术创作者在创作前，都需要与生活接触很长一段时间。创作者只有对生活有了胸有成竹的熟悉度之后，才可以从事后面的文学创作。只有建立在对生活熟悉的基础上，文学创作者才能在创作过程中实现对生活的如实反映，才可以创作出人民群众喜闻乐见的文学作品。在《〈暴风骤雨〉是怎样写的》一文中，周立波提道："我早想写一点东西，可是因为对工农兵的生活和语言不熟不懂，想写也写不出来。"②周立波将生活作为文学艺术的源泉，在他看来，阁楼里的创作不是文学创作者应有的姿态。文学创作者应该多到下面去走走，人民群众的生活才是文学创作的宝藏。如周立波在创作长篇小说《暴风骤雨》《山乡巨变》等作品时，都曾有过很长一段与农民群众完全打成一片的下乡生活。这也使得我们在阅读周立波的小说时，能够欣赏到小说中那些妙趣横生而又实实在在的农民生活片段和一段段富有乡土味道的农民对话。又如周立波修改小说《铁水奔流》的过程，也是他不断深入工人生活的过程。在《谈创作》一文中，周立波提及："从事创作的人最重要的条件是要有丰富的生活经历，和对于人的广泛和深刻的观察，然后就是动手多练笔。"③同时，在《作家深入生活的方式与写作题材的多样化》一文中，周立波在文艺创作者如何深入生活的问题上，具体概括出

---

① 周立波.周立波文艺讲稿［M］.长沙：湖南人民出版社，2017：61.
② 周立波.周立波文艺讲稿［M］.长沙：湖南人民出版社，2017：1.
③ 周立波.周立波文艺讲稿［M］.长沙：湖南人民出版社，2017：61.

了中西方文学大家与生活接触的方法。他也指出："作家采取哪种生活方式，领导不要管得太死，应给他们一些回旋的余地。"①

《纪念〈在延安文艺座谈会上的讲话〉发表二十周年》这篇报告文，集中体现了周立波对于生活是文学创作的唯一源泉的认识。在报告中，周立波重点分析和肯定了毛泽东《在延安文艺座谈会上的讲话》中所提出的人类的社会生活是文学艺术的唯一源泉的理论。他认为，"从理论上总结这个经验，明确地指出人类社会生活是文艺唯一的源泉，此外没有第二个源泉的，却是毛泽东同志的这个《讲话》"②。在这篇纪念毛泽东《在延安文艺座谈会上的讲话》的文章中，周立波还检讨了自己在鲁艺（鲁迅艺术学院）教学的那段脱离人民群众生活的日子，提出文学创作者在进行文学创作时应该摒弃"关门提高"的错误做法。周立波认为那些年事稍高作家的搁笔行为，并不是他们"江郎才尽"了，而是他们"原先有才的，现在依然有才情，只是生活的水流干涸了，没有去寻觅源泉"③。

周立波关于生活是文学的源泉问题，还涉及对观察生活的论述。周立波认为，那些有了生活经历却写不出东西的作家，主要是由于"他们到了工厂和农村，既不观察，也不研究，既不体验，也不分析"④。周立波鼓励文学创作者多多接触人民群众的生活，但不是走马观花式的，而是要建立长时间的细致观察，文学创作者"到了农村和工厂，要动脑筋，要用眼睛、耳朵、鼻子和一切感官去体验一切形式的生活"⑤。只有对生活有了细致的观察，文学创作者才能够在文学创作中融会贯通地使用社会这本丰富的大书，从而使其创作的文学作品"具有灿烂夺日的生活的光彩"⑥。在《素材积累及其他——在读书会上漫谈创作的一段》中，周立波以木刻家古元的

---

① 周立波.周立波文艺讲稿［M］.长沙：湖南人民出版社，2017：74.
② 周立波.周立波文艺讲稿［M］.长沙：湖南人民出版社，2017：77.
③ 周立波.周立波文艺讲稿［M］.长沙：湖南人民出版社，2017：78-79.
④ 周立波.周立波文艺讲稿［M］.长沙：湖南人民出版社，2017：81.
⑤ 周立波.周立波文艺讲稿［M］.长沙：湖南人民出版社，2017：81.
⑥ 周立波.周立波文艺讲稿［M］.长沙：湖南人民出版社，2017：85.

新颖的观察生活方法为例，指出木刻家古元之所以创作了自然而结实的文学作品，是建立在他对生活独特观察的基础上。周立波认为，"小说是创作，是要虚构的，但虚构的情节要自自然然，揆情入理，并且跟历史环境大致合拍，这样才能富有感染力"①。文艺创作要实现将生活自然地融入文学中，光有生活这一实际存在体是不够的，还要寻找有个人特色的生活观察法。

周立波指出："从事创作，每个人都要培养自己的土壤，把自己栽在土壤里面。"②周立波对生活是文学创作的唯一源泉理论有着自己独特的理解，这对中国当下文坛格子间的网络写作严重脱离实际生活，以及一些文学作品多华而不实内容的文学创作现状予以了深刻鞭策。正如周立波提出的"文学就不然，文学的园土是在人民生活里。作家必须长期扎根在人民生活的肥土里，才会有出息"③，因此，文学只有深入人民的生活，才可以创作出具有深刻思想内涵的作品，才能使文学成为时代忠实的反映者。

二、政治是构筑文学的第一标准

文学服务于政治，主要突出强调了文学的现实性。文学的政教功能是对中国古代"诗以言志""文以载道""不平则鸣"等古代文论思想的继承与发扬。如学者旷新年在《20世纪文艺与政治的关系》一文中指出，"把文学作为政教的工具在中国传统的文学观念中长期居于主流的地位"④，"中国文学不仅自古以来就与政治有着密切的关系，而且甚至把文学视为现实政治状况的体现和反映，这是中国文学明显地区别于其他民族的地方"⑤。周立波继承中国传统文学突出强调政治标准的传统，并且用自己的文学创作实现了对时代的现实性反映。如他在报告文学《晋察冀边区印象记》序言里写道："现在是同胞们磨剑使枪的时候，我不愿拿我的无力的文字来

---

① 周立波.周立波文艺讲稿［M］.长沙：湖南人民出版社，2017：101.

② 周立波.周立波文艺讲稿［M］.长沙：湖南人民出版社，2017：95.

③ 周立波.周立波文艺讲稿［M］.长沙：湖南人民出版社，2017：99.

④ 旷新年.20世纪文艺与政治的关系［J］.文艺理论与批评，2013（3）：49-64.

⑤ 旷新年.20世纪文艺与政治的关系［J］.文艺理论与批评，2013（3）：49-64.

糜费读者的时间。但这时代太充满了印象和事实，哀伤与欢喜，我竟不能自禁地写了下面这些话，希望不全是无谓的空谈。"[1]他的文艺思想和文学创作原则，基本上也遵循了政治标准要优先于艺术标准的准则。周立波认为，文学如果"从意识中消散了'社会的东西'，因而在作品中只是努力处理着个人的生物学的激动的要素——性和死，是没落艺术中的最显著的特质"[2]。周立波所赞同的文学艺术应该包含现实性和时代性的特质，只有把政治标准摆在文学创作的第一位，才可以反映出一个时代的真实面貌。"艺术是不能离开政治而独立的，脱离了实际生活的艺术也是不存在的，实际生活是什么样，你反映到文学上就是什么样的生活，当然也要加工。"[3]

《周立波文艺讲稿》收录了周立波1966年在湖南省青年业余文学创作积极分子大会上的总结报告——《湖南省青年业余文学创作积极分子大会的总结》。在这篇报告里，周立波具体谈到了政治与艺术的关系问题。对于政治与艺术两者的摆法和关系问题，周立波非常明确地指出："政治是第一位的，艺术是第二位的，不摆清楚就很容易出问题，很多人都在这里出了问题。"[4]同时，周立波在《文艺的特性》一文中，也提及了自己对文学与政治的看法。周立波指出，"一切文学史上有名的作品，不论是浪漫的或写实的，甚而至于'古典主义'的，都有浸透着政治及一切意识形态的特质"[5]。周立波认为文艺应该为政治服务，也必须为政治服务。而周立波这种带有强烈个人主观色彩的文艺政治观的形成，可以追溯到他生活的那个时代。

周立波生活的时代，是中华民族饱受外敌入侵，整个民族陷入一片黑暗之中的时期。在周立波行军的日子里，他目睹了整个中国遭受的民族分裂与日寇的肆意践踏，以及民众生活的水深火热。"日寇在华北到处放火、

---

① 周立波.周立波文集：第4卷［M］.上海：上海文艺出版社，1984：5.
② 周立波.周立波选集：第6卷［M］.长沙：湖南人民出版社，1984：45.
③ 周立波.周立波文艺讲稿［M］.长沙：湖南人民出版社，2017：148.
④ 周立波.周立波文艺讲稿［M］.长沙：湖南人民出版社，2017：147.
⑤ 周立波.周立波选集：第6卷［M］.长沙：湖南人民出版社，1984：11.

抢劫、奸淫、掳掠，把农民的小米烧成了伤心的焦炭。"①"这古老的山西，也饱尝了敌人的血劫。"②"强暴残忍的日寇不被赶走的时候，我中华民族全体人民都没有生路。"③于是，对中华民族苦难的书写，成了周立波文艺思想和文学创作的重要组成部分。在周立波的意识形态里，民族的复兴与强盛是进行文学创作的前提条件，"要先有独立的祖国，然后才有欢快的个人生活"④。外敌的入侵和国家面临的生死存亡，使得周立波做好了为国家与民族的复兴时刻献出自己的准备。他在信中写道："我打算正式参加部队去。烽火连天的华北，正待我们去创造新世界。我将抛弃了纸笔，去做一名游击队员。我无所顾虑，也无所怯惧。"⑤这种对抗战的积极和发自内心深处的宣言，是周立波对正在经受敌军蹂躏的祖国炽烈情感的自然流露。那个凸显政治第一、强调文学为抗战服务的特殊时代背景，是衍生周立波"政治是构筑文学的第一标准"的文艺观的社会契机。因此，从时代的角度出发去理解周立波将政治作为构筑文学的第一标准的文学理论，有其存在的合理性和必然性。

周立波在《〈暴风骤雨〉的写作经过》中写道："我以一个普普通通的文艺战士，在马克思列宁主义和毛泽东思想的熏陶之下，反映了这无比丰富的现实斗争生活的一个小角落……今后，在党的领导之下，我要更加奋发和努力，希望能够用文艺的武器为中国人民的幸福，和世界人民的解放，更好地服务。"⑥故周立波用自己的文学创作反映那个时代残酷的现实生活，从而服务于整个民族和国家，这彰显了他作为一名人民文艺创作者对祖国深沉的爱。

---

① 周立波.周立波文集：第4卷［M］.上海：上海文艺出版社，1984：60.
② 周立波.周立波文集：第4卷［M］.上海：上海文艺出版社，1984：149.
③ 周立波.周立波文集：第4卷［M］.上海：上海文艺出版社，1984：87.
④ 周立波.周立波文集：第4卷［M］.上海：上海文艺出版社，1984：148.
⑤ 周立波.周立波文集：第4卷［M］.上海：上海文艺出版社，1984：214-215.
⑥ 周立波.周立波文艺讲稿［M］.长沙：湖南人民出版社，2017：14.

三、艺术技巧是生活文学化的桥梁

从某种程度上来说，生活是一种客观存在，文学是人的主观意识形态的一种外显方式。因此，要将生活中包罗万象的客观事物，运用主观化的手法实现生活的文学化，又要避免照相式地把生活的方方面面都放进文学作品里，则需要运用一定的艺术技巧将生活艺术化。周立波虽然是一个将政治标准放在文学创作首位的文艺思想家，但我们不能因此就简单地认为周立波在文学创作中不重视对艺术技巧的运用。周立波认为："一个作品光有政治，没有艺术，是不能抓住人的。"①"文艺是带着'花瓶'性质，一定要写得美，让人看到政治思想的意义外，还能得到美的享受。"②因此，周立波将生活文学化的过程，是他文学艺术手法运用不断成熟的过程。

周立波认为，"艺术是生活的反映，是现实的再现，但决不是照抄，更不是单纯的照相"③。这其实表现了他对文学创作中文学典型艺术观的重视。文学典型的塑造，是衡量一部文学作品是否成功的重要评判标准之一。从这些文学典型的身上，我们可以观察到一个时代人民生活的全貌，以及当时社会的发展现状。如周立波在《谈阿Q》一文中指出，"鲁迅感受了他的时代特征，而且把它画成了一个生动的阿Q的肖像，和辛亥革命的一幅真实的图画"④。周立波认为，"一般的说，典型化的程度越高，艺术的价值就越大"⑤。他用自己的创作，为我们塑造了一个又一个反映时代的文学典型。如《暴风骤雨》中的老孙头、赵玉林形象，《山乡巨变》中的邓秀梅形象，《铁水奔流》中的李人贵形象，以及周立波在其报告义学中所塑造的一系列抗日英雄形象，如田守尧、王震、张振海等革命烈士。

在《周立波文艺讲稿》中具体牵涉到周立波关于文学典型观论述的文章，

---

① 周立波.周立波文艺讲稿［M］.长沙：湖南人民出版社，2017：127.
② 周立波.周立波文艺讲稿［M］.长沙：湖南人民出版社，2017：93.
③ 周立波.周立波文艺讲稿［M］.长沙：湖南人民出版社，2017：168.
④ 周立波.周立波选集：第6卷［M］.长沙：湖南人民出版社，1984：207.
⑤ 周立波.周立波文艺讲稿［M］.长沙：湖南人民出版社，2017：7.

主要有《怎样做个通讯员》《关于人物塑造和短篇创作等问题》《谈谈剧本创作》。从这些文稿中，我们看到了周立波对于文学创作中典型人物的理论性阐述，以及他在具体文学创作过程中对典型人物塑造的自我创作体验。关于塑造文学典型，周立波指出，"作家要刻画一个人物，必须要把很多同一类型的人物的特性，加以仔细的观察和研究，然后集中写成一个典型，像曹雪芹的写林黛玉，施耐庵的写鲁智深，鲁迅的写阿Q一样"①。如对《铁水奔流》中李大贵形象的塑造，周立波就糅合了钳工和肃反英雄这两类工人身上散发的特性。在《怎样做个通讯员》一文中，周立波认为文学典型的塑造，离不开作家对生活的观察。周立波指出，一些通讯员在创作的过程中苦于在生活中找不到典型，这主要源于他们不懂得做一个生活的有心人。周立波通过列举一些生活中普通的事例，告诉通讯员现实生活中随处都有典型的存在："工人和工人之间，有共同的地方，也有不同的地方。工人中间，有血统工人，也有刚刚做工的，仔细观察一个类型的工人，就可以看出那个类型的工人的典型。"②周立波还特别强调对生活的观察，他认为观察是一个文艺创作者的重要文学素养。我们要观察生活中的一切人、事、物。只有对生活有了深入而细致的观察，才能在进行文学创作时轻松很多。

周立波将生活文学化，还突出表现在他对方言土语文学化的理解上。《周立波文艺讲稿》收录了大量周立波关于文学创作与语言运用问题理解的篇什。如《〈暴风骤雨〉是怎样写的》中关于农民语言问题的阐述，周立波以具体的农民语言的实例，指出了农民语言的形象化和简练、对称、有节奏、有韵脚等特点。在《关于写作》中，周立波提出了"学会运用劳动人民的语言必能改革我们的文体"③。在《纪念〈在延安文艺座谈会上的讲话〉发表二十周年》中，周立波指出，"社会是一本丰富的大书，部分地加以精读，就能使你的作品具有灿烂夺目的生活的光彩"④。在《关于

---

① 周立波.周立波文艺讲稿［M］.长沙：湖南人民出版社，2017：13.
② 周立波.周立波文艺讲稿［M］.长沙：湖南人民出版社，2017：19.
③ 周立波.周立波文艺讲稿［M］.长沙：湖南人民出版社，2017：10.
④ 周立波.周立波文艺讲稿［M］.长沙：湖南人民出版社，2017：85.

〈山乡巨变〉答读者问》的谈话录中，周立波就读者提出的对文学作品应如何运用语言的问题，发表了自己关于文学语言的见解。周立波提出，要使文学创作中的方言土语的运用能够被普遍的大众所熟知。他以自己的创作体验总结出三个办法："一是节约使用过于冷僻的字眼；二是必须使用估计读者不懂的字眼时，就加注解；三是反复运用。"[①]方言土语与人民群众的生活有着深刻的联系，通过这些本土化的语言，有利于我们更好地了解中国不同地区人民的生活习俗和他们的性格特征。周立波指出，"方言土语是广泛流传于群众口头的活的语言，如果完全摈弃它不用，会使表现生活的文学作品受到蛮大的损失"[②]。同时，由于方言土语的难以理解和普通话的普及，各地区的方言土语逐渐被有着现代化思维的社会大众所抛弃。因此，周立波运用方言土语的三种方法，在延续方言土语的生命力上发挥了很大的作用。这三种方法也很好地解决了农民生活与文学之间的衔接，使普通读者能够更为深入地了解不同地区人民的生活和习俗。在《回答青年写作者——在〈中国青年报〉青年写作者学习会上谈话的一部分》中，周立波以风趣幽默的方式，论述了"学生腔"和农民口语之间的差别问题。周立波指出，"文学是语言的艺术。我们应该细心地研究祖国的语言，特别是劳动人民的口语。要尽可能少用缺乏活力的'学生腔'"[③]。

　　周立波对"文学"与"生活"契合问题的思考，是他个人文艺思想体系不断完善和成熟的过程。他对这一问题提出的相关理论，对当下中国文坛建构主流意识形态的文学观有着重要的现实意义。而《周立波文艺讲稿》中收录和整理的周立波谈话、报告、讲演等文章，基本上都是根据周立波本人的手写稿整理而成。那些文章，尤其是未公开刊发过的文稿，为文艺界重新认识和深掘周立波文艺思想提供了更为翔实的资料来源。正如夏义牛在《周立波文艺讲稿》序言中所写的："周立波先生过去是、现在是、

将来也仍然是湖南文艺的一面旗帜。"①因此,《周立波文艺讲稿》的整理与出版,为文艺界以一种正确的文学观重新审视周立波文艺思想在中国当代文学史上的地位,开拓了一个新的窗口。

(岳凯华、杨景交执笔)

第三节 农村题材的全新诠释与小说史书的独特撰述

在学术研究理论和学术视角日益多元化的当下,中国现代文学这一段辉煌的历史被不同时期的学者从不同的角度用不同的体例进行过各种各样的不同书写。有学者曾对已经正式出版或公开发表的各类型中国现代文学史做过统计,约达500多部,其中尚不包括各种内部印行的史著。在这份统计目录中,文学史体例大约有通史、断代史、文体史、阶段史、区域史、文学思潮史、流派史等,这大体符合当前学术界的文学史写作状况。但是,在众多文学史中还有非常值得关注的一类,那就是现代中国文学题材史。

其实,在中国现代文学史写作实践中,已经出现过各种不同题材的文学史,如蒋风主编的《中国儿童文学发展史》(现代部分)、朱德发主编的《中国现代纪游文学史》、陈继会等的《中国乡土小说史》、王维国主编的《河北抗战题材文学史》、范伯群主编的《中国近现代通俗文学史》、朱小平的《现代湖南女性文学史》、王向远等的《中国百年国难文学史》等一系列不同题材的小说史,但以农村题材为关键词的各类型文学史书尚未见到,这不能不说是现代中国文学研究领域的重大缺失。因为中国作为农业大国的历史相当悠久,农村的历史变革和农民命运的变化就成为社会发展、国家兴衰变

---

① 周立波.周立波文艺讲稿[M].长沙:湖南人民出版社,2017:序2.

化的关键。就文学创作而言，即使在急剧的城市化浪潮中，农村题材依然是现代中国作家笔下非常重要的领地。自1917年已降的中国现代文学，在鲁迅先生关于"未庄"和"阿Q"的叙事中就早已开始了有关农村的述说。此后30余年的中国现代文学史长河中，农村题材小说占据着绝对的主导地位，关注农民和农村始终是文学创作和文学研究者义不容辞的责任。

然而，进入21世纪以来，随着城镇化建设的大力推进，农村题材对于创作者和研究者而言，已不再是一个讨巧和热门的话题，在新时期的各种文学史中亦鲜有集中关注农村题材的文学史书写。而程凯华教授却怀着赤子之心，秉承严谨求实的学术态度，对农村题材小说进行不懈的整合研究，取得累累硕果。他与李婷的著作《中国现代农村题材小说史（1917~1949）》在2015年由中国文史出版社出版了，如今已摆在笔者的案头，沉甸甸的，透着墨香。

一、主题定位非常清晰

打开墨香浓浓的《中国现代农村题材小说史（1917~1949）》，第一印象是主题定位非常清晰。

这是一部评析从1917年文学革命到1949年新中国成立这一历史时期的农村题材小说史。该著对"农村题材小说"进行了明确的界定："所谓农村题材小说是以农村的现实、历史和农民的生活为题材的小说。这类小说通常描写独具地方特色的农村环境，农民的劳作、斗争、心理和民间生活习俗，刻画个性鲜明、栩栩如生而有典型意义的农民形象，反映不同历史时期农民的命运、理想和追求，揭示特定社会政治经济条件下的动向、经济形势、阶级对立和各种复杂的矛盾关系，凸现农村社会发展历程中的某些本质，歌颂农民的优秀品质和艰苦创业精神，也暴露其特定生产方式和认识范围的局限性。"[1]根据这一定位可清晰地看出，该著是要以马克思主义的美学观和历史

---

① 程凯华，李婷.中国现代农村题材小说史（1917~1949）［M］.北京：中国文史出版社，2015：前言1.

观对进入文学史书写的中国现代农村题材小说作家作品进行研究。

在文学史的出版物中，有学者关注到"农民"和"乡村"，比如陈继会的《中国乡土小说史》和丁帆的《中国乡土小说史》，但在这些文学史专著里面，著者着眼的视角是"乡土"而非"农村"。鲁迅在《〈中国新文学大系〉小说二集序》中就首次提出"乡土文学"概念："蹇先艾叙述过贵州，裴文中关心着榆关，凡在北京用笔写出他的胸臆来的人们，无论他自称为用主观或客观，其实往往是乡土文学。"茅盾在《〈中国新文学大系〉小说一集导言》中则用了"农村小说"或"农民小说"的提法。"乡土小说"和"农村题材小说"二者之间既有交叉，又有不同，其界限有待澄清。有学者认为，"乡土"和"农村"的共同指涉对象都是中国乡村，但不同的称谓却意指不同的社会、历史和文化内涵。从字面上理解，"农村"中的"农"是对生活方式和经济形态的强调，"乡土"中的"乡"则凸显一种情感的指涉。二者针对相近对象的使用，大致可以视为前者倾向于理性的分析，而后者则近于一种感性的把握。程凯华就是以一种理性的把握方式来统筹30余年的中国现代农村题材小说史。

二、体例新颖，开创了一种以史带论、史论结合的书写方式

本专著分为三大部分，按照学术界公认的三分法将1917年到1949年间的农村题材小说分为三个十年进行研究，这本无新意，但该著的每一部分在具体作家分析之前都有一个概述，概括描述该历史阶段农村题材小说创作的全貌，相当于每一个十年的农村题材小说简史，这就大大方便了读者在阅读学习之前对于这一时期的农村题材小说史全貌有一个大致的了解和把握，理清头绪。三节概述串联起来阅读，就是一部中国现代农村题材小说发展简史。在概述之后，又分章分节具体深入地评析了自鲁迅开始的系列经典农村题材小说作家，包括蒋光慈、茅盾、叶紫、叶绍钧、王统照、王鲁彦、柔石、罗淑、丁玲、萧军、萧红、赵树理、孙犁、沈从文等

几十位重要作家，用辩证分析的方法深入分析了他们经典之作的思想意义、艺术成就、创作个性、艺术风格、美学价值及其深远影响，也不讳言某些作家作品的局限和缺陷，眼光独到，视野开阔。这种以史带论、史论结合的书写体例使得整部文学史脉络清晰，给后来的研究者提供了很好的借鉴，也使得整部著作呈现出全面性与系统性。

三、内容翔实，观点鲜明

一部以1917年到1949年间的农村题材小说为研究对象的小说史，关涉内容非常厚实丰富。在这些丰富多彩的内容中，选择哪些作家作品进入文学史，体现了史家独特的学术观点和学术视角，对于进入文学史的作家作品持一种怎样的批评态度，更显史家的学术功底和涵养。许怀中先生曾说，"著文贵新奇，著史须稳健"，本专著则是"新奇"与"稳健"并重，在每一部分的概述中，著者力求稳健，线索清晰，在具体的作家作品论述中，则"稳中求异"。在《中国现代农村题材小说史（1917~1949）》里面，著者对于所选作家作品都有自己清晰明确的观点。首先认为入选文学史的作家作品必须是"经典传世之作"。其次重要作家重点分析。比如鲁迅、赵树理、沈从文等都列专章来分析，观点鲜明、新颖，如评价鲁迅先生为"中国现代农村题材小说创作的开拓者"，评价赵树理为"描写农村生活的'铁笔''圣手'"。鲁迅、赵树理等作家的创作侧重现实和客观世界，呈现出典型的现实主义风格；沈从文等作家的创作则注重表现人性和内心世界，体现了浪漫主义色彩。这两人类农村题材作品形象地反映了新旧之交中国农村的历史变革，真实地表现了新旧之交中国农民的生存状态。

四、研究方法得当

全书采用了比较研究的方法。比较研究方法将思想倾向、艺术风格相似或相异的作家作品加以比较，并且从中提炼出某些艺术创作规律，把作家研究与作品欣赏结合起来，具体到本专著，则可以看到著者既有纵向比较研究又有横向比较研究。纵向比较研究可以比较同一事物在不同时期的形态，从而认识事物的发展变化过程。比如农村题材小说研究必须要涉及农民形象的分析。在历史不断向前发展的过程中，社会也会不断地发展，农民形象在不同的历史时期会有与之相适应的变化与发展。比较20世纪20年代鲁迅笔下的农民形象，30年代"左联"时期以茅盾与叶紫为代表的作家笔下的农民形象，以及40年代解放区以赵树理、孙犁为代表的作家所塑造的农民形象，可清晰看到新老农民随时代发展出现的更替、发展和变化，并借此把握时代的变化与发展。运用横向比较的方法可研究同一时期、同一题材现象中不同作家的不同叙事特点。比如文学研究会的"乡土文学派"，茅盾、叶紫、叶绍钧等人的"丰灾"小说，柔石、罗淑的"典妻"小说。通过横向比较研究这些作品的异同及其独特性，既可以看出这些作家的独特贡献，也可以看出研究者独特的研究视角。

五、治学严谨，令人钦佩

大部分人在退休后的岁月里含饴弄孙、颐养天年，关注养生和健康，而本专著第一作者程凯华教授退休以后，先后主编了《中国新文学史》和《中国新文学作品选》两部教材，还出版了专著《璀璨的巨星——中外名家论名家》。时隔三年，又带着青年学者李婷一起出版了这部30多万字的《中国现代农村题材小说史（1917~1949）》。可以说在他的字典里，没有退休两个字，他一直活跃在学术研究的前沿，给学界提供源源不断的资源。据笔者所知，他的书稿都是自己一个字一个字地在电脑上用"一指法"敲出来的，因为治学严谨，不愿假他人之手。在初稿出来后，又用了一年多时间反复修改，补充资料。尽管年事已高，但他为了让书稿精益求精，不断查找第一手资料是常有的事，甚至为了一个观点反复求证，或和同人讨论。这种治学态度本身就是一笔宝贵的财富，令人仰止。在书的样稿出来后，他亲自校对，出版社规定至多只能校对两次，他却校对了六次，以求尽量减少差错，同时还就封面设计和版式设计等出版事宜同责任编辑反复斟酌，但求精益求精。

站在21世纪回望过去的岁月，整个社会已经发生了翻天覆地的变化，城镇化进程随着挖掘机的阵阵轰鸣在快速推进，农村和城市的界限慢慢模糊，农村成了很多人再也回不去的故乡，农村题材小说在当下已经不再是一个热门话题，用一本文学史记录曾经辉煌的历史，无疑是对这段岁月一个最好的纪念。而我们有理由相信，在以后的岁月里，程凯华教授定将老当益壮，继续带给我们惊喜，展现他老有所为的"花样年华"！

（岳凯华执笔）

第四节　学术领域的坚守与年谱撰写的示范

周立波是中国现当代著名作家，他创作的《暴风骤雨》和《山乡巨变》一直为读者所喜爱，成为中国现当代文学史上不可多得的红色经典。然而，长期坚守从事周立波研究的学者却不多见，除老一辈学者胡光凡[①]、庄汉新[②]和中青年学者佘丹清[③]之外，邹理是其中非常勤奋的一位年轻女学

---

① 胡光凡：湖南益阳人，历任湖南日报社编辑、记者，湖南省社会科学院文学研究所副所长、所长、研究员，湖南省文联第五届委员，湖南省作家协会第四、第五届理事。他的周立波研究主要著作有《周立波研究资料》（合编）、《周立波评传》、《中国现代作家评传·周立波》、《战士、作家、学者：首次周立波学术讨论会论文选》（合编）等。

② 庄汉新：江苏徐州人，九三学社成员，中国矿业大学社科系副主任、文学与法政学院院长、教授。他的周立波研究主要著作有《周立波生平与创作》《周立波新论》等。

③ 佘丹清：湖南桃源人，湖南文理学院科研院院长、教授，文学博士，中国作家协会会员，湖南省美育学会副秘书长，湖南省文学评论学会副会长。他的周立波研究主要著作有《湖南现当代小说家论》《无序的延宕：湖南现当代小说创作历史与精神走向》《转换与坚守：周立波文学创作研究》等。

者。自2008年以来，邹理先后主编过《百年周立波》①和《周立波评说——周立波研究与文化繁荣学术研讨会文集》②等文集，并在博士论文的基础上出版了学术专著《本土经验与世界眼光——周立波与外国文学》③。如今，又由上海人民出版社出版了她主持的2016年国家社科基金后期资助项目成果《周立波年谱》，可见其对周立波研究的钟情和专注。这一新著在学界大多注重周立波小说创作成就的阐发和论说而对作者本人生平事迹以年谱方式详尽勾勒和描述的研究成果尚不多见的语境中，更显得独特和重要。也就是说，在《周立波年谱》之前，虽然尚有庄汉新1981年至1982年在《徐州师范学院学报》上刊登的《周立波创作年谱》④和胡光凡、李华盛主编的《周立波研究资料》中类似年谱的"周立波著译系年"⑤，甚至有了周立波的传记如胡光凡的《周立波评传》⑥，但事实上，专门的周立波年谱目前学界基本上还没有。当然，已经出现的这些学术成果自然成为邹理完成《周立波年谱》的重要资料基础，但作者也在前人的研究基础上对于周立波研究有了新的路径开掘。

关于作家年谱的重要性，学界早有论说和强调。比如，陈思和在给"《东吴学术》年谱丛书"作序时说："编制年谱，功在三个方面：一是详细考订谱主家世背景、个人遭际、思想著述、亲友关系等史料；二是对于谱主经历的历史事件的深入探究；三是对其人其书的整体研究的推进。"⑦

① 邹理，姚时珍.百年周立波［M］.长沙：湖南教育出版社，2008.

② 邹理.周立波评说：周立波研究与文化繁荣学术研讨会文集［C］.武汉：长江文艺出版社，2013.

③ 邹理.本土经验与世界眼光：周立波与外国文学［M］.上海：上海人民出版社，2018.

④ 庄汉新.周立波创作年谱［J］.徐州师范学院学报，1981（4）：48-54；庄汉新.周立波创作年谱（续完）［J］.徐州师范学院学报，1982（1）：68-73.参见庄汉新.周立波生平与创作［M］.北京：光明日报出版社，1985：225-250.

⑤ 胡光凡，李华盛.周立波研究资料［M］.长沙：湖南人民出版社，1983：553-590.

⑥ 胡光凡.周立波评传［M］.长沙：湖南文艺出版社，1986.

⑦ 陈思和.序言［M］//刘琳，王侃.余华文学年谱.上海：复旦大学出版社，2015：序言1.

而武新军在《关于中国当代重要作家年谱编撰的几点想法——以〈韩少功研究资料〉为例》中也提道："成功的'年谱'，在叙述谱主的家世、履历、交友和创作时，要尽可能'详尽细致'……其次，年谱对作家履历的介绍，还要尽可能'宏博'……第三，年谱在叙述作家的履历时，要善于'选精择粹'，而不要变成对作家生活起居的烦琐记载……第四……严格按照年、季、月、旬、日的顺序展开叙述……好的作家年谱，应该具有目录索引的功能。"[①]事实上，21世纪以来，有关中国现当代作家的年谱成果也出版了不少[②]，但邹理于2020年7月在上海人民出版社出版的这部《周立波年谱》

① 武新军.关于中国当代重要作家年谱编撰的几点想法：以《韩少功研究资料》为例［J］.文艺争鸣，2013（10）：6-12.

② 举其要者有：商金林.叶圣陶年谱长编：第4卷［M］.北京：人民教育出版社，2005；胡宗刚.胡先骕先生年谱长编［M］.南昌：江西教育出版社，2008；曹聚仁.鲁迅年谱（校注本）［M］.北京：生活·读书·新知三联书店，2011；廖久明.高长虹年谱［M］.北京：人民出版社，2011；李桂玲.莫言文学年谱［M］.上海：复旦大学出版社，2014；陈星.丰子恺年谱长编［M］.北京：中国社会科学出版社，2014；柳亚子，等.苏曼殊年谱及其他［M］.上海：上海科学技术文献出版社，2014；闻黎明，侯菊坤.闻一多年谱长编：全2卷［M］.修订版.上海：上海交通大学出版社，2014；姚奠中，董国炎.章太炎学术年谱［M］.太原：三晋出版社，2014；张光芒，王冬梅.铁凝文学年谱［M］.上海：复旦大学出版社，2014；张旭，车树昇景.林纾年谱长编：1852—1924［M］.福州：福建教育出版社，2014；何平.范小青文学年谱［M］.上海：复旦大学出版社，2015；黄乔生.台静农年谱简编［M］.郑州：海燕出版社，2015；梁鸿.阎连科文学年谱［M］.上海：复旦大学出版社，2015；刘琳，王侃.余华文学年谱［M］.上海：复旦大学出版社，2015；王文政.潘漠华年谱［M］.杭州：浙江工商大学出版社，2015；张学昕.苏童文学年谱［M］.上海：复旦大学出版社，2015；曹树钧.曹禺晚年年谱［M］合肥：安徽大学出版社，2016；李维音.李健吾年谱［M］.太原：北岳文艺出版社，2017；林甘泉.郭沫若年谱长编：1892—1978年　全5卷［M］.北京：中国社会科学出版社，2017；武新军，王松峰.韩少功年谱［M］.北京：中国社会科学出版社，2017；徐强.汪曾祺文学年谱［M］.上海：华东师范大学出版社，2017；邢小利，邢之美.陈忠实年谱［M］.西安：陕西人民出版社，2017；郦千明.沈尹默年谱［M］.上海：上海书画出版社，2018；廖述务.韩少功文学年谱［M］.上海：华东师范大学出版社，2018；郑锦怀.林语堂学术年谱［M］.厦门：厦门大学出版社，2018；张东旭.贾平凹年谱［M］.北京：中国社会科学出版社，2018；景李斌.欧阳予倩年谱［M］.北京：中国戏剧出版社，2019；王炳根.冰心年谱长编［M］.上海：上海交通大学出版社，2019.

依然别具风采。其考订事迹之详博，排定年月之细致，几乎以上要求全部达到。

一、谱主家世背景、亲友关系、个人遭际、写作著述史料的详细考订

《周立波年谱》补记中提到，邹理从事比较文学和周立波研究多年，并受到北京大学孟华教授治学严谨品质和法国年鉴历史学派的影响，这在该著中确有体现和反映。

该著采用了大量全新史料，对于文中需要进行说明、考证、补充、评述的史料都以按语形式严谨出现。作者细致考察了周立波生活、活动、写作的轨迹，挖掘出了更多的历史细节。

对周立波的家世背景，作者从其族谱着手，查询其祖上的具体信息，从其曾祖父一辈开始详细描述直系亲属的关系，以及何时搬来益阳定居，使读者能够对周立波的家庭背景、成长境况有基本的了解。

同时，该著对其亲友关系的调查也颇为详细。年谱中，作者将周立波的妻子、老师、好友的大致生平，以及他们与周立波相知、相识的原因和他们对周立波的影响做了细致解说，如该书第21页对周扬和周立波相识过程的描述。像周扬这样对周立波一生都产生了巨大影响的重要人物，在书中做出详尽叙说是题中应有之义，但即使是在周立波身边出现次数不多的人物如第23页写到的曾三，甚至只帮助过周立波一次的人物如第23页提到的张尚斌，作者也力所能及地对他们的生平做了大致概括。

此外，作者对于谱主个人遭际与写作著述的情况更是做了详细调查。作者在绪论第三部分写了一篇《周立波传略》，对全著来说有提纲挈领、统领全局的作用。在文中，作者把周立波的人生轨迹大致划分为上海、前线、延安鲁艺和鲁艺之后四个时期，对其个人遭际做了基本梳理。而在正文中，作者更是按年、月、日清晰罗列，以纵横交错的形式进行编年纪事。纵向方面，将周立波一生的动态历程、创作活动、工作过程、重大事

件等，按照逐年逐月逐日的顺序进行年谱编写；横向方面，记录周立波所处历史时代发生的与周立波有关的重大事件，展现出他的社交活动、思想变化和文学创作的宏阔的时代背景。至于写作著述，文中从周立波小学时对文学产生了浓厚的兴趣，到1929年以小妮为笔名在《申报·本埠增刊》发表首篇散文《买菜》后所写一系列散文和翻译作品，再到1941年6月6日发表短篇小说《牛（一）》对小说创作的初步尝试，最后到《暴风骤雨》《铁水奔流》《山乡巨变》等小说的出版，都记录得十分详细。即使周立波的一些零碎发表在杂志上的文章，作者也予以了广泛收罗，一一被记载其中。

二、周边人物评说、回忆谱主等材料的如实记录

在《当代作家年谱与当代作家研究》一文中，李雪说道："年谱在记述作家身世、家乡、早年经历等方面基本依凭作家自述，年谱记述作家的童年及青少年阶段时，他人的声音基本是消失的，作家自己的说法具有了唯一性，而作家的讲述多少带有在追忆中建构和修饰的成分。"[①]

其实，并不仅仅是当代作家的年谱如此，大多数并不完善的年谱都有此不足。而《周立波年谱》不仅以周立波的日记、创作、翻译、评论作品、来往信札等一手资料为主要依据，同时更为显著的特质是作者在按语中如实记录和呈现了大量与谱主周立波相关的其他人物的声音。

如沙汀对周立波一次又一次劝阻他迁往青岛、力劝他应留在上海坚持工作的回忆资料："直到我快要动身去车站了，他还又一次到我家里劝阻，力说我应该留在上海坚持工作。"[②]又如沙汀回忆起两人居住相隔不远的情形："一九三六年春我们都在辣斐德路住家，两个弄堂相隔不远，所以来往也较多。因为他一个人住，多半是我跑去看他。如果他刚写好一篇文章，我总会得到一份先睹为快的权利。有时读到一些充满机趣和有独到见

---

① 李雪.当代作家年谱与当代作家研究［J］.文艺争鸣，2019（12）：13-18.
② 邹理.周立波年谱［M］.上海：上海人民出版社，2020：42.

地的段落，我会忍不住停下来提谈两句，或者望他笑笑。于是他也紧接着咻咻咻地笑了，眉宇间流露出亲切、朴质的喜悦。"①

有了沙汀这样一些见证者发出的声音和提供的材料，就足以映现周立波正直、友善、倔强、亲切的为人个性。这种回忆性的声音和材料出现，使得关于周立波的生平史料既更为客观，也令读者更能从侧面了解周立波在其他人眼中的形象，从而对谱主的性格更为了解。

《周立波年谱》虽然少写谱主的私人生活，但在按语的补充中却呈现了与大众印象中不同的周立波，有公开场合、文坛活动中严肃发言的周立波，亦有私下与友人谈天说地的周立波。而周立波这些个性特点，恰到好处地通过年谱所收集的周边人物的评说等材料来体现，从而使这部年谱更加具有了人文色彩。

三、着意在宏阔的历史背景中审视谱主

清代史学家章学诚说过，年谱作为一种文体，"有补于知人论世之学，不仅区区考一人文集已也"②。也就是说，年谱不仅仅只是反映谱主一个人的文集，在其中更要反映谱主当时的生活经历、人际关系、文学创作情况，同时还应反映出当时的社会背景、文坛动态。

《周立波年谱》的作者深谙其味，她在绪论中说，"本谱着眼于对周立波的生活经历与创作成就的叙述，更注重考察周立波与社会文化环境之间的互动、互渗关系"，"通过透视周立波和历史时代之间的深刻关联，可以呈现出他所处的复杂的时代背影（景），并且可以通过周立波这个典型镜像，折射中国现代作家的文化性格和历史命运"。正是这种有意把谱主和历史时代联系起来的行为，使本书有了更高的文献价值和学术价值。

周立波作为现代文学史上的重要作家，又处于特殊的历史文化时期，

---

① 邹理.周立波年谱［M］.上海：上海人民出版社，2020：53.

② 章学诚.韩柳二先生年谱书后［M］//章学诚.文史通义新编新注.仓修良，编注.杭州：浙江古籍出版社，2005：558.

必然会受到当时特定的社会文化思潮影响。同时，作家的行为也会对当时的文化场产生一定的影响。因此，作者在撰写《周立波年谱》之际，绝不是孤立地从谱主入手，而是置其于中国现当代社会的整体格局中进行考察。

如周立波从原本的"两耳不闻窗外事，一心只读圣贤书"，到后面积极投身革命，就是受到周扬的影响。后又因蒋介石发动四一二反革命政变，怀有革命理想的周立波远赴上海准备投身革命。谱主这种人生经历，也反映了那个动荡时代的年轻读书人都或多或少受到政治变化的影响。

又如在周立波创作起步之时，他与周扬、沙汀、鲁迅、夏衍、艾芜、叶紫、舒群等人的交往，这些史料的详尽呈现足以彰显与文人的交往给周立波的创作带来的极大影响，这种作用对于从事创作的人们而言是有启示意义的。

作者不只是用史料再现社会对周立波的影响，而且也搜罗材料来体现周立波对时代、对文坛所产生的作用。如1935年12月周立波发表的论文《关于"国防文学"》，号召中国作家"建立崭新的国防文学"，这在文艺界引起轩然大波，日后更上升到了成为联结中国文艺工作者统一抗战的文学口号。

再如周立波描写土地改革的长篇小说《暴风骤雨》和描写合作化运动的长篇小说《山乡巨变》等，作者用了相当多的篇幅描述和论说了周立波的创作在中国新文学史上产生的影响，尤其别有见地地认为周立波的《暴风骤雨》与同时期丁玲所著的《太阳照在桑乾河上》在鲁迅、沈从文所建立和开创的两种乡土文学写作传统基础上，形成了乡土文学的第三种写作风貌。

总而言之，作者在年谱中较好地把握和呈现了周立波创作发生、风格转变的原因，努力凸显了周立波创作在中国现当代文学中产生的影响，反映了周立波所处时代的社会动态和文坛关系，可由谱主的人生轨迹映照和折射出其他作家的生活状态和当时文学创作的动向与文坛的氛围。

四、注重阐述地理空间的转换对谱主产生的影响

武新军在《中国当代作家年谱编撰的问题与对策》中强调年谱写作需要"注意到地理空间的转换对作家的影响",但对少数年谱写作的这种注意仅仅"局限于童年和少年时期"的空间颇有不满,认为多数年谱"由于缺乏明确的空间意识",从而"对作家行踪的阐释越写越少,尤其是作家成名之后,几乎很难看到地理空间(居住、生活、工作、写作)的转换对作家精神世界、文学创作的影响"[①]。对于这种不足,邹理的这部《周立波年谱》予以了弥补,在时间的横轴上和空间的纵轴上,巧妙地书写了谱主周立波随着时间的推移在地理空间上的各种转换,深入论说了这种地理空间的转换对于谱主人生所产生的影响。

周立波的一生,经历了20世纪30年代上海左翼文化运动、抗战文化活动、延安整风运动、八路军南下战斗、东北土地改革运动、新中国成立后农业合作化运动等重要阶段,这也决定了他不能做一个安于一方的作家。从他决定来到上海投身革命,就开启了他今后忙碌奔波的一生。因一·二八事变,周立波发起罢工而被捕入狱。1937年抗日战争全面爆发之初,周立波在华北担任八路军随军记者兼翻译,陪同美国进步作家史沫特莱到前线采访,从西安至山西。1938年,周立波陪同苏联塔斯社驻华军事记者瓦里耶夫去战地访问国民党高级将领顾祝同和共产党新四军副军长项英。1939年,周立波赴延安鲁艺教学。1944年,周立波参加八路军359旅南下支队,担任该部队司令部秘书。1946年,周立波到黑龙江省哈尔滨市尚志县(今尚志市)元宝镇领导土地改革,写下《暴风骤雨》。1951年2月到1954年,周立波先后三次去北京石景山钢铁厂深入生活,创作《铁水奔流》。1955年9月,周立波举家迁往家乡湖南益阳,推出长篇小说《山乡巨变》。

---

① 武新军.中国当代作家年谱编撰的问题与对策 [J].文艺研究,2020(3):76-86.

由此可见，周立波一生辗转多地。而在不同地点的转换中，周立波的思想状态和创作风格也在变化，这在年谱的史料中得到了深入剖析和详尽呈现。如初到延安不久，周立波写下了《麻雀》等文章篇什，这些作品善于抒情，故事的浓厚抒情气氛和微妙表现手法得到了严文井这样的评价："这个短篇……更为动人，更有着永久的艺术魅力。"年谱对这些论述史料予以了详尽摘录。而在鲁艺整风运动兴起后，知识分子开始改造思想，周立波写下两篇文章反省自我，继而选择跟随八路军南下，以实际行动开启了改造之旅，由陕至粤，又转湖北，在解放区及敌后根据地，周立波行军一万五千里。路途艰难苦险，他见识了沿途的风光，也参加了诸多战斗，更加贴近了工农兵的生活，于是将359旅南征的事迹写成了报告文学集《南下记》《万里征尘》。归来后，周立波投入土地改革运动，写下经典的土改小说《暴风骤雨》。经过这次南下，周立波的思想和创作都从带有小资情结完全向站在群众中间、为群众发声转变了。空间的转换、作品的创作、思想的变迁、风格的变化，在邹理的这部年谱中都得到了详尽体现，不再像之前的周立波研究成果那样比较零碎、表面和浅显，而多从周立波的生活历程着手，把谱主放在不同空间转换的进程里，把握其思想变化过程和创作风格转变，从人生经历和文学渊源等方面对周立波及其创作进行了深入分析和整体把握。

总而言之，我们认为作为国内首部完整的周立波年谱，《周立波年谱》对与谱主有关各种史料的选择在详尽细致的基础上做到了选精择粹，以敏锐的问题意识挖掘史料的学术价值与意义，必将在推动中国现当代作家史料的收集、积累方面具有较高的文献功能、学术价值和示范意义。

（廖婧文、岳凯华执笔）

第五节　和、露、清、甘——黄永玉文学的精神价值

李辉在《主题变奏七十弦——黄永玉的文学人生》中曾提及，黄永玉与文学结缘七十年，但主要文学创作则是在年过半百之后，以独特的姿态走出了一条与其他文学作家不同的道路。[①]在黄永玉创作的诗歌、散文、杂文、游记以及尚未完成的自传小说之中，我们已能窥见这条路沿途绝美的风景和道旁累累的硕果。不论其文学创作的旅程最终将延伸向如何遥远的地方，有着怎样的未来，但作为走过近一个世纪人生、处在鲐背之年的黄永玉，其笔下的文字无一不刻着中国文化和民族精神最原初的印记，民族之思、乡土之情、文人之气、民国之风、草根之趣、抱朴之素……正是他在特殊历史时代和复杂文化环境的背景中激荡的岁月，在湘楚文化与西洋文化交织的经历中杂糅沉淀的文学，才更洗练出一脉传统的底蕴与风骨，氤氲出一片中式的情致与格调。

黄永玉说："文学在我的生活里面是排在第一的，第二是雕塑，第三是木刻，第四才是绘画……文学让我得到了很多的自由。我不相信别人能给我自由，我相信自己给的。"[②]黄永玉虽将绘画放在最末的位置，但无法否认的是，他口中文学的"自由"，是建立在以绘画为基础上的对世间万物细致入微的体察。作为一名专业的、资深的画家，他的文学中永远有一双画家观察生活的眼，也永远有一双画家描绘生命的手。而"回归"则是黄永玉文学在文化精神上的原旨，这种原旨的具体体现，笔者将其归纳为

---

①　李辉.主题变奏七十弦：黄永玉的文学人生［J］.书城，2012（9）：5-21.

②　黄永玉.黄永玉全集：文学编 自述［M］.长沙：湖南美术出版社，2016：300-301.

"和光同尘的中式智慧"、"锋芒毕露的中式傲骨"、"神清骨秀的中式审美"和"甘之若素的中式态度"。故而，本节在笔者翻阅《黄永玉全集》（湖南美术出版社2016年8月版）的基础上，尝试将中国绘画中的笔墨、色彩、结构和形神与以上四种主旨内涵相结合，力求更为生动和具象地展现黄永玉文学特点与其内在的传统精神。

一、笔墨：和光同尘

"笔墨"是中国画独有的表现手法。笔有四势，墨有七法。顺、逆、聚、散的笔锋呈现事物之轮廓形态，而浓、淡、积、泼的用墨则凝聚事物之内蕴神采。而黄永玉的文学语言，既有笔势上的生动活泼，又兼备墨法上的用气凝神。其诗《南华叠翠》写道："山啦山／绿得那么啰嗦／绿得那么重复／绿得喘不过气／绿得让人／像喝醉了酒／个个倒在你的怀里／绿得那么温暖／让外乡人／个个把你当成故乡／绿得让漂流在外的故乡子弟／再老，也要爬回你的身旁。"[①]起时是落笔的轻快，承时是一咏三叹的情绪叠加，转时是景与人的自然联结，合时是主观感受夸张迸发后的余韵悠长。笔锋刻画山的轮廓，积墨叠出翠的层次，匍匐于山间林中所嗅到的清香与远眺群岚眼中所充溢的翠色相辅相成。这种笔墨点染出的语言，有着天然的包容性，你觉得它口语通俗，它却充斥着高明的美；你觉得它诗意典雅，它却又只是用"啦""啰嗦""倒""爬"这些最质朴的字词呈现简单热诚的情感。多年的绘画经验让黄永玉在表现事物张力方面信手拈来，然而其文学却并没有停留在这种对于笔墨游刃有余的炫技之中，除了做到"阳春白雪不斥其俗，下里巴人不媚其雅"外，黄永玉文学创作中精神价值的真正体现正在于他将自己的才思、意气、个性、情绪……都以一种"不出格"的方式进行表达和呈现。

诚然，个性是作家赖以生存的招牌，但黄永玉的文学个性中却意外地呈现出一种"无个性"的阅读感受。他写人物，最多时候是不咸不淡地叙

---

① 黄永玉.黄永玉全集：文学编 诗歌［M］.长沙：湖南美术出版社，2016：326.

述，偶有激昂之词，也点到即止。你知道他的内心是针尖对麦芒的，但他的嬉笑怒骂都有一种俗世凡人的观照感，而非同许多作家一般，天然带着自视清高的态度和旗帜鲜明的作品出现在公众视野中。黄永玉的文字里更多是一种和光同尘的气质。比如他写陈迹，他心痛陈迹的遭际，心中与他共情，但他只讲："神话中常常把英雄投进火炉里去烧烤。这真是令人心焦的磨炼。陈迹就是这样一个人，他太忙，他一生连让人认识和理解的时间都没有。"①他追忆黄苗，想到人生最无常又最"有常"的生老病死："时间一到，像做一次不太远的旅行，提着小小的行囊，双手轻轻地关上自家的大门，微笑着向规定好的那个旅途走去。我不喜欢把死亡说得很可怕，死，原来在生活中是件美事，一种令人怀念的告别。是后来的活人们将它弄得讨厌起来。"②他的难过是明明白白的，但不让人陷入长久的悲观中；他的幽默是大大方方的，但也多是令人莞尔即止。也许是人间种种打磨出来的万取一收，也许是南方"水文化"浸润出的"处下"的天性，抑或如其所言，文学只是他兴趣的自留地，自然不需在字里行间拼个你死我活，争个高低对错。

黄永玉的生活中多是与沈从文、郁达夫、黄裳、华君武、野夫、李可染等名家大师结交往来，但在对他们回忆和怀念文字中，却找不到半分孤高得意之气。他只是在《太阳下的风景——沈从文与我》中写："经历的生活是如此漫长、如此浓郁，那么色彩斑斓；谁也没有料到，而恰好就把我们这两代表亲拴在一根小小的文化绳子上，像两只可笑的蚂蚱，在崎岖的道路上做着一种逗人的跳跃。"③在杂文集《吴世茫论坛》中一口一个"老汉我"，俨然一个在市井小巷中混迹的老头形象，在《论织女为何嫁牛郎》中更是自我调侃道："老汉我早就想向牛郎学习，学习他不为名、不为利，一心扑在牛身上的高尚纯朴的品质。不过，老汉我一见到人家吃喝玩乐，

---

① 黄永玉.黄永玉全集：文学编 人物［M］.长沙：湖南美术出版社，2016：21.
② 黄永玉.黄永玉全集：文学编 人物［M］.长沙：湖南美术出版社，2016：103.
③ 黄永玉.黄永玉全集：文学编 人物［M］.长沙：湖南美术出版社，2016：337.

见到威风人物出出进进于高级饭店，口里就要流口水，心里也痒得慌。多少年来下不了决心，凡心如此之重，别说织女不来找我，就连老汉我之糟糠之妻，也是托媒人的福，连吓带哄地弄来的。"①且引《道德经》中"五色令人目盲"一段，点明"做人难在平常"的感悟。黄永玉只钦羡苏轼不为名利的高尚和纯粹，但不知自己也恰有苏东坡式的性情。即使文学中流露了些许高逸之感，但也有明知自己"做不到"的坦然和旷达。苏轼写"小舟从此逝，江海寄余生"，却非真的飘然隐去，而是在家中呼呼大睡，醒来照样自得其乐，吃肉喝酒。黄永玉亦是如此，清醒地拥有作为文人艺术家的个性、诗性和悲悯，但又仿佛只是"混"于尘世、"流"于俗人之中；闲笔的从容里怀揣自持的温厚，含藏的情感下留有圆润的风流。正如他在《伤感》一文中所言："蕴藉是处理人生最好的摇篮曲，让人类不至于从此失望跌进真正的绝望的深渊里。"②大概是看见千帆过尽，因为懂得，所以慈悲。

二、色彩：锋芒毕露

毫无疑问，黄永玉的文学有着和他画作不相上下的饱和度。在色彩上的锋芒毕露与在趣味上的"高饱和度"也正是黄永玉文学精神价值的特征。这种色彩上的绮丽浓烈可具体体现在其充满趣味的文学创作特点上。

康德在《实用人类学》中曾提道："美仅仅属于趣味的领域。"③从西方近代对美学理论的探索与发展来看，自趣味进入美学范畴的那一刻起，这一概念便成了美学研究和文艺理论的核心议题之一。然而，无论是经验主义与理性主义两大哲学流派的长期论战，还是康德、休谟这类美学集大成者的阐释与定义，趣味始终没能突破"审美趣味"的桎梏，只是被单纯地

---

① 黄永玉.黄永玉全集：文学编 杂文游记［M］.长沙：湖南美术出版社，2016：45.

② 黄永玉.黄永玉全集：文学编 杂文游记［M］.长沙：湖南美术出版社，2016：182.

③ 康德.实用人类学［M］.邓晓芒，译.重庆：重庆出版社，1987：139.

看作人类所独有的一种判断、鉴赏的能力。但中国古代美学思想认为，趣味不仅仅是欣赏标准，同时也是创作的标准。①趣味是古往今来众多文人墨客所追求的语言风格，但真正能做到不俗套、不做作的却是少之又少。黄永玉笔下的文字似乎与生俱来便存在趣味这一罕见的特质，读者总是能从这些随心所欲、天马行空的口语化甚至"诨""俗"此类"不登大雅之堂"的大白话中得到身心的放松和些许的启示，并在细细品味过后得以会心一笑。黄永玉的这种"特异功能"或许与其成长经历以及教育背景密切相关。和绝大多数民国时期出生的文人、艺术家不同，黄永玉没有接受过国内的高等教育，更没有出国留学进行深造的经历。虽然出身书香门第，与大文豪沈从文是表叔侄关系，但是黄永玉只在湘西、福建接受过小学和中学教育。黄永玉不到1岁时便随父母回到了湘西凤凰老家，整个童年时代都在此度过。湘西地处湖南省西北部，是远离中国经济、政治、文化中心的边缘化地带，除了识字背书之外，黄永玉接触得更多的则是由湘西的山与水、人与物，以及神秘的巫楚文化所构成的风俗人情，也正是这一独特的氛围，使得"黄永玉与众不同的多方面文学能力得以孕育、滋长——他对语言极为敏感，每到一地，能很快地掌握当地方言……他的记忆力令人叹服，精于对细节的描述；他擅长观察，尤对形象、外貌、景物、格局等有出色的把握与描述……"②后来，黄永玉在福建集美中学读书时屡次留级，最后索性辍学进入社会闯荡，开始过上了流浪的生活，这一年，他14岁。这一时期的黄永玉在码头干过苦力，在学校当过教员，在香港《大公报》做过美术编辑，游历了香港以及东南沿海对外开放程度较高的发达省份，看到了一个与深处内陆的湘西截然不同的新世界。在这个世界里，黄永玉亲身经历着整个中国社会的大动荡和大变革，看尽了人间百态，看透了世态炎凉，近百年人生的阅历也从此开始积淀。

也正是因为黄永玉不可复制的人生经历，他将对身边事物细致入微

---

① 胡经之.中国古典美学丛编［M］.南京：凤凰出版社，2009：667.

② 李辉.主题变奏七十弦：黄永玉的文学人生［J］.书城，2012（9）：5-21.

的观察、对生活的真情实感以及对生命的哲思融于他的文字中。无论是小说，还是杂文、诗歌，常常是"说一半，藏一半"，绝不说破、说尽，让读者亲自去领会那"味外之旨""韵外之致"，可谓是真正达到了"言有尽而意无穷"的艺术境界。其中最能体现"言有尽而意无穷"这一显著特征的莫过于其在"潜在写作"[①]时期所独创的"动物短句"。李辉认为，"'动物短句'，实属黄永玉独创的一种体裁……这些短句，似格言却非格言；是散文句式，却又更接近于散文诗，或隐含感伤，或带有杂文的隐晦、讽刺……它们是作者在那个特殊年代的特殊环境中，集文学与美术于一体的一种个性表达，其才思、性情、诗意，尽在其中"[②]。有着画家身份的黄永玉，充分利用其绘画写意的优势，以几笔速写和一行短句的形式极尽其个性化的哲思。比如他形容蚌，说道："软弱的主人，只能依靠坚硬的门面。"画一副恐龙骨架，旁边写着："我是你们神话中唯一的现实。"他给一只山羊写的话是："胡子不能证明渊博，但可以增加威望。"黄永玉共对83种动物做了独具慧眼的评价，一画一语，以不同自然动物的特征寓意人事和社会，将复杂的思考和对生活的体悟化为通俗的道理凝练于至简的字句中，绝不拖泥带水，它比格言隐晦含蓄，又比散文深刻尖锐，兼具趣味性和哲理性。由此可以一窥黄永玉性格和文学中最具特色的一面——有趣。有趣，可谓是一个人最大的才情。黄永玉在《我与文学》中就曾写道："卓别林从滑稽演员到大师，契诃夫从写滑稽文章的契洪茄，到大师的契诃

---

① "潜在写作"是当代文学史上的特殊现象。由于种种历史因素，一些作家的作品在写作其时得不到公开发表，"文化大革命"结束后才公开出版发行。将这些属于过去时代的文本放在其酝酿和形成的背景下考察，它们所反映的那个时代知识分子严肃的思考，是当时精神现象不可忽视的有机组成部分，也展示出时代精神的丰富性与多元性。这一命题的提出，有助于对当代文学艺术生命力和知识分子精神追求的整体把握，以及当代文学史学科的建设。参见陈思和.试论当代文学史（1949—1976）的潜在写作［J］.文学评论，1999（6）：104-113.

② 李辉.主题变奏七十弦：黄永玉的文学人生［J］.书城，2012（9）：5-21.

夫，人格和气质都是从自己的文章中脱颖而出的。"①从中可以看出黄永玉对于一个人、一位作家、一名艺术家自身内在性情与内涵的关注，也可以看到他对于趣味的追求。当然，这种追求源于他在文学上相对自由无拘的心态，"我讲一般的画，我讲我自己画画。包括看书，包括接触文化，我都是从感觉出发，我不是从主题出发"。正是从生活的原点开始，从生活的个人真实感受出发，所以黄永玉读书和写作都带着"余忆童稚时"般的乐趣，因此他说他既能充分体会《水浒传》里那些贴近个人生活的感觉，又欣赏《儒林外史》中对生活的洞察力。

除了最为突出的"动物短句"创作，在他的小说、散文、杂文、诗歌中，处处都留有一个"老顽童"抖机灵又不乏辛辣讽刺的"点子""段子"。如《力求严肃认真思考的札记》中那些看起来毫不"严肃认真"的思考结果："吵架：适用于等公共汽车、电车和排队买东西时的一种有益身心的工间操。几乎是男女老少咸宜的妙物，它既能不择场合地锻炼机智，有利于培养各种型号的高度文化教养的外交家；且能随时增进血液循环与肺活量等等。假如加以拳脚的配合，则更能收到回肠荡气、五内俱佳的功效。"②或是"抽烟：敢死队员。"等诸如此类的诙谐之语。又如《吴世茫论坛》中的《漂亮论》一篇："至于若有好心人问老汉我要不要也来这么几刀子把脸孔改一改，老汉我一定马上用洋话回答曰：'三口！三口！闹！闹！'"③方言雅词的熟稔和中西文化的多色杂糅，传统古板与现代新潮的强烈撞击，岁月和经验的打磨淬炼使得黄永玉的文学色彩中的锋芒近乎庖丁的解牛刀，技艺纯熟几近于道，可以无厚入有间，可随心所欲，却不逾矩。这种才思毕露的文学傲骨，恰如余秋雨对于"成熟"的定义，即"一种明亮而不刺眼的光辉"。

---

① 黄永玉.黄永玉全集：文学编 自述［M］.长沙：湖南美术出版社，2016：311.
② 黄永玉.黄永玉全集：文学编 文与画［M］.长沙：湖南美术出版社，2016：52.
③ 黄永玉.黄永玉全集：文学编 杂文游记［M］.长沙：湖南美术出版社，2016：33.

三、结构：神清骨秀

站在审美的角度分析，黄永玉文学的精神价值同样也存在于其神清骨秀的布局结构。审美体验是绝对的形象直觉，是最为直观的感受与共振，而身为画家的黄永玉恰好又对黑与白、动与静、强与弱、疏与密、虚与实的构图布局最为了解。

能否处理好形式与内容的关系直接决定了文学作品"骨相"的优劣程度。童庆炳先生在《文学活动的美学阐释》[①]中，将文学作品的层次结构分为语言—结构层、艺术形象层、历史人文内容层和哲学意味层这四个层次。其中语言—结构层与艺术形象层构成了文学作品层次结构中的形式部分，属于浅层结构。文学作品中的艺术形象虽然不是一个能够直接感触到的具象，但是读者能够以作家笔下的语言文字为媒介，通过联想和想象在脑海中浮现出具体的、可视的艺术形象。同时，作家的文字语言越准确、越生动，读者所得到的艺术形象就越明晰、越鲜活，感受到的美的享受也就越强烈，因此语言—结构层与艺术形象层整合而成文学作品层次结构的形式美。历史人文内容层和哲学意味层则被归为文学作品层次结构中的内容部分，属于深层结构。一些文学作品中的艺术形象包含或者暗示了作家想要传达的历史人文内容，这与作家的成长经历、生活感悟以及人生经验密切相关，因此，读者想要读懂、理解作家所要表达的内容，也需要一定的文学素养和人生经验的积累。哲学意味层属于文学作品层次结构的最深层，同样也是一部优秀的文学作品所必须具备的要素。一般来说，文学作品中的哲学思想不会直接表达出来，而是隐藏在文学作品之中，通过故事情节或是诗意的语言委婉地传递给读者，给予读者启迪，赋予文学作品经久不衰的魅力。历史人文内容层是哲学意味层的基础，哲学意味层则是历史人文内容层的延伸，二者的结合使文学作品具有了内容美。语言—结构

---

① 童庆炳.文学活动的美学阐释［M］.北京：北京师范大学出版社，2016：222-295.

层、艺术形象层、历史人文内容层和哲学意味层在文学作品的结构内部各司其职，有深有浅，具有相对的独立性，又相互联系，它们共同构成了文学作品完整的层次结构。而拥有艺术家和文学家双重身份的黄永玉自然深知，如何在遣词造句的细节处不枝不蔓，如何在篇章架构的宏观上简约明朗，如何在云淡风轻的叙述中迸发出节奏感和韵律感，怎样调整明与暗的关系，怎样协调形式和内容，怎样平衡多样性和统一性。只有将文学作品层次结构内部的这些对立统一的矛盾双方有机地排列组合起来，才能达到美学的效果，拥有一副好的"骨相"。所谓"美人在骨不在皮"，正是反映和体现结构在创作中的关键意义。

黄永玉的大小篇章，无一不有一副"美"的骨架。在"动物短句"中有诗性的精致小巧，用三两笔点染出一只羽直翅平的燕子，画下写着："一枚远古的钥匙，开启家家户户情感的大门"；或是一只凌厉笔挺的苍鹭，旁边附上一句："等待把我熬瘦了"；他说萤火虫是"一个提灯的遗老，在野地搜寻失落的记忆"；还说知了"为了告别演出，筹备了一生的时间"……简洁的图文是最浅显的表达，却又流动着无法用言语诠释的极度诗意的美学体验。《像文化那样忧伤——献给邵洵美先生》一诗中更加唯美流畅地写道："下雨的石板路上／谁踩碎一只蝴蝶？／再也捡拾不起的斑斓……"[①] 游记《沿着塞纳河到翡冷翠》中《每天的日子》以"单调至极，但不讨厌"总起，叙述琐屑但不零散，回忆和现实交织串联，不沉湎也不浮躁，肌理匀称有致，情感表达由浅入深，形式与内容在此完美融合。写香港，从地缘到人物，从个人生活到外界环境，内外的观照相辅相成，"激情、天真，哭笑随意，自我开怀，因此难免容易上当。吃亏之后破口大骂，大骂之后继续上当，周而复始……这就是香港人"[②]。《山是山，洞是洞，树是树论》中论述的架构明晰而干练，"老汉我为看山而看山，为看

---

① 黄永玉.黄永玉全集：文学编 诗歌［M］.长沙：湖南美术出版社，2016：342.
② 黄永玉.黄永玉全集：文学编 杂文游记［M］.长沙：湖南美术出版社，2016：426.

洞而看洞""树就是树"①。黄永玉的结构精髓在于，生活的、普通的，就是最好的。抑扬顿挫、富于生气的语言节奏源于生活的纯朴热情，普通人的俗常智慧剥离了纷扰的杂质，炙烤、捶打、淬炼……粗糙皮肉下是亭亭的骨架，也是大道至简的智慧。作为一名佛教信徒，黄永玉将其对于宗教的领悟和理解放在了自己的文字之中，从字词到句段再到篇章，行间隐约可见"禅机"的影子。他说："墓志铭：这个人的一生：正确的加错误的等于零。""误会：逃脱了魔鬼，却扣住了上帝。""每个将军有一帮人马，每个演员有一帮戏迷。信任、负责，生死相授。""火可以玩，只要有普罗米修斯的情怀。""成熟不是煮熟。"所谓"应无所住而生其心"。大致是如此的一种文字修行，无论多么夸张变形的言语，也不妨碍美的均衡，也不会有骨骼的扭曲变形，始终保持着一股挺拔而干净的气质，这就是黄永玉文学清楚可见的精神内在，就如其所言："美的东西那么具体，我不忍心抽象。"

四、形神：甘之若素

李可染说："意境是艺术的灵魂。是客观事物精粹的集中，加上人的思想感情的陶铸，经过高度艺术加工达到情景交融、借景抒情，从而表现出来的艺术境界、诗的境界。"②无论是绘画还是写作，意境的关键都是形与神的高度融合。黄永玉的早期文学创作即受到形神关系的束缚，注意着艺术的克制，主要追求形式的美感。但是随着生活阅历的日益丰厚与文字功力的日趋坚实，黄永玉的文字逐渐摆脱了对形神关系小心翼翼的拿捏，进而衍化为一种对旷远持久吸引力的追求。至此，其文学的精神价值也随之显露，简而言之，即为甘之若素的中庸态度。

黄永玉在访谈中曾讲道："香港也好，我的凤凰也好，北京也好，意大利也好，这是个配方，我是这个配方配出来的。每一个人都有不同的配方，但是有一样东西要加进去，就是甘草，甘草就是民族性，什么药里都要有点甘草，你是中国人嘛，加点甘草是必要的，别的都不要紧的了。"①其中，这味"甘草"即黄永玉所要表达的中心和关键。那么，何为"甘草"呢？《神农本草经·上品·草部·甘草》中记载："甘草，味甘，平。治五脏六腑寒热邪气，坚筋骨，长肌肉，倍力，金疮，解毒。"《黄帝内经》曰："脾欲缓，急食甘以缓之。甘以补脾，能缓之也，故汤液用此以建中。"又曰："甘者令人中满。"又曰："中满者勿食甘。即知非中满药也。甘入脾，归其所喜攻也。"众所周知，中药讲"药性"，寒凉温热各有所偏，而甘草这味药最大的特点就是其"性平"且"味甘"，所以很多药方中均可见到甘草的身影。何谓"性平"呢？如字面所言，药性温和平宜，正因为其既不偏寒，又不偏热，所以常能调和诸药之功效。甘草这种特性可谓是中国传统文化精神核心的代表，那就是"中庸之道"。"中庸"作为儒家的最高德行，一直受到中国历代圣贤与统治者的推崇。时至今日，随着西方文化与科技的冲击，这一中国传统文化的思想结晶却被误解、扭曲。所以也就不难理解为何黄永玉说："你是中国人嘛，加点甘草是必要的。"因为无论中国人的气质中有着怎样鲜明的个人特征，有着怎样的个性主义，后天受到多少外来文化的影响，这种"致中和"，讲求"和谐"与"中道"的民族性都不会被彻底磨灭。而黄永玉也正是看到了这最根源、最本质的东西，才会在文学的创作中始终保持形式与神韵的高度协调。

"控制住热情，见好就收"，这是黄永玉的艺术感悟，所以他写"桥是巴黎的发簪"，欣赏却不失端庄。他的冲淡平和来源于自然，来源于日复一日地"背诵"和"储存"，来源于对天地间日升月落、阴阳相谐、周而复始却又不断更迭的洞悉："带学生下乡体验生活时（一次到了一个海边），要求他们反复地画船、缆绳、水罐、渔网、浪、波和海的规律、山的结构、纵深关系、云、烟……所有这一切看得见的细节，不仅是搜集素

---

① 黄永玉.黄永玉全集：文学编 自述［M］.长沙：湖南美术出版社，2016：290.

材，还为了'背诵'，为了'储存'。"[1]韩少功说黄永玉对各种东西充满了悲悯，且这种悲悯常用开玩笑的表面姿态呈现，内里是极富同情的、温情的、柔软的心。诚然如此，最悲伤的事往往会笑着讲出来，无论是否依然牵扯着、在乎着，都用"甘草"冲淡了，"'回眸一笑百媚生'这种意境，我从不敢想过。我有自知之明。我们这把年纪，'回眸'已是不易，'一笑'可能吓人，'百媚生'更是丑恶加荒唐的样子。所以办'回顾展'我总是觉得难为情"[2]。"不耽溺"是黄永玉文学中最大的特征和优点之一。故而其行文中才有《二十四诗品》中《冲淡》一品的气韵："素处以默，妙机其微。饮之太和，独鹤与飞。犹之惠风，荏苒在衣。"《答客问》一诗中写道："大雨缝里钻过来/没有湿/绞肉机中走出个完整的我/十亿人的眼泪没给淹死/泥巴底蹦出个出土文物/人活着，可惜不再年轻/看你双鬓的秋色/我怎能不老呢？"[3]其历史的视域里是个性化的体验，而这种反思与无奈、怅然与清醒里保留着"愿得现时，莫存顺逆"的通透——艺术和文学可以有厌憎喜好、感动震撼、心潮起伏，生活却应该剥离种种患得患失和大喜大悲，活在当下，莫有顺逆之分别心。蓦然回首，世间百味，皆甘之若素。

结　语

黄永玉文学创作所涉及的体裁多样，人物、社会、历史范围广阔，但无论具有多么新奇的语言和丰富的主题，他的作品都是有"主心骨"的，其主体的思维是一致的，内在的精神是相似的，由来与投奔是永恒的。而从中所体现出的精神价值也自然是有迹可循的。

黄永玉在文学上的"招牌"就是他的精神内蕴，就是他所谓"我一生读和写都没有什么意义，只是为了兴趣"。有些人写文章为了展现自我，

---

[1]　黄永玉.黄永玉全集：文学编 自述 [M].长沙：湖南美术出版社，2016：147-148.

[2]　黄永玉.黄永玉全集：文学编 自述 [M].长沙：湖南美术出版社，2016：176.

[3]　黄永玉.黄永玉全集：文学编 诗歌 [M].长沙：湖南美术出版社，2016：348.

字里行间充斥对于读者的迎合与谄媚；而黄永玉写作则为了自己开心，读书、写作，皆是如此。这就成就了真性情和好文章，成就了贯通古今中外、游走于三教九流的谈笑风生。他历练一生最后却能"返老还童"，《无愁河的浪荡汉子》即是他肆无忌惮却又天真可爱的书写典范。他的笔是天上的鸟，哪里还在乎地上的路？

如果说沈从文是湘西情怀的守望者，那么黄永玉就是那个无拘无束的浪子。他们用各自不同的文学风格追忆和寻找同一片原乡故土。沈从文的作品怀揣着守望者的初心与苍凉；而黄永玉的作品则流淌着浪子的热情与无忧，那是明白所来之处、所寻之地，不过是"无何有之乡"的开阔，是看透了无一物可得的、真正的逍遥。

卓今在《黄永玉的文学》一文中写道："黄永玉的文学作品从来是站在理性的对立面，他用活生生的生命热情让人的感觉复活，他笔下的人物都带着浓厚的泥土气息和浓重的烟火味，让灵魂重返温暖的人性家园，让邪恶无处藏匿，他的文学主题某种意义上是反理性、反工具、反虚无、反异化的，在方法上打碎一切陈规，一切主义和一切叙事手法，他的语言也是反常规的，他甚至拒绝用成语。他的文学让人重新记起被遗忘的存在，让人怀着乡愁寻找失去的精神家园。"[1]读者能否在黄永玉的笔下找到自己的原乡，或许因人而异，但至少能在他的文墨点滴中品尝到岁月的智慧和宽厚。泥土气息、烟火味道、人性家园、乡愁……这就是他九十余载岁月所铺陈、勾勒、点染的人生，下笔时依然是嬉笑怒骂、挥洒自如，却不知提笔时已饱蘸了人世的多少浮沉悲欢。总有一天，人都要独自上路，接受风雨和雷电的洗礼，而穿过荒芜的黄永玉，忧郁的碎屑已经沉进无愁河底，他还能坚定而清晰地说道："我与我周旋久，宁作我。"

（郑健东、岳凯华执笔）

---

[1] 卓今.黄永玉的文学［J］.南方文坛，2015（2）：72-77.

第六节　档案实录呈现的脱贫攻坚举措

"首倡之地当有首倡之为"，由湖南人民出版社于2021年1月出版的《立此存照——十八洞村精准扶贫档案实录》一书，作为十八洞村精准扶贫的档案实录，以精准扶贫首倡之地发生的翻天覆地的变化，向党和人民交出了全国脱贫攻坚的生动实践和精彩答卷，见证了中国共产党人"为中国人民谋幸福，为中华民族谋复兴"的初心使命，展现了党领导中国人民在2020年全面建成小康社会、决战决胜脱贫攻坚的责任担当。打开这本书的扉页，就可看出本书"献给中国共产党领导的伟大事业"的编辑意图；翻开其中的一份份扶贫手册，24位户主致贫、脱贫的故事一目了然地呈现出来。全书正是以这种别出心裁的框架结构，在7个单元中，用一份份建档立卡档案、扶贫手册、照片、编辑手记，以及被帮扶村民的自我陈述、心理呈现等维度，向读者展现了中国共产党7年间在十八洞村的扶贫努力，以一份份扶贫档案、一幅幅人物肖像、一篇篇心得感受，纪实见证和形象演绎了十八洞村因精准扶贫而取得巨大成功的具体举措。

一、因地制宜发掘旅游资源脱贫功能

十八洞村位于武陵山脉中段，隶属湖南省湘西土家族苗族自治州花垣县，苗族原生态文化保存完好，却是我国14个集中连片特困地区之一，自然灾害高发，贫困面广，贫困程度深。这两种极为对立的属性，决定了十八洞村扶贫的创新性。习近平总书记首次提出的"实事求是、因地制宜、分类指导、精准扶贫"的重要理念，要求花垣县十八洞村扶贫攻坚之时需要闯出"不栽盆景，不搭风景""可复制、可推广"的精准扶贫之路。正是因为总书记的指示和引领，十八洞村利用自身丰富的生态旅游资源、深厚的苗族文化底蕴和鲜明的民居特色，开始大力推行全域旅游发展。

在生态旅游方面，十八洞村并没有像以往的旅游风景区一样多用人工造物，而是极力保存它原有的原始风景和传统村落进行旅游发展，让游客感受到原汁原味的苗族风情和武陵山区独到的自然风光，走绿色的、可持续的旅游发展道路。这项脱贫攻坚举措就是通过该书中的"担任'形象大使'""经营农家乐""家门口就业"等三个章节来形象体现的，着重陈述十八洞村旅游发展所辐射到的不同方面。

"担任'形象大使'"章节的主人公施成付、龙德成夫妇，在2014年初扶贫工作队进村后被确认为建档立卡贫困户以后，在国家扶贫资金的支持下改造了村容村貌，施成付家成了"精准扶贫广场"，来旅游的游客几乎都会来参观这个"景点"，身临其境地感受总书记讲话精神的魅力和影响。

在国家精准扶贫政策推动下，十八洞村乡村旅游发展喜人，村里的很多年轻人都不再选择离家务工，而是回到了家乡支持乡村旅游发展。大家发挥年轻人的想象力，将十八洞村"吃、住、玩、学"结合起来，形成多方面、一体化的农家乐环境，将十八洞村旅游业办得越来越好。

在此基础上，十八洞村于2016年开始有计划地培养旅游讲解员，这样既能使十八洞村的旅游业更加规范化，也能为当地村民提供更多的就业岗位，使十八洞村的旅游发展与脱贫致富得以良性循环。

二、依托旅游资源发展相关致富产业

这项扶贫攻坚举措的效果，体现在"'山货集'买卖""种植养殖""房屋租赁"等三个章节的具体内容之中，它们向人们展示了十八洞村兴起的旅游业所拉动和激活的相关产业带动人们摆脱贫困面貌的情况。

2015年，十八洞村旅游业发展之际，村民自发开始在苗寨售卖特色小吃，扶贫工作队和村"两委"为了在自发的基础上规范经营秩序，设立了山货集市，既让村民能够更好地售卖苗家小吃，也让游客能够品尝到原汁原味的苗家小吃，欣赏到复古质朴的蜡染苗秀，更能够近距离地体验苗家风土人情。

而习近平总书记提出的因地制宜发展生产的理念，同时也体现在十八洞村的种植业、养殖业方面，既要把种什么、养什么想明白，同时也要注重环境保护。于是，十八洞村最终选择了切合实地环境生长的水果和野生药材，因为当地平均海拔700米，昼夜温差大，种出的水果甘甜可口，村民抓住这个特点种植黄桃，目前已初具规模。同时，村里还大力发展"十八洞黄金茶"产业，并且遵循和沿袭养蜂传统，在传统的基础上实现产业现代化，提高养蜂生产力。

在发展相关产业的同时，十八洞村"两委"班子发展起了房屋租赁业务。《立此存照——十八洞村精准扶贫档案实录》记录了十八洞村当地利用当地旅游业以及农产品产业链延长所带来的优势，通过房屋租赁又提高了当地村民的收入，鼓起了村民的"钱袋子"。

目前，十八洞村已经发展起了以秀美自然风景为主、苗家特色村落为辅的旅游业，同时带动了十八洞村相关产业的发展，扎实落实了扶贫工作队争取让更多村民脱贫、拥有自己一份事业的脱贫攻坚举措。

三、分类兜底保障全面推进脱贫攻坚

在大多数十八洞村村民能够投身于旅游业以及相关产业之时，扶贫工作队并没有放弃对其他方面的考察，而是通过精准识别共评定了33户兜底保障户，将孤寡老人和残疾人列为重点兜底保障的对象，同时根据他们自身的状况将他们分为三类来进行补助。

在十八洞村经济发展形势喜人的情况下，村里有了更多的钱为村民做实事。对于这些兜底保障户，不仅国家出钱为他们兜底，村里也制定了专门的救助政策，从而使得十八洞村的精准扶贫成效显著，脱贫攻坚步入良性发展轨道。作为十八洞村精准扶贫成果显示的纸媒材料，《立此存照——十八洞村精准扶贫档案实录》成了扶贫工作队工作的鲜活见证。习近平总书记曾说过："脱贫攻坚战不是轻轻松松一冲锋就能打赢的，从决定性成就到全面胜利，面临的困难和挑战依然艰巨，决不能松劲懈怠。"历时

7年，十八洞村从深度贫困实现了向人均纯收入破万元的转变，实现了学生百分百入学接受义务教育，实现了家庭人口百分百加入新型农村合作医疗，实现了住房百分百达到安全标准，真正地完成了"两不愁三保障"的全面脱贫目标，让村民不再因为生病、入学、缺资金、缺技术等而陷入贫困的深渊。

四、各级党员干部群众需要共同担当

"担当负责"是十八洞村脱贫致富的成功保障，"一个行动胜过一打纲领"。《立此存照——十八洞村精准扶贫档案实录》展现了十八洞村在2013年习近平总书记调研并提出"实事求是、因地制宜、分类指导、精准扶贫"的重要理念后，湖南省委、省政府高度重视并立即落实总书记重要指示，花垣县和十八洞村全体干部群众心往一处想、劲往一处使，齐心协力精准扶贫的活动图景。一份份档案中各种数字的逐年变化，一个个村民发自肺腑的心声吐露，得力于各级党员干部群众的领导担当和自觉行动。产业的发展，增强了贫困群众的造血功能；就业培训服务，让贫困群众掌握了一技之长，"富口袋"和"富脑袋"并驾齐驱。这一系列扶贫、脱贫的好想法、好点子、好谋划之所以能够变成活生生的现实，就在于各级党员干部的担当负责，在于人民群众的积极参与，不把扶贫挂在嘴上，而是扛在肩上、落实到行动上，想方设法脱贫，千方百计致富，自然就换来了精准扶贫首倡之地十八洞村脱贫致富的显赫成绩。

总而言之，十八洞村之所以能够成为全国精准扶贫的"成功样本"，就因为这一份份档案里面的点点滴滴鲜活揭示了精准扶贫的"成功密码"：要在物质上脱贫，更要在精神上脱贫；要善于谋划，更要善于落实；要干部努力，也要群众助力；扶贫路上坚决不抛弃、不放弃，不能遗忘每一个人，特别是生活在贫困线以下的地区和人民群众更需要帮扶，一个也不允许"掉队"。唯有从全局着眼、从细处着手，才能如期实现脱贫任务目标。通读《立此存照——十八洞村精准扶贫档案实录》一书，我们可以通过十八洞村这样一个在我国脱贫攻坚历程上具有"地标"性意义的地方，身临其境地感受党的十八大以来以习近平同志为核心的党中央团结带领全党全国各族人民把脱贫攻坚摆在治国理政突出位置的英明智慧，可以切切实实地体会到中国共产党的领导和我国社会主义政治制度的无限优势。正是在习近平总书记"实事求是、因地制宜、分类指导、精准扶贫"的重要理念指引下，全国各地采取了许多具有原创性、独特性的重大举措，才能够实实在在地打赢这场人类历史上规模最大、力度最强的脱贫攻坚战。

（王睿、岳凯华执笔）

第七节　散文集《江流有声》：激情岁月的成长轨迹与时代印痕

2022年的早春三月，笔者翻开了湖南文艺出版社于2021年12月出版的谭学亮的《江流有声》散文集。书名不禁使人联想到北宋文豪苏轼《后赤壁赋》中"江流有声，断岸千尺；山高月小，水落石出"的句子，而流动在"缕缕心香""讲台时光""永安之恋""血性川西""至情至性""师道师恩""地久天长""乡土回望""旅痕轻拾"等9个章节的文字，根植于作者丰富的人生经历，写人记事，绘景说理，写岁月，写人生，似涓涓细流，如淙淙小溪，曲曲折折，浩浩荡荡，显成长轨迹，烙时代印痕，清新灵动，真挚感人。

一、先生与学生：从教求学，孜孜不倦

"讲台时光"部分，让人感受到作者谭学亮作为一名教育工作者的责任与使命。从小喜欢读书学习、热爱文学的他，从县立巴东师范毕业后在

鄂西山区中小学任教语文，8年的从教生涯使他对许多教育问题观察入微、见解独到。1982年，谭学亮中师毕业后第一次参加工作就负责带红光小学的五年级班。他敢于创新，师生共读《高山下的花环》《黑骏马》《哦，香雪》等课外小说，为当时阅读贫乏的孩子打开了一扇窗，激发了学生对文学的兴趣。他在乡村坚持用普通话教学，哪怕是不太标准的"川普"，对学生也是严格要求。谈起农村同学落榜后复读的情况，面对不同的人生际遇，他们身处低处依然保持昂扬向上的姿态，借助知识继续前行，他肯定他们不坠青云之志、不负求学之心的态度。对于农村相对落后的教育条件和环境，他感慨无数平凡普通的老师在极为艰苦的条件下撑起当地教育的蓝天，帮助莘莘学子改变人生轨迹，传承一代代师者优良的精神和品格，教书育人，桃李满天下。

《赶考路上》一文描写了作者赴考的波折历程。1990年4月，作者从任教的杨柳池高中出发参加研究生考试，因清江春汛，他绕道南下，走小路，抄近道，靠自己的双脚长途跋涉走到了邬阳关。中途倦意袭来，就在路边一处有石有树的地方睡下，梦中都在备考做英语试卷。读到这里，笔者体会到因交通不便，作者赶考路上的艰辛，想起宋濂在《送东阳马生序》里追忆自己在穷冬烈风的节气"负箧曳屣行深山巨谷中"，感受到他们对求知的渴望与决心。作者坐上客车后一路欣赏路上的景色，陶醉于椿木营山顶的白云："一团洁白如沙、轻盈至极的云朵，神奇地出现在公路外侧的草甸上，宛如一名明眸皓齿的仙子，正欣然驻足，欣赏眼前的美好世界一般。"

《面试奇遇记》一文是作者为纪念湖南师范大学80周年校庆而作，详细记述了自己研究生面试迟到的特殊情况，感谢师大的再造之恩，帮助他走出大山，走向更远的地方，改变命运的齿轮。由于江水暴涨，邮路受阻，作者没能及时收到面试通知，且临近高考，他代课高三班的语文课，不能如期赴考。上完复习课，心有不甘的作者在明知希望渺茫的情况下，勇于尝试，锲而不舍地联系老师，辗转奔波，得到老师们的力荐与厚爱，最终他作为唯一的考生再次面试，考取了古典文学的研究生。读完《面试奇遇记》，笔者不仅佩服作者的勇气和毅力，这让他绝处逢生，也感受到师大老师爱才、惜才之心。作者翔实地描述了他奇迹般的复试经历，真真切切讲述了为人、为师、为学的道理，情感充沛，质朴动人。

二、队长与领导：扶贫援建，果敢无畏

从三尺讲台到继续求学深造，从政府机构到国有企业，谭学亮大胆果敢，不甘于安稳，敢于冒险，迎接挑战，有舍有得，丰富了人生的画卷。

2013年，作者以湖南省财政厅驻安化县永安村扶贫工作队队长的身份参与安化农村组建扶贫的工作。《救火令》一文记述作者刚进永安村却突遇山火，他镇定地通过广播高音喇叭发动党员团员和群众救火，同时燃起对永安扶贫工作的希望与热情。在《嫁接之光》一文里，为了改变当地产业和经济结构，谭学亮邀请县水果协会的专家指导示范，教村民掌握水晶梨和布朗李的培管技术，真正扬起发展水果产业的风帆。而后发现种植的1000多亩布朗李全是早熟品种，若集中上市，市场风险高，听取专家建议后，他决定实施嫁接改良工作，分开上市，延长上架期，降低腐烂变质风险。最后成活的枝条慢慢发芽，结出累累硕果，给乡村带来了不错的经济收益。

扶贫先扶志，经过扶贫的日子，作者不断反思扶贫的作用，明白了真正的扶贫应该"既重产业项目，更重智力志气；既有外在形象意义，更有引导示范内核；既可参观考察，更可复制推广"。

2008年5月12日，四川汶川发生8.0级特大地震，作者参与了湖南省对口支援理县灾后重建工作，开启了3年的援川岁月。在"血性川西"部分，灾区民众遭到余震和意料不到的飞石袭击，援建人员出生入死、浴血奋战，将生死置之度外，诉说着援建工作的危险与伟大；《每周家书》和《妻的援建》两篇短文里表现出作者女儿的体贴懂事和妻子的深明大义，也表达出作者因身处远方而无法陪伴家人的愧疚和遗憾；《灰尘、肥皂及其他》

一文记事说理，由描写理县多灰的现实情况到肥皂的清洁效果，作者悟道："清污者都必须借助外力，就像肥皂必须借助流水，才有可能清除自身所带污垢，重新恢复原有功能，并当好'社会清道夫'。个人如此，集体和单位更应如此。"

因北川一名干部由于心理压力过大而自杀，工作队意识到在灾后重建的支援工作中，精神家园建设与物质家园建设同等重要，从某种意义上说前者甚至更加重要，从而开展了在当时独一无二的精神家园重建项目——"社会工作和心理援助"项目，体现了"以人为本，急民所急，突出民生，实事求是"的援建理念。

三、游子与亲人：乡土回望，至情至性

在"至情至性"部分，作者经历了许多离别：外祖父母、父亲、二姨、表兄相继离去，不禁让人感叹"大都好物不坚牢，彩云易散琉璃脆"，明白和亲人相处时光的珍贵，应及时尽孝，少些遗憾。

作者回忆小时候母亲背着自己跑去10里外的公社医院看病，舐犊情深，寸草春晖，让人潸然泪下。现在，93岁的母亲殷勤地招待回家的儿女，在母亲眼中，几十岁的儿女依然是没有长大的孩子。作者耐心地告诉母亲怎么使用手机接电话，带母亲去长沙、飞北京，为毛主席献花，点滴小事里让人获得温暖平静的力量，感受到温柔的清风，徐徐抚平心坎。

作者描写他和母亲之间的相处，总让笔者想起记忆里的外公外婆。作者的母亲一生勤劳要强，凡事喜欢亲力亲为，不愿成为子女的累赘，坚持上山捡柴，而笔者的外婆，70多岁了，仍不肯荒废自己的菜园，她们都是中国勤劳纯朴的劳动人民的缩影。笔者想起每次外婆在门口的大水缸前舀水洗菜，外公从小路远处走过来，手里拿着刚刚打捞的"战利品"，那时他们脸上绽放着自然的、无拘束的笑容，依稀看见额角的皱纹。作者年迈的母亲有着严重的耳背，笔者的外公中风后行动不便，听力也不断下降，需要提高嗓门说话才能听清。他走路时每一步都小心翼翼地慢慢挪动，一

米七几的个头，身躯本就不胖，现在越发瘦削，瘦骨嶙峋。外公变得喜欢静静看着天上浮沉的云朵和飞鸟发呆，有次见笔者走来，还问笔者怎么还没去读书，语气微弱，有些字没能发出声音，只能看出口型。泛酸的感觉侵蚀到心脏，像丛林一样密密麻麻朝笔者压来，隐天蔽日，难以喘息。秋风卷起几片干枯的落叶，像是它的一声叹息。

此外，作者还描绘了家乡金果坪的旖旎风光和乡情民俗，介绍土家族特色的撒尔嗬歌舞，赞扬"施恩勿念，受恩莫忘"的土家山民天性，谱写了一首首和谐美丽的长诗。《泓》《啊，小山溪》等写景抒情散文让笔者想起家乡乡村恬静的夏夜、芳香的花草、静谧的星河、透明的河流，吹来的轻柔微风带着沁人心脾的甜味，那里的天空似乎更低、更轻。池塘里的蛙在深夜时仍在鸣叫，河水里有着永不止息奔流的生命。乡村的时间走得很慢，好像可以永远做无忧无虑的小孩子。

难能可贵的是，谭学亮在工作之余还能坚持文学创作，保持记录文字的雅致和乐趣。《江流有声》多为回忆性散文，记录作者从青涩稚气的懵懂少年到情怀高远的天命之年，体量丰富，内容充实，读完可以大致了解作者的人生轨迹。许多文章像是醇厚的茶，听谭学亮娓娓道来其颇丰富的人生经历，顿悟生活和人生的奥秘，味有回甘。对亲朋故友的感恩，与老友重逢时的喜悦，至亲恩师离去的悲痛……岁月兜转，时光的年轮碾过，这些珍贵的时光凝成琥珀，皆是真情流露。文字像是岁月留声机，谱写出一首首深情悠远的乐章。

（刘嘉欣、岳凯华执笔）

第六章　艺苑杂谈

第一节　回眸·讴歌·行动：湖南省庆祝中国共产党成立 100 周年文艺晚会《百年正青春》观感

2021 年 6 月 18 日晚 7 点，作为湖南省文艺评论家协会代表之一，我们在湖南长沙梅溪湖国际文化艺术中心大剧院提前观看了由中共湖南省委宣传部主办，湖南省文化和旅游厅、湖南省广播电视局、湖南省文学艺术界联合会等单位联合主办的湖南省庆祝中国共产党成立 100 周年文艺晚会《百年正青春》。晚会以"相隔百年，我用青春深情礼赞百年风华的你们"为主旨，上千人登台亮相，在精心设置的"序幕+开辟新天地+为了新中国+创造新生活+奋斗新时代+尾声"的篇章结构中，自始至终动用现场演员进行惟妙惟肖的歌舞表演，有机融入电子媒介虚拟情境的影像滚动，适时插入演员、高校学生、军人、建设者等各界代表的激情告白，深情礼赞了不同时期湖湘大地共产党人的优秀感人事迹，形象呈现了中国共产党感天动地、风雨兼程的百年峥嵘。这场文艺晚会让人记忆犹新，这场视听盛宴令人感慨万分。

一、辉煌党史的形象呈现

2021年，对于中国人而言是具有特别纪念意义的一年。自1921年以来，中国共产党已走过了坎坷曲折而又辉煌灿烂的100年，社会各界人士都在构思、谋划和筹备以什么方式、用怎样的行动来庆祝和纪念中国共产党成立100周年。有的通过查阅档案文献，以一件件尘封档案和一组组珍稀文献来书写百年党史，如中宣部重点主题出版物、党史专家李颖新著《文献中的百年党史》的出版；有的凭借百年中国上映的红色电影，用一张张电影海报和一幅幅片名书法来唤醒历史记忆，如湖南省电影局组织的"'影映百年史　书传万众心'——百部经典红色电影片名书法展览活动"的布展。凡此种种，旨在铭记中国共产党这一段砥砺奋进的难忘岁月，意在书写中国共产党这一部感天动地的奋斗史诗。值得一提的是，这场《百年正青春》文艺晚会以动态的、流动的舞台演出方式深情礼赞中国共产党的百年征程，从而在上述种种静态的、凝固的纪念形态中脱颖而出。

晚会站在两个一百年的历史交汇点，立足湖南，放眼全国，以小见大，以点带面，通过四个主体篇章艺术化聚焦和再现不同历史时段湖湘共产党人的感人事迹，深情回眸中国共产党成立百年来的风雨历程和峥嵘岁月。晚会形象彰显了在长达百年的时间跨度里，中国共产党人领导全国人民在新民主主义革命、社会主义建设时期的英姿和身影：在积贫积弱之际"开辟新天地"的艰难探索，在战火纷飞之时"为了新中国"的英勇牺牲；在百废待兴之际"创造新生活"的筚路蓝缕，在盛世繁华之时"奋斗新时代"的开拓创新。

为了最大限度地尊重史实，做到人事不虚、小事不拘，晚会主创人员历时半年时间，反复深入全国各地党史场馆，采访专家，核对史料，在党史重大历史时段分期中采用故事笔法，调动视听手段，呈现百年长河中一个或几个湘籍党员、革命英烈、时代英模和普通人物的英勇事迹与感人故事，生动演绎了中国共产党的不懈奋斗史，全景展现了党领导人民从站起来、富起来到强起来的历史性飞跃，有大视野、大格局，看起来饶有趣味。

二、伟大精神的深情讴歌

"我是向警予，我是中国共产党员；我是夏明翰，我是中国共产党员……"一声枪响，鲜血染红了大幕，无数牺牲的共产党员影像和声音在幕墙投影中次第而急骤地出现。《百年正青春》这场晚会就这样以湘籍共产党员的感人事迹和伟大精神为主线，纪念无数奋勇向前的革命先烈，在恢宏大气的四个篇章中深情讴歌中国共产党人的崇高精神和优秀品质。

或从女性视角讴歌共产党人的家国情怀。"岸英，你长大了一定要成为像爸爸那样的男子汉，哪怕是一个人。"共产党员杨开慧（董洁饰）在监狱中与儿子毛岸英相拥诀别。经历五次提审、受尽残酷折磨的杨开慧，从被捕到牺牲的十多天时间里，不曾向敌人告知毛泽东的去向，更不愿与丈夫脱离关系："要我和毛泽东脱离夫妻关系，除非海枯石烂！"最后她宁死不屈，毅然走向刑场，1930年11月14日英勇就义于长沙浏阳门外识字岭。"牺牲我小，成功我大"，她支持毛泽东的革命事业直到生命的最后一刻。在知名芭蕾舞演员王占峰、敖定雯的一连串流畅自如的起舞、托举、旋转、依偎的表演中，一曲唯美悠扬的《蝶恋花·答李淑一》吟唱为毛泽东和杨开慧的忠贞爱情给予了基调定位。"吾儿抗日成仁，死得其所，不愧有志男儿。现已得着民主解放成功，牺牲一身，有何足惜，吾儿有知，地下瞑目矣！"这一纸祭文，为湖南醴陵一位农家母亲在1949年盼子归来无果后请人代写，因为她的儿子左权已于1942年5月在日军对太行抗日根据地进行大"扫荡"期间英勇牺牲，年仅37岁。为让这位可怜而伟大的母亲26年的漫长等待有一个完美结局，让她能够亲眼看到儿子归乡，晚会编导不仅让舞台上这对阴阳相隔的母子（周一围饰演的左权与王丽云饰演的左母）悲情对话、互诉衷肠："儿无愧于国，但有愧于您啊！""吾儿抗日成仁，死得其所！"而且让解放战争大捷后顺道南下湖南、看望左权母亲的将军和士兵们在左母询问自己的儿子在哪里、为什么不回家看看时眼含泪水、异口同声地深情回答："我们都是您的儿子。"亲生儿子虽已牺牲，但这位普通农家妇女又有了千千万万不是亲人、胜似亲人的儿子。杨开慧、左母这些女性的台词虽然不多，但每一句都深深打动人心，不仅让人黯然神伤、潸然泪下，而且令人精神百倍、斗志昂扬。

或以重大事件礼赞共产党人的革命精神。晚会以1910年黑云压城的长沙码头开篇，在贫苦大众忍无可忍的"抢米"风潮中，毛泽东、蔡和森、何叔衡等一批湖湘有志青年，伴随着悲壮深沉、庄严雄浑、雄壮嘹亮的《国际歌》的旋律，勇立潮头，成立新民学会，发出"建党先声"。他们坐上湘江小轮奔赴上海参加中国共产党第一次全国代表大会，凸显了中国共产党开天辟地、一往无前的"先锋精神""红船精神"。继而南昌起义、秋收起义、井冈山会师、长征、湘江战役、反"扫荡"、渡江战役等新民主主义革命时期的重大事件，在紧张而密集的鼓点声中一一展现，或成片的红色星火在舞台上形成燎原之势，或成群的男女老幼与参军的亲人、远去的红军依依惜别，或成列的革命战士在战火硝烟中英勇无畏、冲锋陷阵、前赴后继。最后，向雷锋同志学习、"两弹"爆炸、东方红一号卫星发射、"韶山"系列电力机车研制成功、十八洞村精准扶贫、"三高四新"战略落地等重大活动画面，又在动感而热烈的歌舞中一幕接着一幕出现，或伴着《在希望的田野上》的雄壮气势，或踏着《火车向着韶山跑》的欢快旋律，或随着《大地颂歌》的高昂节拍，或跟着一架"飞机"腾空而起，次第演绎和续写着新中国成立后人民翻天覆地的生活变化和时代变迁。不仅形象展现了百年党史中的湖南力量，而且深情礼赞了中国共产党的伟大精神，既讴歌了革命时期形成的红船精神、井冈山精神、苏区精神、长征精神、抗战精神等，又礼赞了新中国成立后形成的抗美援朝精神、雷锋精神、载人航天精神、抗疫精神、脱贫攻坚精神等。

三、美好未来的奋力开创

习近平总书记指出，"我们党的一百年，是矢志践行初心使命的一百年，是筚路蓝缕奠基立业的一百年，是创造辉煌开辟未来的一百年"。"熔铸在百年党史中的湖南红色基因，早已伴随奔腾不息的湘江水深深融入湖湘儿女的精神血脉，成为激励我们砥砺前行的不竭动力"，湖南省委书记、省人大常委会主任许达哲在 6 月 19 日晚会正式首演仪式上的这句致辞，揭橥了《百年正青春》这场湖南省庆祝中国共产党成立 100 周年文艺晚会的价值诉求和意义所在。我们回眸历史、礼赞精神，旨在开创未来、奋力前行。事实上，在 2 个多小时的历史与现实两大交互时空和情境的穿行中，观众无不感受到了中国共产党人为了新中国的成立、新生活的创造而前赴后继、英勇牺牲的壮烈和大胆创造、开拓创新的意志。

"为有牺牲多壮志，敢教日月换新天。"晚会展现了三湘儿女在党的指引下走过的革命岁月，一大批视死如归的革命烈士以自己的英勇牺牲，一大批无产阶级革命家用自己顽强的革命斗志，为新中国的成立铺就了坦途。舞台上，无论是民不聊生的时代，还是战火纷飞的时期，观众目睹了杨开慧、向警予、夏明翰、陈树湘、左权等无数革命先烈，在前赴后继地抛头颅、洒热血；观众看到了毛泽东、刘少奇、任弼时、彭德怀、贺龙、罗荣桓等无产阶级革命家，在义无反顾地求真理、闹革命。有了这些先进的、优秀的共产党员的引领，全国人民万众一心、披荆斩棘，奔向了胜利的前方，终于迎来中华人民共和国的成立，广大人民群众真正地当了家、做了主。

"可上九天揽月，可下五洋捉鳖。"晚会呈现了新中国成立后中国人民尤其是湖南民众在党的领导下走过的建设征程。一大批顽强拼搏的功勋人物，一大批忘我奋斗的先进模范，一大批默默无闻的劳动群众，意气风发，斗志昂扬，掀起了建设热潮，谱写了崭新篇章。中国人民在中国共产党的领导下创造新生活、奋斗新时代，从站起来、富起来到强起来的开拓历程，在晚会一幕幕场景中得到了生动呈现和形象诠释。火车机头的研制、"两弹一星"的发射、杂交水稻的研发、"三高四新"战略的落地，折射着岁月痕迹，记录着特殊意义，唤醒着青春激情。改革开放造福着中国人民的美好生活，科学创造助推着中华民族的伟大复兴。

而晚会四个篇章末端所插入的当代青年跨越时空与革命先辈隔空对话、合唱朗诵的场景也意味深长。那一句句深情的倾诉，动人心弦；那一声声庄严的承诺，响彻云霄；那一个个切实的行动，铿锵有力。它不只是为了展现百年中国今昔变化的地覆天翻，更着眼于激发三湘儿女、全国人民干事创业的昂扬斗志，推进老一辈革命家开创并为之奋斗的崇高事业走向一个又一个胜利，尤其是在全面建成小康社会、实现第一个百年奋斗目标之后，乘势而上开启全面建设社会主义现代化国家新征程。

总体来说，这是一场政治站位高、革命史实准、内容全面、重点突出、艺术精湛、演唱动听、舞蹈利落、画面感人、道具别致、设计精美、动静结合、色彩鲜明、角度新颖、激动人心、鲜活生动的庆祝中国共产党成立100周年的演出盛会。

（岳凯华执笔）

第二节　青春书写的杂技作为与创造

2021年8月9日，笔者前往湖南大剧院观看了由湖南省演艺集团出品、湖南省杂技艺术剧院创演的杂技剧《青春还有另外一个名字》。该剧由刘梦宸任编剧、总导演，赵海涛、郑甜等50余名年轻杂技演员主演，讲述了一个个渺小又伟大的年轻灵魂和生命个体的故事，他们冲破黑暗的笼罩，摆脱沉重的羁绊，探寻光明的道路，奔赴理想的世界，绽放青春的光芒。

从掌声的经久不息和观众的不愿离场等现场情形来看，该剧的首场演出取得了良好反响。

一、在新时代里有新作为

2021年是中国共产党成立100周年，该杂技剧的制作即缘起于这一重要时间节点。有着60余年辉煌历史的湖南省杂技艺术剧院，在湖南省委宣传部、湖南省文化和旅游厅、湖南省文学艺术界联合会的大力支持下，勇于探索，敢于创新，精于打磨，终于推出了这部立意高远、情节曲折、境界恢宏、表演精彩、吸引力强的杂技剧——《青春还有另外一个名字》。该剧巧妙把握主流话语的需求和观众趣味的指向，极度挖掘传统杂技技艺的吸引力，用青年男女健壮、健康、美妙、美丽的身体符号，着力展现青春风采、挥洒青春气息，礼赞百年，讴歌时代，庆祝中国共产党成立100周年，既更加纯粹地满足青年观众的娱乐趣味，又能寓教于乐，将主流文化诉求推向极致。

事实上，湖南省杂技艺术剧院可以溯源到成立于1959年9月、有着光辉历史的湖南省杂技团。该团曾先后60多次应邀赴全球40多个国家和地区演出，在国内外各项比赛中荣获40多个奖项，如柔术造型《春蚕吐丝》《晃球顶技》等在第一届新苗杯全国杂技比赛中荣获金奖，杂技节目《与狼共舞——独轮车》获第七届中国杂技金菊奖等。自2012年4月经湖南省委、省政府批准转企改制以来，湖南省杂技艺术剧院更是大胆突破，开拓创新，作品众多，荣誉等身，如《芙蓉国里》（2012）、《梦之旅》（2015）、《森林奇境》（2017）、《加油吧，少年！》（2019）、《小夫妻》（2020）等杂技节目均给人留下了难忘的记忆和深刻的印象。

岁月沉淀，技巧升华，正是基于这些优秀杂技作品叙事策略的创造、导演技法的演练、表演经验的积淀和商业美学的惯例，湖南省杂技艺术剧院薪火相传、齐心协力、矢志不渝，编、导、表、服、化、道、灯、音、宣各色人才兼收并蓄、博采众长、创新求变、善谋有为、锐意进取，才能在中国共产党成立100周年之际，追寻赤诚初心，书写青年群像，迅捷快速、水到渠成地推出这部在时代质感和艺术审美方面均有感染力和震撼力的杂技剧《青春还有另外一个名字》。因为其独特的杂技语汇与舞蹈、戏剧、音乐、电影等艺术元素的巧妙杂糅，音乐音响与视觉影像等剧场语言的娴熟运用，观演空间和视听感受的奇妙融合，这部杂技剧才能在湖南省庆祝中国共产党成立100周年的众多文艺活动中脱颖而出，从而能与湖南省庆祝中国共产党成立100周年文艺晚会《百年正青春》、"百团百角唱百年"湖南省文艺院团竞演、电影《大地颂歌》、电视剧《理想照耀中国》《百炼成钢》、舞剧《热血当歌》、京剧《向警予》、湘剧《忠诚之路》、民族歌剧《半条红军被》等其他兄弟文艺门类和样式一样，牢牢把握中央精神和庆祝活动基调，营造同庆百年华诞、共创历史伟业的浓厚氛围。

总而言之，这部使用杂技语汇和声光语言细腻生动、张弛有度地展现青年人"携着勇气和信念，朝着光和梦想的方向，追逐、奔跑、跌倒、成长、再出发"的作品，营造了既令人惊奇又让人振奋的视觉愉悦感和耳目一新的梦幻体验，彰显了湖南省杂技艺术剧院不俗的戏剧化表演水平、丰富的表演经历和扎实的业务能力，为新时代杂技剧拓展了传统杂技技艺的表现空间，展现了"杂技湘剧"的表演魅力和创作风采。

二、于新类型中有新创造

我们知道，随着西安战士战旗杂技团排演的杂技剧《天鹅湖》在2004年的成功上演，一种基于柔术、车技、口技、顶碗、走钢丝、变戏法、舞狮子等传统杂技技艺基础之上的新型杂技剧正式诞生。对于中国杂技而言，杂技剧无疑是一种从简单到复杂、从单一到综合、符合表演艺术发展规律的新类型，它使得古老的"打把式卖艺""勾栏瓦肆""撂地摊""杂耍"等表演活动登上现代剧院之类的大雅之堂，并呈现出了一种快速发展的走向和态势，"新杂技"的创作理念正引起越来越多人的思考和关注。

虽然杂技剧的定义尚在人们的探索、讨论和论争之中，但这种用杂技形式表演的戏剧、以戏剧形态表现杂技本体的艺术在国内杂技界已排演了《渡江侦察记》《战上海》《芦苇青青菜花黄》《红色记忆》《江城》《百鸟衣》《大禹》《化·蝶》《小桥流水人家》《岩石上的太阳》《炫彩中国》《梦回中山国》《冰秀·寻梦》《水秀·龙石》《瑶心鼓舞》《我们从"那"来》《我是谁》等100多部杂技剧，其中湖南省杂技艺术剧院至少就贡献了如前所述的《芙蓉国里》《森林奇境》《梦之旅》《加油吧，少年！》等多部。而近日推出的《青春还有另外一个名字》这部杂技剧，与之前线索单纯、人物集中、主角鲜明、题旨单一的杂技剧相比又有了新的创造和新的特质，在较大程度上实现了中国杂技剧创作艺术的突破。该剧没有改编一些为人熟知的红色经典作品或传统神话故事，而是在故事讲述、情节构思、悬念设置、情怀呈现、主旨表达尤其是人物塑造上追求标新立异，正如导演所云："没有绝对的主要人物，但又绝对每一个人都是主角。"该剧着力塑造的是"青年"这一群体形象，阳刚显青春之形，攀登塑青春之神，自信铸青春之魂。

青春的力量有多大？青年的力量有多强？看完这部杂技剧后，笔者的心情久久不能平复。这样的主角，正是习近平总书记所说的"党的队伍中始终活跃着怀抱崇高理想、充满奋斗精神的青年人"，"这是我们党历经百年风雨而始终充满生机活力的一个重要原因"。我们知道，以年轻人为主体的中国早期马克思主义者如陈独秀、李大钊、毛泽东等因信仰而集结，"明目张胆正式成立一个中国共产党"。打开了一扇门，成立了一个党，中国革命从此以后有了主心骨，中国人民从此以后挺起了脊梁，并得以一路从站起来、富起来到强起来。该剧以杂技的形式尊崇青春、赞美青年，侧重用内心独白式的杂技动作和身体语汇，将青年文化与主流文化结合在一起，而观众欣赏的自主性被强化，显示了强大的市场感召力，凸显了庆祝中国共产党成立100周年之基调。

在文学世界里，人们很容易看到礼赞青春、礼赞青年的语句，如陈独秀在《青年杂志》上开宗明义的发刊词："青年如初春，如朝日，如百卉之萌动，如利刃之新发于硎，人生最可宝贵之时期也。青年之于社会，犹新鲜活泼细胞之在人身。"又如李大钊在《〈晨钟〉之使命——青春中华之创造》一文中毫无保留的赞叹之词："故青年者，人生之王，人生之春，人生之华也。"但用杂技形式进行这样的青春书写和叙事却有一定挑战性。该剧采用了全新的创作理念和意识流的创作手法，使用了倒立、旋转、翻滚、盘缠、攀挂、手法、腿技、头功、柔术、爬杆、缘绳、绸吊、钻圈、转碟、抛球、蹬轮、滚环、蹦床等目不暇接的肢体动作、身体造型与杂技技艺。为表现本体和美学资源，在"序""探寻·前方""追逐·方向""重燃·希望""青春的另一个名字是"等5个章节的精心构思和认真编排中，结合高科技多媒体构筑的声、光、电、3D情景效果与视频、舞蹈、美术、音乐交汇融合的感知空间，在真实和魔幻这样一种既可以想见又不可看见的社会规则中，通过《我的祖国》《南泥湾》等红色歌曲的穿插诠释和先后演绎，模糊了传统杂技和现代技术、通俗趣味和先锋实践的疆界，让一群群青年男女克服时空阻碍，置身在忽明忽暗、或高或低、如梦如幻、既为现实亦是象征的舞台情境中，在无保险绳状态下跨越门槛、攀跃高空、翻腾对接，踏上既险象环生又一马平川的征途。或匍匐潜行，或追逐奔跑，或腾空跳跃，或摸索攀援，或移动，或升降，或旋转，在内容表达和舞台呈现上将动态的杂技、动态的青春、动态的舞台三者巧妙、和谐地融合起来，视觉效果十分震撼。我们看到，舞台上的这一群青年一会儿踉跄跌倒、一会儿奋力前行的身体意象，既暗喻着道路的坎坷崎岖，又预示着未来的灿烂美好，堪称"神来之笔"的身体造型艺术。他们有矛盾、困惑、彷徨和迷茫，但始终携着勇气、信念、梦想和希望，流露着锲而不舍、勇往直前的革命精神。该剧就用这样一种可触可感的认知方式，重塑了一种青春乌托邦的集体渴望，展现了青年的阳刚气质，凸显了青年的奋斗品德，突出了青年的攀登气概，展示了青年的勇敢精神，得到了观众感官神经和身体动觉的积极回应。

虽然该剧演员在翩翩起舞、上下翻飞等动作的落脚处或停顿点的精准度和稳定性上偶有失误，但全剧故事峰回路转，场景神秘变幻，现场美如梦幻，际遇跌宕起伏，结构起承转合，叙事行云流水，表演真挚感人，回味绵长隽永。该剧没有热衷于一味炫技、娱乐性的杂技技艺表演，而是通过高低、上下、左右、里外的场面调度较出色地完成了戏剧叙事、塑造人物、主旨呈现等层面的多重表达。由于无须着力刻画一个"高大全"的主要青年角色，该剧中的一个个"青春之我"自然就能在突如其来的百年未有之大变局中生龙活虎、活力四射，看似天马行空、随心所欲，实则如千军万马并驾齐驱。他们怀抱理想、追逐光明，抛弃孤独、烦恼和忧伤，尽情呈现逐梦之旅上可歌可泣的艰辛、拼搏和收获，拥有着创建"青春之国家"、振兴"青春之民族"的勇敢和智慧。这样的青春，这样的青年，自当寄予热望，"吾族今后之能否立足于世界，不在白首中国之苟延残喘，而在青春中国之投胎复活"。正是在与观众的情感交融中，湖南省杂技艺术剧院的这部思想精深、艺术精湛、制作精良的佳品力作告诉了观众：面对凤凰涅槃的中华、伟大复兴的民族，青年应该负起使命、担起责任，这对于当下青年尤其是明星青年具有强烈的针对性和针砭力。

笔者认为，杂技剧唯有与时俱进地写好青年故事、讲好中国故事才有出路，才能展现当代杂技艺术和杂技叙事的独特魅力。若能实现该类作品在年轻人中的破圈传播，为青年人所喜闻乐见，杂技剧就能迎来创作高峰、品质提升，从而以真正的主流强劲力量赢得社会与市场的双重肯定，湖南省杂技艺术剧院也就能够在众水分流、多元并存的发展格局里贡献湖南力量，成为中国杂技剧领域雁行阵型中的领飞头雁之一。

我们期待着，我们希冀着！

（岳凯华、张千子茜执笔）

第三节 《历史深处的记忆——永州馆藏文物随笔》的语言审美和叙事风格

文物是文化的物质载体，是历史与文明的见证。近年来，人民文化需求的提升使文物进入大众视野，因此，从大众角度出发对文物的文化意蕴进行解读便显得尤为重要。在此情况下，经济日报出版社于2022年推出了洋中鱼先生以文质相间、文史互动的语言风格著述的《历史深处的记忆——永州馆藏文物随笔》一书。该书不仅发展了历史类书籍传统的写作范式，而且是对文物文化生活化所进行的探索，作者运用半文半史的语言将文物与当代的文化情感相连接，激发了文物在大众生活中的活力。由此，本节以奥斯汀言语行为三分说为理论模型，对该著作的语言审美和叙事风格进行分析，以期为该著作提供理论层面的分析维度与评价视角。

一、奥斯汀言语行为三分说概念界定

言语行为理论是当前我国文艺学所强调的，以日常语言学派为风格的理论框架。奥斯汀对此行为进行发展，提出在说任何一句话时，人们要同时完成三种行为：以言表意行为、以言施事行为及以言取效行为。其中，以言表意行为所表达的为话语的字面意思，以言施事行为表明说话者的意图，以言取效行为则是指行为意图被受话人所领会而对其所产生的影响或效果，后两者需要在文化场域中进行构造与生成。

《历史深处的记忆——永州馆藏文物随笔》一书为洋中鱼先生创作而成，内有40篇文章，共计16余万字。尤为重要的是，该书集文化研究、历史研究及散文笔调于一体，关切历史与传统文明，以热烈的情怀拥抱历史文物，并试图用自身的情感来构造文物所具备的文化场域，不仅具备文质相间、文史互动的语言风格，而且具备新时代文物观和深厚的人文属性，已然融合了历史学、文物学、社会学和文艺学等多种学科于一体，是打破文物与大众生活之间的隔阂、引导大众将文物鉴赏转化为文化滋养的重要力量。也正因如此，在对其进行评价时，如果单从某一学科的视角出发进行审视则难免有失偏颇，而通过奥斯汀言语行为三分说对该书进行评析，不仅能够顾及该书文史融合的特征，而且可以将其放置在社会文化实践领域进行考察，将静态的内容转化为动态的场域，深入考察其可能带来的社会影响。

二、在奥斯汀言语行为三分说视角下对作品所进行的思考

奥斯汀言语行为三分说是言语行为理论的分支，两者皆立足于文学与生活的联系之中。事实上，我国学者关于文学与生活的关系始终争执不休，在新中国成立初期，文论界以反映论来阐释文学与生活之间的联系，将文学放在附庸者的角色位置。随着文艺理论探索的逐渐深入，言语行为理论代替反映论进入了研究者的视线。此理论以实践为中介，构建起生活与文学之间的桥梁，奥斯汀言语行为三分说同样遵循这一模式。因此，若想借用奥斯汀言语行为三分说对洋中鱼先生的《历史深处的记忆——永州馆藏文物随笔》进行解读，便必须先研究该书与生活之间的关系，即将著书与阅读作为实践中介，研究该书与生活之间所存在的相关联系。通过对《历史深处的记忆——永州馆藏文物随笔》整体进行分析得以发现，该书的内容涉及真实与虚幻、历史与当下，语言风格文史并重，充满哲思，行文结构遵循基本逻辑，皆与生活紧密相关，现对其进行简要分析，以探索此文学与生活的连接模式。

首先，对于其在内容上所涉及的真实与虚幻而言，洋中鱼先生在该著作中大量运用想象画面，以此来充实文物的历史细节、发掘细节、审美意蕴与文化意蕴，但这些虚幻的形象并非无的放矢，而是作者在史实的基

础上所进行的补充与完善。如其描述："或许，就是在南朝的这个背景下，一艘船从长沙转运来了一部分甚至是很小数量的越窑青瓷产品。这些产品抵达当时的零陵郡时，就被官员商贾分享完毕。由于种种因素，它们绝大多数随着主人的消亡进入了土地深处，成为古郡的历史记忆。"由此可见，洋中鱼先生在内容上的虚实关系是在生活的基础上所进行的合理延伸。而对于其在历史与当下的层面而言，可以发现作者在行文中不断地穿梭时空，在对历史场景进行描述时，不仅将其在史实基础上进行合理发散，更是将当下的情感注入历史情境之中，成为其中的情感内核。在对现实场景进行描述时，作者同样遵循虚实相生的技巧，并寓情于景，以此来达成情境和情感的融合。除此之外，洋中鱼先生对想象情节的描绘并未削弱生活所具备的现实性，相反，其将生活放置在哲思之中进行审思，增加了读者感悟生活与文化的思维张力。由此可见，在内容叙事上，洋中鱼先生始终坚持文学与现实相促进发展的策略，在此环节中其所表达出的正是言语行为理论的基本范式。

其次，对于其在语言风格上的文史并重而言，此处所涉及的文史隶属于行文风格的行列，"文"主要指行文辞藻华丽，充斥着想象力与抒情性。而"史"则与"工笔"类似，主要指行文具备客观性，重点突出、骨架明显、言语精简，极力避免主观赘述。之所以说从语言风格可以窥见作品与生活之间的联系，正是因为它不仅能体现作者的观念态度，而且能够与时代主流审美相对照，以推测作者的主观思想。《历史深处的记忆——永州馆藏文物随笔》归根结底带有历史学的痕迹，因此多处运用史笔写作，以对文物的出处与历史进行考据，保证书中论述的严谨性。但如果史笔运用过多，则难免使行文较为枯瘦，缺乏细节与趣味性。因此，作者在运用史笔的过程中穿插散文文体，通过想象场景的构建以及个人情感的表达完善历史细节，建立起与读者的情感连接，得以引起读者的精神共鸣。由此可见，作者在编著该书时，心中不仅怀有对文物的热爱，同样也怀有推广文物文化的"出世"使命感。除此之外，当今时代下，大众所具备的文化素质与文化需求不断提升，对文物所怀有的兴趣与热情远胜于前。在此情况下，博物馆解说式的文物赏析已然难以满足大众的文化需求，而洋中鱼先生所著的该书恰好是对大众需求的回应，具备明显的时代风格与现实意义。由此可见，作者在创作该书时，不仅将书籍映照现实，而且试图通过书籍来影响现实，其所体现出的文学生活观是相独立而存在、相依存而发展的，既不存在附庸，也不存在脱离，基本符合言语行为理论。

最后，对于其在行文结构上的遵循逻辑而言，文学体裁的多样化决定了逻辑脉络的多样化，比如意识流作品中的叙事逻辑具备破碎性与跳跃性，现实主义作品中的逻辑脉络基本沿用现实规则。洋中鱼先生所著的《历史深处的记忆——永州馆藏文物随笔》的结构则呈现出明显的逻辑特征，尽管其涉及不同时空的交叉，但是基本符合大众的认知思维，是对大众所具备的思维逻辑的顺应。可以发现，该书的逻辑贴合日常生活，但绝不是对生活的简单复刻，而是在生活规则的基础之上所进行的跳跃式延伸，与生活逻辑处于并行发展的状态，符合言语行为理论的规范。由此可见，该书与奥斯汀言语行为三分说理论关系密切，将其放置于此理论视角之下进行研究具备较强的可行性与科学性。

三、奥斯汀言语行为三分说视角下的作品文本解读

在从以言表意行为的研究视角切入时，需要先明确书中的语言风格以及我国传统文化所凝练而成的文本意象。以南朝青釉覆莲纹兽首流瓷壶为例，洋中鱼先生写道："也难怪它，能够孤独地穿越一千五多百年的风霜雪雨，能够越过那么多的沟沟坎坎，能够穿透那么多的日日夜夜，从南朝跟跟跄跄地走到今天，实在是一件很不容易的事情。至于墓葬的主人与它和其他出土文物是否有着错综复杂、千丝万缕的联系，只有岁月知道，星月知道，而我们无从知晓。"由此可见，其语言风格亦工亦文，将文物的历史以及审美情趣通过感性的方式予以表达。需要注意的是，我国文字制式丰富，每一字皆有专属的意蕴和情感，具备明显的指向性特征。因此，

读者从上述文字中所品味到的不仅是南朝瓷器所具备的艺术特性，更加有"寄蜉蝣于天地，渺沧海之一粟"的意境，而此不可不谓是洋中鱼先生于文字表达中浸润着的"道"与"业"，以道言意，以业铸表。

以言施事行为在《历史深处的记忆——永州馆藏文物随笔》中的运用更是普遍，作者运用大量篇幅对文物进行了修辞式的描写，从尊重敬畏的角度对文物所担负的岁月与文明进行透视。比如作者曾描述文物在历史中转运的场景："从越地到楚地，虽然路途遥远，且在运输的途中有很多艰险，有可能造成倾覆损毁和人员伤亡，但再远的路途，都阻挡不了人们对美的追求和向往；再高的山和再茂盛的森林，都阻挡不了那些精湛艺术品太阳般的光芒；再长的江河，也阻挡不了舟楫奋进的风帆。"诸如此类的描述在该书中不胜枚举，共同构成了该书的风格特性。事实上，尽管文化活动已然成为大众生活的重要组成部分，但文物却依旧在心理、情感与时空上皆与大众生活存在间离感。再加上大部分对文物进行解说的书籍致力于文物训诂之学，极尽钻研之能，试图展现文物的历史与艺术特性，专业性较强，难以为大众所喜爱，因此，文物始终空悬在大众的生活之外。由此可见，洋中鱼先生的意图是充实史实细节，将文物拉向生活语境之中，借用文学手段对文物内涵进行描述，打破文物阳春白雪的文化姿态，使大众易于接受、易于理解，为文物注入当今时代的开放性内涵，并丰富大众的文化体验。

对以言取效行为所进行的论述需要结合以言施事行为这一概念，即需要统合考察作者的语境及出发点，对最终效果进行对照。毋庸置疑的是，洋中鱼先生所著的《历史深处的记忆——永州馆藏文物随笔》或多或少带有普及文物知识与多角度挖掘文物内涵和美感的倾向。除此之外，习近平总书记曾强调，"让收藏在博物馆里的文物、陈列在广阔大地上的遗产、书写在古籍里的文字都活起来，丰富全社会历史文化滋养"。而该书所传达出的积极向上的精神及与大众生活相接轨的特色正是对时代要求与作者目的的回应，至此，该书达成了奥斯汀言语行为三分说的理论逻辑。

四、奥斯汀言语行为三分说视角下对作品所进行的评价

奥斯汀言语行为三分说不仅是语言学的理论框架，还是进行文艺作品分析与评价的重要工具。事实上，洋中鱼先生的《历史深处的记忆——永州馆藏文物随笔》一书学科涉猎广泛，理论功底深厚，文学基础扎实，单以奥斯汀言语行为三分说为支撑难以对其做出全面评价，却可管中窥豹，为此著作提供部分评价视角的参考。

仅从此书与奥斯汀言语行为三分说理论的契合程度来讲，作者的叙事内容及行文风格完全符合以言表意行为、以言施事行为及以言取效行为的理论框架。由此可见，其所使用的语言具备理论美感，与生活紧密相关，并且具备多维含义，需要读者对其进行反复揣摩与感受。除此之外，洋中鱼先生使用了大量的意象来辅助表达，在作者原意之外进行了文化影射，为读者构建了文学与文化的双重场域，无疑是对奥斯汀言语行为三分说理论的延伸与发展。因此，该书的言语审美在理论层面得到了保证。

《历史深处的记忆——永州馆藏文物随笔》虽说更为偏向历史科普类书籍，但是与现实生活联系密切，不仅符合生活逻辑，而且符合时代的发展要求。即使身处历史学的学科背景之中，其也并未桎梏于历史类书籍的写实性框架，而是从人文视角对历史进行阐述，是对历史类书籍写作范式的创新。由此可见，该书是面向时代、面向大众、面向当下的作品，有助于推动大众对文物文化的认知及情感认同，具备鲜明的时代精神与现实意义。

但是客观来讲，该书并非全无缺憾。实际上，尽管《历史深处的记忆——永州馆藏文物随笔》带有通识性读本的特征，采用文图并列的方式，并且具备明显的时代文化印记，但未能将多媒体手段应用于书中，比如录制微课、放置二维码链接等，未能做到与当代技术连接，此不可不谓是以言取效行为在学理层面的一个遗憾。除此之外，该书在部分论述中带有一定的价值取向，这便使得主观性表达的度难以界定。但就该书整体来讲，

尽管略有缺憾，依旧瑕不掩瑜，是融合美学、文物学、历史学和哲学为一体的综合性读物，对文物的研究以及文物文化的推广提供了推动力。

通过上述研究得以发现，洋中鱼先生所著的《历史深处的记忆——永州馆藏文物随笔》在虚实相间的叙事内容、文史并重的语言风格以及遵循逻辑的作品结构等方面皆符合奥斯汀言语行为三分说的理论基础与理论框架，在内涵上呈现出与生活相互影响、相互促进的态势，在言语风格上呈现出文史相间的基本特征，在内容上呈现出多维表达的文化意蕴。尽管仍有未能运用多媒体手段以及具备主观价值取向等缺憾，但总体来讲是对历史类书籍传统写作范式的突破，有助于文物文化在大众生活中的传播与发展。

（彭子珊、岳凯华执笔）

第四节　2019年湖南艺术发展报告总论

2019年，既是中华人民共和国成立70周年，也是决胜全面建成小康社会的关键之年。在这一重要时代背景下，湖南文艺工作者坚持以人民为中心的创作导向，以出色的文艺实践继续深入学习贯彻习近平新时代中国特色社会主义思想，创作出了一批"无愧于时代、无愧于人民、无愧于民族"[①]的优秀作品，在很大程度上满足了人民对美好生活的向往和需求，激发了人们对时代的深情记忆和对未来的无限憧憬。

一、习近平新时代中国特色社会主义思想的学习贯彻

2019年度，湖南省文联继续深入学习贯彻习近平新时代中国特色社会

---

① 习近平.习近平致中国文联中国作协成立七十周年的贺信［N］.中国艺术报，
2019-07-17（1）.

主义思想和关于文艺工作重要论述精神，强化湖南文艺界的理论武装，加强湖南文艺工作的思想政治引领，推动湖南文艺创作持续稳定发展。

3月4日下午，习近平总书记看望了参加全国政协十三届二次会议的文化艺术界、社会科学界委员，强调指出新时代呼唤着杰出的文学家、艺术家、理论家，认为文化文艺工作、哲学社会科学工作就属于培根铸魂的工作。①作为文化大省的湖南文艺界深受鼓舞，湖南省文联于3月6日在第一时间组织学习贯彻习近平总书记这一重要讲话精神，夏义生、欧阳斌、王跃文、朱训德、杨霞、肖鸣、胡紫桂、金沙、王俏、张千山、蒋蒲英等纷纷发言，要将习近平总书记讲话精神落实到湖南文艺工作中去，把文艺为人民作为最高准则，建设好文艺队伍，全力推动精品力作的创作。②3月29日，湖南省委宣传部主办的"传达学习习近平总书记3月4日在看望全国政协文艺界社科界委员时的重要讲话精神"会议在长沙召开。《湖南日报》开辟《智库》专栏，就如何更好为"培根铸魂"尽心、尽智、尽力撰文献计献策，强调文艺工作"尊重人民主体地位，聚焦人民实践创造"，发挥人民在文化建设全过程中的主体作用，让群众享受到更多更美好的精神文化产品。③

9月22日，湖南省委书记、省人大常委会主任杜家毫对湖南省文艺工作做了"湖南的文艺界要有一股劲，要有敢为人先的精神；要有奉献精神；要有富贵不能淫、贫贱不能移的精神；要有'十年寒窗'的精神"的重要

---

① 习近平在看望参加政协会议的文艺界社科界委员时强调 坚定文化自信把握时代脉搏聆听时代声音 坚持以精品奉献人民用明德引领风尚 汪洋参加看望和讨论［N］.新华每日电讯，2019-03-05（1）.

② 湖南省文联第一时间组织学习贯彻习近平总书记在看望政协会议的文艺界社科界委员时的重要讲话精神［J］.文坛艺苑，2019（2）：13-14；湖南文艺界热议习近平讲话：感受巨大鼓舞和伟大时代的召唤［J］.文坛艺苑，2019（2）：15-16；湖南市州文联齐发声：做文艺领域新时代的弄潮人［J］.文坛艺苑，2019（2）：17-20.

③ 王铁钢.充分发挥人民在文化建设全过程中的主体作用［N］.湖南日报，2019-04-16（5）.

批示。

10月15日，全国文艺界"崇德尚艺、潜心耕耘，做有信仰、有情怀、有担当的新时代文艺工作者"座谈会在京召开，湖南省文联党组书记、副主席、秘书长夏义生在大会发言中指出，习近平总书记五年前在文艺工作座谈会的重要讲话，"创造性地回答了事关文艺繁荣发展的一系列带有根本性、方向性的重大问题"，"继承了毛泽东同志在延安文艺座谈会上的讲话精神，反映了党对新时代文艺规律的新认识，是习近平新时代中国特色社会主义思想的重要组成部分，是引领我们奔向新时代文艺之海的思想灯塔"[①]。

10月23日，湖南省委宣传部部长张宏森到省文联调研，在听取曲艺、戏剧、美术、电影、舞蹈、音乐、摄影、书法、民间文艺、杂技、文艺评论、企（事）业文联等文艺门类和省文联工作汇报后，他强调要加强政治引领，深入学习贯彻习近平新时代中国特色社会主义思想，特别是学好用好习近平总书记关于文艺工作的重要论述，发挥优势，用优秀的作品做大做强"文艺湘军"[②]。

为深入学习贯彻习近平总书记关于文艺工作的重要论述，各协会加强了组织学习的频率。4月21日至24日，湖南省文艺评论家协会、湖南省曲艺家协会在岳阳联合举办了第二期习近平文艺论述专题会员培训班；4月27日至29日，湖南省书法家协会深入学习贯彻习近平文艺思想专题培训班第三期在湖南宾馆授课；5月29日至31日，湖南省音乐家协会第三期习近平总书记文艺工作重要论述专题培训班在岳阳举行；7月15日至16日，湖南省杂技家协会深入学习习近平总书记关于文艺工作的重要论述暨"不忘初心、牢记使命"主题教育专题培训在衡阳梦东方会议中心举行；7月20日至22日，湖南省戏剧家协会在韶山举办了学习习近平总书记关于文艺工作

① 夏义生.引领我们奔向新时代文艺之海的思想灯塔［J］.文坛艺苑，2019（5）：6-7.

② 邹文.张宏森在省文联调研时强调：加强政治引领，做大做强"文艺湘军"［J］.文坛艺苑，2019（5）：3.

重要论述培训班；9月6日至8日，湖南省舞蹈家协会组织省级会员开办学习贯彻习近平总书记关于文艺工作重要论述专题培训班；9月17日，湖南省民间文艺家协会承办的2019年中国民协第二期深入学习贯彻习近平新时代中国特色社会主义思想和党的十九大精神研讨班在株洲开班；9月21日，湖南省摄影家协会第五期学习习近平总书记关于文艺工作重要论述培训班在长沙开班；10月25日，湖南省文联党组书记、副主席、秘书长夏义生在花垣县召开的全省基层文联工作座谈会暨基层文联学习习近平总书记关于文艺工作重要论述专题培训班上发言，认为"坚持把学习贯彻习近平总书记关于文艺工作重要论述作为我省基层文联工作的首要任务和重中之重"①；11月4日，湖南省书法家协会深入学习贯彻习近平文艺思想专题培训班第四期在湖南宾馆授课；11月11日至13日，湖南省音乐家协会在韶山主办第四期习近平总书记文艺工作重要论述专题培训班；12月，湖南省美术家协会在长沙举办了两期学习贯彻习近平总书记文艺工作论述专题培训班。

上述培训班主题鲜明、课程丰富，深入学习宣传了党的十九大精神，使湖南文艺界老中青文艺工作者提高了政治站位、丰富了理论知识，对习近平总书记关于文艺工作的重要论述有了新的认知和领悟，提振了湖南文艺工作者的"精气神"，有力推动了湖南各项文艺工作的顺利开展。

2019年，通过习近平新时代中国特色社会主义思想持续有力的引领，特别是对于习近平总书记关于文艺工作重要论述的学习贯彻，湖南文艺工作者立足湖湘大地，放眼世界，彰显了自己的人文精神和文艺担当，创造出了许多为人瞩目的精品力作。

二、新中国成立70周年的热情礼赞

2019年1月24日，湖南省文联主席欧阳斌在湖南省文联全体干部职工大会上指出，湖南文艺工作需要按照中国文联的工作要点展开，以庆祝新

---

① 夏义生.在全省基层文联工作座谈会暨基层文联学习习近平总书记关于文艺工作重要论述专题培训班上的讲话［J］.文坛艺苑，2019（6）：3-4.

中国成立 70 周年为主线，举旗帜、聚民心、育新人、兴文化、展形象。[①]一年来，为回顾新中国成立 70 年来波澜壮阔的伟大历史进程，歌颂中国共产党坚定不移带领全国人民谋幸福、带领中华民族谋复兴的光辉成就，湖南文艺工作者竞相创作了各类文艺作品，礼赞新中国成立 70 周年。

围绕"庆祝新中国成立 70 周年"主题，湖南戏剧惠民演出活动轮番上阵。

4 月 11 日，湘西土家族苗族自治州举行庆祝新中国成立 70 周年主题宣传教育活动，州直各单位党员、干部职工观看了讲述 80 多年前真实历史的大型红色民族舞剧《马桑树下》，该剧分为"序幕：爱梦一生""第一幕：毕兹卡的熔炉""第二幕：诀别""第三幕：血染织锦""第四幕：白幡下的婚礼""尾声：永远"等 6 个部分，场面宏大，气势恢宏，故事情节感人至深，现场观众纷纷为之垂泪。

4 月 23 日，由中国民主促进会湖南省委员会、北京拾翠艺术发展促进中心联合出品的话剧《何炳麟》在国家大剧院与首都观众见面，赢得满堂喝彩。该剧改编自教育家何炳麟一生中四个重要时期的真实事迹，最大限度地展现他的办学经历、教育精神及岳云中学的发展过程，曾就读于岳云中学的刘道一、何孟雄、杨开慧等为新民主主义革命做出过不懈努力的仁人志士也一一登场，实际上是另一意义上的"文化救国"。

6 月 21 日，2019 年度国家艺术基金资助项目、根据革命历史创作的大型湘剧《云阳壮歌》在长沙实验剧场迎来首次公演。该剧上写重大事件，下说百姓生活，通过茶陵人民在井冈山和湘赣革命根据地时期的革命故事，再现了动荡时代下革命老区人民的生存状态，展现了根据地人民为了革命事业"抛头颅、洒热血"的英雄主义精神，讴歌和缅怀了老一辈革命先烈的丰功伟绩。

8 月 16 日，湖南省京剧保护传承中心的演职员将重点打造的新创革命历史题材京剧小戏《一封家书》《红小鬼勇斗扇子队》，联同 2018 年创排、

---

① 欧阳斌.与省文联机关同志们的新年集体谈心［J］.文坛艺苑，2019（1）：3-5.

在第六届湖南艺术节上荣获田汉小剧目奖的《军礼》，在湖南戏曲演出中心，以京剧小戏晚会的形式，向新中国成立70周年送上诚挚祝福。其中《红小鬼勇斗扇子队》采用当下少见却备受欢迎的京剧小武戏样式，以革命战争年代少先队大队长任思忠（后为开国少将）对抗扇子队的故事为原型，塑造了一支红小鬼少年英雄队伍的形象，喜剧色彩浓厚；《一封家书》讲述在艰苦卓绝的革命斗争中，湖南某游击队队长刘湘英被捕入狱后，面对敌人的严刑拷打和威逼利诱，拒不写脱离革命组织的公开信，并机智地让前来探视的姑妈等带出了一封家书，挫败敌人的阴谋，最后壮烈牺牲的故事；《军礼》讲述了1949年中国人民解放军南下途中，奉命绕道醴陵，看望抗日名将左权的母亲的故事。

12月20日，"庆祝新中国成立70周年暨国际木联成立90周年全国木偶皮影优秀剧（节）目展演"闭幕式在长沙举办，演出在舞蹈《盛世欢歌》中拉开序幕，湖南杖头木偶戏精品荟萃《虞美人》《小放牛》《月光仙子》《游湖》等轮番上演，福建省晋江市掌中木偶艺术保护传承中心的《大名府》片段、江苏省木偶剧团（扬州木偶研究所）的《扇韵》、泉州市提线木偶戏传承保护中心的《驯猴》好戏连台，跨界戏曲皮影《梦临影画》表现了一代代皮影人继承与发扬中华优秀传统文化的情怀，木偶舞蹈《农乐舞》寓意着来年又一个艺术的丰收之年。

为铭记历史、缅怀先烈、继承抗战精神，潇湘电影集团、湖南广播电视台在新中国成立70周年之际，拍摄了多部重现中国革命历史的影视作品。

3月14日，聂如良导演的电影《今世未了缘》上映。该片以一位才貌双全的地下党员肖佩云与进步青年李文祥为主角，讲述一段跨越30余年的传奇虐恋故事，展现动荡年代的革命爱情至纯至真，感人至深。

4月12日，韩万峰导演的电影《暗语者》在全国上映。该片将视角设定为辛亥革命时期的一对普通武学兄弟，讲述民国时期一对兄弟与国家、民族同命运的艰难经历。

9月2日，周琦执导的电影《芙蓉渡》在嘉禾县楚湘电影院举行点映仪式。该片以湖南省嘉禾县历史文化为背景，讲述了1944年抗日战争时期嘉禾芙蓉渡上一群打铁的汉子和一家豆腐作坊的女人为守护家园与日军展开生死搏斗、阻止日军西征的生动故事，具有浓郁的地域文化特色。

9月20日，周琦执导的电影《国礼》在长沙上映。该片把非物质文化遗产湘绣与革命历史事件结合，用两代湘女绣娘的爱情绝唱，展现了湘绣的魅力，谍战类型元素与湖南和平起义事件交叉演绎，增强了影片的商业性和艺术性。

9月29日，金鹰纪实频道、湖南卫视联合出品的5集大型文献纪录片《国歌》浓情奉献。该片分为《风云儿女》《血肉长城》《万众一心》《大国之声》《永恒旋律》等5集，被确定为"庆祝新中国成立70周年"公益展播优秀纪录片。它以饱满的情绪、深厚的情意、精确的发掘和散文化的纪实风格追述《义勇军进行曲》诞生的背景、创作的经过、传唱的历史以及它所唤起的人民自豪感、奋斗感与创造力，通过对峥嵘岁月的追忆告诫国人珍惜和平、勿忘历史。

9月30日，湖南广播电视台为庆祝新中国成立70周年的倾情之作5集大型文献纪录片《中国出了个毛泽东》第二季《中国出了个毛泽东·东方欲晓》播出。该片由《黄河东渡》《滹沱河畔》《"赶考"路上》《双清纪事》《日出东方》等5个篇章构成，围绕新中国成立前后毛主席的故事展开，见证共和国诞生的峥嵘岁月，彰显伟大领袖毛主席的丰功伟绩和无私奉献的高尚品质。特别节目《我们站立的地方》聚焦7位中国边防军人，通过展现戍边军人的忠诚坚守，展现他们为国戍边的热血情怀，致敬用青春保家卫国的时代英雄。

同时，湖南文艺工作者用各种密集的展览活动、展演形式，向共和国70岁生日献礼。

3月6日，"我和我的祖国——株洲市庆祝新中国成立70周年大型摄影图片展"在湖南省文化馆隆重开幕。本次展览共有400余幅摄影作品展出，分为"文明之城""旧貌新颜""工业雄风""美丽乡村""幸福生活""圣景概览"等6个部分，将株洲社会发展与百姓生活的变化用最为直接、简明的方式呈现出来。

3月25日至27日，湖南溆浦县与广西金秀县两地非遗项目交流展演活动在溆浦举行，来自广西金秀瑶族自治县文化馆、非遗保护中心的20多位非遗传人带着非遗节目与溆浦非遗项目艺术家们同台展演。

5月1日，近100幅记录劳动者工作瞬间的摄影作品挂满了长沙市1号和2号地铁沿线两边的广告牌。这是由中国文联摄影艺术中心主办，湖南省摄影家协会（简称"影协"）、天闻地铁传媒公司承办，中国文学艺术基金会支持的"中国梦"影像公益广告展。这次影像公益广告展，是中国文联摄影艺术中心、湖南省摄协等单位为深入贯彻落实党的十九大精神，迎接新中国成立70周年，宣传"中国梦"主题教育和落实文艺创作的指示精神组织开展的专题影展。影展一部分作品来自湖南省摄协举办的"光影·文明·责任"摄影大展、"新时代、新蓝领、新作为——使命与风采"湖南省职工摄影大展的优秀作品，代表了湖南省摄影界的高水平，通过艺术创作给长沙市民呈上了新时代的视觉盛宴。

7月23日，"庆祝新中国成立70周年·迎接第十三届全国美展——湖南省优秀美术作品展览"在湖南省展览馆隆重开幕，现场展出869件美术作品，涵盖中国画、油画、版画、水彩画、雕塑、综合画种等多个美术门类，"脱贫攻坚""乡村振兴""生产生活建设"等现实主题作品比重增加，体现了湖南美术创作的新探索、新发展、新成就。

9月1日，"给人民甜蜜：庆祝新中国成立70周年美仑美术馆馆藏中国版画展"在美仑美术馆开展，展出的版画作品是湖南美术出版社美仑美术馆收藏的从延安时期到改革开放之后的各个历史阶段优秀版画家的精品，以艺术形式展现时代风貌、讴歌民族精神、弘扬优秀传统，向伟大的祖国献礼。

9月5日，"祖国长盛·非遗常青"湖南省庆祝中华人民共和国成立70

周年非物质文化遗产系列展示活动在岳阳市巴陵广场拉开帷幕。开幕仪式上，气势恢宏的《鼓舞巴陵》由70面大鼓齐奏，展现巴陵儿女的热情，表达岳阳人民对祖国最真挚的祝福；全新编排的省级非遗项目白羊田天狮舞《天狮献瑞》欢快、热烈而喜庆；龙舞《龙出洞庭——荷花龙》舞出八百里洞庭美如画的风姿，将全场观众带入了水乡梦境；国家级非遗项目九龙舞《龙出洞庭——盛世九龙》中，九条巨龙上演"蛟龙戏水""大闹洞庭"等精彩绝伦的故事，令人目不暇接、叹为观止。

9月9日至10月13日，"庆祝中华人民共和国成立70周年——经典回眸专题画展"是湖南省谭国斌当代艺术博物馆年度重磅推出的艺术大展，共汇集了以版画和中国画为主的优秀作品55件，包括古元、黄永玉、力群、赖少其、莫测、沈尧伊、王式廓、徐匡、彦涵等名家的木刻版画作品，以及陈白一、莫立唐、徐照海、殷保康、曾晓浒等一批艺术名家的经典国画作品，都是围绕新中国成立前后的和平建设事业、人民美好生活、祖国壮丽河山等主题来进行展现，极具时代标志和历史价值。

9月18日，由湖南省委宣传部、湖南省文化和旅游厅联合主办的庆祝中华人民共和国成立70周年"欢乐潇湘"全省群众文艺会演在梅溪湖国际文化艺术中心举行。会演分为"日出东方""锦绣潇湘""追梦路上"等3个篇章，湖南省14个市州的群众演员参演，涵盖了演唱、舞蹈、音乐剧、民俗、小品、武术等多种艺术形式。整台晚会精彩纷呈、高潮迭起，既有对红色革命历史的深情回顾，也有对精准扶贫攻坚战的艺术再现；既有充满浓郁湖湘风味的民族民俗特色文化展示，也有充满新时代精神的现代歌舞表演，生动反映了新中国成立70年来特别是党的十八大以来湖南省经济社会发展取得的巨大成就，尽情展现了三湘儿女积极乐观、蓬勃向上的精神风貌，深切表达了人民群众对新时代的美好祝福和期待。据统计，本次会演共举办初赛1391台次，参演节目16318个，参演团队12314个，参演人数190400人，初赛观众646.8万人；举办复赛177台次，参演节目2879个，参演团队2210个，复赛观众393.73万人；市州决赛参演节目762个，参演团队393个，参演人数7723人，决赛观众163.85万人。其中，新创节目4305个，通过网络直播等方式吸引1200万余名观众线上观看。

9月27日，由湖南六城摄影家协会和星辰影像特别策划的"大道潇湘——湖湘献礼新中国成立70周年六城联合影展"正式开展。此次摄影展聚焦湖南城市发展、人文传承和人民幸福生活，集合湖湘各地市专业摄影师、摄影爱好者及广大人民群众的力量，以70位摄影人的70件珍贵影像作品献礼新中国成立70周年，入围作品在长沙、岳阳、湘潭、常德、张家界、永州等6座城市进行艺术交流。湖南腾飞的经济、秀美的风光、积极的奋斗者，在摄影师的镜头中被定格记录，将成为见证湖南发展历史的珍贵资料。

10月1日中午12时24分，在庆祝中华人民共和国成立70周年群众游行活动中，由湖南师范大学美术学院院长李少波教授领衔的团队主持设计的长15米、宽6米、高10米、重27.995吨的湖南彩车"潇湘今朝"缓缓通过天安门城楼，汇聚7300万湖湘儿女对伟大祖国的深情祝福，向新中国成立70周年献礼。廖勇教授、唐昌菲教授的作品《亲爱的祖国》（廖勇作曲、唐昌菲作词）是文旅部委托、为"抒情新时代"庆祝新中国成立70周年新创主题歌曲音乐会而特别创作的歌曲。唐勇强教授担任主题歌作曲的电视连续剧《共产党人刘少奇》，获中宣部"五个一工程"奖等一系列优秀成果。王宏伟教授、石倚洁教授参加庆祝中华人民共和国成立70周年文艺晚会《奋斗吧 中华儿女》的演出。

10月28日，"庆祝中华人民共和国成立70周年·共饮一江水"长沙·永州书法篆刻联展在永州市潇湘意美术馆开幕。此次展览共展出80件作品，长沙市、永州市各40件。

11月11日，"红舞潇湘·礼赞中华"——2019湖南省红色旅游文化广场舞大赛开幕，联动全省14个市州，助推湖南红色旅游发展，为新中国成立70周年喝彩。该赛事采用"红舞赛事+红色旅游纪念地+趣味活动"的形式，在全省14个市州进行百万人次的预选赛。总决赛在安化县云台山风景区举行，12支晋级决赛的队伍"红舞潇湘"，决出1个金牡丹奖、1个金芙蓉奖、1个金杜鹃奖、9个优胜奖等奖项。

11月22日，由湖南省书法家协会、湖南省书法院主办，湖南省书协隶书委员会、湖南省书协行书委员会、湖南省书协草书委员会、湖南省书协篆刻委员会分别承办的"庆祝中华人民共和国成立70周年、迎接全国第十二届书法篆刻展——湖南省隶书、行书、草书、篆刻展"在湖南省展览馆开幕。500余件根植传统、立足时代、放眼未来、讴歌社会的书法、篆刻作品集中呈现，既表达了湖南书法篆刻家们对祖国母亲的赤子之心，又展示了湖南当代书法篆刻创作的最新成果，展示的作品是从数千件作品中经过严格评审脱颖而出的，是湖湘书法篆刻家们的心血力作。

12月28日，"最美奋斗者——周令钊先生百岁艺术展"开幕式在湖南美术馆举行，展览分为"青春战歌""为新中国造型""江山如画""湖湘情怀"等4个部分，用200余件美术作品和艺术文献，翔实呈现出周令钊这位百岁艺术家充满激情与创造力的艺术人生，承载着新中国的国家记忆、民族精神与新时代的无限荣光。

12月30日，"共和国不会忘记·永恒的瞬间——湖南公安英雄壮举摄影再现作品展暨壮丽70年·奋斗新时代——株洲公安事业发展图片展"在湖南工业大学图书馆开幕。展览分为"永恒的瞬间——湖南公安英雄壮举摄影再现作品展"和"壮丽70年·奋斗新时代——株洲公安事业发展图片展"两个部分。前者通过"情景再现"作品、拍摄现场视频采访，用震撼人心的镜头语言最大限度还原19名公安英模当年的英雄壮举，记录了英雄们英勇无畏的瞬间。一面由全省100位民警因公负伤的X光片构筑的触目惊心的"伤墙"，真实记录了公安队伍的付出与牺牲，给参观者以无比震撼和感动。后者分为"发展篇""政治建警篇""创新篇""护航篇""英模篇""荣誉篇"等6个篇章，记录了株洲公安70年发展历程，展现了株洲公安事业取得的辉煌成果。

围绕70年新中国文艺和湖南文艺取得的成就，湖南文艺评论界和学术研究界开展了一系列回顾文艺发展历史与展望未来的文艺活动。

6月28日，湖南师范大学文学院、《文艺报》社、中国现代文学馆合作举办"走向辉煌——新中国文学七十年"研讨会。

9月18日，中国作协报告文学委员会、湖南省作协联合主办"庆祝中华人民共和国成立70周年·湖南报告文学作家创作"研讨会。

10月19日，中国中外文艺理论学会、中国文学批评研究会、湘潭大学共同举办"中国文论70年经验总结与反思"学术研讨会。

12月27日，湖南省社科院召开"湖南与中国当代文学70年"学术研讨会暨湖南省文学评论学会第二次年会。

这些活动展示并总结了湖南文艺在时代召唤下取得了成就，显示了文艺发展与时代脉搏之间的密切联系，以及现实生活是文艺创作的源泉。

三、"脱贫攻坚"题材的着力书写

湖南是"精准扶贫"的首倡之地，湖南文艺工作者在决胜全面建成小康社会的关键之年里自然而然非常关注如火如荼开展的脱贫攻坚战。2019年10月17日，湖南省文联专门举办邀集2018年签约"湖南省文联脱贫攻坚主题文艺创作三年行动计划资助项目"的文艺家、歌唱家召开这一重大文艺创作项目推进会①，湖南文艺顺理成章地要在全面建成小康社会三大攻坚战之一的脱贫攻坚题材书写上有相当作为，重点关注和创作了一批以脱贫攻坚战中先进人物和事件为题材的作品。

以湘西土家族苗族自治州花垣县十八洞村日常生活、风土人情和奋斗事迹为基础创作的广播剧《锦绣十八洞》，通过一群鲜活的十八洞村村民形象、曲折动人的故事情节以及充满湘西少数民族特色的歌谣和民俗风情，表现了十八洞村脱贫致富的历程。具有浓郁湘西特色的湖南花鼓戏《桃花烟雨》，以艺术视角解读"精准扶贫"举措，传达了脱贫攻坚不应止

---

① 夏君香，余晔，孙海庆.湖南省文联召开重大文艺创作项目推进会［J］.文坛艺苑，2019（5）：9.

于物质扶贫，更应注重引导人们摆脱贫困的精神觉醒的重大主题。纪录片《不负青春不负村》第二季讲述几名从中国最顶尖的学府走出来的年轻人，响应国家的乡村振兴战略，放弃高薪、舍弃安逸，俯身田间地头，践行自己青春的价值，让梦想在乡间绽放。

　　2019年是脱贫攻坚的关键之年，也是习近平总书记考察十八洞村6周年，湖南省音乐家协会组织中国音协"金钟之星"艺术团来到花垣县慰问演出。演出在欢快热烈的开场舞《苗家喜迎幸福来》中拉开帷幕，歌曲《美丽中国走起来》《美好向往》《我的祖国》《故乡是北京》《相亲》《吉祥安康》《山丹丹开花红艳艳》《父亲的草原母亲的河》《我的太阳》，著名口技表演艺术家李进军表演的口技《欢庆锣鼓》，以及歌曲《唱过一山又一坡》《山歌唱出好兆头》《卓玛》《红旗飘飘》《冬天里的一把火》《站在草原望北京》《套马杆》《万事如意》《幸福中国一起走》《歌唱祖国》，杂技《肩上芭蕾——东方天鹅》等，一个个精彩节目轮番呈现，令现场观众备感振奋和鼓舞。《奔驰在祖国大地上》入选了中宣部第七批"中国梦"主题新创作歌曲，这是表现"脱贫攻坚"主题大型交响叙事曲《苗寨的故事》中的一首歌曲，以脱贫致富后的苗寨村民乘坐高铁旅游为题材，通过向列车窗外眺望春天的独特视角，描绘了祖国的巨大变化和伟大新时代的壮丽画卷，记录了时代前进的步伐，抒发了人民群众追求"中国梦"的壮志豪情。

　　湖南本土小品《谢谢你的"渔"》《我的新时代》《我和我的祖国》《欢歌笑语》《孩子姓什么》《扶贫鲜花献给谁》《快递小哥》等节目响应党在新时代宣传国家精准扶贫的方针和政策，用文艺感动人心，用老百姓喜闻乐见的方式，帮助激发贫困户自力更生、艰苦奋斗的意志，真正实现了文艺扶贫。

　　由湖南省摄影家协会等主办的一年一度的怀化市"美丽乡村"文化艺术节于2月9日启幕，从"2018新时代、新蓝领、新作为——使命与风采"湖南省职工摄影大展中精选出来的50幅获奖精品亮相，由50名归乡在外务工人员志愿者捧着出现在开幕式现场与群众互动，这是湖南省摄影家协会在2019年伊始落实文艺扶贫工作、聚焦精准扶贫、推进乡村振兴战略的一大举措。

湖南文艺评论服务于时代与社会需要，大力评介脱贫攻坚文艺创作。4月29日，湖南省文艺评论家协会和湖南省戏剧家协会共同主办广播剧《锦绣十八洞》座谈研讨会。5月10日，湖南省评论家协会和湖南大学文学院在隆回县举办扶贫文化暨长篇小说《故人庄》研讨会。5月10日至13日，中国文学艺术基金会和吉首大学张家界学院联合主办武陵山区扶贫文艺精品展暨学术研讨会。8月2日，湖南省报告文学学会召开长篇报告文学"脱贫攻坚在湖南"系列丛书审稿会。8月30日，湖南省文联、湖南省文旅厅、湖南省扶贫办、怀化学院等主办"实景演出与精准扶贫研讨会"。11月24日，湖南省评论家协会和岳阳市文联联合主办脱贫攻坚题材报告文学《乡间流淌的是真情》研讨会。

众多湖南文艺作品聚焦脱贫攻坚题材，通过对历史与现实的真实记录、动荡年代与和平时期的艺术呈现、无名人物和有名英雄的热情礼赞，为三湘四水写新貌，为湖湘大地谱新篇，用艺术的笔触书写湖南的新变化，用文学的手法刻画湖湘的新面貌，形象阐释了"脱贫"既是中国人民孜孜以求的梦想，也是中华民族实现伟大复兴的必要举措，还是马克思主义反贫困理论中国化的最新成果，更是中国人民始终如一保卫和建设美好家园的坚定信念。

四、现实生活的大胆掘进

2019年度，湖南文艺工作者的不少文艺创作来源于真实的农村生活，通过多种视角描写当今时代平凡人物的现实生活和生存状态。

围绕农民关注的土地问题，岳阳花鼓小戏《寸土不让》讲述了国土资源保护志愿者、退休村委洪嗲热心公益、仗义执言、铁面无私的故事，以喜剧的方式展现了农村生活中常见的现象和矛盾。这样一出情与法、亲与理的好戏，表明了保护国家耕地、坚守红线准则是每个人义不容辞的责任，对于引导村民的观念转变、村民法治观念的形成有很好的教育意义。

湖南电影积极探索现实题材影片的创作，《大微商》讲述"草根"青年梁田从电商转型到微商创作，几经起落浮沉但仍坚持诚信经营原则，最终成为新一代创业青年标杆的励志故事，从小人物视角呈现当代青年艰辛的创业之路，激励青年创业者勇敢追梦，为中国梦的实现贡献力量。《公主裙》是一部农村题材的儿童片，讲述一对小姐妹利用暑假在鸭场帮忙割草、抓鱼、偷卖鸭蛋，为的就是得到梦寐以求的"公主裙"，让人感受到生活的无奈与父母的艰辛。韩万峰执导的电影《西兰姑娘》根据土家族女作家叶梅的中篇小说《五月飞蛾》改编，讲述以土家族姑娘西兰为代表的几个年轻人来到大都市打拼的人生故事，留下了一个时代的印记。电视剧《激荡》讲述了20世纪末陆氏三兄妹身处上海狭小的弄堂，各自怀揣梦想来北京求学、去深圳闯荡、往海外经商的成长励志故事，其乐观精神令人敬佩，平民化气息让人亲近，呈现了当代人面临的工作和家庭难题。

《逆流而上的你》《只为遇见你》《如果可以这样爱》《鳄鱼与牙签鸟》《火王之千里同风》等都市情感题材电视剧，将现代人生活中的工作和情感焦虑，如中年危机、婚姻情感问题、办公室恋情、海外留学经历等表现出来，通过人心的温情力量化解生活的苦楚，展望未来的幸福生活。而《流淌的美好时光》《奋斗吧，少年！》《加油，你是最棒的》等青春励志题材电视剧，集中展现当代青少年学习、生活和工作中的压力，在青春校园元素中融入网球等元素，为青春剧拓宽选材范围，提供新的题材典范。家庭教育题材电视剧《少年派》立足于现实生活中普通人的家庭现状，仿佛是家庭生活的放大镜，将生活细节呈现在大众视野中，引起观众的热烈讨论。行业电视剧《夜空中最闪亮的星》《筑梦情缘》《你是我的答案》《极速救援》，聚焦明星经纪人、建筑设计师、编剧、重案组、医疗救援等新兴行业，增进观众对陌生行业的了解。纪录片《云中的行走》《逆风的方向》《奔跑人生》《你若安好》《人间正道是沧桑》，注重聚焦平凡人物的奋斗人生，以影像的形式展现他们为实现中国梦所做出的贡献。纪录片《石榴花开》分为《石榴花开满家园》《苗族追梦人》《独龙江畔新鲜事》《延边弦歌》《青山绿水中的爱》《当风吹过草原》《雪域天空下》《金色帕米尔》等8集，用丰富、真实的影像语言讲述了民族大团结背景下的少数民族生活，歌唱民族大团结下的新时代繁荣。

宣传推介湖南的曲艺作品《生在潇湘多自豪》《常德是个好地方》《说唱丝弦》《爱在潇湘》，多次代表湖湘文化，赴德国、法国、纽约联合国总部和中国台湾地区参加外交部主办的文化交流活动，将湖南曲艺的雅韵新声和独特魅力传播至海内外。

曹广莉于1月15日拍摄的摄影作品《奋斗的姿态》在"暖医·1949—2019"摄影比赛中获得图片类一等奖。画面中两名医生在手术台前密切配合，其中一名医生双膝跪地，聚精会神地操作着手术器械。视频类一等奖作品《藏地微笑》反映的是湖南省儿童医院发起的"微笑天使西藏行"公益项目，为西藏100名贫困唇腭裂患儿实施免费修复手术的主题。为记录这个项目，作者在5年时间里和医务人员3次入藏，克服严重的高原反应跟踪拍摄。短短50秒的视频，浓缩了医务人员"敬佑生命，大爱无疆"的职业精神。5月13日，"最美乡村路"摄影大赛在长沙启动。作为"乡村振兴在'路'上"采访活动的重要组成部分，大赛面向全国摄影爱好者发出邀请，征集以长沙"四好农村路"为主题的影像作品。7月19日，2019首届慈利全域旅游节暨全球华人女性摄影大赛摄影师采风活动在张家界市慈利大峡谷景区正式拉开帷幕，吸引了来自全国各地近百位华人女性摄影家参与，用镜头记录不一样的慈利之美。

湖南省演艺集团2019年度积极开展文艺主题创作，围绕重要时间节点，规划创作了音乐剧《袁隆平》、话剧《十八洞》、跨界融合舞台剧《加油吧，少年！》等一系列献礼作品，为推动湖南文艺事业全面繁荣、文化产业快速发展而不懈奋斗，取得了良好的社会反响。

12月3日，由湖南省文联、湖南省音乐家协会主办的第三届潇湘之春"幸福新农村"主题原创民族器乐作品音乐会在长沙音乐厅成功举行，演奏的民族管弦乐《乡村快递哥》《放风筝》，古筝二重奏曲《一塘莲花》，二胡与乐队《乡村叙事曲》，器乐重奏《鸟语花香》，二胡齐奏《听洞庭》，扬琴二重奏《山乡小阿妹》，民乐合奏《快乐的广场舞》，民族管弦乐《金秋时节》等9首曲目都是反映新时代"幸福新农村"主题的民族器乐作品，从不同的角度记录和讴歌伟大新时代农村脱贫致富的美好生活和新农村建设的辉煌成就，是献给新时代的一曲曲赞歌。交响组歌《天职》通过交响乐的表现形式，旨在激励在校大学生在新时代阳光下集合，接受祖国的检阅和挑选，积极应征入伍，献身国防，在贴近当今大学校园生活的同时展现了军营生活的特色。

五、历史题材的多元景观

还原历史事件的湖南文艺作品，满足了人民的多元化审美需求。

由传统大型花鼓戏《大砍樵》中一折小戏改编的花鼓小戏《边桃边李》，讲述了胡仙大姐帮助自家九妹争取爱情的故事，吸收了传统艺术的精华，吸引了更多现代观众观看。昆剧《乌石记》以郴州乌石矶的乌石为载体，讲述了唐代贤相刘瞻携妻多地为官，以石自励，保持清廉初心，为民请命的动人故事。衡阳湘剧《醉打山门》为树立鲁智深的形象，讲述鲁智深如何从一个疾恶如仇的英雄蜕变成为一个济世救民的活佛的故事，保持了湘剧唱腔的本体特色，强化了音乐的抒情色彩，是一部具有创新和跨界融合特点的戏曲艺术作品。新编花鼓戏《蔡坤山耕田》则最具有代表性。相较传统小戏版本，新编版《蔡坤山耕田》由原来的一场增加至六场，讲述明朝正德年间农民蔡坤山夫妇无意中帮助了微服私访的正德皇帝从而引发一系列啼笑皆非的事件，描绘了活泼生动的众生相。新编京剧《梅花簪》在保留传统之魂的同时被注入了现代之美。为了让京剧更好地传承，在创作之初，《梅花簪》创作团队就定下了"守本创新，让年轻观众也能看得懂、坐得住"的基调，在表演、唱腔和舞美设计上都有所创新，基本采用边舞边唱或以舞代唱的方式，演绎了女主角梅花的直爽性格。

集古装、青春、热血、悬疑于一体的电视剧《大宋少年志》，讲述庆历年间的宋朝看似安宁祥和实则暗潮汹涌，周边各个政权纷纷觊觎，开封城内暗藏危机，秘阁秘密培养少年暗探维护国家安定的故事，诠释了友情、家国、悬疑等主题。45集电视剧《大明风华》改编自莲静竹衣的小说《六朝纪事》，讲述明朝永乐年间，靖难之役后，朱棣闯入南京应天府，朱允炆剃发为僧，御史景清一家面临改朝换代的危机，大女儿若微被将军孙愚抚养，小女儿蔓茵被太子朱高炽营救的故事，该剧人物形象刻画细致入微，增加了剧情的可看性。古代仙侠剧《招摇》的取景地是湖南湘西，随着主角命运的走向，画面呈现了美丽的红石林、湘西吊脚楼、少数民族风格的窗户纸和门帘，带给观众不一样的视觉感受。动漫作品《八仙过海》将传统中华民族传统美德和新时代新思想巧妙融合，传递着奋斗拼搏的精神，符合时代特色，在潜移默化中培养孩子们对中华优秀传统文化的兴趣。

湖南曲艺作品在一代又一代的传承与推动下，既富有历史涵养，又赋予时代特征，如2019年全国高腔优秀剧目展演中的《琵琶记》，让人百看不厌的花鼓戏《游春》《打铜锣》《刘海砍樵》《补锅》，傩戏《孟姜女》《捉黄鬼》《张文显》等优秀曲目，都能找到当下最适合的发展状态。尤其是2019年2月19日晚"欢乐春节·湘曲艺韵"两岸文化交流"云林专场"演出活动中的湖南快板《花灯礼赞》、祁阳小调《五更留郎》、长沙弹词《武松探兄》、侗族琵琶歌《心心相印》、湘西三棒鼓《迎春接福》、祁东渔鼓《乾隆皇帝下江南》、常德丝弦《爱在潇湘》等曲目，更是大放异彩。

2019年湖南省民间文艺家协会积极参与中国文联、中国民协组织的《中国民间文学大系》和《中国民间工艺集成·湖南卷》的编撰工作。2022年，湖南李跃忠教授负责主编的《中国民间文学大系·小戏·湖南卷·花鼓戏分卷》正式出版，并被作为样板卷推广。

回顾2019年，湖南文艺界在习近平新时代中国特色社会主义思想的指引下，认真贯彻落实习近平总书记关于文艺工作的重要论述和党中央关于文艺工作的重大决策部署，聚焦新中国成立70周年，着力书写"脱贫攻坚"等重大题材，在健康高效的发展道路上取得了优秀的文艺创作成绩。

（岳凯华、卢付林、李沛霖执笔）

第五节　2020年湖南艺术发展报告总论

2020年，一场突如其来的新冠肺炎疫情在全球范围内蔓延。在国内疫情形势非常严峻的情况下，以习近平同志为核心的党中央领导全国人民依然取得了抗击疫情斗争的重大战略成果，脱贫攻坚目标任务如期完成，全面建成小康社会，"十三五"规划圆满收官。虽然全民居家隔离和保持社交距离给湖南文艺创作带来了影响和冲击，但9月19日习近平总书记考察湖南发表的重要讲话精神，为新时代湖南发展确立了新坐标、锚定了新方位、赋予了新使命。湖南文艺界在习近平新时代中国特色社会主义思想的指引下，认真贯彻落实党中央关于疫情防控的决策部署，以全面建设小康社会和脱贫攻坚关键节点为核心，为打响疫情防控阻击战提供有力舆论支持和精神动力，各艺术门类克服疫情影响，线上线下共同发力，在挑战中显担当，一步一个脚印，用文艺记录时代，创作精品力作，保持持续健康稳定的发展态势。

一、习近平总书记文艺工作重要论述的学习贯彻

2020年度，湖南省文联第九届委员会先后召开会议，要求湖南文艺界进一步深入学习贯彻习近平总书记文艺工作重要论述和习近平总书记在湖南考察时的重要讲话精神，在学懂弄通做实上下苦功夫，推动湖南文艺创作从高原迈向高峰。

4月14日，在长沙召开的湖南省文联第九届委员会第十一次会议中指出，湖南文艺2020年度工作的总体要求是坚持以习近平新时代中国特色社会主义思想为指导，全面贯彻落实党的十九大和十九届二中、三中、四中全会精神，贯彻落实习近平总书记关于宣传思想工作重要思想和文艺工作重要论述，贯彻落实全省宣传部长会议和中国文联十届五次全委会精神，坚持稳中求进、守正创新、务求实效，紧扣决胜全面建成小康社会、决战脱贫攻坚等重大主题，牢牢把握推动湖南文艺高质量发展的主线，发扬敢为人先的精神，发扬奉献精神，发扬"富贵不能淫、贫贱不能移"的精神，发扬"十年寒窗"精神，着力推动习近平新时代中国特色社会主义思想深入人心，着力推动文艺精品创作生产，着力推动文联深化改革以增强组织向心力、吸引力和行业影响力，努力实现政治引领有新成效、服务大局有新作为、精品创作有新成果、文艺惠民有新收获、自身建设有新进展，为建设文化强省做出新的更大贡献。①6月2日，湖南省文联第九届委员会第十二次会议召开。湖南省委宣传部常务副部长蒋祖烜要求湖南文艺界深入学习领会习近平总书记关于文艺工作的重要论述，坚决贯彻落实总书记要求，全面贯彻落实中国文联工作要求，按照省委、省政府工作部署，进一步明确前进方向，以高度的文化自觉和文化自信，把文艺工作摆上重要议事日程，把文艺精品创作摆在突出位置，从民族复兴的历史进程中捕捉灵感，从建设富饶美丽幸福新湖南的生动实践中提炼主题，从湖南省独具特色的湖湘文化、红色文化中汲取营养，推出更多精品力作，使湖南省文艺创作"有高原缺高峰"的状况有一个大的改观，担负起新时代文艺工作的职责使命，在新起点上展现新作为、呈现新气象。②新任文联主席鄢福初强调提高政治站位，把准文艺发展方向，自觉增强"四个意识"，坚定"四个自信"，做到"两个维护"，始终同以习近平同志为核心的党中央保持高

---

① 不忘初心勇担当 牢记使命再出发 努力攀登新时代湖南文艺事业新高峰：在湖南省文联九届十一次全委会上的工作报告 [J].文坛艺苑，2020（2）：2-8.

② 蒋祖烜.在省文联九届第十二次全委会上的讲话 [J].文坛艺苑，2020（3）：1-3.

度一致，深入学习贯彻习近平总书记关于文艺工作的重要论述，广泛宣传贯彻刚刚闭幕的全国"两会"精神，坚持马克思主义文艺观，践行以人民为中心的工作导向，充分调动全省文艺界积极性，为时代立传，为时代抒怀，为时代明德，时刻保持政治定力，团结引导广大文艺工作者听党话、跟党走。[①]9月8日，湖南省文联党组理论学习中心组开展2020年第8次集体（扩大）学习，会议主题是引领湖南广大文艺工作者重温延安文艺座谈会精神，深入学习领会习近平总书记在文艺工作座谈会上的重要讲话精神，在学懂弄通做实上下苦功夫，推动湖南文艺创作从高原迈向高峰。[②]10月9日，湖南省文联传达学习贯彻习近平总书记在湖南考察时的重要讲话精神，强调坚持一切以人民需要作为文艺工作的导向，做好彰显湖湘文化自信的文章。11月12日，湖南省文联组织党组理论学习中心组第十次集体（扩大）学习，学习贯彻习近平总书记在湖南考察时的重要讲话精神，传达学习党的十九届五中全会精神。

在湖南省文联的领导下，省级各协会及地市县文联通过线下、线上的方式举办培训班、研修班等，加强了理论学习的力度。

7月26日，永州市文联举办了2020年习近平新时代中国特色社会主义思想培训班；9月4日至5日，湖南省戏剧家协会第四期学习贯彻习近平总书记关于文艺工作重要论述专题培训班在韶山举办；9月7日至8日，湖南省音乐家协会第五期学习贯彻习近平总书记关于文艺工作重要论述专题培训班在韶山举办；9月11日至13日，湖南省音乐家协会学习贯彻习近平总书记关于文艺工作重要论述专题培训班在长沙举办；9月15日至17日，湖南省美术家协会第五期学习贯彻习近平总书记关于文艺工作重要论述专题培训班在韶山举办；10月13日至14日，湖南省曲艺家协会会员约100人在韶山宾馆通过现场授课、自学材料相结合的方式参与曲艺培训；10月

① 鄢福初.在湖南省文联第九届委员会第十二次全体会议上的讲话［J］.文坛艺苑，2020（3）：5-6.

② 机关党委.湖南省文联党组理论学习中心组开展第8次集体（扩大）学习［J］.文坛艺苑，2020（5）：6.

16日至18日，湖南省民间文艺家协会在长沙举办第二期学习贯彻习近平总书记关于文艺工作重要论述专题培训班；10月21日至23日，湖南省舞蹈家协会在长沙举办第一期深入学习贯彻习近平总书记关于文艺工作重要论述专题培训班；10月28日至30日，全省基层文联工作座谈会暨基层文联负责人专题培训班在郴州举办；11月9日至11日，湖南省书法家协会第五期学习贯彻习近平总书记关于文艺工作重要论述专题培训班在宁乡市灰汤镇举行；11月10日，潇影集团召开党委理论学习中心组（扩大）第十一次集中学习会议，专题传达学习党的十九届五中全会精神；11月27日至29日，湖南省摄影家协会第八期深入学习贯彻习近平总书记关于文艺工作重要论述专题培训班在长沙开班；12月1日，湖南省画院组织青年画院全体画家深入学习领会党的十九届五中全会精神、重温习近平总书记在文艺工作座谈会上的重要讲话和党的十九大报告关于文化建设方面的重要内容；12月13日，湖南省音乐家协会在长沙举办了学习贯彻党的十九届五中全会精神和习近平总书记考察湖南重要讲话精神培训班。

上述培训班专家讲授生动，学员收获颇丰，对习近平总书记关于文艺工作重要论述的理解更为深刻和透彻，政治站位得到提高，理论知识得以丰富，素质能力得到提升，在习近平总书记关于文艺工作的系列讲话精神特别是在湖南考察时的重要讲话精神的引领下，湖南文艺发展环境和生态的营造趋向良好。

一系列贯彻落实习近平总书记关于文艺工作的重点论述的学习讲座及交流活动，旨在引领湖南省文艺工作者深刻领会习近平总书记和党中央对湖南工作的高度重视，自觉承担起举旗帜、聚民心、育新人、兴文化、展形象的使命任务，推动新时代湖南文艺事业的高质量发展。

二、阻击新冠肺炎疫情主题文艺创作的丰富多彩

面对突如其来的新冠肺炎疫情，湖南文艺界以勇于担当的精神，开展了文艺战"疫"主题创作活动。

2020年1月27日，湖南省文联率先在全国文艺界发出《关于开展阻击新冠肺炎主题文艺创作的通知》，号召全省文艺工作者把防控疫情作为最重要的政治任务，把创作生产优秀主题作品作为当前的重要工作，省摄影家协会、省曲艺家协会、省书法家协会、省美术家协会、省音乐家协会、各地市文联等纷纷发出开展主题创作的倡议。截至2020年2月10日，湖南省文联收到各类文艺作品6690多篇（件），择优推出720多篇（件），作品平均点击量约50000人次，人民网、新华网、光明网、学习强国、《中国艺术报》等媒体还以《湖南文艺战"疫"暖人心》等为题做了专题报道。2月26日，湖南省文联党组中心组学习贯彻习近平总书记在统筹推进新冠肺炎疫情防控和经济社会发展工作部署会议上的重要讲话精神的会议又明确要求全省文艺工作者继续开展文艺战"疫"主题创作活动，用精品力作讲好抗击疫情的"中国故事"，发挥文艺凝聚人心、鼓舞士气的正能量。[①]

一年来，湖南文艺界用文艺战"疫"，发挥了文学、音乐、曲艺、美术、书法、摄影、沙画等文艺门类的优势。各文艺门类相继推出了一批有创意、有深度、有影响的战"疫"文艺作品，再现了抗击疫情的"中国速度"，讲好了抗击疫情的"中国故事"，抚慰心灵，鼓舞士气。[②]

2月1日，湖南省文化和旅游厅召开"艺抗疫情·云游湖南"专题调度会，要求全省文化和旅游系统要充分发挥文旅行业优势，组织开展微视频、短视频、微电影、动漫等网上文艺作品征集活动，广泛征集短平快、接地气、群众喜闻乐见的音乐、诗歌、绘画、曲艺、动漫等文艺作品，通过电视、网络等平台推送至乡村社区，丰富群众文化生活，激发抗击疫情正能量。该专题开设了"阅读书吧""抗疫新作""培训课堂""锦绣潇湘"等板块，新增"抗疫动态""文艺抗疫""非遗抗疫""疫情一线""疫情十讲"等疫情专题。

---

① 伍婧.省文联认真学习贯彻习近平总书记在统筹推进新冠肺炎疫情防控和经济社会发展工作部署会议上重要讲话精神［J］.文坛艺苑，2020（1）：14.
② 湖南省文联.积极用文艺讲好战"疫"的中国故事［J］.文坛艺苑，2020（1）：19-20.

2月3日，一首由湖南省演艺集团、湖南省歌舞剧院联合出品，以全国抗击新冠肺炎疫情为主题的歌曲《保重》在长沙首发。此后，常德市文化旅游广电体育局组织专家团队分别以歌曲、丝弦、大鼓形式创作了《众志成城》《打好疫情阻击战》《天佑中华万万年》等3首防控疫情公益作品；非遗剪纸艺术传人马丽娅带领正在上大学的女儿胡依玲创作了一系列战"疫"剪纸作品；湖南省湘剧院推出"宅在家中看湘剧"系列线上展播活动；衡南县原创音乐《天使战士》为战胜疫情加油鼓劲；临湘市楚韵临湘花鼓戏剧团出品的戏曲唱段《众志成城抗疫情》在网络平台传唱；金莉演唱的战"疫"主题戏曲作品《用爱抗疫》在网络传播。

2月5日，湖南省设计艺术家协会视觉传达设计专业委员会发起2020战"疫"海报设计艺术活动。5月下旬，湖南大学在2020中国应急救援创新设计大赛中共有3件作品获得银奖，分别是谭征宇副教授、马超民博士联合企业共同设计的"公共空间自动雾炮喷淋消毒机器人"，研究生陈永康、李砚辉设计的"AID+心源性猝死急救机器人"（指导教师：何人可），以及本科2018级王雨菁同学设计的"X-stretcher地震救援担架"（指导教师：李辉），同时湖南大学获得最佳组织奖。3月20日，湖南省设计艺术家协会联合发起绿丝带行动，为抗击疫情、增强信心、鼓舞士气贡献力量。5月16日，在月湖状态设计机构如期举办"面对疫情——我们的对策"艺术沙龙活动。5月20日，举办"致敬我的同乡英雄——文创在行动"主题活动，用文创的方式向英雄致敬。

文学成了文艺战"疫"中短平快的"先锋队"。作家王跃文、谭仲池等名家纷纷参与创作，共创作诗歌、报告文学、散文、小说等2500多篇，如王丽君用5天时间采访创作的8000余字报告文学《白衣战士》，纪红建的报告文学《长沙行动》，谭仲池的诗歌《严冬终将过去》，龙红年的诗歌《请给武汉挂一盏灯》，如月的小说《天涯咫尺》，黄德胜的小说《气流》，李文刚的散文《有一种默契叫"你不说，我也不问"》，邓姝琳的儿童剧《过年，我在家里想你啦！》，湖南省木偶皮影艺术保护传承中心创作的诗歌

《余生，一起仰望星空》等。

湖南省戏剧家协会在中国戏剧家协会微信平台推出了《中国剧协抗疫·湖南篇｜〈洞庭南北湘鄂缘，万众一心战"疫"情〉》；湖南省花鼓戏保护传承中心创作《携手待凯旋》《无双国士钟南山》等作品宣传疫情防控，歌颂防疫英雄；望城区皮影戏市级传承人朱国强创作《同心协力抗疫情》，用接地气的宣传方式坚定民众信心；株洲攸县槚山皮影传承人宁曾伟雄仅用一天时间创作出皮影戏《乡村战"疫"》；湘剧《浪淘沙·抗肺炎》等作品也陆续问世；《无名卒》采取"京剧+"模式，把京剧与话剧元素跨界融合，形式新颖，该剧立意"宁己来做无名卒，莫让世人无名卒"，旨在向自疫情发生以来，默默奋斗在抗疫一线的医护工作者致敬。湖湘戏剧工作者群策群力，立足自身特色，共同投身抗疫事业，用特殊的方式宣传了抗疫知识，并取得了良好的成效。

走在战"疫"前线的曲艺成了文艺战"疫"的轻骑兵。上述活动开展以来共收到200多首（段）作品，如长沙弹词《莫到长沙来打卡》，系列快板《不信谣，不传谣》《不扎堆，也过年》《重防疫，勤洗手》《抗病毒，戴口罩》，常德渔鼓《今年，我要勇敢点》《把关》，单口渔鼓《笑看春景满乾坤》，衡阳独角戏《万众一心灭毒害》，大鼓《天佑中华万万年》，快板书《真心英雄》，张杰的长沙顺口溜《满老倌武汉探亲记》和长沙快板作品《真爱不隔离》，李庭婷的常德丝弦《打好疫情阻击战》《风雨同心》，邹华春录制的祁东渔鼓短视频《渔鼓声声送瘟神》等，各有特色，影响颇大，登上了《人民日报》、文明网、学习强国、中国曲艺网、新湖南、红网时刻等媒体，发挥了宣传鼓舞、凝聚人心、正面引领、营造氛围的积极作用。5月17日，湖南优秀文艺抗疫展演活动在长沙市橘子洲头隆重举行。从"艺抗疫情·云游湖南"主题作品中征集到的优秀作品衡州莲花闹《风雨过后更阳光》，宣传了抗疫知识，展现了抗疫胜利的决心与真心，赢得了观众赞誉。

1月31日，湖南省音乐家协会发出了"聚音乐力量 克疫情难关"主题音乐创作活动的倡议，音乐工作者先后创作了500多首主题歌曲，如邓东源的《大爱如山》旨在歌颂奋战在抗疫一线、胸怀博爱的中国共产党人，金沙、孟勇创作了歌曲MV《致敬，白衣战士》，长沙、武汉等地音乐人携手创作了歌曲《守望汉江》，湖南卫视主持人集体献唱赞扬白衣战士的歌曲《你有多美》，金沙作词、江晖作曲的《新冠病毒预防歌》还成了武汉返乡大学生自觉隔离时吟唱的曲子，《让爱绽放天地》《爱不相隔》《爱在春天等你》等5首作品则入选为中国音协全国优秀"战疫"公益歌曲展播系列作品。9月7日晚，由张家界市委、张家界市政府、湖南省演艺集团等主办的"2020张家界山野民谣《你莫走》暨经典民歌汇报演唱会"举行，山野民谣《你莫走》因时因势孕育而生，既是张家界人民顽强抗击新冠肺炎疫情、全面促进旅游复苏的精神展现，也是张家界长期致力于文旅融合发展结出的必然硕果。

3月2日起在湖南卫视、芒果TV上线的10集系列纪录片《在线》第二季《我们在战"疫"》，以客观平时的镜头记录2020年这场疫情风波前后每一位平凡的普通人的故事。《东方风来》是包括《凌云志》《春潮起》《莫等闲》《凭借力》等4集的系列纪录片，用镜头记录航空业、旅游业、智能高科技行业、医疗器械生产行业复工复产的工作者面对疫情带来的困难和挑战所做出的改变和努力。

湖南省美术家协会（简称"美协"）发布了致全省美术工作者的倡议书，美术成了文艺战"疫"的"生力军"。2月至3月，在湖南省文联统筹和安排下，举办了"文艺'战'疫！湖南美术家在行动"线上展览，共收到约4500件投稿作品，"文艺'战'疫"专辑微信推广27期，共登载805件作品，先后被中国美协、文艺报、美术报、红网、新湖南刊登十余个专集。在湖南省文联文艺战"疫"主题文艺创作优秀作品评选中，共创作国画、油画、中国画、水彩、版画、漫画、宣传画等作品1500多件，有26件作品获得优秀奖，2人获得优秀个人奖，如朱训德的《祥瑞图》，袁绍明的《心心相印》，周玲子的《钟南山》，李亚辉的《隔离的是病毒，保护的是真情》，付红的《出征，武汉加油，中国加油！》，雷林的《疫情就是命令》，孙磊的《2020.1.24·他们》，李科的《加油，武汉》，左都建的《菩萨也双停》，柯桐枝的国画《他们在与死神决斗》，杨国平的国画《待到山花烂漫时》，舒勇的国画《众心成城》《有一座山叫钟南山》，刘谦的水墨漫画《新西游记》《特殊时期的湘鄂情》《食——蚀》，尹志烨的漫画《党旗高高飘扬在抗疫一线》，段江华的油画《脊梁》，黄礼攸的宣传画《白衣天使，护佑中华》，欧阳波的中国画《火神山造像》，周石峰的中国画《火雷神山镇疫图》，唐晓明的水彩画《谁家媳妇·谁家娘》系列等。6月18日，中国文联2020年青年文艺创作扶持计划项目"讲好中国故事——从丝路金桥到舒勇每日一画致敬战'疫'英雄主题作品展"在湖南省博物馆展出，共展出舒勇以抗疫故事为内容来源绘制的149幅水墨山水画，还有以丝路金桥图腾雕塑为主题创作的《人类命运共同体》油画首次亮相。

书法成了文艺战"疫"中的冲锋枪，涌现了楷书、行书、隶书、篆刻等1150多件作品，如欧阳斌的《二〇二〇抗疫感怀》，"抗疫鉴初心，驰援显真情。同饮长江水，洪湖连洞庭"，鄢福初的行书《万众一心》，陈羲明的行书《来即汹汹，去必匆匆》，孔小平的行书《众志成城》，王集的篆书《安平泰》，胡立伟的篆刻《武汉加油》，旷小津的篆刻《众志成城》，梁飞熊的楷书《坚定信心，同舟共济，科学防治，精准施策》，易丁的《舍身忘我逆行者，忧疫爱民钟南山》以及《多难兴邦》《大爱无疆》《千方百计除瘟疫，万众一心抗恶魔》等。6月22日，由常德市委宣传部、常德市文明办主办，中国常德诗墙管理处承办，常德市书法家协会、常德诗墙博物馆协办的常德市"同心战'疫'文明花开"社会主义核心价值观主题书画作品展在武陵阁开展，227件抗疫、核心价值观主题的书法作品亮相。

摄影成了文艺战"疫"中的"主力军"。湖南省摄影家协会第一时间发布了"为打赢疫情防控阻击战贡献湖南摄影人力量"的倡议书，共涌现了820多篇作品，如田文国的《战"疫"影像日记》，覃文乐的《走出孤岛，我们将在温暖的阳光里拥抱》，岳阳市影协的《防控消毒》《战疫情，怀化政法在奋战》《热血"90后"医护人员："这次换我们守护你"》《这些"90后"不寻常》《疫情面前他们不需要致敬》等。4月27日，由湖南省文化和旅游厅主办，湖南省文化馆、湖南省艺术摄影学会承办的"万众一心 湖南省疫情防控纪实摄影展览"在湖南省文化馆开展，从5000余幅来稿作品中精选出了110组（幅）进行线下展览。6月12日，在谢子龙影像艺术馆举办了"生命重于泰山——战'疫'2020湖南大型公益影像纪实作品展"，展览分为大"疫"、战"疫"、防"疫"、记"疫"等4个单元，通过沉浸体验式影像作品展示，结合场景艺术还原，铭记此次战"疫"的感人瞬间，向每一位战"疫"工作者致敬。

沙画作为文艺战"疫"中光影交织、形态万千的综合艺术，推出了《祖国不会忘记——逆行白衣战士》《100秒沙画教您防御新型冠状病毒》《总有人冲锋在前》等20多组惟妙惟肖、饱含深情、催人奋进的沙画。

5月17日，"艺抗疫情·云游湖南"优秀文艺作品惠民展演活动在长沙市橘子洲头举行。这一展演分为"抗疫有我""逆行无悔""温暖同行""相约春天""大爱无疆"等7个板块，涵盖了音乐、舞蹈、戏剧、曲艺、美术、书法、摄影和诗歌等多种艺术形式，旨在集中检验"艺抗疫情·云游湖南"主题活动文艺创作的丰硕成果，用实际行动讴歌伟大抗疫精神。

6月13日，由湖南省民间文艺家协会指导的"文艺抗疫 共克时艰"湖南省抗击疫情剪纸作品展在雨花非遗馆开幕，集中展览了全省近百幅优秀作品，讴歌抗疫英雄，记录感人故事，书写新时代精神图谱。

8月18日，湖南省文艺志愿者协会、"笑满三湘"湖南省文艺志愿者服务团以"都是英雄儿女"为主题走进中南大学湘雅二医院，既举办专题笔会，又推送一台丰富多彩的文艺演出，用80%以上紧扣抗疫主题的原创节目，庆祝中国第三个医师节，表达湖南文艺界对抗疫一线的医疗工作者的深情和敬意。

潇影集团创作了《奉献》《一个冠状病毒的自述》《共同抗疫，敢打必胜是湖南！》《共同抗"疫"，精忠报国是湖南！》《礼物》《以爱抗"疫"》

等一批高质量的微电影作品，承制了《预防新冠肺炎之居家消毒》《预防新冠肺炎之出行指南》《预防新冠肺炎之中医药篇》《预防新冠肺炎之手机消毒》等4个科普短视频，从多个角度展现了抗击疫情中的感人事迹，展现出了在困难面前中华民族的凝聚力、向心力，中华人民患难与共、共渡难关的精神，同时也体现出潇影人坚决打赢疫情阻击战的决心。

同时，各地市县文艺战"疫"活动也先后展开。5月21日，攸县举行"抗击疫情·攸州人在行动"艺术作品展，130余幅描绘抗疫一线、讴歌最美"逆行者"，涵盖油画、书法、摄影、素描等形式的作品一一展出。6月6日，邵东市举行"携手同心　决胜小康——2020邵东市'艺抗疫情'优秀文艺作品公益展演"活动，通过曲艺、歌声、舞蹈等多种艺术形式讴歌战斗在疫情前线的英雄。益阳市赫山区举办"画笔抗疫·向英雄致敬"少年儿童绘画大赛，增强少年儿童的防疫意识，激发少年儿童对战"疫"英雄的崇拜和热爱。7月7日，"团结就是力量——2020'抗击疫情·大爱郴州'国际公益海报设计邀请展"在郴州市爱莲湖公园濂溪书院举办，展览分为国内设计师海报作品邀请展、国外设计师海报作品邀请展、郴州援鄂抗疫主题海报作品创作展三个板块，共展出海报作品120幅（国外作品10幅、国内外省作品60幅、湖南作品10幅、郴州作品40幅）、郴州少儿主题作品55幅、"致敬平凡英雄"系列作品32幅，展现了郴州设计界对抗疫之战的观察与思考，向社会展示了郴州广大设计工作者的大爱情怀与社会担当。12月7日，澧县召开抗击新冠肺炎疫情优秀文艺作品表彰会，36件优秀作品涵盖文学、音乐演唱朗诵、书法、摄影、曲艺戏剧和美术等6大类。

三、脱贫攻坚主题文艺活动的全面推进

2020年度，文艺界继续积极实施2017年8月湖南省文联印发的《脱贫攻坚主题文艺创作三年行动计划》，同时推进2020年5月12日湖南省文联印发的《关于报送开展脱贫攻坚主题文艺创作情况的通知》。因此，全省文艺战线大力推进脱贫攻坚题材重点项目的创作。

1月1日，湖南省文化和旅游厅主办、湖南省文化馆承办的"走向美好生活"——湖南省文艺轻骑队"精准扶贫"优秀文艺作品巡演活动在湘西土家族苗族自治州花垣县十八洞村启动。

2月2日，湖南省舞蹈家协会向全省舞蹈工作者发布了题为《勇担使命 共克时艰》的倡议书，举办"众志成城 抗击疫情"主题舞蹈视频展播，组织推广"舞蹈网络公益课堂"慕课计划、文艺进万家"中国舞协健康养生舞抖音直播课""一米见方之舞""我想对你说"等抗疫公益活动，号召舞蹈工作者在防范疫情的同时，聚焦疫情防控主题，用舞蹈讲述仁心大爱的动人故事，讴歌战斗在防控一线的最美人物，描绘这个时代的精神图谱。湖南省中国舞蹈考级工作领导小组"中国舞蹈考级"金牌教师团队上线"手势舞"，成了抗击疫情主题舞蹈视频展播的第一支作品。此后，株洲市舞蹈家协会《致敬逆行者》、怀化市舞蹈家协会《穴位养生舞》、衡阳市舞蹈家协会《坚信爱会赢》、湘潭市舞蹈家协会《向着光前行》、益阳市舞蹈家协会《平安归来》相继上线。伍彦谚出品的"一米见方"之舞——"觉·心"系列帮助居家抗疫，湖南省耒阳市第二中学《坚信爱会赢》、长沙市长郡芙蓉实验中学《国家》、长沙市麓山国际实验学校《阳光总在风雨后》、长沙市明德中学《谢谢你，逆行者》等也是疫情期间的主题作品，《君生我未生》《青红深处》等作品在公益平台进行直播。

3月2日，湖南省51个贫困县全部摘帽。在这个重要时间节点上，湖南省杂技艺术剧院联合芒果新闻共同出品决战脱贫攻坚主题文艺作品原创短视频《湖南脱帽歌》，通过轻松幽默的方式传递力量，助力脱贫攻坚。作品一经推出，好评如潮。

3月25日，《中国艺术报》刊发《探索文艺扶贫的"湖南模式"》，充分肯定了湖南文艺扶贫与文艺创作"双受益"经验。

湖南省戏剧家协会按照省文联的工作要求，号召全省戏剧工作者深入脱贫攻坚第一线，从实践中获得创作灵感和艺术素材，用戏剧的形式讲好精准扶贫的中国故事之湖南篇章。9月27日，大型歌舞剧《大地颂歌》在长沙首演,11月6日至7日在北京国家大剧院演出。该剧分为序曲"浏阳河"、第一幕"风起十八洞"、第二幕"奋斗"、第三幕"夜空中最亮的星"、第四幕"一步千年"、第五幕"幸福山歌"、第六幕"大地赤子"和尾声"在灿烂阳光下",是以十八洞村为原型打造的一部新时代奋斗史诗,将扶贫路上涌现的真实人物和典型事例进行艺术创作,以原创音乐为主打,注重多种舞台元素有机融合,宣传广大扶贫干部的感人事迹,传递三湘儿女在脱贫攻坚中的获得感、幸福感和对党的感恩之情,以湖南之事讲全国,以湘西之事讲湖南,展示湖南"精准扶贫"的非凡历程。曹清平的广播剧《美好时代》以轰轰烈烈的脱贫攻坚、脱贫致富故事为背景,反映了新一代农村知识青年在中国共产党成立100周年之际,响应党和老一辈共产党员的感召,把个人的前途、命运与脱贫致富、建设社会主义新农村的伟大事业相结合,从摇摆、困惑到坚定投入乡村扶贫时代洪流的感人故事。大型花鼓戏《桃花烟雨》、广播剧《锦绣十八洞》、花鼓戏《过渡》等作品,分别荣获湖南省文联脱贫攻坚主题文艺创作特别奖和优秀作品奖。

湖南卫视纪录片创作充分担当起使命与责任,响应国家政策导向,围绕脱贫攻坚与乡村振兴推出了一系列纪录片,创制了《决战美丽乡村》《扶贫村里的年轻人》《光的孩子》等"决战三部曲"和《最是一年春好处》《盛夏有晴天》《硕果秋歌》《冬景胜春华》等"四季"系列,通过记录一个个攻坚克难、迈向新生活和新征程的动人故事,弘扬"上下同心、尽锐出战、精准务实、开拓创新、攻坚克难、不负人民"的脱贫攻坚精神,引起社会对于乡村振兴话题的关注与讨论。历时一年完成的《兴乡计》第二季包括《禾库迁徙》《禾库追梦》《红岩蝶变》《一路领头》等4集,以一个个微观的人物故事为切口,以脱贫攻坚时代背景为横轴,呈现湖南省在精准扶贫、决胜三湘所取得的新成就,讲述湖南省在脱贫攻坚中的担当与作为。电视剧《石头开花》包括《青山不负人》《古村情》《七月的火把》《信任》《怒放的山花》《最后的土房》《山那边》《云寨大灌篮》《阡陌谣》《三月三》等单元,分别讲述10个贫困地区脱贫攻坚路途中先进代表的扶贫故事。《绿水青山带笑颜》是国家广播电视总局脱贫攻坚重点剧目，涉及大学生村官、青年回乡创业等元素，赋予了年轻人创业背后的时代意义。电视剧《江山如此多娇》以湖南省脱贫攻坚为背景，以纪实手法讲述精准扶贫故事。

5月12日，邵阳市文艺界"梦圆2020·脱贫攻坚"主题文艺创作座谈会召开。23日，张家界市文联"助力脱贫攻坚、助力乡村振兴"文艺志愿服务和主题党日活动举行。26日，娄底市娄星区"聚焦乡村振兴、感受美丽娄星"主题文艺采风创作活动展开，现场创作了书法、美术、摄影作品。

6月9日，潇湘电影集团与中国电影股份有限公司、嘉映影业控股有限公司开展相关合作交流，就《长沙夜生活》等相关电影合作事宜展开考察交流。出品的纪录片《温情扶贫路》结合人物采访、影像画面、真实数据等表现形式，讲述枣子喇村在脱贫攻坚战中取得的基础建设、教育保障、产业扶贫等突出成就与扶贫队员们的心路历程。

湖南省音乐家协会以"我们的新湖南——新时代新农村"为主题，分别于6月14日至17日在长沙县开慧镇锡福村、7月16日至18日在涟源市杨市镇开展歌词采风改稿系列活动，重点围绕20首新时代新农村主题应征歌词作品提出修改意见，为新农村题材精品歌曲创作打磨精品歌词，为即将举行的歌曲创作活动提供优秀歌词。

6月15日，由湖南省文联主办、湖南省美协承办的"决胜脱贫在今朝·丹青共筑中国梦"主题采风写生创作活动启动，20多位优秀中青年画家在王金石团长的带领下，深入扶贫攻坚第一线泸溪县、保靖县、花垣县十八洞村等地，紧扣扶贫攻坚奔小康主题，全面展示扶贫现场山川变化、风土人情、先进典型等崭新面貌。同时，湖南省画院推出了3件反映湘西土家族苗族自治州花垣县十八洞村精准扶贫成果的美术创作成果，一是旷小津、李亚辉、袁绍明、周华平创作的中国画（山水）《春暖十八洞》，通过笔墨语言对花垣县十八洞村自然风貌和生活环境进行了提炼升华，描绘了一种新人文地标的神圣感和大气象；二是孙磊、丁虹、付红创作的中国画（人物）《春风拂过十八洞》；三是黄礼攸、贾文广、黄子恺、李海华创作的油画（人物）《春天来喽》，两件人物作品通过对人物造型的把控和整体环境的营造，突出了"幸福感叙事"。王奋英的国画《苗寨春风》、邬建美的湘绣作品《十八洞村的春天》等作品的思想性、艺术性达到了较好的统一，还有一幅以汝城县三合村精准扶贫成果为题材的大幅国画山水画《三合新貌·云顶仙居》。此外，湖南省文联与新湖南合作开设了"圆梦今朝——湖南省脱贫攻坚主题文艺创作成果展"，与红网合作开设了"脱贫攻坚——文艺的力量"网上专题展，推出261件作品，总点击量超过2230万。

7月20日，由金沙作词，孟勇作曲，罗浩任艺术指导，于海、肖鸣任指挥，周跃峰为合唱指挥，胡明珠为总导演，长沙交响乐团担任演奏的大型交响叙事组歌《苗寨的故事》排演启动，10月21日在长沙音乐厅首演。这是我国第一部表现新时代"精准扶贫"首倡地"首倡之为"的作品，也是第一部表现脱贫攻坚主题的大型组歌。该组歌之一《奔驰在祖国大地上》已入选中宣部第七批"中国梦"主题新创作歌曲，在全国循环展播；《我们圆了小康梦》在中央人民广播电台等媒体播出，在"笑满三湘"湖南文艺志愿服务活动中演唱，深受欢迎和好评，产生了越来越大的影响。

8月，湖南省舞蹈家协会邀请国内知名青年编导与湖南省青年编导（含新文艺群体）共赴湘西、永州、邵阳三地开展少数民族舞蹈元素深度采风活动，进一步了解湖南省土家族、侗族、苗族、瑶族等少数民族舞蹈的创作元素。青年编导刘小标、郭贝贝分别创作的《十八洞的新苗歌》《半条被子》获湖南青年文化艺术节　等奖、湖南省大学生艺术展演　等奖，并被选送参加2021年全国大学生艺术展演和第十三届全国舞蹈展演。

8月5日，岳阳市文联开展"不忘初心·与爱同行"扶贫志愿活动，前往平江县偏远山村，为村民拍摄全家福，赠送书画作品，以充实山村精神生活。类似活动多达20余次，创作文艺作品2000多件。

8月31日至9月3日，"小康梦·千年梦"湖南文艺家看千年瑶乡采风创作活动暨湖南文艺家创作基地、湖南文学创作示范基地揭牌仪式在江华县湘江乡桐冲口村启动，深入挖掘和展示永州深厚悠久的瑶族文化底蕴，讲好永州故事，助推文艺事业与脱贫攻坚和"文化、生态、旅游"深度融合，用优秀文艺作品凝聚决战决胜脱贫攻坚磅礴力量。

9月21日，湖南省文联、湘西土家族苗族自治州泸溪县潭溪镇政府在长沙召开座谈会，深入学习习近平总书记在湖南考察时的重要讲话精神，接续做好脱贫攻坚与乡村振兴的有效衔接。湖南省文联紧扣精准扶贫，发挥文联优势，突出文艺特色，积极探索送文化、种文化、育文化的文艺扶贫新路子。都岐村已经成为泸溪县"美丽乡村建设示范村"，且己村已于2019年脱贫出列。湖南省文联驻泸溪县潭溪镇且己村帮扶工作队队长肖双良获评"最美泸溪人——最美扶贫人物"，中国文联授牌泸溪县为"文艺扶贫奔小康"工作示范县。书法家、美术家深入泸溪县浦市古镇采风，创作80多幅"画泸溪、写泸溪"的优秀作品赠送浦市镇政府，悬挂在浦市古镇游客中心，服务当地文化旅游；组织15名美术工作者为泸溪县、汝城县的村子彩绘壁画3000余平方米，美化村舍。

9月29日，娄底市2020年"决战脱贫攻坚·丹青共绘娄底"主题美术作品展在娄底市美术馆开展，展出精品力作160余幅，聚焦娄底各条战线脱贫攻坚伟大实践，描绘新农村建设发展变化，讴歌先进人物和事迹，唱响新时代的主旋律。

10月21日，由湖南省文化和旅游厅、湖南省扶贫开发办公室主办，湖南省文化馆、湖南省花鼓戏传承保护中心、湘西土家族苗族自治州文化旅游广电局承办的2020年全省"欢乐潇湘"精准扶贫优秀文艺作品巡演启动仪式暨凤凰专场上演。

10月23日，"梦圆2020"脱贫攻坚主题文艺创作颁奖活动在湖南广播电视台举行，一批脱贫攻坚主题文学作品产生广泛的社会影响。聂鑫森的小小说集《驱贫赋》分为"先锋篇""立志篇""爱心篇"等三辑，共32篇文章，力图在脱贫攻坚的大背景下开掘第一书记、扶贫干部、村干部和农民身上的文化特质，将传统文化与时代精神进行融汇和对接，让"故事"

陌生化，让人物更鲜活。龚盛辉的长篇报告文学《沧桑大爱》以中国"革命老区脱贫奔小康"这一社会现实为题材，用纪实文学的形式，展现桑植人民在中国共产党领导下所走过的脱贫之路的艰辛及巨大成就。向本贵的长篇小说《两河口》关注乡村现代化进程中农民身份转换的悲与喜，写实手法老到精妙。薛媛媛的长篇小说《远村》以第一书记的走访路线为主线，展开具有代表性的乡村画卷，文笔朴素真挚。李文锋的长篇小说《火鸟》融合了理性叙事与诗性语言，在描绘人物蜕变的同时展现民间传统文化。胡小平的长篇小说《青枫记》体现个人脱贫与故乡脱贫的同步性，兼具历史分量和文学色彩。江月卫的长篇小说《守望》寄情于侗寨习俗，借主人公视角展示山区现状与地域特色。王天明的长篇小说《相思山》讲述三代党员扎根山乡精准扶贫，于生活细节处勾勒乡村人情。刘道云的长篇小说《清风徐来》写青年返乡寻找"农民的尊严"，浸润着浓厚的人文主义意味。海燕的长篇小说《小康之路》从女性视角抒发乡土情怀，围绕个人奋斗之路表现社会振兴之路。徐喜德的长篇小说《汨江欢歌》中艰苦扶贫与曲折爱情并行，描摹脱贫攻坚战中的女性群像。

11月3日，由中共雨花区委宣传部、长沙市书法家协会、雨花区文学艺术界联合会共同主办的"聚力开放雨花，决胜全面小康"长沙市第五届篆书篆刻展评审工作在湖南国学堂圆满结束。本次展览共收稿392件，经长沙市书法家协会组织专家严格评审，共评选出优秀作品12件，入展作品88件，特邀作品30件。同日晚，"富饶美丽幸福新湖南"2020年全省"欢乐潇湘"精准扶贫优秀文艺作品展演在湖南省戏曲演出中心举行，展演由"春意潇湘""情暖潇湘""幸福潇湘"等三个篇章组成。一曲情景演唱《美丽乡村》拉开了演出序幕，实景表演《让妈妈回家》充分展现了湘西土家族苗族自治州花垣县"让妈妈回家"苗绣文化扶贫项目的发展成果，小品《蹚出新路子》讲述了网络直播带火大山深处的农副产品、带动村民脱贫奔小康的故事。

12月8日，由湖南省文学艺术界联合会、湖南省音乐家协会主办的"共圆小康梦——潇湘好歌主题演唱会"在长沙实验剧场举行，演唱的《牵着春风进山村》《我们圆了小康梦》《扶贫叔叔进村来》《爸爸，我不怪你啦》《摆手欢歌》《幸福新瑶家》《呀呀呀得儿喂》《高铁从吊脚楼前穿过》《你别走》《小康中国》《最爱的亲人》《让世界倾听》等12首作品皆为"潇湘好歌"品牌建设中产生的"脱贫攻坚、全面小康"重大主题创作成果，艺术地反映了决胜全面小康的历史征程，礼赞了精准扶贫、精准脱贫的伟大成就，讴歌了新时代人民对美好生活的追求。

12月9日，长沙市重点文艺创作扶持项目"走向康庄"——2020年湖南省实现全面脱贫摄影展在马栏山众创园园区开展，用影像展示全省各地扶贫点翻天覆地的变化，用镜头让中国新农村的新风貌惊艳亮相。

12月11日，"决胜脱贫在今朝·丹青共筑中国梦"湖南省美术作品展览在湖南美术馆开展，200余件展现脱贫攻坚奔小康新成果的优秀美术作品集中亮相，向伟大祖国献礼。作品涵盖中国画、版画、水彩画、油画、连环画、烙画、漆画、钢笔画、综合材料和雕塑等美术种类，重点展示了扶贫现场的人物风貌、山川变化、风土人情，以及脱贫攻坚征程中涌现的典型事迹、先进人物。

12月26日，湖南广电"扶贫三部曲"的首发之作、大型电视专题片《从十八洞出发》在湖南卫视730时段开播。该片分为《首倡之声》《精准之方》《时代之魂》《旷世之业》《未来之路》等5集，让老百姓当主角，记录了很多奋不顾身的扶贫英雄、无私奉献的扶贫干部和艰苦奋斗的脱贫群众，共同构成了决战脱贫攻坚、决胜全面小康的壮美图景。

上述文艺作品的研讨活动也得到了顺利开展，彰显了湖南文艺评论的作为、担当和力量。

3月17日，潇影集团召开电影《新芙蓉镇》项目研讨会。5月9日，潇影集团召开电影《父母的城市生活》剧本研讨会；22日至23日，湖南省诗歌学会在君山岛举办韦丛芜长诗《君山》作品研讨会。8月3日至6日，湖南师范大学、怀化学院、雪峰文化研究会联合在怀化市溆浦县举办"生命力之美——雪峰山文化与文学现代性"学术研讨会;27日,由中国电影家协会、中国电影评论学会、湖南省电影局主办,隆回县委县政府、潇湘电影集团有限公司承办的潇湘电影集团少数民族题材系列电影研讨会在湖南省邵阳市隆回县花瑶景区召开。9月7日,张家界市委宣传部、市文化旅游广电体育局和市委网信办在长沙联合举办张家界山野民谣《你莫走》创作座谈会;14日,大型史诗歌舞剧《大地颂歌》座谈会举行;28日,湖南省文联和省文艺评论家协会在湖南宾馆召开大型史诗歌舞剧《大地颂歌》研讨会。同日,长沙歌舞剧院即将创排的民族歌剧《半条红军被》剧本研讨会在长沙召开。10月22日,湖南省文联在湖南宾馆举办大型交响叙事组歌《苗寨的故事》研讨会;23日至25日,由湖南省社会科学院、湖南省作家协会、《小说评论》杂志社、《芙蓉》杂志社、红网联合主办的"问题与对策:湖南长篇小说创作研讨会"在毛泽东文学院举办;24日,广播剧《美好时代》研讨会在岳阳市平江县坪上书院举行。11月7日,由中国文艺评论家协会、中共湖南省委宣传部、湖南省文联、湖南省演艺集团联合主办的大型史诗歌舞剧《大地颂歌》研讨会在京举行;13日,株洲年度新书(聂鑫森、陈科华、陈文潭等作家作品)分享会在株洲市早禾文化培训学校举行;14日,怀化市文艺评论家协会举行"梦圆2020"江月卫长篇小说《守望》新书发布会。12月2日,电影《半条棉被》专家观摩研讨会在北京举行;6日,由湖南省作协主办,湖南省报告文学学会、雪峰文化研究会联合承办的张雄文长篇报告文学《雪峰山的黎明》作品研讨会在长沙举行;11日至13日,由湖南省现当代文学研究会主办,湖南理工学院中文学院、湖南理工学院韩少功研究所承办的"百年中国文学与灾难叙事"学术研讨会暨湖南省现当代文学研究会第二届年会在岳阳市召开;15日,罗长江的旅游扶贫题材长篇报告文学《石头开花》首发式暨研讨会在张家界市武陵源区举行;17日,湖南省作协与岳阳市作协在岳阳市新华书店主办"梦圆2020"文学征文获奖长篇小说《相思山》赏读会;18日至20日,文学湘军与衡岳作家群研讨会暨第三届湖南省文学评论学会年会在衡阳市召开;21

日，株洲市文艺评论家协会第六次会员大会召开；27日，由湘潭大学出版社出版的全景式展现湖南脱贫攻坚的报告文学著作"脱贫攻坚在湖南"系列丛书首发，与会专家认为该丛书与脱贫攻坚深情对话，为乡村振兴立言赋能，既是脱贫攻坚"湖南样本"的全面展示，又是乡村振兴力量接续的重新出发，用文学的魅力和出版的张力为脱贫攻坚与乡村振兴凝聚起了更为磅礴的合力。

总而言之，湖南全省文艺工作者积极深入脱贫攻坚一线，深切感受和体验脱贫攻坚的生动实践，从中获得了丰富的创作题材、素材、养分和灵感，创作了一批具有时代高度、饱含艺术理想、体现史诗特质的优秀作品，用文艺讲好精准扶贫的中国故事、湖南故事，描写中国共产党带领人民群众脱贫致富奔小康的历史创举、深刻变化和奋斗精神。

四、献礼中国共产党成立100周年的革命历史题材文艺作品先后出现

在中国共产党成立100周年即将到来的伟大时刻，湖南文艺工作者积极创作相关文艺作品献礼中国共产党成立100周年。

4月，湖南省美术家协会全面启动"百年恰是风华正茂"——庆祝中国共产党成立100周年大型美术创作工程，运用绘画、雕塑等多种艺术形式，展现秋收起义、平江起义、湘南起义、芷江受降、湖南和平解放等一系列重大历史事件，毛泽东故居、刘少奇故居等一系列湘籍革命领袖故居，以及"半条被子"、陈树湘断肠明志等一系列红色湖南的故事，全面再现中国共产党成立100周年以来各个历史时期的重大历史事件、杰出历史人物和优秀共产党人，展示中国共产党百年光辉历程和不朽功勋，深刻反映时代的历史巨变，描绘时代的精神图谱，展现新时代灿烂的画卷。4月27日、6月1日举行了两场选题论证会，拟定选题后面向湖南全省展开了广泛的动员征集。9月29日举行了作品梳理会，选出200余件作品草图。11月举行草图评审会，评选出首批重点选题作品草图48件，并组织专家不

定期对这些作者和作品进行观摩指导。这是一项政治意义重大、党史意识鲜明、画史观念突出、艺术脉络清晰的重点美术创作工程。

5月，湖南省常德市召开"2020年曲艺小戏小品创作笔会"。在党的号召下，在人民的殷切希望中，这次笔会紧紧围绕精准脱贫和中国共产党成立100周年两大主题进行创作。

5月23日，湖南省文联在常德高新区举办2020年"到人民中去"第七个中国文艺志愿者服务日活动，活动围绕文艺助力脱贫攻坚、文艺战"疫"、文艺助力复工复产三大主题，面向基层群众与企业职工等广大人民群众开展慰问演出，其中小品《我脱贫了》、快板书《真心英雄》等反映脱贫攻坚、文艺战"疫"主题的曲艺作品受到了现场观众的热烈追捧。

7月18日，"山乡巨变——美仑美术馆珍藏李桦作品展"在美仑美术馆开幕。李桦为周立波先生所著长篇小说《山乡巨变》创作的系列版画较为全面地展示了新时期、新中国、新面貌，淋漓尽致地展现了一个时代的巨变。

7月23日演出的由长沙市湘剧保护传承中心、长沙市艺术创作研究院联合创排的原创大型现代湘剧《国歌·时候》，以田汉为主要人物，以第一届政协会议选定国歌为主要事件，透过田汉撰写歌词的创作背景，展现了战争的艰难与残酷，诠释了共产党员的崇高理想。湘剧《田老大》通过描写抗日战争时期田汉在湖南组建抗敌宣传队时与湘剧艺人们发生的一系列动人故事，聚焦其改编湘剧老戏《抢伞》为《旅伴》这一事件，刻画了一个艺术家田汉、一个革命者田汉、一个拥有伟大人格的"田老大"，同时讴歌了湘剧艺人和湖湘人民在民族危亡时刻的爱国情怀，以及不屈不挠的战斗精神。

8月20日，2020年全国美术馆馆藏精品展出季项目"楚韵湘魂——湖南美术馆藏湖南重大历史题材作品展"在湖南美术馆开展。该作品展分为"三湘史诗"与"红色记忆"两个篇章，集中展出了70余件以湖南重大历史事件、重要历史文化人物、风俗民情、历史变迁为题材的主题性美术作品，其中国画35件、油画23件、版画9件、水彩画5件，报送并入选国家文化和旅游部《2020年全国美术馆馆藏精品展出季活动目录》。

9月4日，潇湘电影集团有限公司拍摄出品的革命历史题材电影《半条棉被》在湖南地区公映。该片根据习近平总书记在纪念红军长征胜利80周年大会上讲述的"半条被子"的故事改编，深刻呈现中国共产党和红军同人民风雨同舟、血脉相通、生死与共的革命情怀，饱含军民之情，颇具时代意义。

9月11日，周琦执导的电影《芙蓉渡》在全国上映。该片改编自郭照光同名小说，将时代背景聚焦在了惨烈的抗日战争时期。以铁匠为首的村民奋起反抗，与日军斗智斗勇，一个英勇顽强的民族抗争故事就此拉开序幕，展现了中华儿女同仇敌忾、英勇奋战、守护家园的英勇精神。

10月11日，《锦绣潇湘·南岳衡山七十二峰图》交接仪式在南岳区举行。《锦绣潇湘·南岳衡山七十二峰图》是以湖南的山脉、水脉、文脉为主线，从湘江源头开始，绵延至岳阳楼入洞庭，涵盖永州、衡阳、株洲、湘潭、娄底、长沙、岳阳等7个地州市的著名景点、名人故居，将八百里洞庭与湘江和生生不息的湖湘文化精神融入了一幅史诗般的绿水青山画卷中。这是湖南美术界从高原迈向高峰的重要创举，是一幅描绘新时代民族复兴、繁荣富强的宏大画卷。

11月13日，由钱路劼导演的电影《九条命》上映。该片讲述1944年的湘南抗日战场上，由秦浩忠带领一个连队最后的9人，在弹尽粮绝之际为了掩护群众撤退，最终牺牲在异地他乡的故事，进一步激发了人民群众的爱国热情。

11月17日，2020长沙市音乐家协会原创作品音乐会在长沙市举行。该音乐会以"礼赞新时代 共圆小康梦"为主题，音乐家们用高质量的原创作品礼赞筑梦前行的伟大新时代。

11月23日，在湖南戏曲演出中心预演、由湖南京剧保护传承中心新创的革命现代京剧《向警予》，以革命先烈向警予为主角，截取其主编党报《长江》、留学寻求真理、致力于妇女解放事业等人生片段，再现了向警予的革命精神。长沙歌舞剧院的民族歌剧《半条红军被》是湖南省长沙市献礼中国共产党成立100周年的重点剧目，入选了文旅部2020—2021年度"中国民族歌剧传承发展工程"重点扶持剧目和"庆祝中国共产党成立100周年舞台艺术精品创作工程"重点扶持"百年百部"创作计划。

11月28日，"同心筑梦　唱响未来"2020原创作品音乐会在湖南音乐厅举行，旨在为中国共产党成立100周年献礼，助推新时代湖南民乐的繁荣发展。

12月2日，由中国电影家协会、中共湖南省委宣传部、湖南广播影视集团有限公司主办的电影《半条棉被》专家观摩研讨会在中国电影家协会举行。

12月11日，岳阳市书法家协会发布"庆祝中国共产党成立100周年"岳阳市第六届书法篆刻展作品征集的通知。

12月23日，由潇湘电影集团有限公司领衔出品的重大革命历史题材影片《英雄若兰》在耒阳市培兰斋隆重举行开机仪式。影片根据耒阳籍革命先烈伍若兰的生平事迹改编，通过讲述伍若兰同志投身共产主义事业并为之奋斗牺牲的光辉一生，展现她"为有牺牲多壮志，敢教日月换新天"的革命情怀和赤子初心。

12月30日，电视剧《百炼成钢》在浙江省横店镇开机，于2021年6月开播。该剧以中国共产党成立100周年的辉煌历程为主轴，通过8首经典歌曲，串联起八大板块，向中国共产党成立100周年献礼。第一板块《国际歌》讲述了革命志士们为救民于水火而携手建党的故事；第二板块《万里长征》讲述了"红军不怕远征难"的英勇壮举与信念坚守；第三板块《黄河在咆哮》充分彰显中国共产党在抗日战争期间作为中流砥柱的使命担当；第四板块《没有共产党就没有新中国》主要描写中国共产党在全国人民的支持与拥护下，冲破黎明前的黑暗，解放全中国的故事；第五板块《最可爱的人》讲述了抗美援朝战场上中国人民志愿军伟大的国际主义情怀；第六板块《歌唱祖国》聚焦新中国发展建设时期所取得的"两弹一星"等辉煌成就；第七板块《为希望祝酒》以钢铁行业为切入点，表现了改革开放时期中国共产党带领全国人民改革创新的故事；第八板块《年轻的朋友来相会》讲述了新时代中国共产党人始终不忘初心、勇于担当，将青春、热血与生命挥洒在脱贫攻坚道路上的故事。

2020年还涌现了诸多讴歌英雄的曲艺精品，如常德丝弦《抗美援朝第一兵》、常德渔鼓《英雄母亲》、鼓书《妈妈！您的儿子是红军》、大鼓《英雄母亲》等，传承红色基因，讴歌英雄人物。

回顾2020年，湖南文艺界始终坚持以深入学习贯彻党的十九大会议精神和习近平总书记关于文艺工作重要论述精神为主线，砥砺前行，奋力拼搏，取得了优秀成绩，不断推动着湖南文艺事业向前发展。

（岳凯华、卢付林、李沛霖执笔）

第七章　文坛检视

第一节　借问英雄何处：《铁血湘西》的叙事艺术

作家出版社于2015年出版的《铁血湘西》是邓宏顺继《红魂灵》《贫富天平》《天堂内外》之后创作的第4部长篇小说。全书分为四部81个章节，共68万字的篇幅，重点书写抗日战争、解放战争期间发生在以辰溪县为中心的大湘西各色人等的国仇家恨，在刀光剑影之中展现了近代湘西各派党、政、军要员和地方武装、土匪首领之间错综复杂的敌我关系与你死我活的生死较量，人物众多，情节曲折，场面宏阔，其战事之险，其山水之秀，其文化之异，无不跃然纸上，让人啧啧称赞、拍案称奇。

一、历史与现实的交织：湘西题材的执着开掘

人们常说，湘西是一块被时代和文明放逐的大地，而邓宏顺正是从这块大地中走出来的乡土作家。他曾在此当过农民、乡村教师、电影放映员、乡秘书、组织部干事、镇党委书记、县委宣传部副部长、市文联副主席。英国女作家、文学批评家、文学理论家、意识流文学代表人物伍尔夫

认为："人生经历对于小说有重大的影响，这是无可争辩的事实。"① 德国著名学者加达默尔也这样说过："如果某个东西不仅被经历过，而且它的经历存在还获得一种使自身具有继续存在意义的特征，那么这种东西就属于体验，以这种方式成为体验的东西，在艺术表现里就完全获得一种新的存在状态。"② 作为幼年失怙、饱尝人间冷暖的大地之子，邓宏顺早早领受了湘西世界的人情冷暖与生活艰辛；成年后的行政职务和人生经历，更让邓宏顺能以严峻的眼光艺术审视和执着表现湘西人民的生活与命运。正因湘西一山一水的滋润、一树一木的支撑、民风民俗的洗礼、传统文学的熏陶，邓宏顺深深地爱恋着这块土地。"为什么我的眼里常含泪水？因为我对这土地爱得深沉……"③ "为什么我用这样的语言叙述这样的故事？因为我的写作是寻找失去的故乡。"④ 邓宏顺出于对家乡的热爱，每完成一部作品就常对人说："将来还是想多积累些湘西的创作资料，多写点有关湘西的作品。"⑤ 不说作者的40多篇中篇小说，仅就长篇小说创作而言，邓宏顺早先的3部作品就均以湘西为背景，或捕捉现实，或把握历史，在个人情感纠葛和日常家长里短的书写中，在纷繁现实语境和错综历史隧道的穿梭中，着力凸显其湘西书写的独特气质。

2006年，湖南文艺出版社出版的《红魂灵》，以沅水河边的湘西小镇为背景，在父子的事业、爱情、价值追求、行为方式的诸多矛盾和家庭悲欢中，演绎新中国成立50余年的政治风云和世事变幻。2011年，人民文学出版社出版的《贫富天平》，在对一个地级市市委书记高南翔平凡朴实而又惊心动魄的行政工作和日常生活的描画中，依然关心湘西大地弱势群

---

① 伍尔夫.论小说与小说家［M］.瞿世镜，译.上海：上海译文出版社，1986：53.

② 加达默尔.真理与方法：哲学诠释学的基本特征 上卷［M］.洪汉鼎，译.上海：上海译文出版社，1999：78.

③ 艾青.我爱这土地［M］//艾青.艾青精选集.北京：北京燕山出版社，2006：99.

④ 莫言.超越故乡［M］//莫言.莫言散文.杭州：浙江文艺出版社，2000：234.

⑤ 蒲钰，蒲海燕.底层人物苦难的思考与拯救：邓宏顺访谈录［J］.创作与评论，2014（7）：58-61.

体的生存状态和生活命运。2014年，北京十月文艺出版社出版的《天堂内外》，着力描绘四阿婆从青楼女子成长为坚强女性的惊人经历，以湘西洪河小镇的生活画卷透视近百年中国农村的历史变迁。而2015年完成、由作家出版社出版的长篇小说《铁血湘西》，正是作者30多年来湘西文史资料收集、积累的创作喷发和艺术结晶，它同样是一部大书特书"近代湘西几十年风云变幻的长篇小说"。正如该书封底所言："作者从乱世的家仇私怨切入，以湘西纵队的始末为主线，纵横开阖地艺术再现了中国近代大湘西数十年各类人物生存较量的漫长岁月和宏阔场面。各派党、政、军要员和地方武装首领的恩恩怨怨，各党派之间的生死存亡的斗争，尽收眼底。奇险的湘西铁血战事，奇秀的湘西山水画卷，奇异的湘西神巫文化，奇妙的湘西人物心灵史尽显其中；大湘西山水养育的智者、勇者、仁者、信者、文者、武者，无不跃然纸上。"[1]正如这部长篇小说封面上的推荐语，《铁血湘西》就是一部"再现近代大湘西人民百年斗争的史书""一部引人走进大湘西人火样情感的诗书"。[2]

显然，这块曾被时代和文明放逐的土地，对于生于湘西、长于湘西的乡土作家邓宏顺而言，却是如此伟大而珍贵的馈赠。这是一团记忆缠绕的文学世界，这是一个创作坚守的精神原点。在这部长篇小说中，邓宏顺运用非虚构的叙事手法，以千年古城辰溪前所未有的战乱与动荡为中心，真实再现了湘西各派党、政、军要员和山寨土匪头目、地方武装首领之间从抗日战争到湘西和平解放前后的政治斗争和军事较量。工厂学校迁徙，日军狂轰滥炸，土匪鱼肉乡里，官场尔虞我诈，白道黑道，小官小匪，明争暗斗，粉墨登场，各色人等都不可避免地要对国家前途、家族恩怨、个人命运表明自己的立场。或为一己私怨而复仇，或为功名利禄而争斗，或为救亡救国而抗争，或为靖匪安民而战斗，或沦为旧政权的殉葬品，或成为新中国的建设者。总而言之，阅读《铁血湘西》，"就是阅读湘西的近代社

①　邓宏顺.铁血湘西［M］.北京：作家出版社，2015：封四.

②　邓宏顺.铁血湘西［M］.北京：作家出版社，2015：封一.

会政治、军事史，就是阅读近代湘西的红色革命史，就是阅读近代湘西的土匪成长与灭亡史"①。

事实上，由于彭家煌、沈从文、朱湘、丁玲、黄永玉、孙健忠、古华、水运宪、蔡测海等前辈文人的诗意抚摸，由于彭学明、向本贵、王跃文、龙宁英、黄光耀、于怀岸、田耳等后起之秀的精神膜拜，湘西这一偏远之隅已赫然成为现代中国文学书写的重镇。事实上，湘西的历史和现实，作为一种内在的制约力量和无法褪去的文化记忆，也成为邓宏顺书写湘西的丰富源泉和重要动力，使得邓宏顺自然也成为湘西文学重镇构筑大军中不可忽视的中坚力量。

二、英雄与土匪的并置：人物形象的多元书写

邓宏顺出生的山村，是一个有着300多年历史的古村，流传着许多残忍的土匪故事和奇异的人物传奇。童年时代，他记忆里"堆积了很多可怕的土匪故事"，如村里老人们常讲的匪徒如何烧光几十栋房屋、如何杀死15个老少男女、如何一枪穿过母子3人的胸膛；工作之后，他好奇于抗日、剿匪的"中共地下党员身上所发生的传奇故事"，如理发师傅所说的当地有一个"蛇精"，几次从国民党追兵枪口下死里逃生，而所谓的"蛇精"其实就是当时受命回乡组织武装力量的地下共产党员。事实上，邓宏顺获得这些故事素材之后，起初只是"想写个中篇小说"，甚至"连名字也都想好了，就叫《红枫林的蛇精》"，但又觉得这么多鲜活人物显然"是一个中篇小说装不下的，还是要写部长篇小说才好"。于是，邓宏顺从听来的故事起步，或从省、市、县、乡、村、个人乃至旧书摊等处收集相关文史资料、个人回忆录手稿，或千方百计采访到了部分地下党员乃至做过土匪的当事人或当事人的后辈亲人。正是这份执着和努力，邓宏顺终于如愿以

① 张家和.读《铁血湘西》品雪峰文化［N］.张家界日报，2015-12-02（5）.

偿："为生我养我的这片热土写一部长篇小说，记录下这些鲜活的人物！"①
然而，这些"真人真事的价值"何在？正如杨绛所说的："全凭作者怎样
取用。"②

　　我们知道，小说成功的前提，是人物形象的成功塑造。老舍曾经说
过，"故事的惊奇，不如人与事的亲切"，"创造人物是小说家的第一项任
务"③。传统中国文学铸成了以帝王将相、才子佳人、妖魔鬼怪为主的形象
塑造模式，现代中国文学的人物形象塑造则呈现了多元化的趋势，但在描
绘革命历史图景与充满民族国家想象的革命历史题材小说中，其人物形象
的塑造则多是"高大全"式的革命英雄人物。由于这类小说着眼于革命历
史的叙述，受到表现题材的影响和规约，诸多作家以执着的艺术信念，实
践着带有特定时代印记和政治色彩的民族国家想象，大规模描写近现代以
来的中国革命斗争，追求"史诗化""历史感""传奇性"，气势恢宏，跨
度宏阔，表意内涵和书写策略凸显主流的意识形态倾向。因此，其人物形
象以塑造工农兵英雄形象为主，如《红旗谱》中的朱老忠，《青春之歌》
中的林道静，《红岩》中的江姐、华子良，《林海雪原》中的杨子荣，但颇
有深度、富于立体感的反面人物不多，普遍存在着公式化、概念化、脸谱
化、漫画化、模式化的倾向。④虽然《铁血湘西》无疑也是一部"书写革
命历史题材的作品"⑤，但邓宏顺笔下的英雄形象与反面人物却有自己的独
到特质。

　　所谓英雄，古人谓之曰："聪明秀出谓之英，胆力过人谓之雄……高

---

① 邓宏顺.《铁血湘西》的心血盘点［EB/OL］.（2015-02-24）. http://www.hnxfsly.
　com/index.php?a=show&c=index&catid=15&id=194&m=content.

② 杨绛.关于小说［M］.北京：生活·读书·新知三联书店，1986：9.

③ 老舍.怎样写小说［M］//老舍.老舍论创作.上海：上海文艺出版社，1982：
　252.

④ 赵树勤，李运抟.中国当代文学史（1949—2012）［M］.长沙：湖南师范大学
　出版社，2012：39-40.

⑤ 张建安.传奇历史与家国理想：读邓宏顺长篇小说《铁血湘西》［EB/OL］.
　（2016-03-28）. http://www.chinawriter.com.cn/bk/2016-03-28/87071.html.

祖、项羽是也。"① "英雄陈力，群策毕举，此高祖之大略所以成帝业也。"②
由此可见，古代的英雄多指帝王将相和杰出人物。到了近代，英雄的外延
发生了明显变化，平民化趋势非常明显。英雄不再是少数有"胆识、勇
气，智慧超群的杰出人物"，而是"隐于世界中之农夫、职工、役人、商
贾、兵卒、小学教师、老翁、寡妇、孤儿等恒河沙数之无名英雄也"③。审
视抗日战争和解放战争期间的湘西大地，帝王将相之类的英雄并非没有，
譬如贺龙、粟裕等人就是，邓宏顺在《铁血湘西》中虽也多次提及了贺龙
这样的主流英雄，但更多笔力却用在对湘西民间英雄的塑造上，集中笔力
塑造了一批默默无闻、悄无声息的地下共产党员形象，如陈策、涂西畴、
向石宇、米庆轩、陈显荣、向阳、余致韩、赵志、李凤轩、谌鸿章和米月
娥等。他们在与日寇、土匪、国民党等人物的斗争过程中，展现了坚忍不
拔的意志和坚不可摧的信仰。特别是陈策，建立抗日民族统一战线，团结
进步民主人士，组织领导爱国学潮声援抗战，参与控制旧政府领导的自卫
团，派遣人员奔赴溆浦龙潭对日作战，"策反"张玉琳、石玉湘，推荐共
产党员进入"国防第一军"担任要职，组建湘西纵队，与溆浦共产党人谌
鸿章掌控的雪峰部队一起配合人民解放军对敌作战、解放湘西。无论是在
日常生活中，还是被抓进监狱里，或者是在军事战场上，陈策的肉体、心
理和精神都经受住了顽强的考验，表现出了一个共产党人的坚忍毅力和远
见卓识，谱写了一曲回肠荡气的革命英雄史诗。当然，他们也有弱点和不
足，或忍气吞声，或优柔寡断，或急于冒进，或过于退忍，甚至信神拜
佛、喝血酒拜把子，张扬封建伦理道德。然而，作者正是通过这些具有鲜
明湘西个性的民间英雄人物，较为生动地表达了英雄主义的价值诉求。湘
西儿女为了自己梦寐以求的理想，在中国共产党的领导下，不惜流血牺

---

① 李崇智.《人物志》校笺 [M].成都：巴蜀书社，2001：145，148.
② 语出班彪《王命论》，转引自罗兴萍.民间英雄叙事与"十七年"英雄叙事小
说 [M].桂林：广西师范大学出版社，2012：21.
③ 梁启超.无名之英雄 [M]//梁启超.饮冰室文集点校：第4集.昆明：云南教育
出版社，2001：2280.

牲，历史将永远铭记他们，后人将永远缅怀他们。

从人物形象塑造的审美效果来看，《铁血湘西》中的土匪，或者说亦官亦军亦匪，甚至是那些"作为革命者的土匪"[①]的人物形象，更让人难以忘怀。近代湘西，虽然山清水秀依旧，但已是险象环生，波谲云诡，群雄并起，日军狂轰滥炸，官场尔虞我诈，土匪鱼肉乡里，正义与邪恶较量，黑暗与光明并呈，文明与野蛮博弈，科学与愚昧争锋，甚至人、神、鬼之间亦在拼斗。张玉琳、石玉湘、陈渠珍、汪援华、曹振亚、杨永清、姚大榜、潘壮飞、张平、徐汉章、龙飞天等人，或终身为匪，或集官、军、匪于一身，分不清谁是土匪、谁是官兵。为求自保，这些形形色色的黑道人物粉墨登场。他们阳刚血性、尚武彪悍，但人在江湖，身不由己，各为所图，明争暗斗，既相互勾结，又彼此打杀，彰显了湘西大地独有的草莽文化基因。这些人物的命运结局，有的始终把个人恩仇置于国家、民族利益之上，与人民为敌，与历史潮流背道而驰，终于穷途末路，沦为旧政权的殉葬品；有的以国家、民族利益为重，幡然悔悟，改过自新而走向新生，成为新中国的建设者。整部小说故事跌宕起伏，情节引人入胜，尤其是既是土匪也是军人的张玉琳、石玉湘等人，其既反人民也反政府、既对共产党犹豫观望又与国民党貌合神离的性格塑造得栩栩如生，容易引发共鸣，让人感触良多。对于土匪形象的认识，毛泽东1925年在《中国社会各阶级的分析》报告中的一段话当是重要的指针："还有数量不少的游民无产者，为失了土地的农民和失了工作机会的手工业工人。他们是人类生活中最不安定者。他们在各地都有秘密组织，如闽粤的'三合会'，湘鄂黔蜀的'哥老会'，皖豫鲁等省的'大刀会'，直隶及东三省的'在理会'，上海等处的'青帮'，都曾经是他们的政治和经济斗争的互助团体。处置这一批人，是中国的困难的问题之一。这一批人很能勇敢奋斗，但有破坏性，如引导

---

① 贝思飞.民国时期的土匪［M］.徐有威，等译.2版.上海：上海人民出版社，2010：276.

得法，可以变成一种革命力量。"①这一段话中所说的"数量不少的游民无产者"，就包括了邓宏顺笔下的湘西土匪。然而，只要有决心，土匪之类的游民也有改造成无产阶级先锋战士的可能。因此，邓宏顺笔下的那些亦官亦匪亦军的人物，虽然作恶多端、顽固不化，但一些人还是能够改造成为革命力量的有力补充，这是毋庸置疑的，所以我们看到小说中的地下党员陈策是这样做的，现实生活中的我们在当下也应该具有这样一种辩证评判湘西绿林好汉、土匪传统的审慎眼光。

当然，小说还塑造了一批思想进步、品格高尚、学养深厚的学者和民主人士形象，如桃源女中校长向绍轩、湖南大学校长胡庶华、楚屏中学校长马公武。日寇入侵，国难当头，他们深明大义，忧国忧民，追求理想，向往光明，为湘西免遭荼毒，荡涤一切污泥浊水，不惜流血牺牲，自然也体现了湘西人的铁血精神和英雄气节。正如人说："《铁血湘西》写的是雪峰山下、沅江岸边的真人与真事，时间跨度数十年，地域范围涉及当年'湘西剿匪'的所有县。如今，当年的那些人与事都已成为历史，但离我们并不遥远，一些上年纪的老人依然记忆犹新。"②

三、传奇与浪漫的融合：乡土风格的诗意凸显

有人说："风格不应该是一种外部的东西，不应该像杂耍那样的东西，是刻意追求的一个结果；它应该是从一个人的内心深处慢慢生长出来的，从童年成长的背景生长出来，是一个自然生长的结果。"③

那些已成过往的故人与旧事，都以各自的色彩、方式和姿态，出现在了邓宏顺这部长篇小说的字里行间。综观《铁血湘西》全书，作者笔下的湘西虽然涵盖了今天的怀化、邵阳、娄底、湘西、张家界、常德的全部或

---

① 毛泽东.中国社会各阶级的分析［M］//毛泽东.毛泽东选集：第1卷.北京：人民出版社，1952：8-9.

② 张家和.读《铁血湘西》品雪峰文化［N］.张家界日报，2015-12-02（5）.

③ 张钧.生命的激情来自于自由的灵魂：林白访谈录［M］//张钧.小说的立场：新生代作家访谈录.桂林：广西师范大学出版社，2002：289.

一部分，但辰溪县依然是邓宏顺的落笔中心。这里沅水泱泱，雪峰苍苍，层峦叠嶂，山水纵横，沃野千里。即使处于战乱年代，处处都是"焦人"的萧条景象，但在作者笔下依然有着田园牧歌的诗意情调，如诗如画的描写勾画出一幅幅和谐宁静、天人合一的图景，是一幅幅曼妙醉人的水墨山水风景图。小说主人公陈策在1935年曾随贺龙北上长征，几年后初次返家从事地下革命，建立共产党地下武装，作者这样描写陈策所见的景况："陈策过家门而不敢入，他走过田畈，走下斜斜的河岸，来到一个很小的乱石码头上。小码头下半截潜入河水，上半截衔进田坎。陈策看见这亲切的河水，忍不住蹲下去搅起一些水花。童年牧牛时，他常从这里趴在牛背上过河，到对面的老庚家吃粽子和西瓜，吃饱了又趴在牛背上回家"，"河边的杨柳不缺水，已经吐出了长长的丝绦，被春风梳理的柳条在水面上舞动跳跃，婀娜多姿的河岸景色与干旱的田地形成了鲜明的比照。如果不是春旱，这里的田畈上也该有绿油油的秧苗，也该有水汪汪的稻田，也该是蛙声如鼓的喧闹……"①看似雅化的景物描绘，却又流泻着别具一格的乡野情趣。这样富有诗情画意的场景描写，在小说里比比皆是。"辰溪县地势奇险，城后的熊首山高耸险峻、怪石嶙峋，如男人般伟岸，为县城终年遮挡北风；而大酉山却坡势舒缓、翠绿如缎、面城而卧，如女人般温柔；两山间如轰然断开，各有数丈悬崖，辰河与沅水奔流到这里相汇后，自两岸悬崖间摩抚而下"，只见丹山寺"整个建筑悬在如刀砍斧削般的数丈赤色悬崖上，远望去，如托于云上、浮于雾外，飞檐惊空，翘角连天，古松盘缠，水花映壁"②，这是写马公武邀请迁徙辰溪的湖大校长胡庶华、杨树达、陈策等人游玩梅花村时如释重负、心旷神怡的难得欢乐，读来极具古诗词的韵味，颇富音乐的节奏感，古趣盎然，为如画的湘西山水平添了一份如诗的情趣。即使是后来张玉琳逼迫蒲裕桂血洗的五宝田村也人杰地灵，是一块风水宝地："五宝田是一个小村，位于辰溪与怀化的交界处，小溪环

① 邓宏顺.铁血湘西［M］.北京：作家出版社，2015：29.

② 邓宏顺.铁血湘西［M］.北京：作家出版社，2015：182.

绕，房屋密集，整个村子的外墙全为嫩绿色的玉竹石砌成。走进家家户户，大门、内壁也全为玉竹石构成，石上雕龙凿凤、布花刻书，最简单的装饰也是浅浮雕的灵芝云纹……村子虽然古老，但门、墙却显得非常清新。"①细心品读，徜徉其间，我们不难感受小说字里行间流淌出的汩汩诗意。小说语言流畅、清新、干净，仿佛让读者置身于烽火硝烟之外而在充满诗性的山水田园画中流连忘返。事实上，正是这样奇秀的山林野壑、奇境异域，构成了小说人物生存的真实背景。这些令人心驰神往、奇特秀美的湘西自然风貌，仿佛是一种诗意的栖居境界，使湘西人充满活力。无论是匪是官，是男人还是女人，都有一副坚贞不屈的脊梁，一种百折不挠的精神。

湘西的历史，本身就是一部充满传奇的历史。在《铁血湘西》里，邓宏顺对湘西人、事、情、景的记录与叙述，布满了奇闻逸事的印记。诸多气氛诡异、内容离奇甚至杂糅着迷信与宗教、神性与魔性色彩的湘西民间故事、传说及民俗的穿插运用，使得原本属于湘西民间的故事充满了神秘浪漫的巫楚气息，使得真实的湘西近代史书写转换为具有虚构色彩的传奇故事，甚至有点近乎神话、传说的特征。譬如"赶尸"，湘西纵队遭到张玉琳部的疯狂搜捕和围剿，但米庆轩因为伤重不得不藏在龙头庵，张玉琳就派人挨家挨户地搜查。为了帮助米庆轩逃出龙头庵，德友、舒昌松和几位大汉就是以湘西特有的"赶尸"手段把米庆轩解救出来的。这一情节颇具传奇色彩，但传奇故事的背后体现的是作家对于生命和人性的深刻理解。又如"放蛊"，李司令不想再用收拾自卫团其他人的办法来收拾涂先求，于是使计骗来湘西苗女放蛊，以便兵不血刃，用计灭之。书中苗女关于虫蛊、血蛊、情蛊、巫蛊的介绍，作者如数家珍，一一道来，让人闻所未闻，心惊肉跳。而苗女对涂先求放蛊具体行动的实施，更令人见所未见，印象深刻。但这段放蛊传奇的书写，凸显的是李司令的狡猾和凶残，彰显的是苗女的不幸和善良。这类描写，以湘西少数民族特有的风俗习

---

① 邓宏顺.铁血湘西［M］.北京：作家出版社，2015：458.

惯、人情人事为依托，合乎神秘湘西的地域特性和民族惯习，弥漫着湘西所特有的"原始"气息。此外，《铁血湘西》在行文叙述过程中还穿插了对湘西民族建筑、风习、服饰、歌谣、梦境的描写，充满着强烈浓厚的奇异色彩和极度夸张的浪漫想象。事实上，这些涉及湘西民族的文化元素，容易让人产生强烈的情感共鸣，也增加了小说的文化含量。我们以为，恐怖、神秘和诡异的传奇书写，既彰显出现当代湘西作家书写怪诞、诡奇现实及人事的传奇趣味，亦使得原始、闭塞、鲜为人知的湘西不再神秘和诡异。当然，阅读这类传奇叙事，我们应以沈从文的这段话为戒："你们能欣赏我故事的清新，照例那作品背后蕴藏的热情却忽略了；你们能欣赏我文字的朴实，照例那作品背后隐伏的悲痛也忽略了。"[①]这就是说，非常态性、虚拟性、浪漫性的传奇，在邓宏顺笔下并非为了呈现猎奇意味，其实质当然是借神灵鬼异、妖魔幻化的故事表层，展现战争年代湘西的世道人心，透视湘西各色人性的刚烈与脆弱、真诚与虚伪、勇敢与胆怯、忠贞与背叛。这是传奇书写的一种创造性转化，是我们阅读现当代作家书写湘西世界的一把钥匙。

总而言之，《铁血湘西》自有邓宏顺独特的艺术追求和创作理念。他熟知湘西社会的自在状态，洞察湘西人性的优劣长短，明白湘西历史的兴衰规律，从而遵循"大事不虚、小事不拘"的创作规矩，运用"非虚构"的创作手法，展现特定民族命运所导致的个人恩仇和近代湘西军政画卷中的复杂人性，明白无误地告诫人们："战乱实在是太可怕了！"[②]

（岳凯华、卢付林执笔）

---

① 沈从文.《从文小说习作选》 代序［M］//沈从文.沈从文文集：第11卷 文论.广州：花城出版社，1984：44.

② 邓宏顺.《铁血湘西》的心血盘点［EB/OL］.（2015-02-24）. http://www.hnxfsly.com/index.php?a=show&c=index&catid=15&id=194&m=content.

第二节 文学与历史的圆融

无论是从文学底蕴还是从历史素养的角度来看，历史小说的创作都不同于一般小说，它对创作者提出了更大的挑战。文史不分家，历史小说的创作是文学与历史的邂逅，而要使两者的状态在作品中达到一种圆融境界，又是一个难上加难的过程。因此，一部优秀历史小说的诞生，一方面，需要创作者独具匠心的艺术构思，使小说文本富有文学艺术趣味而不流于历史的枯燥与乏味；另一方面，小说的创作又要对小说中涉及的所有史实进行长期的史料考证，以还原历史的真实，从而使文本不脱离历史而成为纯粹的文学读物。

杨友今作为中国当代著名的历史小说创作者，长期穿梭于历史与文学如何实现完美结合的问题之中。诚如他在长篇小说《文天祥》后记中所说："历史题材的创作，作者不仅要具备一定的文学修养和艺术概括能力，还要熟悉和善于驾驭这一时期的历史，把作品奠定在历史真实的基础上。历史小说虽非为传播历史知识而作，但是也不应该凭空捏造，任意杜撰，不负责地乱书一通。"[1] 杨友今默默无闻地进行着小说创作前枯燥而艰难的史料考据，一步一个脚印地构筑着自己的文学梦，从而为我们奉献了一部又一部长篇历史小说的精美大餐，如《文天祥》《大唐神韵：女皇武则天》《贞观大帝》等。作家出版社于2016年出版的《贞观大帝》是杨友今长篇历史小说的代表作品之一。作为学者型作家的他，以求实的历史精神，糅合饶有趣味的文学艺术，使这部长篇历史小说在纵横捭阖的文学与历史的交织书写中，文史两者呈现出一种圆融的美学色彩。本节主要从三个方面，即典型人物形象的塑造、纵与横的独特历史观、当文学邂逅历史时，来简单

---

① 杨友今.文天祥［M］.北京：中国广播电视出版社，2006：386.

谈谈小说《贞观大帝》中关于文学与历史的圆融境界。

一、典型人物形象的塑造

文学即人学，"文学是描写人及其生活的，人的形象是文学作品的中心"①。因此，文学作品中是否塑造了典型的人物形象，就显得至关重要。对于《贞观大帝》这部约65万字的皇皇巨著而言，从人物的选择，到人物的设计，再到人物的塑造，都是艰巨的工程。"文学创作，单纯写出'历史的人'比较容易，而要写出'人的历史'那就难得多。"②作者怀揣着踏实的创作精神，于作品中为我们塑造了一个又一个令人难以忘却的典型人物形象，如李渊、李世民、杨广等君王形象；长孙皇后、白雪公主、李娘子等女性形象；长孙无忌、房玄龄、尉迟敬德、魏徵等忠臣形象；李建成、李元吉、王世充等小人形象。

作者在这些典型人物形象的塑造上，可以说是驾轻就熟。这些人物形象的设计各有千秋，作者以百态的语言，或日常的行为，或细腻的心理描写，表现人物独特的性格，从而使这部长篇历史小说具有了极大的可读性，读者可以不困于识记众多的历史人物，而沉醉于作品的精彩内容之中。例如，在君王形象的设计上，李渊的胆小谨慎，李世民的敢为人先，杨广的怯懦与昏庸，作者均通过他们日常的语言加以表现。在女性形象的设计上，长孙皇后的温柔敦厚，白雪公主的率性泼辣，李娘子的巾帼之风，也通过她们的日常行为表现得淋漓尽致。在忠臣与小人的形象塑造上，作者也是立足于历史的真实，发挥文学的想象力，赋予其忠臣忠的多样以及小人恶的不同，各个人物的形象鲜明而突出，在小说中以一个个独特的个体存在着。

《贞观大帝》中塑造得最为成功的典型人物形象，莫过于一代盛世明君李世民的形象了。作品诸多人物形象的设计与塑造，均是以李世民这一

---

① 张炯.浓重的历史意识和新颖的艺术格调［N］.文艺报，2017-06-30（2）.
② 杨友今.文天祥［M］.北京：中国广播电视出版社，2006：388.

人物为中心展开的。作者对于李世民的塑造，没有站在神化的角度，对他一味地歌颂和赞扬，而是将其作为一个有血有肉的生命个体进行塑造。作者笔下的李世民，从为人、为君这两个方面来看，都不是一个完人或神人，作者在对他投出倾慕之情的同时，也写出了他隐藏在人性深处有棱有角的性格缺陷。

在为人方面，这里主要指李世民看待亲情和爱情的角度。在亲情上，正如玄武门之前的锥心泣血之痛，"我并不怕他们"，"可是总有一种锥心泣血的感觉"①，可见李世民对亲情是重视的。他会在庆祝战争的胜利时，常常一个人回忆起逝世了的母亲；他会在父皇前来慰问他时，内心流露出对父亲无限的悲悯之情，"李世民眼眶一热，感激的泪水就像清泉一般流淌下来"②；他会在一次次由于权变而酿造的惨案后，想念兄弟与父子之情。这些都是亲情带给他的温暖。但要在亲情与权力之间做出选择时，他会将亲情置于权力之后，如残忍地手刃自己的兄弟及兄弟的子嗣等行为。在爱情上，李世民对于长孙皇后的爱是深沉而永恒的，这从长孙皇后薨逝后，李世民精神极度崩溃可以看出。但是，作为称霸天下的"天可汗"，李世民又是多情的。他拥有了白雪公主与南康公主，却又不顾伦理之别，爱上了弟弟李元吉的妃子潇湘公主，同时与比自己大很多的萧皇后也发生过一段情。由此可见，在爱情上，李世民如一个普通的人，也有着无法克制的个人情欲。

在为君方面，李世民是为世人称道的一代盛世明君。于君臣关系上，他待臣子如朋友、如亲人。在成为君王之前，他以身作则、以身试险，与手下打成一片。在成为君王之后，他没有演绎令有功之臣寒心的"杯酒释兵权"之举，而是对他们继续加以重用、委以重任，鼓励他们敢于直谏，倾听他们的建议，和他们一起开创了贞观之治。但在君臣关系的处理上，李世民并不是完美无缺的，这从他在晚年时期，不听朝臣的劝解，一意

---

① 杨友今.贞观大帝［M］.北京：作家出版社，2016：442.
② 杨友今.贞观大帝［M］.北京：作家出版社，2016：147.

孤行，发动了两次征讨高句丽战争的行为中可见出。"可是对于亲征高句丽的失败，他却一直耿耿于怀，并没有从中汲取足够的教训，而是刚愎自用，执拗不回，顽固地准备要再一次发动征讨高句丽的战争。"①以及在自己即将死去之时，对自己一生的知己李世勣冷血的后路安排，"现今我把他贬出，如果他即刻就走，等我死后，你再擢升他做仆射，视为左右手。假使他借故拖延，说明心怀叵测，便将他处死，不可留下祸根"②，由此可看出李世民在看待君臣关系上的复杂性。

《贞观大帝》中的李世民，不是一个神，而是一个实实在在的人，有着人性深处无法逃脱的性格缺陷。正是这样的李世民，才成为《贞观大帝》几百个人物里的一个有韵味的典型人物形象，被读者记住，以及长存于中国当代文学史的人物长廊之中。

二、纵与横的独特历史观

正如作者在其代表作品《文天祥》的后记里所写："历史小说，虽然不是史学著作，更不是考古学，但历史的真实性具有头等重要的意义，它是构成全书内容的依据和基础。作者不仅需要掌握充足的文献资料，还要进行必要的调查走访寻觅，并运用唯物史观考证辨析，把握历史人物、事件、事变的本质及其规律。"③因此，一部历史小说的创作，关乎的不只是文学构思的问题，还需要正确历史观的引导，方能使历史小说呈现出迥异于其他小说的独特之美。

在读完《贞观大帝》之后，笔者不得不被作者深厚而独到的历史观所折服。《贞观大帝》作为一部长河历史小说，它牵扯的历史领域之广，时间、空间跨度之大，涉及的历史物件之复杂零碎，于创作者而言，是需要很深厚的历史沉淀才能够驾驭的。通过对《贞观大帝》的阅读，可以感觉

---

① 杨友今.贞观大帝［M］.北京：作家出版社，2016：744.
② 杨友今.贞观大帝［M］.北京：作家出版社，2016：780.
③ 杨友今.文天祥［M］.北京：中国广播电视出版社，2006：386.

出作者用一种纵与横的历史观念来把握这部作品里所牵扯到的相关历史。作者在书中对于史料的运用，可谓是行云流水、信手拈来。历史典故、历史名词、历史文物、民族风俗等史料被作者灵活地糅合于作品的各个角落。可想而知，作品的引经据典与作者长期的实地历史考据和翻阅历史古籍是分不开的。从史料的搜集、素材的积累、作品的构思，到最后作品的定稿，也是对作者深厚历史素养的一种肯定。

《贞观大帝》的构思与创作，作者从纵的历史观念出发，以时间发展的顺序构筑全篇，解决了作品面临的时间与空间跨度较大的难题，使得作品能够对"贞观大帝"传奇的一生进行有条不紊的叙述。这部约65万字的小说，以李世民三个人生阶段的发展史，串起一条清晰而明确的故事发展的主线。青年时期的李世民，以独特的历史眼光，鼓励父亲李渊揭竿而起，顺应历史的潮流，推翻隋朝的暴政。中年时期的李世民，四处征战，征集人才，广开言路，建立了自己的大唐帝国。老年时期的李世民，修筑参天可汗道，与邻邦友好往来，实现了中西文化以及各民族文化前所未有的大融合局面。正是作者这样纵的历史观，使得这部小说具有了站起来的立体感。

横的历史观主要体现在作品中随处可见的历史典故、历史名词、各民族风俗等史料的运用。"历史小说虽非为传播历史知识而作，但是也不应该凭空捏造，任意杜撰，不负责地乱书一通，如殿堂屋宇、兵器甲仗、服饰器物和生活习俗，都要有所考究。有时为了一点点细枝末节，也需要付出心血和汗水。"由此可见，这些散见于作品中的史料，在作品中的解释是十分必要的，很大程度上增加了作品内容在历史部分的真实性。殿堂屋宇方面，如对东汉太学遗址、庆善宫等的描写；历史典故方面，如对霸上与灞桥名字由来的介绍；历史名词方面，如对将台、唐代后妃制、鱼符及鱼袋等的解释；民族风俗方面，如对西周时代流行的岁时风俗"禊"和"流觞"的解说，作者对这些史料的解释可谓面面俱到，非常仔细、清楚。这种横的历史观，一方面很大程度上增加了小说的趣味性与可读性，另一方面也增加了小说中历史的厚重感，使历史小说不只是打着干巴巴的历史称号，而具有了实质性的内容。

作者这种具有创新意味的纵横历史观，为这部长篇历史小说增色不少，使读者欣赏到了一部具有真干货的关于历史的文学作品。而作者纵横历史观的形成，也再次显示出其严谨而踏实的历史考据精神，体现了作者对于文学与历史实现完美结合做出的思考。

三、当文学邂逅历史时

历史小说，除拥有厚重的历史文化内涵之外，还需要文学养分的滋润，从而使小说迸发出更大的艺术魅力。《贞观大帝》的创作，作者除运用了独特的纵横历史观之外，还表现了娴熟的文学创作才能。从文学的角度来看这部历史小说所散发的艺术魅力，主要体现在语言上文白的交织使用，小说创作上多种艺术手法的运用，多角度主题下蕴含的对人生普遍问题的思考。

《贞观大帝》在语言上，和中国的古典小说一样，也是文白一体的，但却同中有异。中国多数的古典小说，虽说是文白一体，但是小说中的文言部分存在大量读者难以明白的语言，白话部分的语言则倾向于一种贵族化、精英化的叙述，这虽然在文学上有很大艺术魅力，但却限制了读者的圈子。而《贞观大帝》是中国当代文明下的产物。它的语言虽是文白一体的，但小说在文言部分，语言不流于晦涩，对一些历史专有名词，在小说中都进行了详细的解释，如小说第三十六章中关于"登瀛洲"的解释，第四十四章中关于"焰口"的解释。小说的白话部分，语言通俗易懂、平白质朴，没有故意"掉书袋"之嫌。因此《贞观大帝》的语言，既有着中国古典文学里散发出来的古典味，又迎合当下人审美的需求，这是作品值得为人称赞的地方。

在艺术手法的运用上，作者发挥了自己巨大的文学创作才能，显示出现实主义手法与浪漫主义手法交替使用下的游刃有余，以及多种修辞手法刻画下栩栩如生的人物形象。在小说的艺术手法上，作者将现实主义与浪漫主义的手法融会贯通于作品之中。小说站在历史客观的角度，反映一桩桩真实的历史事件。但作者又不囿于现实主义的笔触，还将自己的思绪延伸到浪漫主义上。如作品第九章，李世民为了说服大哥和裴寂出奇兵奇袭霍邑而编造了老君显圣的神话故事，还有李世民携臣子拜访世外高人王远知的故事。这些带有神话色彩的虚构，无疑给作品增添了趣味性和浪漫色调。而在人物形象的刻画上，作者运用多种修辞手法来表现人物鲜明的性格。运用对比手法突出人物鲜明的性格特征，如李世民与李渊语言和日常行为的对比，突出李世民当机立断的皇者之尊。长孙皇后与太子妃柴氏的对比，突出长孙皇后温柔敦厚的母仪之风。运用象征的手法来烘托人物的命运，如在"江都政变"这一章中，作者极力渲染东城兵变的环境："黄昏时分，呼啸的大风随着云头下压冲向大地，恍若一群奔腾的野马，掠过行宫和御苑，扬起漫天的沙霾，肆无忌惮地震撼着山石林木。"这种带有压迫感的环境氛围，其实暗示了杨广接下来所遭遇的人生变故。运用细节描写，刻画出人物细腻而复杂的心理变化，书中对昏君杨广复杂心理的描写是极为精彩的。杨广明知自己的昏庸与无能，但是却没有办法，只是将这一切都归于历史的必然性与身边奸臣当道上，"朕的辉煌时期过去了，已经踏上了穷途末路""事情坏就坏在佞臣手里，朕恨透了他们"，从而写出了杨广作为一代君王的无奈与悲剧之感。

在主题方面，《贞观大帝》的主题是多元、多角度的。作为一部与战争相关的小说，其爱国主义的主题显而易见。如作者对小说中的明主与贤臣崇高人格的讴歌，对昏君与奸臣邪恶品性的鞭笞。同时，小说也显示了对个人情爱观、个体选择的矛盾性以及生与死等主题的考量。在情爱观这一问题上，作者主要探究的是爱情中情欲与精神恋爱的矛盾。除此之外，《贞观大帝》在生与死等问题上，也做出了哲学的思考。主题的多元化和多角度，是一部文学作品生命之树长存的必然因素。

作者在《文天祥》后记中谈到自己对历史小说的理解："历史小说是

历史科学与小说艺术有机结合的产品，要求不违背历史的真实而进行合情合理的艺术虚构，作家如果没有过硬的史学知识、文学功底、生活积累、创作准备和艺术才能，那是很难写出来。历史小说必须深入历史，跳出历史。"① 从这段话中，我们可以看出作者对于文学与历史这两者的关系有着清晰的认识。《贞观大帝》这部长篇历史小说，作者秉承自己对于历史小说的理解，一丝不苟地进行了历史资料的考据，而学者型作家的身份赋予作者深厚的文学理论术功底，这使得《贞观大帝》在文学与历史两者关系的处理上，达到了一种圆融的状态，为中国当代文学史贡献了一部优秀的长篇历史小说巨作。

（岳凯华、杨景交执笔）

第三节　青春图景的再现与社会问题的凸显

湖南少年儿童出版社于2016年出版的《逆光中的六月》是青年作家熊棕的一部青春纪实小说，它带着读者走进一群高三少男少女的世界。随着这群少年在学习、生活及情感上遭遇众多迷惑与困境，读者感受到这群少年对生活的执着与热爱、对情感的渴盼与追求，以及对自由的向往与触碰，这也使读者仿佛回到了自己的年少时光，回到那逆光中的六月。

小说《逆光中的六月》讲述的是一个小镇上高三学生的故事。小说在结构上采用了平行蒙太奇的手法，用平行的手法来讲述三位主人公——姜明、黄梁和张可喜的故事。姜明、黄梁和张可喜都是二中高三178班的学生，小说中的故事从高三报到那天开始。姜明的父亲因不满学校多收费而与柳校长发生争执，从而让柳校长对姜明存有心结；姜明被柳校长催促理

---

① 杨友今.文天祥［M］.北京：中国广播电视出版社，2006：387.

发，他一气之下剃了光头，更加激怒了校长，却因"剃光头"事件获得班花向辉的好感。另外，姜明对转学生夏佳欣纯纯的喜欢也构成姜明故事的一个重要部分。第二位主人公黄梁学习成绩优秀，喜欢打篮球、拉二胡，有一位学美术的女朋友胡晓萍。胡晓萍去省城参加艺考培训，黄梁因为父亲不同意他参加艺考培训而不能同行，两人分隔两地，只能通过网络沟通，却不料胡晓萍喜欢上了别人，黄梁因此非常伤心，成绩下滑厉害，与老师和家长之间也矛盾不断。黄梁因为二胡与蔡主任发生了激烈的正面冲突，因父亲在教室打了他耳光而差点跳楼，所幸被姜明救下。最后，黄梁在朋友们的帮助下走出了失恋的阴霾，理解了父亲，与父亲和解。三位主人公中最为忠厚老实的张可喜则经历了巨大的人生变故。张可喜的父母感情不和，分居两地，父亲在镇上开三轮车，母亲在家中务农。父亲在镇上与温柔的菊秋姨相好，于是向张可喜母亲提出离婚，母亲自杀身亡，父亲为躲避张可喜舅舅的怒火而南下打工，张可喜以自己稚嫩的肩膀承担起家庭的责任。

这部小说表面上写的是高三学生的学习、生活、情感，实际上它的涉及面极广，思想意蕴十分深刻。小说中主要写到了两个家庭——黄梁与张可喜的家庭，这两个家庭在社会上具有典型性。黄梁的家庭是人们常说的"半边户"，黄梁的父亲在小镇的初中当老师，母亲在家中务农，父亲常常需要在忙碌的工作中抽出时间回家做农事。这样的家庭在经济上是拮据的，因此我们才能看到小说中黄梁的父亲希望母亲能接替老炊事员的工作，也能拿一份工资。这样的家庭在20世纪90年代的农村是极为常见的，黄梁家的状况也就代表了那个时代这一特殊的社会群体的状况：经济上拮据，社会地位上有自身的尴尬之处，因此将希望都寄托在了孩子身上，对孩子要求较高。正因为这样，才有了黄梁父亲气愤至极，当众羞辱儿子的一幕出现。张可喜的家庭是地道的农民家庭，张可喜的母亲性格强势、爱骂人，与张可喜的父亲并不和睦。张可喜的父亲有外遇，提出离婚，母亲喝农药身亡，父亲无奈逃离家乡。这是一个典型的农村家庭的悲剧，造成悲

剧的因素可能有经济的压力、文化水平的低下、环境的影响及性格的必然
等。这个家庭的经历，在广阔农村众多的家庭中都或多或少地能找到相似
之处。从这两个典型的家庭中，读者能看到很多真实的社会现象，能看到
真实的人性，能感受到生活的艰难与人生的无奈。另外，小说中涉及学校
乱收费、农村家家户户"买码"、镇卫生院院长出现经济问题、学校拖欠
私人老板钱款等诸多问题，都是当时鲜明又深刻的社会问题。

　　因此，小说《逆光中的六月》极具现实主义色彩，仿佛就是现实生活
的搬演，然而它又不是简单的生活再现。小说的字里行间融入了作者理
性的思考，隐含着作者人文主义的关怀。小说中的故事就是我们曾经经历
的生活，小说中的人物就是曾经的我们。对小说中的故事最为熟悉的人可
能要数在农村或县城中学上高中的"80后"。作为一名"80后"，笔者在
小说的故事中看到了自己，看到了自己曾经的同学、曾经的老师，回忆起
了我们曾经的青葱岁月。因为喜欢一个女孩子而天天守在电脑前等待对方
QQ头像亮起；与老师因某事而产生激烈的正面冲突；被父亲在教室当众
羞辱……小说中的诸多情节，就是我们曾经经历过的最真实的青春。

　　小说将十分接近生活的故事娓娓道来，刻画出一群性格鲜活、血肉丰满的
人物。同为高三学生的主人公姜明、黄梁、张可喜，各自具有独特的性
格，给读者留下了深刻印象。姜明一心想成为一名侦探，做事冲动，被柳
校长催促剪头发，他就一气之下剃了个光头。在感情上，姜明是一个情窦
初开的少年，他喜欢上夏佳欣，设法拿到夏佳欣的QQ号，在夏佳欣可能
上网的时间段守在电脑前等待对方QQ头像亮起。姜明也是一个非常有义
气的孩子，马继承因为向辉对姜明的示好，曾经刁难过姜明，但是在马继
承殉职后，姜明却自觉以"徒弟"的身份去见马继承最后一面。黄梁在小
说中最亮眼的部分应该是"二胡事件"。蔡主任要没收黄梁的二胡，黄梁
拼命护住二胡，在争夺中二胡被蔡主任毁坏，黄梁便执拗地一直跟着蔡主
任。所有人都不理解黄梁的倔强，而黄梁的一句"那是我拉了十年的二胡"
与"他眼里滚落的大滴大滴的泪珠"，让人们感受到了这个倔强孩子内心

的善良与他重感情的性格。张可喜是三个孩子中最让人心疼的一个，他身世可怜，而又极为懂事，过早地承受了生活的艰辛与磨难。他在父母不幸的婚姻中承受着本不应属于他的压力，同情着父亲，又不忍看到母亲痛苦。作者用深厚的写作功力表现出了这位少年内心的矛盾与挣扎。

此外，柳校长、马继承也是小说中刻画得极为传神的人物。柳校长是小说中十分重要的一个人物，贯穿了整部小说。他一出场就与学生家长发生争吵，训斥家长不舍得为子女交学费，"就像割了他一块肉似的，疼得牙根都痒了"；他的口中习惯说出刻薄尖酸的话，他称剃光头的姜明为"劳改犯"，他贬损马继承为"草包一个"；他与理发店老板娘似乎有着暧昧的关系。总之，柳校长是一个极度自我、不允许自身威权受到任何侵犯的施令者，但是，读者对他却讨厌不起来，可能在许多读者的记忆中，都有这样一位看似威严、缺乏友善却让人难以忘记的校长吧。马继承在文中出场并不多，但总能让人对他印象深刻。马继承是通过黄粱之口间接出场的，他是爱好篮球的学弟们崇拜的"传奇"，而他真正的出场是作为穿着制服的警察，之后与柳校长进行了一番言语较量。马继承做着警察的工作，身上却时时透着一些痞气，他与校长争辩，为难姜明……可是，他对自己的工作是热爱的，是尽职的，他在打击"买码"活动时，表明"这次不把这些祸害老百姓的家伙抓住，我们决不收兵"，最后，他在追捕"买码"活动收单人的过程中被杀害了。在马继承身上，总产生一种喜剧效果，最后他的死亡也并没有让人感到多么悲伤，而感觉这是他开的一个玩笑，仿佛这位痞痞的年轻小警察还会站在大家面前。

这部小说引起读者的强烈共鸣，最重要的还是小说中的情感真实动人。情感是永恒的，是具有普遍性的。小说中涉及了人的各类情感，如同窗之情、父子之情、夫妻之情以及少男少女之间懵懂的爱情等。小说浓墨重彩地描写了三位主人公之间深厚的友情。三个青春期的男孩子关心着彼此的学习、感情、家庭，呵护着彼此珍贵的梦想。在其中某一人遭遇困境时，如在黄粱失恋后，以及被父亲当众打骂后，在姜明被冤枉带去派出所后，在张可喜母亲去世后，另外两个人一定是亲密陪伴、耐心开导，与他一同走出困境。作者还重点着墨写了张可喜和黄粱与他们各自父亲之间的感情。青春期的男孩子与父亲之间有着浓厚而又微妙的感情。小说中张可喜面对父母不幸的婚姻，内心处于极度矛盾中。他不希望母亲痛苦，但又同情父亲，他顶撞父亲又心疼父亲，想要离开父亲又在心理上依赖着父亲，这种复杂的感情，作者在作品中表现得淋漓尽致，细细品来，震撼人心。黄粱与父亲的关系可能符合更多青春期少年的情况：父亲对儿子寄托着希望，而不懂得如何表达爱，父亲与儿子内心渴望彼此靠近，但现实中却变得疏远，这可能是很多父子必然经历的阶段吧。当有一天，出现一个契机，如小说中黄粱听见父亲在病床上对姜明说"上次要不是你把黄粱抱住，你说，我现在还会在这里吗？"，他终于懂得了父亲的心，感受到了父亲的爱。《逆光中的六月》将这些感情表达得真实自然，使读者在字里行间感受到默默温情。

小说《逆光中的六月》用现实主义手法，讲述了一群高三学生的故事，并重现了一幅幅真实的社会生活图景。在小说的最后，这群少年还是懵懵懂懂的，梦想依旧是模模糊糊的，然而在他们遭遇残酷的现实后，疼痛让他们向着逆光中的六月更加坚定地前行！而读者，在这个故事里，在这个图景中，与这群少年一起哭、一起笑，重温了一回自己曾经的青春。

（唐鑫、岳凯华执笔）

第四节　影视改编的好题材：长篇小说《芙蓉坊密码》的影视改编

刺绣是中国民间传统手工艺之一，有着两三千年的悠久历史，每一类刺绣都各具特色，而其中的湘绣更是中国"四大名绣"之一，光传统针法就有72种。曾理创作的长篇传记小说《芙蓉坊密码》由线装书局于2017年出版，该小说便以湘绣为题材，言说了一段曲折生动、荡气回肠的故事。

小说通过芙蓉坊绣庄老板曾纪生的湘绣事业及其为之奋斗的一生为故事发展轨迹，如长卷般展现出长沙城诸多历史事件。作为长篇传记小说，《芙蓉坊密码》有着许多可圈可点之处。在仔细阅读之后，我们不难发现小说中不少为读者所津津乐道的地方，具有影视改编的魅力和可能。

一、故事情节的展现

很多人认为小说仅仅是一种休闲、娱乐的文学，仅仅是写那些社会时尚、颓废文化、家庭伦理、日常生活的"软性生活"小说。其实不只是如此，小说还是中国近百年来重大社会问题和历史事件的记录者、文学的表述者，其中更是彰显了面对生活难题时人性的真实表达。《芙蓉坊密码》一共有22章，几乎每一章中都讲述了一个完整的故事情节，整部小说以湘绣老板曾纪生为主要人物，自然每一章的故事都围绕着主人公曾纪生。这种一章一故事的形式更是为将其改编成影视剧提供了有利之处，极其符合影视剧故事情节的展现。

《芙蓉坊密码》运用通俗易懂的语言，乘着当下怀旧风再次流行的东风，通过整体叙事式的构架表现出芙蓉坊绣庄在历史长河中的辉煌一笔。其中第七章笔者尤其喜欢，映入眼帘的标题"硬较量"就彻底吸引住笔者，到底会描绘出一场怎样精彩的对决呢？这一章是肖小宝第一次与曾纪生正面交锋战，面对长沙城突然出现的劲敌——天然阁绣庄，肖小宝一改往日唯我独尊的脾性，善言善语地拉拢了长沙绣庄同业公会的众多绣庄，以"自杀性"的降价方式赚取更多市民的眼球，想让天然阁绣庄知难而退。谁料田如玉以跟风降价的假象先从气势上让肖小宝放松警惕，再跑到各家购买廉价却上品的湘绣来充足库存，最终天然阁绣庄不但没有垮台，湘绣价格反而止跌反弹，一场"循环消耗战"为天然阁绣庄铺下了更为宽阔的道路。这一章的故事是极其调动读者感官的，一场没有硝烟的战争却让人激动至极，如通过影像呈现出来将更能让观众有直观的感受。最博眼球的地方就在于作者对于情节的描绘。在曾纪生无计可施的时候，田如玉有了一个妙招，但一句"天机不可泄露"就吊足了读者胃口，放入影视剧中更是会让观众有继续往下看的心态。事实上，在小说中多次出现了"天机不可泄露"这句话，为后来对于问题的解决起到了更为关键的作用。

在情节展现的渲染力和感染力上，第十二章"烧日货"也是极好的。因曾纪生父亲旧相识阿其木的儿子阿其仁康的摆放，让原本接到千件旗袍订单的曾纪生乐开了花，并且又延续了独创的"烟尘粉"印刷方法，但随着阿其仁康背后竟是日本人的阴谋这一真相一点点揭露，生意背后暗藏着祸心，尤其是日本人欲吞并中国的野心，让曾纪生哪怕赔得倾家荡产也不愿交付这笔大订单，就连阴险狡诈的肖小宝都选择烧掉自己价值不菲的东洋绸，更何况是曾家大屋。一万多米的东洋绸，一批日本人订制的五色旗袍，在靖港码头当中焚烧，烧日货的举动顺应民心，气煞日军。这一章的情节极其曲折，激起了所有人的一腔爱国热血，若是以画面形式出现在观众眼前，不知又会引起多少老一辈人的共鸣，令年轻一辈延续这份爱国之心。

第十三章"总统奖"和第十四章"省长宴"这两章中，长沙三大绣庄——宏昌绣庄、锦文丽绣庄和芙蓉坊绣庄之间终于展开了一场最终的角逐。作为受邀参加芝加哥世博会的三大绣庄之一的老板，曾纪生在面对另外两大绣庄联手的尴尬局面时，竟被长沙街头火宫殿的臭豆腐激起了灵感，不但依靠《芦雁图》绣出了《乐雁图》，还用日用品湘绣赚取了无数洋人的眼球，《乐雁图》更是比《罗斯福》技高一筹，获得了一致的好口碑。但最值得关注的好戏却在后面，因肖小宝和谭文贵"政治取宠"的私心，在获得美国总统高度赞扬后，却陷入了6000美元慰问金的拉锯战中，谁知最后这钱没拿到手，反而被一顿自己请客的所谓的省长宴和几块大洋便能打造的金匾给打发了。这一出戏可谓是让人啼笑皆非，让小说中的两个配角在故事中拥有了生动独特的形象，更是对比出曾纪生不同于二人的为人，哪怕是在生意场上，依旧有着比他人更为长远的眼光和老实本分的秉性。

二、人物形象的塑造

一本成功的小说必然要塑造出极具典型性的人物形象，《芙蓉坊密码》中的人物塑造也是可圈可点的。

其中当属主人公曾纪生的形象最为深刻。曾纪生拥有自己独到的一本生意经，更是用诚实守信、始终坚持自我的气节征服了身边所有的人，包括那些曾经的死对头。在第九章"三角债"中，曾纪生的人物性格体现得淋漓尽致。在面对众多绣庄想致天然阁绣庄于死地的情况下，尽管野田松木想尽办法拉拢曾纪生，并给予他一并好处，但野田松木卖次品东洋绸来扰乱长沙市场的行为让他十分不耻，原本无关此事的天然阁联动长沙绣庄同业公会，仗义地决定一起解决此事，最后让野田松木吃了个哑巴亏，彰显了曾纪生为人仗义、心胸大度的形象，让所有人不得不佩服；又如第十七章"石夹墙"中，一场震惊中外的"文夕大火"把天然阁绣庄烧成一片废墟，曾纪生连忙赶往店铺抱着一丝希望寻找曾家大屋的传家宝《荷鹤图》，这是父亲遗留下来的作品，而曾纪生一生都在延续着父亲"耕读持家，艺传天下"的家训。所以之后曾纪生在上海开的芙蓉坊的徽标即为"顺龙昌"，寓意"顺龙昌盛，针线传家"，与家训一脉相承，相得益彰。这无不体现出曾纪生是个孝敬长辈，一辈子本本分分、兢兢业业的老实人，一心只为了曾家大屋打拼。

田如玉这一人物形象也是一大亮点。从最初那个被曾纪生救下的小丫头，到最后为了祖国大业奋不顾身而牺牲的形象，她完成了整部小说中最本质的转变。田如玉为人善良贤惠，但骨子里又有着不服输的性子，再加之她聪颖伶俐，对爱情忠贞不渝，也难怪曾纪生始终觉得亏欠于她。但她从没有半句怨言，为了曾纪生，为了曾家，为了湘绣的发展，她付出了一生的心血，最后为了整个中国，她奉献了自己的生命，也让读者对这个形象有着满满的怜惜之情。在许多章节中，曾纪生都遭遇到敌人的暗地袭击，在他手足无措之时，每次都是田如玉带他渡过一次又一次的难关，所以当她为了中国共产党的事业奋斗时，曾纪生没有阻拦而是装傻，因为他相信田如玉的为人。直到最后感情的升华就是在田如玉被射伤后的弥留之际，曾纪生从她衣襟里掏出了她送给他的绣花荷包，并说"二十四年了，谁知一错铸成永远"，笔者相信不只是笔者，所有人看到这里时都会默默地流泪心疼，一首《绣荷包》更是体现了田如玉本质最纯真的地方，也许曾纪生对她的感情更胜于对妻子易玉莲的感情吧。

在所有出场人物里，可能最神秘的就是云空师太了。她原本是富家小姐，却在革命道路上受到了来自家庭的阻拦，无奈之下选择出家，实际上则是通过天成庵后面的道缘堂来为中国共产党提供一己之力，并多次在曾家遇难时给予关键性的帮助，包括精神上和经济上的建议。云空师太起到了极大的作用，但在整个过程中，所有人都不知道她做这些事的真实目的，一直到小说结尾才表明她的身份，其实她一直都很单纯，就是一心为了革命，为了中国共产党贡献自己的一份力量。这样一个简单的目的到最后反而更让人敬佩。

书中肖小宝、谭文贵、赵管家、易玉莲以及曾纪生的三个儿子等众多人物的塑造都极其丰满。这一个个形象在小说中就已经极其鲜活，笔者相信展现到荧屏上将更能引起观众的共鸣。所以相比小说而言，改编成影视剧的《芙蓉坊密码》必定能使人物形象的塑造得到进一步的升华。

三、叙事节奏的把握

小说作者曾理出生于湘绣世家，其父亲曾应明曾说过，"一件艺术作品，必须要有观赏性和使用性两种价值。在具有艺术价值的基础上，使用价值越高，使用越频繁，艺术价值越大"。一家几代都流着湘绣血液，《芙蓉坊密码》浓缩了整个家族历史进程的展现，更是湘绣那份独有情怀的精髓所在。

笔者此生看过最美的文字便是"浮生若梦"，即所谓世事无常，生命短促，如梦幻一般，我们永远不知道下一秒迎来的将会是什么，与其等待，不如先快一步，飞翔了再说。芙蓉坊便是一个代表，曾纪生等一群人一辈子都在守护绣庄、珍藏绣谱，哪怕不知道即将到来的是战争，抑或是他人的陷害，只是本分踏实地经营着他们的湘绣事业，保护着这门祖传下来的技艺。

《芙蓉坊密码》中对叙事节奏的把握中规中矩，叙事走向却是值得学习的。整个故事是按章节划分，用一章一故事的形式来述说一个商界传奇，而更值得分析的则是叙事走向。从一番太平盛世的景况到日本人陆陆续续到来，再到一场"文夕大火"，以及最终的国共战争，整篇小说以时间为叙述方向，国家战争与商界战争一并上演，相互影响，呈现出了一场精彩纷呈的传奇大戏。

除了讲述曾家的湘绣事业外，一些细节之处也极其讨巧。文中有时会描述一些长沙习俗，或有关湘绣技法的，或有关传统饮食的，或有关生活琐碎的，像是食客俗称的"双包按"吃法，也许很多本地人在看这本小说之前都并不知道还有这样吃包子的习俗；又如在描绘《芦雁图》时用的文字："风平浪静的洞庭湖，夕阳西下，红透了半边天空，两只高飞远离芦丛的芦雁觅食归来，另有三三两两栖息在水草丛中的同类，引颈高歌，欢迎归巢……那声音汇成了一片激昂的生命之音，正在穿越房间的窗户，向着大洋彼岸飞去。"这样惟妙惟肖的词句让这幅《芦雁图》宛如天上之作，让人沉浸在意境中无法自拔。再看天然阁绣庄落成之际，出了一副对联："天心阁 阁绣鸽 鸽飞鸽不飞""水绿洲 洲停舟 舟流洲不流"，后来遇到赵管家的刁难，焦保林出了上联"天然阁 阁绣鸽 鸽走阁不走"，而"泥人周"顺势对出了下联"八角亭 亭中婷 亭停婷不停"，让围观群众拍手称快，也为后来曾纪生更胜一筹的《百子图》绣品赢得满堂喝彩埋下伏笔。

这样的叙事风格和节奏走向设置给读者留下深刻印象，并为后来更精彩的故事埋下伏笔。

湘绣这一题材前人很少涉及，如今不但有了讲述湘绣的小说《芙蓉坊密码》，并且将据此改编成影视剧，不但让更多人了解到当年湘绣发展的历史，更是传承发扬了中华民族的传统技艺，改编成影视剧的《芙蓉坊密码》定会让湘绣面向中国、面向世界。

（鲁嘉欣、岳凯华执笔）

第五节　《荷鹤图》：近代湘绣历史与传人的形象书写

一、《荷鹤图》绣稿穿越百余年因缘际遇转化为小说文本

作为中国优秀民间传统工艺的一种，湘绣有着两千多年的文化积淀和"绣甲天下"的盛名美誉。在入选国家首批非物质文化遗产保护名录和文化创意产业蓬勃发展的当下，湘绣这张湖南"文化名片"要想成为代代相传、薪火延绵的集体记忆，固然需要其传统刺绣针法的发扬光大、图案色彩体式的花样创新、湖湘文化形象的品牌定位，但也需要小说、戏剧、电影、电视剧等文学艺术创作资源的强力支撑。因此，曾理在创作小说《芙蓉坊密码》、拍摄电影《国礼一号》的基础上，又以湘绣故事为题材推出了长篇历史传记小说《荷鹤图》，并由作家出版社于2017年出版。这接二连三的"三部曲"文艺创作姿态，传递的是中国文化和中国精神，不能不令人刮目相看、交口称赞。他将民间或历史上有关湘绣的针法、图案、色彩、逸闻、趣事、碑刻、史料等散漫记忆串联起来，讲述了一代湘绣商

贾的传奇人生，言说了一段荡气回肠的湘绣故事，展现了一幅中国湘绣于清末民初生存发展的坎坷图景，形成了一个视觉上和听觉上都极易把人唤醒且易为人记住的语义代码——"绣传天下"，进而将为此后一个时段又一个时段内的湘绣文化传承和延续增光添彩。

小说《荷鹤图》的作者曾理，是湖南省文联副主席、湖南省民间文艺家协会主席、湖南湘绣城集团总经理曾应明之笔名。他一门五代皆事湘绣，并不多见。作为小说题名的《荷鹤图》虽有传奇性的故事，但却实有其物，不是传说。它画面清丽，意境优美，不仅绣有一首名为《采莲使女题》的诗歌——"素萼羞蒙别艳迟，鸟花归合（鹤）在瑶池。无情多恨何人识，月晓雨清影荫时"，而且加有一枚"情思"的印章。这一将诗、书、画、绣、印五种艺术相结合的湘绣传世珍品，其绣稿是由载入《中国湘绣史册》的湘绣画师、曾应明的曾祖父曾寿山和第一个开设湘绣绣庄、自称"采莲使女"的胡莲仙于1858年共同合作完成的，其地位恰如人所述"一绣开先河，诗画书绣印；一梦芙蓉盛，湘绣万世名"，并于2006年6月为湘绣名列中国第一批非物质文化遗产名录做出了特殊贡献。

由此可见，穿越百余年因缘际遇的《荷鹤图》绣稿，无疑是中国湘绣发展史上一个重要的里程碑。那么，曾理又是如何将这幅湘绣作品转化为小说文本，展开和牵出一段段关乎湘绣命运、家国想象、儿女情长的故事呢？

二、墓志碑刻的记忆碎片激活作者为祖立传的创作取向

事实上，无论是中国文化还是湖湘文化，以墓志、碑刻为核心的墓园文化都是一个重要内容。就源远流长、博大精深的湖湘文化而言，马王堆、砂子塘汉墓、麓山、南岳忠烈祠，炎帝、舜帝、义帝等帝王陵园，二妃、屈原、胡安国、曾国藩等名人墓园，黄兴、蔡锷、毛泽建、杨开慧等烈士墓地，散落在三湘四水之间，彰显着墓志碑刻历史的悠久和文脉的长远，凸显着一批又一批三湘英杰以其文韬武略为湖湘文化的绚丽多彩涂抹

上厚重的笔墨，但湮没于山间草野的平民墓葬对于湖湘文化的延绵和传播又何尝没有实际的功用和特别的贡献？

纵观历史，国人对于墓志碑刻的重视由来已久，其著录始于《史记》，其利用则始于《说文解字》。考其功用，察其贡献，可以结合清代金石学家叶昌炽所著《语石》一书所阐释的墓志碑刻所具有的"述德""铭功""纪事""篆言"[①]等方面的作用。这就是说，墓志碑刻这些刻在石头上的"档案"常常保存着大量史料和资讯，一旦浮出水面就会给不同领域的学者和作者带来刺激、兴奋和惊喜。各色人等置身其间，总能从墓碑、墓表、墓碣、墓志、墓联等墓园文字中发掘出新的资料和信息，其中包含的观念、习俗、语言文字乃至审美情趣均是民众认可、国家认同的具有最高影响力的历史记忆和人文景观，于是才能刻写在墓志和碑石之上，从而成为后人缅怀亲人、凭吊故旧的凭借和平台。

小说《荷鹤图》开篇的"引言"，即显明了作者曾理就是这样一个为湘绣历史和湘绣传人多方寻找合法性记忆史料的创作主体。20世纪90年代，曾理就在铜官一个叫"雷公塘"的地方，寻觅已是一片废墟的昔日绣庄"芙蓉坊"，寻找一座名为"曾寿山"的先祖墓地所在。他"穿过杂树满坡的丘陵"，眼睛掠过一座座新坟和古墓之后，突然瞥见"一座民国二十六年重修、七十派传人的墓碑"，这引起了他的注意，因为碑文墓头刻有"七十派"，耸立的中央主碑上刻着"曾传玉之墓"，右侧副碑上刻着"刻于民国四年"的字样，墓前条石刻有"三河余生"的铭文，而立碑人为"男纪生贤贞堂"，孙"广仁涛礼智"。于是，往昔的记忆碎片在曾理的头脑里不断拼接和整合，进而梳理墓主事迹、查询曾氏家谱、比照坊间传说、对比史书传记，使得自己异常清晰地明确这座墓葬的主人就是自己的曾祖曾传玉。作者在后来的岁月中不断回忆母亲晚年将湘绣《荷鹤图》交给自己时的庄重和嘱托，所讲述"曾家大屋"的热闹故事和吟唱的"靖港的侯（猴）子要不得，铜官的曾（曽）板不得……"的童谣，更是不断打捞曾祖所在

---

① 叶昌炽.语石［M］.沈阳：辽宁教育出版社，1998：86.

的湘军打下太平天国都城天京（今南京）时"过五关、斩六将"的得意战绩以及在靖港、三河"败走麦城"，七千湘军只有百来人生还的凄惨经历。历史篇什和记忆碎片的拾掇与整合，继而写就了这部与曾祖曾传玉密切相关的历史故事，演绎出了这部洋洋万言的湘绣传奇长篇小说《荷鹤图》。

这自然缘于这座昔日长期废弃和荒芜的墓园墓志碑刻对于作者个体记忆的激活和催生。正是曾理对于先人的虔诚和追崇才激发了他着意把晚清以来这段神秘而动人的刺绣传奇书写为一部传记性的长篇小说，他显然是在用浸润着心血的文字为其曾祖父、载入《中国湘绣史册》的清末画师曾寿山、湘军将领曾传玉树碑立传。倘若没有上述那些零星片段的墓志碑刻，假如这些墓志碑刻一直作为"地下档案"被掩埋、湮没，不为人知，作者曾理断然写不出这样一部厚重而动人的历史传记小说。正是墓志碑刻这些最为原始的历史资料，激发了作者几十年如一日地重视与寻找与墓主曾传玉相关的生平事迹、家庭状况、人际往来、交际脉络、生活境遇、生产场景、社会面貌和时代特质，进而自然流畅地表露出对于逝者的哀思和追念，以及对于湘绣现状和未来发展的感悟与省思。这部长篇小说势必会成为湘绣文化园地里一朵光彩夺目的奇葩。谈论湘绣，研究湘绣，考量湘绣的前世今生，往后肯定无法绕过曾理的文学艺术创作。正如人云："谈及湘绣史，曾应明是一个绕不过的人。"[1]

既然湘绣传世珍品《荷鹤图》的绣稿出自作者曾理曾祖父曾传玉之手，作为孙辈的作者由片段的先祖墓志碑刻激活创作一部以曾传玉为主人公的长篇历史传记小说《荷鹤图》的动力，似是水到渠成、理所当然和顺理成章的创作佳话。

三、历史传记的文类融合促发作者精益求精的创作态度

我们知道，中国拥有丰厚的历史文化遗产，湘绣文化就是其中重要的一种；国人具有优良的"好史"传统，曾理作为湘绣传人，通过小说形式

---

① 陈薇.拍电影，考量湘绣"前世今生"［N］.湖南日报，2017-03-04（11）.

还原近代湘绣发展历史自然具有得天独厚的条件。曾理的长篇小说《荷鹤图》，从文体特征来看兼具历史文学和传记文学的特质，它以近代中国风云为背景，以湘绣历史传承为线索，以曾传玉等一批近代湘商为主角，展现了湘绣艺术魅力，礼赞了民族文化精神。

应当承认，曾理创作的《芙蓉坊密码》《国礼一号》《荷鹤图》等一批关涉湘绣历史的文学创作，事实上已经构筑了湘绣历史书写的创作谱系。《荷鹤图》描画的是清末民初的湘绣发迹史，《芙蓉坊密码》勾勒的是民国时期的湘绣发展史，《国礼一号》叙说的是新中国成立前后的湘绣历史。三部作品的叙述眼光、思想蕴含、审美品质，代表了当下湘绣历史文学创作的成就和水准，这对作者来说是一个不错的创作视角。不过，如何让湘绣发展历史与近代中华民族的家国想象联系起来，需要作家发挥高超的艺术想象力和独特的艺术创造力。

作者从真实的历史事件——咸丰八年（1858）湘军三河镇败走麦城入手，进而浮雕式地突出了一个重要的生还者画师曾传玉，不仅把他作为这部小说的主人公，更是视其为近代湘绣发展史的重要担当者和推进者，因为湘绣史上的标志性作品《荷鹤图》就是他和绣女胡莲仙合作的艺术结晶。为了展现清末民初湘绣发展忽而高潮、忽而低落、忽而停滞的曲折历史进程，作者以《荷鹤图》的绣制、珍藏、典当甚至要被烧掉为线索，手法得当，重点突出。因为这幅湘绣作品在湘绣发展史上具有重要的地位，开创了湘绣史上的诸多第一：第一次融入了诗、画、书、绣、印元素；第一次突破了湘绣大红大绿的画面传统色调；第一次采用了湘绣中最典型的"掺针"针法，颜色的过渡不留"痕迹"，用线细腻，将平常一根粗线用指甲"劈"成16股，有着"画"的效果，实开现代湘绣艺术之先河。

因此，为了再现湘绣的发展历史，作者将《荷鹤图》《慈禧绣像》《八骏图》等诸多湘绣作品的绣制流程写得细致逼真、出神入化，而且用娴熟的笔法，把这些作品的绣制置放于清末民初中国经济史上的重大历史事件进程之中，以此再现湘绣繁荣昌盛的发展动因和推进缘由。它既关涉晚清朝廷的推动，如慈禧寿诞订制绣像和旗袍，南京参展中国有史以来第一次全国性商品交易大会——南洋劝业会，又涉及西洋帝国对于湘绣的特别嗜好，如美国政府委托购买"长沙粒粒之珠"，子辈曾纪生等勇赴意大利参加都灵万国博览会。虽上述活动均历经艰难险阻，但都是盛况空前。这些曲折动人故事的铺陈和叙说，都与湘绣发展的历史命运息息相关，既使湘绣这一文化产品在国内外领域获得了准确市场定位，又使湘绣在近代中国的曲折发展历程得到了惟妙惟肖的呈现。在市场竞争、市场开拓的境遇中，湘绣立足本土和平民，走向全国和世界，真正实现了湘商"绣传天下"的宏愿和渴求。

但文学创作对于作者和读者来说毕竟是一种精神性、情感性的艺术，如果仅仅沉湎于对历史的书写和勾勒，那不如去阅读正史、野史之类的历史文献和著述。也就是说，如果你想要了解中国湘绣的历史，《湘绣史话》《湘绣：一种中国刺绣的图与史》《传统湘绣文化的转型》《湖湘刺绣二：湘绣卷》等类型史书完全就能满足需求。作为一部长篇小说，《荷鹤图》并没有在近代湘绣历史的勾勒上过于涂抹和注重，而是花费更大笔墨书写一个生意人曾传玉缘起于湘绣的爱恨情仇，似乎又可以把这部小说视为作者为其曾祖父撰写的一部人物传记。

读完这部小说，我们可以发现传主曾传玉的形象塑造是较为成功的，其命运可谓一波三折，令人击节叹赏。三河之战，主将李续宾战死，"六帅"曾国华下落不明，"败走麦城"的曾传玉沉着应对，化整为零，突破太平天国的包围圈，凭借"人在，剑就在"的湘军拼死精神，奇迹般地生还；安庆大本营，助力曾国荃募兵筹粮，以画换粮，劳苦功高；泸州平叛，机制沉稳；江宁大决战，护粮一马当先，虽未受封却心静如水，婉拒封官受爵，乐于解甲归田；靖港落脚谋生，抓捕虽然莫名其妙，却使自己醍醐灌顶，继而终身扎根铜官雷公塘，一心一意扑在湘绣上。从此之后，曾传玉率领家人、乡民，傲然立足于湘绣生产与销售这个不是刀枪相对、但也硝烟弥漫的商场上，打造芙蓉坊，新辟天然阁，在开创和拓展湘绣市场的征途上，有抱负、具良知，善谋划、勤劳作，擅周旋、有主张，接订单、抢市场，搞创新、纳人才，创品牌、走世界，鞠躬尽瘁，死而后已，性格呼之欲出，形象栩栩如生，令人荡气回肠。

这一性格鲜明的人物形象塑造，离不开作者巧妙的构思和生动的表现。一是小说题名以《荷鹤图》这一湘绣艺术瑰宝代表作为符码，意蕴丰富，涵盖宽阔。小说中粉墨登场的各色人等，如意中人田如玉、谢冬梅、敏格格，生意人张伯元，洋人戴维尔，官家阿其木、端方，湘军唐相岳、谢富贵、焦庭山，对手肖云虎、马师爷、赵官家，画师泥人周、田思玉等，均因绣品《荷鹤图》而与传主曾传玉发生或结缘生情、或结怨生仇之类的交集和关联。由此而来，小说在复杂的人际关系网的书写中，既直截了当地揭示了湘绣在近代中国多舛艰难、浴火重生乃至再次复兴的命运轨迹和历史变迁，又一目了然地凸显了湘绣匠人曾传玉投身湘绣事业的百折不屈、勇往直前，及其人生遭际、文化特性。二是善于营造瞬息万变、复杂动荡的社会环境和生活氛围。晚清朝廷的腐败无能，太平天国的风起云涌，商场角逐的波诡云谲，让传主曾传玉置身于战场、商场、官府、乡野等不同的生活空间中无暇旁顾，为了使湘绣能够"绣传天下"，只能殚精竭虑、勇往直前。小说叙述不露声色，节奏张弛有度，领引着读者在愉悦的阅读中一一窥视着人物的复杂心理和隐秘世界。

总而言之，长篇小说《荷鹤图》在材料取舍、情节设置、氛围营造、历史还原以及艺术技巧等方面，足以生动塑造以曾传玉为代表的一代湘商传奇般的人生历程，足以形象再现近代湘绣艺术跌宕起伏、波澜壮阔的发展历史。

（岳凯华执笔）

第六节 《故乡与河流》：到处为故乡，遍地是乡愁

自鲁迅开创乡土文学以来，这种文学样式随着时代的变革与时俱进，乡愁也不断增添新的时代特色。今时今日，高度发达的科学技术已然解决了艰难的归乡之途问题，没有了再难返回的故乡。然而乡土文学在改革开放以来却重新掀起了一股又一股热潮，一大批文人墨客重拾关于家乡的记忆碎片，以如花妙笔和动人情怀叙说或编绘着各种各样的乡愁之梦。在这些游子心中，"故乡"究竟意味着什么？"乡愁"又具有什么现实意义？张建安在其由团结出版社于2018年出版的散文集《故乡与河流》中如是说道："故乡不仅仅是我们物质生命的诞生地，也是我们精神生命的基础。"

一、湖湘大地上的"故乡"延展

在《故乡与河流》一书中，作家把满腔的乡愁集中投入那流淌在自己地理故乡的赧水中。该著第一辑"故乡·河流"的开篇《赧水》，作者灵动而诗意地书写故乡的地理位置、风土人情，以及童年与水的有点沧桑、有点历史的故事。水，是贯穿这一辑的重要意象，在作者心中，水仿佛是故乡的灵魂。这不仅源于故乡多水的现实，更在于"一方水土养一方人"的文化哺育，所以在《九州塘》《岩门井》《望江》乃至后面的诸多篇什中，水都占据着很大的篇幅，河流在作者的笔端被赋予了一种文脉源泉与延续的地位。在对故乡风土人情的精彩描绘中，作家同所有游子一样，满怀喜爱与自豪。字里行间，我们都可以感受到一幅山水秀美、人情纯美的湘版美图。

《故乡与河流》第二辑至第五辑中，作者从人生经历、文化思考、地

理游览与故乡名人等不同角度进行叙说，地理范围不再局限于邵阳，而扩展辐射到湖湘大地乃至全中国（如怀化、长沙、桂林、南阳、万荣、商洛、西安等地）。作者特意选择了黄河、古长安等具有中华传统文化标志意义的落笔点，从邵阳到湖南，再到全中国，"故乡"在作者的笔端和心里已经被泛化为整个神州大地。其实，在殷商人入湘之前，以苗族、侗族为代表的少数民族文化一直是本土文化主流，后来苗族、侗族少数民族虽然迁入湘西南生活，但其文化之流并未干涸枯竭，而是成了一股力量，源源不断地注入楚文化的血脉之中，成为湖湘文化的重要源流。作者选择湘西南的邵阳作为他乡愁的起点，不仅因为这是他的生长之地，其中更包含着深刻的文化考量。

二、流逝岁月中承载文化乡愁

从古至今，乡愁并不仅仅是一种地理上的隔离，乡愁是对一个时代、一种文化氛围的怀念与坚守，白先勇将其概括为"文化乡愁"。作者生于"文化大革命"那个特殊年代，所以从他本人的经历中，读者往往可以读出那一代人共同的文化记忆。在《高考往事》中，当时作者所处的是参加高考的名额都十分有限的时代，更不用说顺利通过的学子，所以对于这些有幸参加高考的学生来说，高考意味着命运的转折。作者描写自己在考前深夜点灯复习、考试时墨水浸花试卷这些细节，令人窒息的紧张感顿时跃然纸上，那是一种渴求而敬畏知识的复杂心情，让人身临其境、感同身受。《那年那月》记录的是毛主席逝世之后乡民们的反应，那发自肺腑的悲痛与尊敬，不掺杂任何其他因素，是独属于红色年代的芳华回忆。如今，这些人和事已经成为作者心灵深处的念想，经历时空转换，淤积了岁月的风尘，作者无数次朝花夕拾，但周围面貌已经时过境迁、难以复返。

《老黔阳》一文，作者以"寻亲"一事开头，而重点却放在对黔阳的历史考证、习俗文化等人文性内容的描述上；而在《花瑶如梦》《风雨潇潇秋风楼》等文中，作者在欣赏当地秀丽的山水风光之时，更多的笔墨还是用在对当地历史文化的挖掘和揭示。近人王国维早有"一切景语皆情语"之说，这些文字之中所体现出来的人文气质，与其说作者是在寻找一位远方亲人、重游一番故土，不如说他是在寻找那久已失落的情感体验，在传承被人遗忘的文化传统。特别是在第三辑至第五辑诸散文中，作者习惯于以一首曲子、一幢故居为由头，讲述一个个历史故事、一位位风云人物，如《潇湘水云无限意》《英雄悲歌》《南方，有一座静穆的王府》《一位诗人一座楼》等。对作者来说，文化才是一个民族的生命基因，有了文化，"人"才真正活起来，所以他的乡愁更多地关涉精神内容。

三、现实困境呼唤信仰回归

作者在当代对故乡的书写不仅仅是一种怀念，其对人文精神的呼唤、文化传统的传承，更蕴含着对社会现状的一种自觉反思与文化警醒。这种反思在《夜访岳麓山》一文中尤为明显：长沙以湘江为界，河东的步行街、解放路一带灯火辉煌，夜生活喧闹繁华，而河西的岳麓山隐寂在黑暗之中，隔江观望。"面对那远处的辉煌，我感觉那辉煌的一切似乎触手可及，这触手可及的一切竟然显得如此的亲切和真实，又是那样地陌生和虚幻。"一江水将东边的人声鼎沸与西边的寂然无声相隔又相连，这两边共同构成了一座城市、一种社会形态。而这种对立不只表现于长沙，更表现在中国的现实社会中。19世纪与20世纪之交的中国，战火纷飞、民不聊生，使得国人在"五四"以来一直在求西化、求变革，传统文化的继承与发扬受到轻视。改革开放以来，西方文化思潮更是长驱直入，却往往掺杂很多并不适合我国社会情状的芜杂内容，中华传统文化遭受了冲击。

因此，"故乡"一词在作者的心中从不是一个地图上的范围，他长久追寻的也不只是那段远逝的生活经历，他所愁所思的是在外漂泊时的精神故乡，是人的心灵归属——文化家园。我们可以随时回去的、不断还原的是"屋"不是"家"。作者张建安先生是幸运的，对他而言，精神家园存在于他的童年。而这几十年时间流转，人心变迁，更多的人只能从书本上去领略那诗意古典的世外桃源了。

习近平总书记将"文化自信"作为中国特色社会主义的重要内容,将优秀的传统文化作为中华民族的精神命脉进行保护,因为这是中国在世界文化激流中站稳脚跟的坚实根基。优秀传统文化的回归和发扬,在改革开放以来形成热潮,先后有贾平凹、陈忠实、韩少功、王安忆、张炜等作家进行反思文学、寻根文学创作,尽管书写手法和创作风格各不相同,他们笔端共同萦绕的却是对文化之"根"的寻找与思考。余秋雨在《乡关何处》中就写道:"我想,诸般人生况味中非常重要的一项,就是异乡体验与故乡意识的深刻交糅,漂泊欲念与回归意识的相辅相成。这一况味,跨国界而越古今,作为一个永远充满魅力的人生悖论而让人品啜不尽。"诚然,乡愁对于不同时代的不同人来说,总是面貌各异的,但是又都包含着共同的特性。这种说不清、道不明的愁绪,正是因为结合作者的个人思考与人生经历而变得独特、具体。在新时代,对张建安先生来说,故乡的地理距离已经被科技最小化,但是对游子来说,故乡的精神归属作用却愈加重要。

在这本散文集中,张建安先生充分利用了散文自由灵动的形式,进行随心而动的行文创作,以情为经,以思为纬,于细微之处见深情,于日常之物见哲思,从而赋予了文字更深刻的感染力与思辨性。在《那年那月》中,当年11岁的"我"听闻毛主席逝世之后的错愕、害怕,以及家人得知消息后的难以置信、悲恸欲绝;在《远去的精灵》中,作者用笔活泼,生动地还原了爱犬皮皮的一举一动,看到它的调皮可爱之处不禁会心一笑,看到它离开人世的模样则不忍卒读。这些情感真挚纯粹,充分体现出作者发现美、追求美的艺术信仰与人生信条。同时,作者视野开阔,在《时空断想》《生命流年》等篇章中,超越了人生的有限,进而对时空的变换、对存在之外的事物进行思索,具有许多玄思妙悟,给人彻悟般的启发。

早在《想象黄河》中,作者就已经点明黄河是中华文化的图腾,从开篇的赧水开始,河流在其笔下始终带有文化象征的意义。所以,张建安先生为自己的散文集取名为《故乡与河流》，"河流"作为文化之河而延绵不绝，"故乡"则是中华传统文化的象征，只有依托文化之河，故乡才能生机勃勃，生活于此的人方可生生不息。至此，我们可以说，乡愁必然是张建安先生在超越狭隘故乡疆域、俯瞰神州大地、回应现实生活之际最自在、最显眼的思想篇章。

（方芳、岳凯华执笔）

第七节 中篇作品景观：生态视域中的文学书写和场景呈现

生态文学是以生态整体论为思想基础、以人与自然循环永续发展为最高目标，考察和表现自然与人之关系和探寻生态危机之社会根源，并从事和表现独特的生态审美的文学。[①] 2022年4月，由湖南省委宣传部主办，湖南省河长办、湖南省生态环境厅、湖南省林业局协办，湖南省作家协会、湖南省摄影家协会承办的"青山碧水新湖南"文艺创作征文大赛入围的18篇中篇作品顺利推出，它们秉持着生态整体论思想根基，着力表现自党的十八大、十九大以来，面对紧张的生态局势，小我和大我为实现人与自然和谐共生，"努力建设美丽中国，实现中华民族永续发展"而做出的努力。如何准确把握时代脉搏？如何重点传达党的十八大报告中强调的生态文明建设？如何迅速反映人民群众关心的生态发展的现实情况？因此，在生态视域中的文学书写和场景呈现，不只是对于环境本体的变化详尽描写，而更需关注个人与自然、社会与自然关系，以及作为文学发生地的环境本体，在环境恶化后无法提供人类精神体验和心灵想象。当今的生态文明是

---

① 王诺.欧美生态文学［M］.北京：北京大学出版社，2011：27.

自然生态和精神生态的复合体，生态文学是对世界描绘和作者对空间体验、场景呈现的文学表达。

一、生态文学中的生态整体观

马克思在《1844年经济学哲学手稿》中曾这样表述共产主义社会，他认为共产主义社会是"人同自然界的完成了的本质的统一，是自然界的真正复活，是人的实现了的自然主义和自然界的现实了的人道主义"①。马克思在早期著作中主要对个体做出了定义，他承认个体的客观存在性，到后期随着马克思主义逐渐开明，马克思的关注点产生了转移，从个体到社会。但马克思和恩格斯对于社会矛盾的变化和社会发展，仍然强调人的主观能动性。党的十八大以来，习近平总书记关于"绿水青山就是金山银山"的理论，不仅推动了生态环境的总体改善，也推动了生态文学的蓬勃发展和类型创新。

对比早期生态文学创作者主要表现对环境恶化的描写和生存发展的忧虑，而这种忧虑更多的是个体发展的小我矛盾，缺乏生态整体论思想在中国当代文学中的逐步建立与深层思考。在不同时期，不同样式和内容的文学作品的出现，通常反映出那个时期某个国家、社会当中面临的关键性问题。"然而，须知每一文学作品都兼具一般性和特殊性，或者与全然特殊和独一无二性质有所不同。"②

生态文学作为一种文学类型，兼具文学作品的一般性和特殊性，诞生于20世纪80年代。生态文学的核心思想是生态整体主义，主要特征可以分为三点，即尊崇人与自然和谐共生的文学、追溯生态危机与生态灾难的文学、预测自然回顾后人与社会精神家园构建的文学。在作品《心交与"心"——大通湖水环境修复报告》中，作者曾这样写道："我们一直认为，

---

① 马克思.1844年经济学哲学手稿［M］.中共中央马克思恩格斯列宁斯大林著作编译局，编译.3版.北京：人民出版社，2000：83.

② 参见科林伍德的《历史与科学相异否？》与索罗金的《社会和文化的动力》。

优秀的生态文学，不是对自然的表层临摹，而是人与敬亭山的'相看两不厌'，人和自然的深度对话。因此，我们不仅是要写大通湖的水，我们更要向大通湖传递我们的觉醒、悔痛，友善及行动……此文的副题，我们用了'水环境修复'。我们不敢用'生态治理'之类的字样。我们想，人类是'治'不了自然的，顶多只是在理顺与自然的关系，实现人和自然的和谐、共生、共享。而这种和谐、共生、共享的前提，是交出我们的心——真心、爱心、决心、永不言变的初心……"新时期生态文学作品创作，需秉持生态整体观，摒弃过往的人类中心主义，抵制经济发展的不节制和过度利用资源，以实现人与自然和谐共生的循环发展为前提进行经济发展，使社会进步。

奥尔多·利奥波德（Aldo Leopold）是生态整体主义理论的创始人，其在自然随笔和哲学文集中写道："与大地和谐相处就好比与朋友和谐相处，你不能只珍爱他的右手而砍掉他的左手……大地是一个有机体。"[①]同时我们也要注意，人类作为自然界的一员，其作为高级动物基本的生存权和发展权依然无法撼动。人类的长远发展目的和生态整体观利益一致。在合法合情范围内，对自然进行加工改造在生态整体论中是允许的。

在"青山碧水新湖南"文艺创作征文大赛入围的18篇作品中，所宣扬和赞美的绿水青山就是金山银山、人与自然辩证统一，并不是作者对于自然的凭空想象，而是以乡土为依托，以国家政策治理为现实依据，将真实发生的现实情节事件加以文学书写和场景呈现，对治理前后场景变化进行真实书写。在这里，文学不仅是对世界的描绘，也是作者对空间体验、场景呈现的表达。作品《河流上的潇湘：四水溯源》《渌水曲》《鹏江河纪事》《清水塘叙事》等，以史为脉，牵引出湖湘大地母亲河——湘江及其支流。在文中，江水如血脉牵系着世世代代湖南人的生命。在生态文学下隐藏着的，依旧是无数的人，环境变化背后永远是无数的无名之辈。刘华枝、陈

---

① 转引自王诺.欧美生态批评：生态文学研究概论［M］.上海：学林出版社，2008：199.

黎明、张在午等守护者是无名之辈，是"候鸟"。正是这些个体、这些小人物的奉献才促成了整体。

时至今日，生态文学创作者不再以揭示生态真相和环境改善作为唯一目的，政策帮扶、行动治理、循环发展、人与自然和自然与社会的良好关系更是创作者意欲实现的文学书写。所有的生态文学作品中都保有一定的生态整体观。生态整体观包含着生态责任、生态义务、生态伦理、生态反思、共产主义畅想等其他文学作品无法涵盖的内容。[①]新时期的生态文学的生态整体观是文学作品主旋律的文化表达和文化理想。

二、文学书写下生态危机场景迷失

自然生态，在人类社会早期，由于生产工具落后和生产力水平低下，人与自然处于早期匮乏状态的和谐共生。早在远古时代，人与自然是同一的整体，那时的文学形式神话传说中早已体现出人与自然这一文学主题，如"精卫填海""大禹治水"。而人类进入文明社会后，主要表现在工业革命，以及工业资本对于自然的践踏、人对自然的过度掠夺上。在追求经济现代化过程中，人们依靠科技进步、工业大规模开发，无限制地从自然中获取所需资源。现代化进程中追求个体解放和自由发展，但个体、个人并不代表着放弃个人在社会中承担的责任与义务。从现实角度来看，生态危机是生态文学作品得以发展、丰富的现实基础。

水是自然的灵魂，水养育了山川万物。站在湖湘大地之上，湘江、资江、沅江、澧水四水汇聚成湖湘的义脉源头。作品《与一条河流的和解》中说，"河流，不仅是水以液体形式的一种自然流淌，也是高山对大海的倾诉，是情感的涌流，是使命的托付"。由于尾矿废水污染，以及长期缺乏系统保护和治理，水体自净能力下降。污染事件放大了问题，也让百姓对于道水的信心和耐心彻底丧失。在环境污染、人心远离的困窘中，作者

---

① 赵熙龙.生态整体论思想在中国当代生态文学中的表现［D］.锦州：渤海大学，2014.

面对发生的一切无能为力，并将河流作为情感的涌流，写尽了自己与道水情感的迷失与救赎。全文从《道德经》的"道可道"引入道水，一个"道"字，占尽千古风流，万事万物，皆可蕴含其中。《鹏江河纪事》告诉我们水是第一个给愚昧无知的人类带来生命和希望的使者。水的密友和冤家都是同一个：火。没有水，就没有生命。美好事物都与水有关。它是形式向下、精神向上的神祇。水和火都孕育生命，也都有能力让生命消失，水汇聚成江河，哺育着我们平凡的人类。

古筝曲《高山流水》动静相宜、急缓相生的节奏，展现了山与河是情定万古、不离不弃的知音典范。土地是自然最重要的要素，是人类以及万物的母亲，是有生命、有灵性和有其精神气质的。正如梭罗所言："我们脚下的地球不是死的、无活力的物质，而是一个拥有某种精神的身体；它是有机、流变的，受其精神影响的。"① 生态作家秉持着对于自然环境、土地资源丧失的忧虑，写下了自己对于土地的感与思，写下了他们对土地的深深热爱，并从个体乡土角度和社会责任角度进行原因追溯和剖析，探究解决土地问题根源，跟踪解决之路和后续进程。他们以如椽之笔，肩负起历史使命。而土地之上，则是树木。无论是韩生学的《行走的山脊》，还是邓宏顺的《灵树》，都写下了几十年的守护树木之情。

土地与森林、森林与生态有着密切关系。森林是维护地球生态安全的重要保障。后工业时代，随着生态环境治理进入新时期，文学创作者不再愤懑地控诉社会环境，而是转变关注点，回归自然、回归本心。中国自古就有生态保护的相关律令，比如《逸周书》中说"禹之禁，春三月，山林不登斧斤"；《礼记》中说"草木零落，然后入山林"。除保护生态外，还要避免污染，比如《韩非子》中说"殷之法，弃灰于公道者，断其手"。但所有的生态文学中，我们似乎都从未关注到在这条生态守护之路背后的场景和心灵迷失。在《行走的山脊》中，李庆莲夫妇选择了人迹罕至、历经痛苦磨难和布满荆棘的寂寞之路，40年山林生活，李庆莲为夫甘愿进山，

---

① 董国艳.中国新时期生态散文研究［D］.济南：山东师范大学，2016.

也在枯燥而单调的生活中，失去了心灵的执着与坚定。作者面对"爱"的情感、情怀，用文字写出了生态视域下的场景和心灵。

"在充分发挥自身文体特点来报告生态环境方面，生态报告文学取得了相当的成就，成为生态文学家族中发育得比较充分的一种文学形态。"①罗宗宇对于生态报告文学客观而尖锐的评价，让我们关注到这一类报告文学。生态报告文学家不仅用激愤的声音向人们发出了呐喊，更记录了当国人意识到生态危机的严峻时，启蒙更多的人不再以旁观者的角色冷漠围观。报告文学《灵树》中，作者邓宏顺开篇引用《百年孤独》的名句"万物有灵，只需唤起它们的灵性"表明古青冈树在自己心中独特的价值，以及在当地人民心中神圣的奇迹之情。树木有灵，雪峰山自成一系，傲立于华夏中原大地，成为大西南的天然屏障。作品《河流上的潇湘：四水溯源》中，百川成河，无数条细小溪水成为深水，聚为潇水，汇成湘江向前奔涌而去，奔向未知的终点，奔向永无终点的终点。作者谈雅丽与水相伴，水雾混淆了作者思绪，在自然的转折中迷失而又找回初心。

可见，建立在地方感的土、水、木，它的形成、破坏和修复的文学呈现与作家自己成长的乡土和文化的深刻生命体验结合。生态文学作品的世界不仅仅是被破坏的场景、地方、家园，也是每一位作家从小不断进行的地理空间变迁的"起源"之地，并在不断的场景构建中形成自己独特的空间感知、地方感受和空间认同。

三、场景呈现下的精神回归

著名生态思想研究者唐纳德·沃斯特（Donald Worster）指出："我们今天所面临的全球生态危机，起因不在生态系统的自身，而在于我们的文化系统。要渡过这一危机，必须尽可能清楚地理解我们的文化对自然的影

---

① 罗宗宇.对生态危机的艺术报告：新时期以来的生态报告文学简论［J］.文艺理论与批评，2002（6）：36-42.

响。"①要正确认识文化与自然，就要深刻认识湖湘文化、湘西地域文化等文化特性。湖南是个少数民族较多的省份，多民族居住地区山高路险，物质条件匮乏，虽形成了对外界文明交流的阻隔，但利于古老文化风俗的完整保存和原真传递。当代生态文学创作面对古老文化习俗的巫鬼文化等，必然会再次激发湘西作家书写地域宝贵财富的热情。因此，作家常常表露出湘西文化浓厚的浪漫抒情色彩。

情感寄托的自然。人对自然情感的寄托依靠于乡土情感。乡土，始终烙印着每个人对世界的初始感受和对地理空间的本能认识。《与一条河流的和解》中，作者与一条河流的和解更是对故乡恳切的怀念。对故乡的感怀是作家永远的主题，而生态文学又是极其乡土化的——从乡土到城市再到对乡土的皈依，这是社会高速发展后必然出现的，重新面对真实的自然的预兆，所以生态文化的乡土化是绿色文明的先行者，是情感寄托的自然乡土。中国当代生态文艺学的倡导者鲁枢元说："诗人的怀乡，象征着人类对于自己生命的源头、立足的根基、情感的凭依、心灵的栖息地的眷恋。"②在所指意义上，作家情感的寄托自然就是返回乡土、返回故乡，"故地指向野地的边缘，这儿有一把钥匙"。因为个人与环境不能分开，真正的环境美学存在于观者与景观的无言交流中。山水之中，文字之下，作家与艺术家是相同的，他们在表现山水时，强调意境的作用。"只有大自然的全幅生动的山川草木，云烟明晦，才足以表象我们胸襟里蓬勃无尽的灵感气韵"③，以此句阐释生态文学作家寄托了自身浓厚的情感，同样是符合现状的。

生命理想的自然。自然简单划分为乡土自然和都市自然。彭润琪在《一个城市的密语》中写道："沅江——这个以水命名的城市，它的命运早

---

① 转引自王诺.生态危机的思想文化根源：当代西方生态思潮的核心问题［J］.南京大学学报（哲学·人文科学·社会科学版），2006（4）：37-46.

② 鲁枢元.文学艺术与自然生态：《生态文艺学》论稿之一［J］.海南师范学院学报（人文社会科学版），2000（3）：14-26.

③ 宗白华.美学散步［M］.上海：上海人民出版社，1981：62.

已与这千百年来的江河湖泊互为羁绊。"水教育了作者，水赋予了作者灵性，成就了他们的性格，也是作者创作的源泉。水是大自然中最重要的构成元素，无论是乡土自然还是城市自然，水与作者天然地形成了联系。戴志刚、陈夏雨、张雄文、彭润琪、谈雅丽在作品中营造了一个天然的自然背景，这个背景以水为主，生活于水、生长于水的人都重新找回了自然的教育，主人公的行动、平凡小人物的默默奉献体现了众多作家的生命理想和理想生命之本。就像沈从文曾表明自己故事中的人物性格全部都是在水边、在船上所见到、所记录的，在作家的笔下，人们无一不受到了水的养育和恩惠。但所有人物在今天的性格又是相似的，与沈从文笔下有着水的柔美的翠翠不同，今天这些作家笔下人物的性格是坚忍的，性别是黯淡的，作者不再过分突出传统审美的女性性别特征，性别色彩的消逝也象征着当代生命新的色彩、新的发展。

在现代性语境下，生命似乎早已预定了某一个位置。位置就是位置，位置仍是位置，那么生命的本源色彩在作品中的无限张扬，又和我们诉说着什么？"本来大自然雄伟美丽的风景和原始民族自由放纵的生活，原带着无穷神秘的美，无穷抒情诗的风味，可以使我们这些久困于文明重压之下疲乏麻木的灵魂，暂时得到一种解放的快乐。我们读到这类作品，好像在沙漠炎日中跋涉数百里长途后，忽然走进一片阴森菊郁的树林，放下肩头重担，拭去脸上热汗，在如茵软草上躺了下来。顷刻之间，那爽肌的空翠，沁心的凉风，使你四体松懈，百忧消散，像喝了美酒一般，不由得沉沉入梦。"[①]

存在之思的自然。自然是作家发现真理与价值的必由之路。作品《行走的山脊》中，作者和唐自田夫妇回溯在林中几十年的人生，参天大树是他们爱情的见证者，是他们甘于清贫一生所要守护的对象，也是他们寻找到的个人生命价值。宗白华曾在《美学散步》中写道：艺术在人生中自成

---

① 张晓琴.中国当代生态文学研究［D］.兰州：兰州大学，2008.

一世界，自有其组织与启示，与科学等并立并无愧。①党的十九大报告中提出我国社会主要矛盾已经转化为人民日益增长的美好生活需要和不平衡不充分的发展之间的矛盾。而人民对于美好生活的向往不仅仅是物质丰富，还是精神富裕、生态良好等多种需求。面对"绿水青山就是金山银山"提出后国内生态环境改善的情况，生态文学创作者们在更多地讲述这种变化时，也需要关注生态文学对于今后人类的生存发展之思。从这18篇作品中看到，当代湖南生态文学的表象是，作家们积极地参与了生态危机调查和生态文学创作，无论是报告文学还是散文，都以不同的形式与文学内容参与生态视域的文学书写和场景呈现。但实际上，大多数作家并没有真正深入自然，只是以旁观者的身份记录湖湘大地的环境治理和改善，而一些文学素养深厚、艺术水平较高的作家也没有深入进行生态报告文学创作。法国作家让-保罗·萨特（Jean-Paul Sartre）在其著作中，曾阐述存在主义学说。他强调存在主义不是一种悲观的哲学观点，他希望且呼吁在悲观和迷茫中找到新的出路，实现人的自由。而人的自由又包括人作为存在者应该承担的责任与义务。当代社会，人与自然处于地球这一个共同体中，存在主义的自然之思呼吁今后的生态文学创作者与时俱进，提高文学素养和艺术审美，创作出更能反映中国文学新的创新性、新的思想性和新的艺术性的优秀文学作品。

小　结

后工业时代，生态文学需要作者站在新的美好生活景观上，传递新时期社会主义核心价值观。详读这18篇作品后，生态视域角度的文学书写仍集中于环保主题。未来人类所面临的重要主题之一就是生态。而生态在今天已是人类学、哲学、社会学、科学乃至经济学的共同主题，也必然是文学的主题。上述"青山碧水新湖南"文艺创作征文大赛入围的18篇作品，文章作者对于生态环境的关注和生态意识的倡导，既符合我国"五位一体"

---

① 宗白华.美学散步［M］.上海：上海人民出版社，1981：203.

总体布局的政治观念，也是面对过往生态危机严峻挑战，在新时期做出的新举措回应。

（王一丹、岳凯华执笔）

第八节　长篇作品姿态：倾听湖湘生态的声音

2022年4月，由湖南省委宣传部主办，省河长办、省生态环境厅、省林业局协办，省作家协会、省摄影家协会承办的"青山碧水新湖南"文艺创作征文大赛入围的9部长篇作品《大湖消息》（北岳文艺出版社2021年出版）、《与鹤一起飞》、《湘江向北》、《不负青山》、《河流在人间》、《汨罗江，一条追赶太阳的河流》、《醒来的河流》、《山川出云天下雨》、《草木温柔》顺利推出，它们聚焦湖湘生态，根植个体独特的生命体验，结构上精巧有序，塑造的形象深入人心，写作技法高超，谱写了湖湘生态文明经验，体现出要遵循自然之道与和谐共生的理念。

一、以小见大，聚焦生态文明

生态文明建设关乎人类的未来，亦是人类进入生态文明时代社会经济发展的主旋律。这9部作品根植于作者亲身体验，关注现代化过程中面临的生态危机、山河草木、飞禽走兽，在行文中丰富的自然知识增加了作品的魅力，以小见大，叙述了当地生态遭到破坏后再恢复的曲折历程，最终都回归到秉持人与自然和谐共生的理念上来，体现良好的生态环境是最普惠的民生福祉的要旨。

在《与鹤一起飞》中，作者余艳讲述了白鹤的生存状态和迁徙时顽强的意志："翱翔上万里，来去几千年。英雄的鹤一路坎坷，一路搏击。"而环志这项科研使项目人鸟之间生成了科学链接，让人类明确了白鹤的迁徙轨迹。小鸟腿上戴着一个带有国家环志中心通信地址和唯一编号的特殊金属环或彩色塑料环，这个环状物记录着候鸟的个体标记，借助卫星跟踪技术，人类就能随时掌握小鸟的相关信息。这篇报告文学记录了在白鹤作为濒危等级最高的极危物种遭到大面积猎杀的情况下，它们的迁徙路线遭到破坏，仅剩一条完整的迁徙路线，展现出湿地生态系统所面临的危机。而在一系列严格的制度和法律措施的施行下，出现了许许多多的护鸟人，他们为受伤的白鹤治疗，为白鹤艰难的迁徙长途保驾护航，"天上、地上有两条平行线：一行鹤在飞，一行人在追——白鹤顽强生存，人类保护伴飞"。最后萦绕于心的是一幅人鸟共生的和谐碧空画卷。

罗长江的长篇报告文学《不负青山》全篇坚定"人不负青山，青山定不负人"的思想理念，为张家界的森林生态高唱赞歌："张家界靠森林起家，致力于把森林文章做大做强，不啻我国进入生态文明时代的缩影和切片。"作者以森林作为生态的切入点，记录张家界人民高扬森林保护的绿色旗帜，发出"不负青山"的中国声音。作者对失误和受挫的个案也予以坦诚的揭露，并由衷地肯定其壮士断腕、釜底抽薪的勇气与魄力，构建了一个真实立体的"张家界样本"，阐发事关生态文明的宝贵启示，如绿色GDP（国内生产总值）才是硬道理，绿水青山就是金山银山，珍爱森林、珍爱物种多样性……衡量保护与破坏、理性与贪欲、可持续发展与过度开发之间的限度，准确把握好保护与利用的关系。

黄亮斌的《湘江向北》从地理和时间两根轴线上，以河流为媒介，清晰地叙说湘江百年历史变迁，展现了一段宏阔的现代湘江史、现代湖南社会经济史和现代湖南自然生态史，解锁了人与自然关系的种种密码。湘江——湖南现代工业的滥觞，这条曾被称为"全国重金属污染最严重河流"，由浊变清，蝶变重生。《湘江向北》讲述了湘江由工业文明走向现代生态文明的曲折进程，诉说着它的坚定不舍、沧桑不息，描写了人与河流之间相互依存的温暖故事，饱含着湘江儿女对母亲河的敬畏和礼赞。这部散文集在书写湘江自然河流近代百年风云变幻的同时，以史为鉴，揭示人类对于河流应有的恭谨和敬畏。

张觅的《草木温柔》是一部关于长沙草木的倾情记录。作者以草木为载体，描写了与长沙草木有关的人情故事，分篇记录了长沙植物的形态外貌、生长习性、功用效果等特点，引经据典，堪称长沙草木的小百科，带有科普性。散文多写作者读书和工作后的生活日常，如拜访岳麓山上的麓山寺、夏枯草救学生、爱晚亭漫步……充满着作者在岳麓山下温柔的记忆，穿插着各种植物的发现和科普，语言质朴却不缺乏灵动，情感平淡却自然动人。

《大湖消息》《河流在人间》《汨罗江，一条追赶太阳的河流》《醒来的河流》《山川出云天下雨》皆以河流为中介，叙述河流湖泊上的见闻与历史变迁，传达尊重自然、顺应自然、保护自然的理念，走共建生命共同体的生态之路。

二、结构精巧，行文流畅

长篇作品讲究布局谋篇。结构的艺术是长篇作品表现艺术的一个重要部分，作品的结构关系全局，具有整体意义。这9部作品的结构多运用时间顺序和空间顺序行文，也有按照逻辑顺序构造的特点。

肖辉跃的长篇散文集《醒来的河流》按时间顺序描写，从1月到12月，描写家乡湖南省宁乡市靳江边的自然人事，条理清晰，真实可感。从作者童年听说的鹭鸶故事，到鹭鸶和喜鹊的消失，再到退耕还湿和禁渔政策推行后的生态变化，反映出时代的变迁。跟随作者一年四季的生活节奏，增强了读者的真实感和体验感。散文语言平实自然，多处有注释和拼音，具有较强的读者意识。

张远文的散文集《河流在人间》分为"草木木心""山河昭昭""此彼黍离""人间春秋"等4个部分，立足地域，形成了有关河流的生态文学湖湘表达。作者以千里沅江与八百里酉水为基点，以小见大，聚焦河流两岸的自然风光和人情世故，用清新灵动的笔触书写河流的人文生态，寻幽探微，呈现土地伦理与自然美学。作者深切感受河流泽被苍生、滋养万物的伟大天性，解构技术时代以来的人类中心主义，对人类活动的生态立场、价值判断进行反思，倡导人与自然和谐相处、共生共荣的意识，顺应自然、尊重规律，形成生态文明建设中新的大地伦理与生态正义，寻找人类的精神归宿，保存世间所有的传说。

潘刚强的《汨罗江，一条追赶太阳的河流》和黄亮斌的《湘江向北》连接了时间和空间顺序，使得作品的结构井然有序，如读历史传记一般，脉络分明，清楚明了。《汨罗江，一条追赶太阳的河流》以汨罗江边的建筑地标为轴，引用大量地方市志、县志，记述当地与建筑地标相关的人文历史，翔实细致，科普性极强，历史价值较大。《湘江向北》以地理分篇，沿着时间轴线叙述湘江地段的历史面貌与变革，格局宏大，气势恢宏。最后一篇名为《湘江治理大事记》，按照时间顺序梳理湘江治理过程中的重要时间节点，自2005—2007年开展了湖南省环境保护三年行动计划，时间点明显增多且时间间距缩小，体现出治理进程的加速与落实，彰显出湖湘人民对湘江治理的重视和生态环境意识的提高。

长篇报告文学《不负青山》共分为7章，按照逻辑顺序行文，真实记录张家界市以生态立市进程中的点点滴滴，每章由一个"引子"开篇，章节结尾有一篇收束整章的"生态启示录"。每章中心探讨当地的一个生态问题，如生态移民、人类中心主义等，结构严整有序，构成一个有机整体。《与鹤一起飞》的10个章节以典型人物的事迹分章成篇，塑造了一个又一个在护鸟事业上无私而平凡的动人形象。沈念的《大湖消息》和唐朝晖的《山川出云天下雨》多随个人见闻于行走中行文，更有个体化的生命体验，结尾耐人寻味，余味无穷。张觅的《草木温柔》则记录了各种长沙草木，记述生命个体与草木之间的温暖记忆。

三、形象鲜明，思辨性强

在这9部长篇作品中，作者们塑造了个性鲜明又具有反思性的形象，提出生态面临的困境与个人感悟，增强了作品的审美性和可读性。

　　报告文学的灵魂是塑造人物。在报告文学《不负青山》中，面对关停芭茅溪水电站引起的民众的激动反对情绪，作为工作组组长的谷国生走入人群即兴演说，穷根究源，入情入理，塑造了一个平易近人、理智担当的改革者形象，最终在2018年底拆除站房和大坝。县里考虑到村庄的用电和灌溉问题，改造升级农网，投资建设抽水泵。余艳的报告文学作品《与鹤一起飞》通过描写濒危物种白鹤的生存困境和越冬迁徙的考验，点明奋斗是白鹤永远的生命底色，生命的意义在于在搏击奋斗中成长。而在白鹤得到专业救助的同时，作者还塑造了一个个平凡又伟大的"护鹤人"：从"打鸟神枪手"到"护鸟卫士"的张厚义、无私奉献的"白鹤妈妈"周海燕、为救丹顶鹤而牺牲的徐秀娟……刻画出他们与白鹤之间亲人般的温馨相处、离别的难舍难分和重逢的喜极而泣，语言生动传神，情绪饱满，画面感极强。他们都是心生双翅，能与白鹤一起飞的人。"护鹤人"的情怀与担当彰显着生命平等、万物有灵的自然思想，罪恶的杀戮与人鸟和谐的共处触发读者思考人与自然的关系。加强环境治理，保护生态，绿色发展才是人类的共同福祉，才能谱写人鸟和谐相处、共生共荣的诗篇。

　　唐朝晖的《山川出云天下雨》是集民歌、文学、影像、历史为一体的写实文学。作者以船为工具，描写了澧水、湘江、洞庭湖沿岸百姓和船工的生活，塑造了老船长、"90后"水手等一系列勤劳的普通百姓形象，诉说着河流孕育的文明。作者时而以旁观者视角叙述，时而将自己的激情融入河流中，时而与古人冥思对话，交错时光，增强了历史和时间的放逐感。作者歌颂劳动的伟大，感动于劳动号子的力量与沧桑，在如今机械化的时代，号子从未消失，它依旧长长久久地回荡在澧水之上，就如同河流一路奔涌，川流不息。

　　长篇散文集《大湖消息》记述了作者个人行走的见闻与思考，再现了洞庭湖区人民的生存现状，管窥洞庭湖和长江湖南段纷繁的历史与治理变迁，反映了实施可持续发展过程中的探索和曲折。《大湖消息》中以猎鸟闻名的打鸟队长老鹿在偶然救助一只受伤的白鹤后放下了手中的枪，开始身体力行开展护鸟事业。在生态意识淡薄的年代，无数误解敌意、反抗冲突纷至沓来。经过不懈的坚持与努力，老鹿站在了电视台的聚光灯下，真诚忏悔曾经的杀戮之过，也传播了护鸟的事迹。还有与湖上毒鸟人斗智斗勇、正义机智的老高，在孤岛照顾麋鹿的饲养员李新建……这无一不丰满了护鸟人的形象，增加了他们作为个体生命的灵魂与血肉。在着力塑造护鸟人形象的同时，作者也刻画出何老四等毒鸟人的狡诈与冷血，与艰辛的护鸟人形象形成对比，更加突出护鸟活动的艰难与护鸟人平凡又伟大的人格。在《古道江豚》里，留在湖区的渔民兄弟自愿加入由当地媒体人发起的水豚保护志愿者协会，由于在水上出没，风险未卜，他们写下"生死状"来表明维护生态的决心。从身份的转换，可以看出当地居民环境保护意识的转变。而面临水土流失、江湖淤积、竭泽而渔等一系列积重难返的现实问题，岛上的居民在尽力改变现状的同时也会宽慰作者道："历史的问题，历史也在不断解决它们"，"历史和人解决不了的，大自然会自我修正"，传递出一种信任与期许。

沈念不仅着眼于湖区的生态环境，也十分关注生存于湖区的人的处境和命运归属。《大湖消息》这本散文集中刻画了许多悲剧人物形象，笼罩着浅淡的悲剧色彩，但结尾最终都洒下希望的光芒，展现出作者的人文关怀。他在后记中写道："我选择将行走的笔墨放在湖区许多既普通又不寻常的人身上，试图在打捞他们的人生往事时将属于江河、湖泊的时光挽留，学习承受艰难、困阻与死亡，尝试以超越单一的人类视角，去书写从城市奔赴偏僻之地的'我'对生活、生命与自然的领悟。"人生无常，生离死别时时上演，湖区的居民亦是如此。《化作水相逢》里被芦苇沼泽吞没的少年，他的足迹被时间抹去，而"他化作了湖里的水，见到水都是他们的再次相逢"；《云彩化为乌有》里"她在等着他，庆声也在等着他，像湖水不会因为一次沉覆停止流动，像世间命运的差池总有一个归处，像生活中的至暗时刻不会因为苦难、失去而阻滞黎明的降临"；《水最深的地方》

里谭宙地寡言沉默的儿子死于一场蓄意谋杀："顺着大拇指的方向，也是我们前行的方向，大雾照常降临，茫茫湖泽，生活依旧，过往不知所终，白日从雾中挤出，散发着微弱、摇晃却坚定的光亮。"留下的人体验着彻骨的孤独，他们皆把水作为寄托，这种孤独又似乎包裹了一种力量，好像奔流不息的湖水可以将痛楚溶解，幻想至亲仍在身边。

沈念在讲述湖区一系列见闻与故事的同时生发了许多有关生命的感悟。靠山吃山，靠水吃水，"湖州上的每一位寄居者的生存能力都与脚下的土地不可分离，甚至有着内嵌的命运关联"。在突如其来的洪水面前，作者感叹："人与麋鹿，都是逃亡者，没有优劣和谁是幸运者之说。"这反映出人与自然是一体的，要发展与自然和谐共生的友好关系。在《麋鹿先生》中，对于麋鹿从国外的回归问题，作者将其放在时间的线轴之中，认为麋鹿的身体就是一面镜子，是"一种人类史的建构和地方性叙事"，它"显影着朝代的没落、西方文明的介入。有关战争、迁徙、对抗和征服"。在作者眼中，水是有魔法的，它充斥着奔涌的力量，润泽万物，无私无悔，抚慰人心，却也生长欲望，极具思辨性。

四、灵活多样，写作手法高超

这9部作品专注生态文明，灵活地运用了多样化的写作技巧，不仅借散文化的笔触抒发情感，也有冷静客观的小说化手法，融记叙、描写、抒情、议论为一体，做到了内容与艺术形式的统一。

报告文学是散文的一种形式，兼有新闻和文学的特点，有着浓厚的新闻性，需要充分形象化的描写。报告文学作品《与鹤一起飞》和《不负青山》很好地把握了文体特征，也展现出独特的个人色彩。《与鹤一起飞》的语言以叙事为主，融入了散文式的描写、抒情和议论。在描写白鹤迁徙的心理活动时，作者切换到白鹤的视角，直抒胸臆，运用了大量生命个体的抒情性话语，将白鹤受伤的神态和坚定的内心活动生动逼真地刻画出来，构造了一个拟人化的世界，与鹤共舞，给人以现场实感。作者余艳在报道世界著名鹤类摄影艺术家王克举追踪梦鹤、云鹤两只鹤七年足迹的事迹时，以动物视角记叙两只鹤相遇相知、情意缠绵、生离死别的伟大爱情故事，颂扬其对爱情忠贞不渝的品质。面对现代工业文明下的快餐式爱情，作者进而抒发议论："当滚滚红尘泥沙俱下，人们难以相信真爱、甚至亵渎纯真爱情之时；当中外文化激荡，爱情观、家庭观、人生观、生态观、发展观遭遇挑战之时；当爱情这一人类与自然永恒的主题，被梦鹤、云鹤的凄美真爱倾情诠释之时……有太多值得我们深思的啊！"避免了长篇大论、流于空泛。《与鹤一起飞》常运用拟人化语言来写动物，如人鸟重逢的喜悦、白鹤报恩的心思和对爱情一心一意的坚守等，一方面极力表现出动物通灵的特质，增强了报告的形象性和感染力，另一方面也抒发出作者对白鹤的内心感受，能引起读者的共鸣或沉思。罗长江的长篇报告文学《不负青山》响应"地球呼唤绿色，人类渴望森林"的世界森林日主题，以一部森林的历史，折射人类文明曲折前行的历史，透过森林的喜怒哀乐，窥见人类命运的起伏沉浮。作品内容充实，勾勒出张家界青山壮阔静穆、高大自然的形象，讴歌了一批在泥泞中艰难跋涉的人物事迹，展现了独特深厚的土家族人文知识。作者在对景区开发过程中出现的生态问题的讨论中引入环境伦理学视角，实现跨学科思考，提供了新的维度，具有创新性和思辨性。全文语言激情澎湃，抒情性较强，行文有机穿插了古诗词、民间歌谣、散文、现代诗等多种文学体裁，形成多声部的合奏描写，气势磅礴，作品意蕴内涵丰富。作者坚信"人不负青山，青山定不负人"，传达出实现可持续发展、走生态文明之路的理念。两部报告文学巧妙地选取典型，形象化地加以表现所报告动物或人物的内心世界，并体现出作者的思想和情感倾向，有机穿插哲理式的议论或展望式的期许，引起了读者的共鸣，从而具有较强的可读性、感染力和说服力。

沈念的散文文风成熟，简洁凝练，含蓄蕴藉，散文的小说化特点突出，情节性较强，常以旁观者的客观叙述视角切入，笔力遒劲，娓娓道来，如"老鹿的故事，在冰冷覆盖的野外被讲述，就像燃起一堆小小的火焰，比灰烬多一些梦想的火焰，让寒冷的身体有了片片暖意。湖洲上的每一位寄居者的生存能力都与脚下的土地不可分离，甚至有着内嵌的命运关联"。谈起湖区枯竭式捕捞的情形也是平静冷峻的叙述语调："渔民对水的'敬畏'在后来的渔业生产中消失了。没有节制的捕捞是常态，也是人的畸形心理。渔民喜欢用高丝网，孔细网密，连狭长的毛哈鱼、油刁、沙鳅、虾子、小黄古鱼也有来无回。"《大湖消息》的叙事充满着小说式的伏笔和预言，如《黑杨在野》里，躺在病床上的爷爷抵触突然爆发的"造林运动"："经历过大风大浪的他心里认定，大家一窝蜂地干一件事，绝不会有什么好结果。"谶语最后成真，黑杨成林后影响了湖区原来的生态平衡，之后又变成了不惜代价地全面砍树。《大湖消息》的语言成熟，比喻大都十分精妙，不落窠臼，如"他晚上做梦，青得发黑的夜空，下弦月惨白的光落在树冠上，枝条像千万条扭动的游蛇。那些树根闪电般越长越快，粗壮得像条大蟒，向地下钻，也向天上冒，冒出来的树根唰唰地跟在他身后追，在荒野中赛跑"。这段极具感染力的梦境也暗示了他渴望发财的梦想最终被疯长的黑杨吞没的结局。时过境迁，黑杨树被全面清退后，面对物去财空的局面，作者以山喻人，描写父亲历经这场风波后的状态："父亲老了。立秋的那天晚上，父亲脱掉上衣，站在屋门前的石阶下洗澡，他背佝着，瘦骨嶙峋，背脊像一座风化的薄山，那些峡谷、沟壑、峰峦、鸟藏身的罅隙、野兽奔跑的路，都能找得到痕迹。"作者擅长运用通感、联觉、象征等写作技巧，增强了散文的形象性和生动性。《黑杨在野》中，帮朋友玉山处理完麻烦后的崔福没了跑运输的工具，在朋友的自责下选择淡忘，然而心中却升起一股感慨，"东风卖了后，他婉拒了人家请他去开货车的邀请。他觉得自己老了，如挂在墙上的渔具，落满灰尘，已成陈年旧事。抬头突然看到它们，总担心墙休太薄，钉子生锈，脱落一层斑驳的尘锈，随时会掉下来"，把人的衰老与物体的损坏类比，令人耳目一新。《化作水相逢》中，第一次出门远行的男孩对于水岛是那样向往："黑蓝色覆盖的夜空下，少年感觉风像野孩子似的东奔西跑，冷不丁露出尖尖的牙齿，重没能扶住这冒失的家伙。风又调皮地呼啸而去，留下火车鸣笛疾驶过后的'呜呜'响声，再重重地咬他脸蛋一口，或大摇大摆地撞个满怀。"作者将风刻画成一个调皮又可爱的孩子，而意气风发的少年形象也跃然纸上，暗示男孩的心境。文章的句法灵活多样，既充分做到了内容与形式的统一，也展现出作者的细腻巧思，增强了文章的生命力和审美性。

《汨罗江，一条追赶太阳的河流》作品体量充实，地理和历史知识丰富，语言古朴，引用前人古诗之句信手拈来，擅用对仗和排比句式，气势恢宏，古韵十足。全集结构新颖，以"屈子祠""天岳书院"等标志地名分篇记叙，散文标题如"屈子祠，惟有滩声似旧时""汨罗山，一抹青山盖古丘""河泊潭，巫风楚韵芳草地"等古朴典雅，颇费心力。《河流在人间》《醒来的河流》《山川出云天下雨》《草木温柔》等散文集则多抒发作者的亲身见闻，真实清新，朴素自然。

这9部作品以关注生态为主要立意，各有特色，记叙了人类在面对越发严重的生态危机时开展的一系列生态治理和修复行动，从对抗冲突到和谐共生行为的转变，瓦解了人类中心主义，叩击心灵的字句传递出"天地与我并生，而万物与我为一"的天人合一的自然观，韵味深长。此外，生态文学要增强作品的文学性和可读性，不断创新创作形式，奏响更自然的生态之声。

（刘嘉欣、岳凯华执笔）

后 记

作为湖南省文艺评论家协会、湖南省电影评论协会、湖南省委宣传部理论阅评员和湖南省"三百工程"文艺家中的一分子，笔者在中共湖南省委宣传部理论处、湖南省电影局、湖南省广播电视局和湖南省文学艺术界联合会、湖南省作家协会的领导下，通过文艺评论的方式参与和见证了21世纪尤其是党的十八大以来发生在三湘大地的不少富有价值和意义的文艺活动，从而留下了本书中所集聚的一些只言片语和碎句短章，其中自然也有学生、家人的辛勤付出和无私支持。虽然它们是我的职业、身份、角色所应该承担的任务和工作，但又何尝不是有声有色、活色生香的新时代湖南文艺自身所具魅力吸引我、熏染我、激发我的产物。

本书所选篇章，虽然在各种会议和报刊上发表过，但都不是按照别人的意见书写，而是笔者自己阅读、观看和参加活动后或独立思考、或集体交流的产物。虽然这几年总是为外在的事务而忙碌，因时间的流逝而紧张，但常由新时代湖南丰富多彩、多元繁复的文艺创作而在内心充溢着莫大的快乐。作为新时代湖南文艺创作的冷眼旁观者和热心批评者，面对出现在身边的文学创作、理论文章、影视作品、网络文艺、舞台演出、杂技表演等文艺成品和现象，能够秉持湖南文艺评论界既评长处、又论短板的传统来阐释文本和点评现象，实在是一种幸福。当然，这里评说的对象仅仅是自身所目睹的新时代湖南文艺创作浩浩汤汤大潮中的一片浪花而已，自然而然就会挂一而漏万，因此名之曰"新时代湖南文艺管窥"，希冀窥一斑而见全豹罢了。

感谢李沛霖、卢付林、杨景交、张秀娟、牛哲妮、王一丹、刘嘉欣、贺金叶子、廖婧文、王睿、刘嘉欣、张千子茜、彭子珊、郑健东、岳文婕、周敏、鲁嘉欣、唐鑫、方芳等合作者，感谢刊发其中不少篇章的《光明日报》《湖南日报》《电影艺术》《新湘评论》《文艺论坛》《湖南工业大学学报》《邵阳学院学报》《城市学刊》《艺海》《湖南文学》《南方文学评论》《神州·新故事》《阅评简报》《湘江文艺评论》《新湖南》等报刊媒体，感谢让笔者表达观点的"邓宏顺《铁血湘西》作品研讨会""武水魂——临武文学创作研讨会""杨友今长篇小说《陶澍》暨湖湘历史文化名人长篇小说创作研讨会""湖南省文艺评论界学习十九大精神座谈会""韩少功创作四十年与改革开放以来的中国文学全国学术研讨会""扶贫题材文艺创作研讨会""第27届金鸡百花电影节暨第34届大众电影百花奖颁奖大会""湖南省文学艺术界联合会习近平关于文艺工作重要论述学术研讨会""湖南省庆祝中华人民共和国成立70周年大会""《大绣庄》剧本研讨会""中国文联习近平总书记关于文艺工作重要论述理论研讨会""中国文艺评论家协会、湖南省委宣传部、湖南省文联、湖南省演艺集团大型史诗歌舞剧《大地颂歌》研讨会""《百年正青春》湖南省庆祝中国共产党成立100周年文艺晚会""杂技《青春还有另外一个名字》首演式""《英雄若兰》潇湘青春影城湖南首映式""湖南网络文艺工作者学习党的十九届六中全会、省第十二次党代会精神暨湖南网络文艺评论阵地专题研讨会""电影《狃花女》影视文旅研讨会""湖南省委宣传部加强和改进新时代文艺评论工作座谈会"等会议，感谢湖南省哲学社会科学规划基金办公室重点委托项目的立项，感谢湖南师范大学中国语言文学一级学科的经费资助，感谢中国国际广播出版社的大力支持。因为你们，才让笔者能够亲历新时代湖南文艺活动的现场而收获多多！

参考文献

［1］习近平.习近平谈治国理政［M］.北京：外文出版社，2014.

［2］习近平.习近平谈治国理政：第2卷［M］.北京：外文出版社，2017.

［3］习近平.习近平谈治国理政：第3卷［M］.北京：外文出版社，2020.

［4］中国文学艺术界联合会.2012中国艺术发展报告［R］.北京：中国文联出版社，2013.

［5］中国文学艺术界联合会.2013中国艺术发展报告［R］.北京：中国文联出版社，2014.

［6］中国文学艺术界联合会.2014中国艺术发展报告［R］.北京：中国文联出版社，2015.

［7］中国文学艺术界联合会.2015中国艺术发展报告［R］.北京：中国文联出版社，2016.

［8］中国文学艺术界联合会.2016中国艺术发展报告［R］.北京：中国文联出版社，2017.

［9］中国文学艺术界联合会.2017中国艺术发展报告［R］.北京：中国文联出版社，2018.

［10］中国文学艺术界联合会.2018中国艺术发展报告［R］.北京：中国文联出版社，2019.

［11］ 中国文学艺术界联合会 .2019 中国艺术发展报告［R］.北京：中国文联出版社，2020.

［12］ 中国文学艺术界联合会 .2020 中国艺术发展报告［R］.北京：中国文联出版社，2021.

［13］ 中共中央宣传部 .习近平总书记在文艺工作座谈会上的重要讲话学习读本［M］.北京：学习出版社，2015.

［14］ 卓今，刘维 .2014 湖南文学蓝皮书［R］.长沙：湖南文艺出版社，2015.

［15］ 吴正锋 .2015 湖南文学蓝皮书［R］.长沙：湖南文艺出版社，2016.

［16］ 卓今，吴正锋 .2016 湖南文学蓝皮书［R］.长沙：湖南文艺出版社，2017.

［17］ 卓今，何纯，吴正锋 .2018 湖南文学蓝皮书［R］.长沙：湖南文艺出版社，2018.

［18］ 卓今，赵飞 .湖南文情报告 2019［R］.北京：社会科学文献出版社，2019.

［19］ 卓今，王瑞瑞 .湖南文情报告 2020［R］.北京：社会科学文献出版社，2020.

［20］ 丁亚平 .中国当代电影艺术史：1949—2017［M］.北京：文化艺术出版社，2017.

［21］ 张江 .实现新时代中国特色社会主义文艺的历史使命［M］.北京：中国社会科学出版社，2019.

［22］ 王贵禄 .历史作为镜像：习近平文艺讲话与新时代中国文艺复兴［M］.西安：陕西师范大学出版社，2021.

［23］ 陈晓明 .中国当代文学批评史［M］.北京：北京大学出版社，2022.

图书在版编目（CIP）数据

新时代湖南文艺管窥 / 岳凯华著. —北京：中国国际广播出版社，
2022.11

ISBN 978-7-5078-5247-9

Ⅰ.①新… Ⅱ.①岳… Ⅲ.①文艺评论－湖南－当代－文集
Ⅳ.①I209.964-53

中国版本图书馆CIP数据核字（2022）第198280号

新时代湖南文艺管窥

著　　者	岳凯华	
责任编辑	尹春雪	
校　　对	张　娜	
版式设计	邢秀娟	
封面设计	赵冰波	

出版发行	中国国际广播出版社有限公司 ［010-89508207（传真）］
社　　址	北京市丰台区榴乡路88号石榴中心2号楼1701
	邮编：100079
印　　刷	天津市新科印刷有限公司

开　　本	710×1000　1/16
字　　数	320千字
印　　张	21.5
版　　次	2022 年 12 月 北京第一版
印　　次	2022 年 12 月 第一次印刷
定　　价	65.00 元